Jack Kerouac

封面摄影图获作者生前好友艾伦·金斯伯格特别授权

在路上

ON THE ROAD

[美] 杰克·凯鲁亚克——著

梁永安——译

江苏凤凰文艺出版社
JIANGSU PHOENIX LITERATURE AND ART PUBLISHING, LTD

只 为 优 质 阅 读

目 录

第一部

1

我认识狄恩，是在与妻子分手没多久之后。当时，我大病初愈。关于这场病，我懒得去谈它，唯一值得一说的是，这场病和那件叫人不胜疲惫的仳离事件有关，而且让我产生万念俱灰之感。随着与狄恩·莫里亚提的相识，我展开了一段可以称之为风尘道上的生活。在那之前，我经常梦想能到西部走走，常常会做些模糊的计划，但从来没有付诸实行过。狄恩是个最棒不过的旅伴，因为他名副其实就是在旅途上出生的：一九二六年，狄恩父母开车行经盐湖城的时候（他们要去的是洛杉矶），他妈妈忽然阵痛，就这样在老爷车内把他生了下来。我第一次听到狄恩的名字，是从蔡德·金恩的口中，他在我面前秀了几封狄恩从新墨西哥少年感化院写给他的信。这些信引起了我莫大的兴趣，因为在信中，天真可爱的狄恩竟然请求蔡德教他尼采哲学和蔡德懂得的其他所有有趣学问。卡洛也看过这些信，我们都很想会一会这个名叫狄恩·莫里亚提的奇人。然而，这在当时只是个遥不可及的期望，因为狄恩还在坐牢。在我们的心目中，他犹如包裹在一层迷雾中的人物。不过，稍后有消息传来，说是狄恩已经出狱，而且正在东来纽约途中；我们还听说，他刚刚跟一个名叫玛莉露的女孩子结了婚。

有一天我在校园里闲荡时，蔡德和提姆·格雷走过来告诉我，狄恩已到了纽约，下榻在东哈林区——哈林区里的西班牙人聚居区——一个朋友租的冷水套房里[①]。狄恩是前天晚上到的，这是他生平第一次来纽约，身边带着个漂亮宝贝玛莉露。他们在第五十街下了灰狗巴士后，转过街角，要找个吃东西的地方。他们径直走进了赫克托自助餐店，点了漂亮的糖浆大蛋糕和奶油泡芙。自此以后，赫克托自助餐店就成了狄恩心目中纽约的重大象征。

狄恩告诉玛莉露："甜心，我们现在已经来到纽约了，虽然我没有完全告诉你我们途经密苏里时我心里想些什么——特别是没有告诉你，路过布恩维尔感化院时，它让我对自己的牢狱岁月有多大感慨——不过，我们现在必须把所有这些隔夜饭菜乃至我们个人的男女私情抛诸脑后，因为我们必须立刻开始思考接下来的工作大计……"这就是狄恩早期一贯的说话方式。

我跟着蔡德和提姆去找狄恩。他穿着短裤应门。玛莉露看见我们来，连忙从沙发翻身起来。狄恩方才把这套房的原主人打发到厨房去（叫他去煮咖啡之类的），以便自己可以和玛莉露做些跟男女私情有关的事。虽然他口口声声强调，当务之急是要找份工作，但对他来说，性爱才是生命中唯一神圣和重要的东西。我发现，狄恩站着的时候，喜欢把头摆来摆去，不时又会向下点一点，活像个正在接受教练指示的年轻拳击手。你说话时，他会不断说"对对对"或"就是说嘛"，让你觉得，他无比专心在听着你说的一字一句。他身材高挑、窄臀、蓝眼、一口俄克拉何马腔，给我的第一印象是个年轻的吉恩·奥特里——一个留着大鬓角的西部牛仔英雄。事实上，在与玛莉露结婚和东来纽约以前，他只不过在

①指没有暖气（或热水）供应的分租套房。

科罗拉多州一个朋友（艾德·威尔）的牧场里工作过一段日子。玛莉露是个金发的漂亮宝贝，有一头海浪般的浓密鬈发。她坐在沙发边缘，手垂放在大腿上，蓝色的眼睛睁得大大的，她置身于一个早在西部就听人说起的条件很差的、灰蒙蒙的纽约公寓里，如同莫迪利亚尼笔下超现实主义作品中的那种身材颀长、消瘦的女性一般，在等待着什么。不过，她虽然外表甜蜜可爱，却是大草包一个，干得出令人发指的蠢勾当。那个晚上，我们喝啤酒、掰手腕，一直聊到天亮。当灰蒙蒙的日光照进来的时候，我们正东歪西躺，从烟灰缸里捡烟屁股来抽。这时，狄恩忽然神经质地站了起来，来回踱步，似乎是在思考什么大事，而他得出的结论是：玛莉露应该立刻去做早餐和扫地板。“换言之，甜心，我们必须把我说过的话时刻铭记于心，否则，我们就会摇摆不定，缺乏真正的知识，也无法让我们的计划开花结果。”于是我就告辞了。

接下来那个星期，狄恩找到蔡德·金恩，表示他已决定向蔡德学习写作；蔡德告诉他我是个作家，他应该找我求教。这个时候，狄恩已经在一家停车场找到了活计，但却和玛莉露闹翻了。他们在霍布肯的公寓里打了一架（至于他们为什么要搬到霍布肯，只有天晓得）。玛莉露气坏了，为了报复，竟然歇斯底里地捏造了罪名，向警察局举报狄恩，狄恩不得不仓皇逃离了公寓。于是，狄恩就成了个无家可归的人。他想到了来找我。我与阿姨同住在新泽西的帕特森。有一天晚上，我在看书时，敲门声忽然响起。我打开门，只见狄恩站在昏暗的走廊上，一副卑躬屈膝、忸怩不安的样子。“嗨，还记得我吗？我是狄恩·莫里亚提。我想来向你请教写作方面的事。”

“玛莉露呢？”我问。狄恩说她靠卖淫赚了一点钱，回丹佛去了。“哼，那个娼妇！”他骂了一句。我阿姨正坐在起居室里看报纸，有她在，我们是无法畅所欲言的，于是，我便带他到酒吧去喝啤酒。我阿姨抬头望了狄恩一眼——她肯定认为他是个疯子。

在酒吧里我对狄恩说："哎，老哥，我一清二楚，你来找我，绝不只是为了想当作家。而有关写作，我唯一知道的是，除非你有瘾君子对安非他命的执着，否则不会写出什么成绩来。"他说："对，当然，我完全理解你的话。我碰到形形色色的问题，但我最想达成的，就是透过叔本华的二分法所强调的那些因素，来达成自我的实现……"他就这样滔滔不绝地说着一些我既一窍不通，而他自己也不甚了了的事情。在那段时间，狄恩真的是完全不知道自己在说些什么。当时，他一心一意要成为一个真正的知识分子，所以喜欢用他从"真正的知识分子"那里囫囵吞枣学来的术语和口吻说话，说起话来自然会颠三倒四、不知所云。然而，要补充的是，狄恩并不是一个草包，因为，他只花了几个月时间和卡洛·麦克斯相处，就完全对那些术语行话的内涵心领神会。那个时候，我虽然听不懂他的话，但却能在另一个层次上理解他。我答应让他住在我家里，直至他找到工作为止。此外，我们又商量好，找个时间一同到西部走一走。那是一九四七年冬天的事。

有一天晚上，狄恩在我家用餐（他当时已经在纽约找到一份停车场的工作）。餐后我坐在写字机前写作，他在我背后站了好一会儿，然后俯身对我说："喂，老哥，动作快一点，妞儿可是不会等人的。"

"再等一小会儿，写完这一章马上好。"那是整本书中我最满意的篇章之一。然后，我就换上衣服，和他直奔纽约，去跟女孩子约会。当巴士穿过会发出古怪回响的林肯隧道时，我们正挨在一起，手舞足蹈，兴奋地大声聊东道西。我已经在不知不觉间变成像狄恩一样的疯子了。人人都认为狄恩是疯子，其实，他只不过是个对生活怀抱着巨大热情的年轻人罢了。没有错，他是个骗子，但他之所以行骗，不过是出于对生活的热情，因为如果他不耍些手段的话，他想接近的人根本就不会理睬他。他在骗我（出于想从我这里获得食宿和学会写作等原因），这我知道，而他也知道我知道。但我不在乎。我们相处得很愉快——彼此之间没有纠缠不休，没有互相迎合，像新朋友那样小心翼翼，谨小慎微。我从狄恩身上所学到的，有可能比他从我这里学到的还要多。对于我的写作，他的评语是："加油，你写的东西都很棒。"当我写小说的时候，他会站在后面，一面看，一面大呼小叫："漂亮！就是这样！哇！"他喊得满头大汗，要拿手帕出来擦。在巴士上，他对我说："哇，老兄，我想做的事情多如牛毛，想写的东西多如牛毛。我一直在想，怎样才能把我想到的一切统统写下来，而不会被林林总总的文学规矩和文法限制弄得束手束脚……"

"你说得对极了，老兄，你真是一针见血耶。"我喊道。当狄恩说着上述一番话的时候，我从他脸上看见了一道神圣的光芒。巴士上的其他乘客都忍不住转过头来，看看这个喋喋不休、疯言疯语的家伙是谁。狄恩的西部岁月，有三分之一在撞球室度过，三分之一在感化院度过，剩下的三分之一则是在公共图书馆度过。冬天时，人们常常会看到他连帽子也不戴，捧着书从图书馆匆匆忙忙赶去撞球室；其他时间，他大多是窝在他那些死党的树屋里，不是在阅读，就是在躲警察。

我们到了纽约，但并没有女孩子等在那里。狄恩说会有两个黑妞在快餐店里等我们，但她们却没有出现。我陪狄恩回他工作的停车场办几件事：换衣服，以及对着一面布满裂纹的镜子梳梳头之类的。之后，我们再度出发去找乐子。我把卡洛·麦克斯介绍给他认识，就是在那个晚上。卡洛和狄恩相会的那一刻，可说是天雷勾动地火的一刻。这两个有着敏锐心灵的人一见面，就深深被对方所吸引。他们各自像矛一样的眼睛互相刺穿了对方的眼睛——一个是有着金子般心灵的神圣的骗子，一个是忧郁、富于诗意但内心黑暗的骗子。卡洛·麦克斯正是后者。那一晚以后，我就很少看到狄恩，对此，我难免会有一点失落。但我没有什么好抱怨的，因为他和卡洛的疯劲儿，可谓旗鼓相当，相较起来，我不过是个乡巴佬罢了。我跟不上他们的脚步。

一场会席卷一切的疯狂旋风已经掀起了，而我们的所有朋友，都将会被卷入其中。那个晚上，卡洛给狄恩介绍了有关公牛老李、埃尔默·哈赛和珍的种种情况：公牛老李现在在得州种大麻，哈赛在赖克斯岛监狱，而珍则因为安非他命引起的幻象作祟，整日抱着小女儿在时代广场上流连，最终进了贝尔维尤的精神病院。狄恩也介绍了一些卡洛不知道的西部人物，比如汤米·史纳克，一个集撞球室骗子、扑克高手和奇怪圣徒等形象于一身的畸形足家伙；就连罗伊·约翰逊、大块头艾德·邓肯，他孩提时代的死党，他无以计数的女朋友和性派对，他看过的色情画报，他那些男偶像女偶像从事过什么样的冒险，狄恩都向卡洛一五一十道来。之后，他们又兴冲冲地跑到街上，东瞧瞧，西看看。每一件事物，看在他们眼里都那么色彩缤纷，仿佛前所未见（虽然这一切在日后都会黯然褪色，不过那是后话）。他们甚至像八音盒里的小人儿一样，当街翩翩起舞。我则踉踉跄跄地跟在他们后面到处跑。我一辈子都喜欢跟在能让我感兴趣的人后面，因为这些人都是疯狂的人，他们疯狂地生活，疯狂地说话，疯狂地渴望救赎，渴望拥有生活中的一切；他们不知疲倦，从不讲些平凡的东西，只会像传说中的黄色罗马蜡烛那样燃烧、燃烧、燃烧自己，如穿过星星的蜘蛛一样，迅即爆炸，就在这当儿，你看见炸裂形成的蓝光，每个人不禁脱口而出："哇哦！"在歌德时代的德国，人们是怎样称呼狄恩、卡洛这一类年轻人的呢？你已经知道当时的狄恩正热切想从卡洛那里学习写诗，你知道他一开始是用什么手段吗？他竭尽全部热情去批判卡洛。这种事，只有一个骗子可以干得出来。"现在，卡洛，你听我说。我要说的话是……"那晚之后，我有大约两星期没见着他们的面，其间，他们没日没夜地交谈，关系变得亲密无间。

然后，春天来了；春天是旅行的季节，我的一帮朋友，几乎每个人都有这样那样的计划。当时，我正忙于写小说（这中间，我和阿姨到南部去看了我哥哥罗科一趟）。当我的小说写到一半后，我就动身展开平生的第一趟西部旅行。

在这之前，狄恩已经离开了纽约。他走的时候，卡洛和我都去了第三十四街的灰狗巴士站送行。车站二楼有拍照的地方，二十五美分一张。我们拍了一张。照片中的卡洛没戴眼镜，一脸凶相；狄恩拍的是侧脸，看起来有点忸怩。我照的是正面，看起来像是个随时会把侮辱自己母亲的人干掉的三十岁意大利人。卡洛和狄恩用剃刀把照片从中间整齐割开，各自放入钱包，保存一半。重返丹佛的狄恩身穿一套标准西部生意人样式的西装；他在纽约的第一次探胜已经结束了。虽然我用的是“探胜”两个字，但狄恩在纽约所过的，实际上是累得像狗一样的生活。他可以号称是世界上最让人目瞪口呆的停车场管理员。他会用六十多公里的时速为客人把车倒入一个窄得不能再窄的停车位（车尾几乎抵到墙上），然后一跃而出，在防护板中间飞奔，跳上另一辆车，再以八十公里的时速在狭窄的空间左右打轮，飞快地倒车入位，猛地拉下手刹；随后他蹦出驾驶室，像田径明星似的冲向票亭，开具停车票，不等车主下车就钻进刚到的汽车里，车门还没关好，他就发动了引擎，轰鸣着开向下一个车位。汽车划着漂亮的弧线、停车入位、刹车、下车、奔跑……他就这样，穿着油腻的裤子、磨损的皮毛夹克和破旧的鞋子，浑身散发着酒味，不停地忙碌着，每晚一干就是八小时，在下班晚高峰和剧院散场时情况尤甚。要回丹佛以前，他特地到第三大道，花十一美元买了蓝色的条纹西装三件套、一块怀表、一条表链和一部便携式打字机（他准备回丹佛找到工作后，就开始从事写作）。我们在第七大道上的赖克餐馆吃了一顿香肠豆子作为饯别饭。接着，狄恩就坐上一辆开往芝加哥的巴士，没入了夜幕中。我向他保证，等春天切切实实来到，大地重新露出笑靥的时候，我会到丹佛去找他。

这就是我后来那接二连三的旅途生活的肇端。我在旅途上遇到的事实在太酷太炫了，忍不住要把它写成书，昭告每一个人。

我之所以决定旅行到西部找狄恩、进一步了解狄恩，不只因为我在校园的闲晃已经到了一个极致，也不只因为我是个作家，有多体验人生的需要，更重要的是，狄恩对我有一种特殊的吸引力。虽然我们个性不同，但不晓得为什么，他给我的感觉，却像个失散多年的兄弟。不知道为什么，每当我看到他那固执顽强的脸，看到他那肌肉紧绷、汗流不断的脖子，我就会不期然忆起我在帕特森和帕塞伊克的儿时岁月，在水潭和河边嬉戏的日子。他那身脏兮兮的工作服，是那样优雅地依附在他身上，会让你觉得，即使找最好的裁缝量身定做，也做不出这样贴身的衣服来。只有乐在生活之中的“大自然裁缝师”可以做得到这一点。在他那种亢奋的说话声中，我可以再一次听到儿时我的玩伴和兄弟走在桥上、骑在摩托车上或走过邻居门前的说话声。（我还记得，在那些让人昏昏欲睡的下午，邻居的小孩会坐在门阶上弹吉他，而他们的兄长，则在工厂里工作。）我目前的朋友，全都是“知识分子”——蔡德是个尼采式的人类学家；卡洛·麦克斯是个疯疯癫癫的超现实主义诗人，讲起话来语气低沉、神情严肃；公牛老李则喜欢拉长调子，批判这个，批判那个——要不就是鬼鬼祟祟的罪犯，比如冷嘲热讽、不可一世的哈赛；珍·李同样如此，瘫在铺着东方式椅套的沙发上，一面看《纽约客》，一面对其嗤之以鼻。但狄恩却不一样。论“知性”，狄恩的敏锐度、全面度和形式上的严谨度一点都不输给我的知识分子朋友，但他却不会像他们那样枯燥乏味。至于他的“罪行”，也不是偷偷摸摸的那一种，而是大大方方的一种。狄恩从来都不会隐瞒自己的欲望，总是勇敢而大声地把自己的欲望说出来。那是一种西部式的作风，是一阵从西部吹来的风，是一首从大草原传来的颂歌。还有一点就是，我的所有纽约朋友，对社会抱的都是一种消极的态度。他们喜欢引经据典，援引各种政治学或心理分析学上的论据，把这个社会贬得一文不值。但狄恩却不会，他只会在社会里蹦蹦跳跳，用极大的热情追求面包与爱情。他对什么都无所谓。你会从他嘴巴里听到的，只是："只要能让我搞定那个小美人，我就死而无憾了。"不然就是："你只要给我吃的就行，老哥，听到吗？我快饿死了，我们立刻去吃东西吧！"正如《旧约 · 传道书》所说的："这就是你在太阳底下的份位。"每个人都有他的份位。

至于狄恩，则沐浴着西部阳光长大。我阿姨警告我，和狄恩这种人混没有好处，只会自找麻烦。然而，我却听到一种新的声音在召唤我，看到一条新的地平线在迎向我。我年轻的心对此深信不疑。即使我真的会遇上麻烦，即使狄恩最后拒绝我当他的死党，又即使他在我饥肠辘辘或辗转病榻时置我于不顾（就如后来所发生的），那又有什么大不了的呢？我是个年轻作家，一心想着振翅高飞。

我知道，在旅途中的某地，将会有女孩，有灵启，有一切的一切在等着我；在旅途中的某地，蚌壳将会张开，把珍珠送到我的手里。

2

一九四七年七月，我已经从退伍军人福利金里攒够了五十美元路费，可以启程前往西海岸了。前不久，我才收到老朋友雷米 · 庞戈从旧金山的来信，问我有没有兴趣跟他一起乘客轮去环球旅行。他保证可以把我弄到机房里去。我回信说，只要能让我做几次环太平洋的长途旅行并且让我还能留下够维持日后待在阿姨家里写作的生活费，再烂再破的货轮我都愿上。雷米又回了一封信，说他现在住在旧金山郊外米尔镇的一间木屋里，在上船出海以前，我可以住他家，爱怎样写作，就怎样写作。他目前跟一个名叫李 · 安的女孩子同居，李 · 安的厨艺堪称一绝，一切都不必操心。雷米是我预科学校时代的老朋友，是个在巴黎长大的法国人，也是个彻头彻尾的疯子——天晓得他现在的疯又增加几成了。他希望我能在十天之内抵达旧金山。我阿姨完全赞成我到西部去旅行的计划；她认为我一整个冬天都闷在家里写作，出去透透气是件好事。她甚至不反对我打算靠搭顺风车旅行的计划。她唯一希望的是，我能快快乐乐出门，平平安安回家。就这样，在一天早上，我最后一次整理好床铺被子，把几件必须随身携带的物品放入一个帆布袋，兜里装上五十美元就出发了——书桌上还放着那部写到一半的小说。

在帕特森出发前几个月，我浏览了一大堆美国地图，甚至还读了一些有关拓荒者的书籍，了解到一些别有趣味的地名，如普拉特河、锡马龙河等。在公路地图上，我看到一条标示着“六号公路”的长长红线，从科德角的最尖端，一直通向内华达州的伊利，再折而下斜至洛杉矶。我信心满满地告诉自己，我会沿六号公路一路搭便车到伊利。要到达六号公路，我得先到达大熊山。满怀着对芝加哥、丹佛和旧金山的种种遐想，我坐上第七大道的地铁，一直坐到第二四二街街尾，再换乘电车到扬克斯；在扬克斯，我搭乘一辆出城的电车，直达纽约市的最边缘——哈德逊河的东岸。假如你在哈德逊河位于阿迪朗达克山的神秘源头，抛下一枝玫瑰，想想看，它一路漂流而下，途经各地，最后汇入大海，一去不复返——想想那迷人的哈德逊河河谷。我就这样沿着哈德逊河开始了搭车之旅。五辆顺风车接力般把我送到了大熊山桥。只不过，我才踏上从新英格兰拐过来的六号公路时，雨就开始倾盆而下。这里山势险峻，六号公路跨越哈德逊河，盘旋延伸入一片荒凉之中。沿路不只没有一辆车，而且雨瓢泼似的越下越大，完全没有可以避雨的地方。我只得在一些松树之间奔突躲雨，但帮助不大。我开始喊叫咒骂，捶打自己的脑袋，骂自己是个大笨蛋，想出这种馊主意。现在，我南距纽约市六十多公里。我一路上都担心，在这个盛大的启程日，我会不会尽是这样子向北窜逃，而无法向我心仪的西部踏出半步。现在我果然被困在了北方的这个滞留点。奔跑了半公里以后，我找到了一个废弃的英国式加油站，便躲到屋檐下避雨。阵阵轰然的雷鸣从我头顶的大熊山上传来，让我领略到什么叫上帝的震怒。我抬头仰望大熊山，唯一可以看到的只是笼罩在烟雨中的树木和高达天际的荒凉。"我到这里来搞什么鬼？"我自怨自艾，大声呼唤着芝加哥，"他们现在一定都在狂欢，但却没我的份。我什么时候才到得了那里？！"最后终于有一辆汽车出现，它就停在加油站前面。车上坐着一男两女，他们停下来是为了研究地图。我向前一步，朝他们打手势。他们互相商量了起来；他们一定是把我当神经病，这也难怪，不但我的头发湿淋淋的，就连我的鞋子也是湿鼓鼓的。我的鞋子，是一双既不适合在雨天里穿也不适合在山路行走的墨西哥式平底凉鞋，唉，我真是蠢到家了。不过，他们最后还是答应了载我，说可以把我载到纽约北面的纽堡。我别无选择，因为走回头路怎么说也总比一整晚被困在荒凉的大熊山区要强。那男的跟我说："六号公路上不会再有车经过了。如果你想去芝加哥，最好是穿过纽约的荷兰隧道，取道匹兹堡。"我知道他说的是事实。我一直有一个不切实际的想法：如果能够沿着那条红线，一直去到芝加哥，不需要把路换来换去的话，会是多美妙的一件事。我会落得如此下场，完全是这个鬼迷心窍的想法作祟。

到纽堡的时候，雨已经停了。我不得不坐上一辆回纽约的巴士。满车都是从山区度周末回来的学校老师，他们的废话说个没完。我沿途都为多花的冤枉时间和冤枉钱咒骂自己。我要去的是西部，但我花了一天一夜，上上下下，南来北返，却连到西部的第一步还没有跨出去。我发誓非要在明天抵达芝加哥不可。为了达到目的，我在纽约市坐上一部直通芝加哥的巴士。虽然这会花掉我身上大部分的钱，但只要明天能到得了芝加哥，我在所不惜。

3

那是那种最一般不过的巴士之旅：此起彼落的婴儿哭声，灼热的太阳，上车下车的乘客。宾夕法尼亚州沿路城镇上下车的旅客很多，要直到俄亥俄州的平原区，巴士才算真正飞驰起来。打阿什塔比拉的旁边经过后，我们在晚上穿过印第安纳州。第二天，巴士抵达芝加哥的时间相当早。我口袋里的钱已经所剩不多，在基督教青年会要了个房间，大睡了一觉，睡足了才起床探索芝加哥。

密歇根湖畔微风轻拂，卢普区的波普爵士乐声随风飘来，我在南霍尔斯特德和北克拉克一带徘徊徜徉，半夜时分还漫步进入流浪汉宿营地。一辆巡逻车觉得我形迹可疑，尾随了我一路。一九四七年这阵儿，波普爵士乐正在全美各地刮起一阵旋风。卢普区的人们也在演奏波普爵士乐，但有点懒洋洋的味道。这也没有什么好奇怪的，因为波普爵士乐当前的发展，正处于一个旧阶段（查理·帕克）和一个新阶段（迈尔斯·戴维斯）之间的过渡时期。当我听着那代表着我们这一代人风尚的波普爵士乐乐声时，不禁惦念起分散在全国各地的朋友，此时此刻他们很有可能正在宽敞的后院里跟着劲道十足的音乐像我一样颤动着、嘶哮着。第二天中午，我有生以来终于第一次踏上向西的征途。那是个晴天丽日，最适合拦顺风车不过。为了绕过芝加哥迷宫似的交通拥堵，我直接坐巴士到伊利诺伊州的乔利埃特。经过乔利埃特监狱之后，我徒步走到镇外，在高速公路边竖起拦车的大拇指。从纽约到乔利埃特一路下来，我都是坐巴士，而我身上的钱，已花了过半。

我拦到的第一辆顺风车，是辆插着红旗运送炸药的货车。驶入郁绿苍翠的伊利诺伊州五十公里后，司机把六号公路和六十六号公路的交会点指给我看（我们就开在六号公路上），告诉我，这两条公路在交会后会再度分开，直直驰向无限远的西部。大约下午三点，我在路边摊吃过一顿苹果派和冰淇淋以后，就开始拦下一部车。一个开着小汽车的女人停在我前面。当我奔上前去的时候，还以为搞不好会有什么艳遇，但看清楚后，才晓得那是个中年妇人，年纪大得够当我妈妈。她要到艾奥瓦去，问我愿不愿和她轮流驾驶。我当然是没命地答应，艾奥瓦耶！艾奥瓦离丹佛不远，而只要到得了丹佛，我就什么都不愁了。开始几小时由她驾驶。途中她停下来了一次，坚持要去参观一家老教堂，仿佛我们是什么观光客似的。直到罗克艾兰和达文波特的一路上，都是由我驾驶——虽然我的驾驶技术并不高明。在这里，我生平第一次亲睹心仪已久的密西西比河。经过夏天太阳的曝晒，密西西比河的水位变得很低，从广阔的河床传来一种腐臭的味道，闻起来就像是美国的体味。出罗克艾兰后，经过一座桥，就是达文波特。达文波特是个和罗克艾兰一模一样的小镇：铁轨纵横，木屋林立，镇中心区小小的。它在中西部煦暖太阳的照耀下，散发出阵阵锯屑的味道。女车主要走另一条路去往她艾奥瓦的家乡，我们就在这里分道扬镳。

太阳慢慢西沉。喝过几杯冰啤酒后，我开始向城镇边缘走去，这是一段长路。所有人都在下班开车回家的途中，他们有戴铁路工人帽的，有戴棒球帽的，各式各样的帽子都有，和美国任何一个地方下班时间可以看到的情景没有两样。他们其中一个把我载到了大草原边的一个孤零零的十字路口。四周的景色非常美。所有路过的车子都是农耕车辆。农夫们用异样的目光打量着我，驾驶着车轰隆隆开过，后面跟着一起回家的乳牛。一辆货车都没看见。是有两三辆轿车经过，但它们都打我面前呼啸而过。一个小伙子开着一辆改装的高速小车从我身旁飞快地绝尘而去，我只看见他红色的围巾在空中一闪而过。太阳已经完全下山，我被笼罩在紫黑的夜幕中。我开始害怕了。信不信由你，艾奥瓦乡村地区的夜，竟可以黑得连一丝光线也没有。幸好，后来有一个要到达文波特的人开车经过，把我载回城里去。换言之，我又回到了原点。

我坐在公交车站，回想着这一切，又吃了一顿苹果派和冰淇淋。基本上，一路下来，我每一餐吃的都是这两种玩意儿，它们不但有营养，而且美味。最后，我决定赌一赌运气。在车站的咖啡馆，我盯着一位女招待看，一直看了足有半小时，然后在达文波特闹市区坐上一辆巴士，再次到达城市的边缘，不过这一次是在靠近加油站的地方下车。一辆辆大卡车从我面前咆哮而过。不到两分钟，就有一辆大卡车停了下来。我立刻往前跑去，高兴得灵魂都出了窍。卡车司机是个彪形大汉，有一双铜铃大眼和一副沙哑刺耳的嗓子。他口沫横飞，话说个不停，却几乎没管我是不是在听。这正合我意。要知道，搭便车旅行的一大苦事就是你要和无数搭载你的人聊天（有时甚至要取悦他们），以免让他们觉得所载非人。如果你是个不打算住旅馆而打算在车上睡觉的人，这尤其是一大负担。卡车司机不用我搭腔，我反而落得清闲。在向艾奥瓦市奔驰的一路上，司机告诉我一个又一个他怎样在全国各地超速却避过警察耳目的有趣故事。“那些该死的警察想要叮到我的屁股可是门儿都没有！”他大声吼着和我说话，我也只好大声附和几句，于是我们都放松了。就在快要进入艾奥瓦市的时候，他向跟在我们后面的另一辆大卡车打灯，示意对方停下来。原来卡车司机考虑到他要在艾奥瓦市拐弯，所以替我安排接下来的交通工具。后面的卡车司机果然停了下来，我赶紧拿起帆布袋往后面跑去。没想到完全不用我做什么，就有另一辆又高又大的“出租车”，载着我在黑夜中一百又一百公里地奔驰——我真是快乐得无以复加！这个卡车司机和上一个一样，是个话不停的人，所以我唯一要做的事，就是舒舒服服地靠在椅背上，任凭卡车隆隆前行。现在，我仿佛已经看到，丹佛就像《圣经》中的应许之地一样，在极遥远的前方，朦胧隐现。我甚至看到更远方的旧金山，像珠宝一样在黑夜中闪闪生光。

卡车司机一刻不停地聊着，疾行几小时后，他把车停在艾奥瓦的一个小镇上，在驾驶座上睡了两三个小时（几年后，在这同一个小镇，我和狄恩将会被误以为是偷车贼而被警察拦下来）。我也睡了一会儿，醒来后沿着孤灯照亮的砖墙散了个短步。镇上每一条短街的尽头都是一片森然的大草原，玉米的味道闻起来像是夜里的露水。

卡车司机在破晓醒来后，我们再度上路。一小时后，得梅因的炊烟出现在绿色玉米田的最前头。卡车司机说他要去吃早餐，然后放松一下，于是，我就和他分了手，独自往得梅因走去。走了不到七公里，两个艾奥瓦大学的学生让我搭他们的便车。坐在崭新而又舒适的车子里，听他们谈论有关考试的种种，让我有一种虚幻不实之感。进城后，我第一件想做的事就是大睡一觉。但基督教青年会已经客满。直觉叫我沿着路轨找住的地方（得梅因的铁轨很多）。经过一番盘旋绕行后，我在火车头车库附近找到了一家老旧的旅馆。房间里有一张铺着白床单、干净的大硬床，枕头旁边的墙壁上，被人刻上各种脏话歪诗；窗户上挂着破旧的黄色百叶窗，挡住外头烟蒙蒙的铁路景色。我酣睡了一整天，醒来时太阳已经赤红。就在醒来的一刹那，我经历了一生中最诡异的一次体验：我想不起来自己是谁了。我远离家园，因为旅途跋涉而困顿不堪，躺在一家陌生的廉价旅馆，盈耳是窗外火车的蒸汽嗞嗞声、旅馆木头的吱嘎声、楼上的脚步声和各种引人忧郁的声音。我望着高高的、有裂痕的天花板，有整整十五秒钟想不起来自己是谁。我觉得自己是另一个人，一个陌生人，一个过了幽灵似的一生的人。其实，我会有这样的错觉并不奇怪。我已经跨越了半个美国，来到一条分水线上：分水线的一边，是过去的东部的我；分水线的另一边，是未来的西部的我。也许就是这个原因，才会在一个红艳艳的午后，有那样的怪事发生在我身上吧。

但我还有路要赶，不容浪费时间去伤春悲秋。我拿起帆布袋，跟坐在痰盂边的老店东道过再见，就踏出旅馆，去吃我的晚餐——还是苹果派和冰淇淋。越深入艾奥瓦，可以吃到的苹果派就越大个儿，冰淇淋口味就越浓郁。得梅因到处都有最漂亮的女孩子，都是下课回家的高中女生。只不过，我实在没心情去想这档子事。我必须尽快赶到丹佛去参加那里的舞会。卡洛已经在丹佛了；狄恩也在那里；蔡德·金恩和提姆·格雷也是（丹佛本来就是他们老家）；还有玛莉露。除此以外，据说还有其他一大票人在等着我，包括赖伊·罗林斯和他漂亮的妹妹贝贝·罗林斯，还有狄恩认识的一对女侍应姐妹花——贝当古；甚至连我大学时代写作班的老友罗兰·梅耶现在也到了丹佛。一想到和这样一票人会合会是怎么样的乐事，就让我雀跃难耐。所以，我只好置得梅因这些天底下最漂亮的美女于不顾，匆匆跟她们擦身而过。

一辆载满各种工具的货车把我载上了一个长长的山坡，司机站着开车，像是一个现代的送奶工人；然后，我又立刻拦到一辆由一对农人父子所开的车，他们的目的地是埃德尔。就在埃德尔一个加油站附近一株大榆树下，我认识了一个和我一样，靠搭便车前进的旅人。他是爱尔兰人，也是个典型的纽约客。据他说，他为邮局开邮车开了好几年，现在打算到丹佛找一个女孩子，展开新的生活。但据我猜想，他离开纽约，是在躲些什么，而且大有可能是在躲官非。他年约三十，鼻头发红，一望而知是个酒徒。这种人通常会令我感到无聊，只不过我天性对社交关系较为敏感，对于任何示好都来者难拒。他穿着破旧的毛线衣和松垮垮的裤子，随身携带的袋子里除牙刷与手帕以外，别无长物。他建议我们结伴同行。我本来应该拒绝他的，因为以他那副吓人的尊容，只怕会让我平白损失不少拦到便车的机会。不过我最后还是和他结了伴，而且拦到一辆要到艾奥瓦州斯图尔特的便车。不过，到了斯图尔特，我们就被困住了。我们站在一个铁路售票处前面，足足等了五小时，直到日落还拦不到一辆车子。起先，我们以聊聊各自的过去打发时间，继而他讲了一些黄色笑话，等他笑话讲光，我们就只能靠踢踢石子和制造各种怪叫声打发无聊。百无聊赖之余，我建议不如干脆去喝一美元的啤酒。我们走到一家颇有些历史的酒馆，结果，几杯下肚他醉得和他在纽约每天晚上回到第九大道的家中时没有两样。他凑到我耳边，向我讲述他各种下流的梦想。我开始有点喜欢他，倒不是因为他是个好人（正如后来发生的事情证明的那样），而是因为他对任何事情都充满了激情。喝完酒，我们再回到黑漆漆的公路边拦车。天色已晚，路过的车子更少了，也没有一辆愿意停下来。我们就这样一直待到凌晨三点，后来又躺在铁路售票处的长凳上试着睡觉，但电报机一整晚响个不停，让我们无法成眠。是有很多货运火车轰隆隆地经过，但我们从没有干过攀火车的勾当，不敢贸然尝试；再说，我们也分辨不出哪一列火车是东行，哪一列是西行，甚至不知道应该爬上厢式货车、平板车还是冷藏车。天快亮的时候，我们干脆坐上一辆到奥马哈去的巴士，加入那些昏睡的乘客之中。我付了车票钱——两个人的车票钱。他的名字叫爱迪，长相和我一个外甥有点像，我会愿意和他黏在一起，理由也在此。我希望沿路有个熟朋友、有个喜欢笑的人做伴。

车子在破晓时分经过康瑟尔布拉夫斯。冬天的时候，我就读过大篷车队向俄勒冈和圣菲城进发的历史故事，他们出发之前，曾在康瑟尔布拉夫斯这里召开过会议。当然，现在出现在车窗外的，就只有零零落落、笼罩在灰蒙蒙的晨曦中的村舍罢了。车子开进奥马哈的时候，老天，一个活生生的牛仔出现在我的面前——这还是生平头一遭呢！他头戴高顶宽边呢帽，脚登得州马靴，沿着一些肉品批发店前面走过。不过，除了服饰以外，他的样子和在东部黎明时走在砖墙旁边的落魄角色没两样。下巴士以后，我们步行登上了那座经密苏里河数千年冲刷形成的长山，奥马哈就依此山而建。我们在城外路边再次竖起拦便车的大拇指。一个头戴高顶宽边呢帽的有钱牧场主载了我们短暂一程。他说，普拉特河谷就像埃及的尼罗河谷一样了不起。我看着随普拉特河蜿蜒到天边的参天大树和两旁绿油油的大片大片田野，几乎忍不住要附和他的意见。我们在一个十字路口下车没多久天空阴暗下来，这时另一个牛仔先生开车经过。他停下来，问我们两个人之中有没有人会开车。我们都会开车，但只有爱迪有驾照。牛仔先生有两辆车要开回蒙大拿，想找人帮他开其中一辆。我们只要把车开到格兰德艾兰，他太太就会接手。到那时他要继续北上，意味着我们只能搭到那里。不过不管怎么说，我们可以在内布拉斯加州境内行驶一百多公里，我们当然是忙不迭地答应。我坐牛仔先生的车，爱迪一个人开另一辆。一出城，爱迪就把车飙到一百五十公里的时速。“那小子在干什么？！”牛仔先生咆哮道，紧追在后面，两辆车犹如赛车一般。对于爱迪的举动，我只能想到一个解释：他想溜之大吉。但牛仔先生紧追不舍，让爱迪无法得逞。最后，他赶上爱迪，猛按喇叭，示意爱迪停下来。

“小兄弟，你就不能开慢一点吗？你这样开，包管你会落得头破血流！”

“我真有开到一百五吗？”爱迪说，“天啊，路太平坦了，我一点感觉不到自己开多快。我真该死！”

“慢慢开没关系，这样才能保证你平平安安到达格兰德艾兰。”

“没问题。”再度上路后，爱迪开得很慢，慢到我怀疑他是不是一面开车一面打瞌睡。就这样，我们沿着蜿蜒的普拉特河和它那些青翠的田野，在内布拉斯加州境内开了一两百公里。

“经济大萧条那年头，”牛仔先生对我说，“我每个月最少会攀火车外出一次。和我一起攀在车厢外的，各色人等都有。有到处找工作的失业者，也有纯粹的流浪汉。那年头整个西部都是这样的光景。火车司机从来不会为难谁。至于他们现在还是不是这样，我就不得而知了。在二十世纪三十年代中期，你在内布拉斯加这里放眼望去，除了滚滚烟尘以外，什么都看不到。空气混浊凝重到你甚至无法呼吸，连土地都是黑色的。当时我就住在这里。如果政府决定把内布拉斯加还给印第安人，我会举双手赞成。我讨厌这个鬼地方要甚于世界任何地方。我现在住在蒙大拿——蒙大拿的米苏拉。你有空到米苏拉走走的话，就会知道上帝的国度是什么样子。”他是个说话有趣的人。当下午他说话说累了之后，我便开始睡觉。

我们半路上停下来用过一次餐。牛仔先生拿了一个备胎去补，而爱迪和我则进了一家家庭式小餐馆。吃到一半，一阵大笑声——肯定是世界上最大的笑声——在门口响起。走进来了一个皮肤粗粝得像牛皮的内布拉斯加老农夫，后跟一群年轻小伙子。他的笑声响彻整个大草原，响彻他年轻时代那个灰色世界。每一个人都附和着他笑。他根本不在乎别人的眼光，却对每个人表现出浓浓的关切之情。我心里想：哇，听听这笑声，这就是西部，我身在西部啦。他快步走到吧台前，对老板娘说：“大娘，我饿慌了，快给我弄点什么来祭祭五脏庙，否则，我说不准会把自己吃掉。”这个大娘，懂得做全内布拉斯加最美味的樱桃派，而这样的樱桃派，我面前就有一个，上面还堆着像山一样高的冰淇淋。老农夫一屁股坐到一张高脚凳上，哈哈哈哈笑个没完。“上面记得放上些豆子。”现在，西部精神就活生生坐在我身边。我真希望了解有关他的一切，希望了解这些年来，他除了笑和叫以外，还干了些什么。但牛仔先生这时却回来了，我们只好再次向格兰德艾兰进发。

我们平安抵达格兰德艾兰，牛仔先生去接他的太太继续他的人生之路，我和爱迪则继续我们的行程。我们搭乘了一辆拼装的旧汽车，车上有几个农村小伙子，一路上吵吵嚷嚷热闹非凡。走了一段路后我们下了车，在这个不知名的地方赶上一阵细雨。继而，一位老先生又把我们载到了谢尔顿。他沿途没有说半句话，他为什么愿意载我们，只有天晓得。在谢尔顿，我们站在一条路旁拦车，不远处盘腿坐着一群五短身材的奥马哈印第安人，显然，他们既无事可做，也无处可去。路的对面是铁路和一些上面写着“谢尔顿”几个字的大水箱。“老天，”爱迪吃惊地说，“这城镇我以前来过耶。那是几年前的事，还在打仗。我到的时候已经很晚。每个人都在火车上睡觉，只有我一个人走到月台去抽烟。四周黑灯瞎火的，我根本不知道这里是那里。但等我一抬头，就看到大水箱上‘谢尔顿’斗大几个字。我坐的是一列到西海岸去的火车，在这里不过暂停几分钟，不知道是为了加燃料还是什么来着。火车上每个人都鼾声大作。从那时起，我就讨厌这个鬼地方。”谢尔顿又把我们困住了。就像在达文波特一样，打我们前面经过的尽是些农耕车辆。偶尔会出现旅游车，但这种情况更糟，一般开车的都是老先生，车上那些本来正在看地图或探头看风景的老太太只要一看见任何可疑的脸孔，就会赶紧把头往后一缩。

雨渐渐变大，爱迪有点凉着了，他身上衣服很少。我从帆布袋里找出一件格子羊毛衬衫给他穿上，他感觉稍微好一点。我觉得自己也有点着凉，便到附近一家印第安杂货店里买了点感冒药，又在一家不足一平方米的小邮局里写了张明信片寄给我阿姨，花了一美分。之后，我们折返那条灰蒙蒙的公路边，大水箱上的“谢尔顿”几个大字再一次映入眼帘。一列来自罗克艾兰的火车呼啸而过，我们看见卧铺车厢里旅客模糊的面孔一闪而过，列车往我们向往的方向咆哮而去。雨下得更大了。

这时，一辆汽车在对面车道停下，走出来一个高高瘦瘦、头戴牛仔帽的老头。他朝我们走过来，样子像个警长。我们都在心里盘算，待会儿要怎样回答他的盘问。但他的步伐很悠闲。

“你们两位小兄弟是要到什么地方去吗？还是只是漫无目的四处走走？”

我们不知道他为什么这样问，但这可真是个好问题。

“你问这个干吗？”我们反问他。

“哦，是这样的，我是个游艺团的团长。我的游艺团就落脚在这条路几公里开外。我想找几个想赚点钱的大小伙子帮忙。我有轮盘赌的特许证，也有套木环的许可证，就是向玩具娃娃投掷圈圈，圈中就可以带走那种。如果你们愿意帮忙看摊子，可以分到收入的三成。”

“包吃住吗？”

“包住不包吃。吃饭的话你们要自己到镇上吃。我们的游艺团不时会转换地点。”我们考虑了一下子。“这可是一个好机会啊。”他又补充了一句，很有耐心地等候我们做决定。我们略感尴尬但不知道怎么说，我可没兴趣跟着一个游艺团四处跑。我迫不及待地要赶去丹佛。

我说：“我不认为我有这个时间，我正在赶路。”爱迪也同样回答。老头儿挥了挥手，好整以暇地穿过马路，回到车子里。我和爱迪为这件事捧腹笑了一会儿，并在脑海里想象我们在游艺团里工作的样子。我仿佛看到了黑暗的烟尘滚滚的大平原，看到一个个闲晃的内布拉斯加家庭，看到一张张红扑扑的孩子的脸——他们兴奋地东张西望，而我则像个魔鬼一样，用一些廉价的把戏去诱骗他们。摩天轮在黑夜的平地上转动，万能的主啊，旋转木马播放的乐曲听起来多么悲哀，我只想实现我的目标——在镀金大篷车上的麻布垫床上睡一大觉。

接下来发生的事情说明了爱迪是个怎样的同伴。一个奇怪的东西朝着我们缓缓开来，司机是个老头；他开的那东西由铝片组装而成，方正得像个盒子。那毫无疑问是部曳引车，但却是一部怪里怪气的内布拉斯加曳引车。曳引车开得很慢，最后停了下来。我们忙不迭地跑上前去，但老头却说他只能载一个人。爱迪二话不说就跳上车，然后随着曳引车吱嘎吱嘎地慢慢从我视线里消失——身上还穿着我给他的那件格子羊毛衬衫。嗯，没什么大不了的，我对着我的羊毛衬衫说了句再见。之后，我一个人在路边拦了好久好久的车（有好几小时），都徒劳无功。在我的主观感觉上，天已经渐渐黑下来，但事实上，那还不过是下午。丹佛啊丹佛，我要怎样才到得了丹佛？就在我打算放弃等待，找个地方喝杯咖啡时，一辆车子突然停在我的前面。那是一辆相当新的车子，司机很年轻。我疯了一样往前跑去。

“你要去哪儿？”

“丹佛。”

“那好，我可以载你一百六十公里的路。”

“好，好。你真是我的救命恩人。”

“我过去常搭顺风车，所以现在喜欢搭载别人。”

“要是我有车，也一定这样。”我们攀谈了起来，他告诉了我一些有关他的事，但并不怎么引人入胜。我睡了过去，等醒来时，车子停在戈森堡的镇外——也就是我该下车的地方。

4

接下来，我坐了生平最妙不可言的一趟顺风车。车子是一辆带车斗的货车，车斗里横七竖八躺着六七个人。司机是来自明尼苏达的两个金发年轻人，只要路上有谁挥手，他们一律都会停下来。他们手脚粗大，穿着棉布衬衫和工装裤，有着你所见过最和气、明媚、善意的笑容。当他们把车停下来时，我跑上前去问：“还有空位吗？”他们回答说：“当然有，上来吧，任何要坐便车的人都有空位。”

货车重新发动时，我还没有来得及攀到车斗内，半个身体悬在车外，显得有点狼狈。一只手伸出来，把我拉了进去。大家在传递一瓶快见底的劣质酒，我仰头就着内布拉斯加富有野趣诗意、夹带蒙蒙细雨的空气，喝了一大口。一个戴棒球帽的小伙子喊道：“我们从得梅因开始就坐这两位老兄的车，车子一路下来没有停过。如果要小便，你除非喊他们停车，否则就只能撒在半空中。抓稳啊，老兄，抓稳啊！”

我环顾了一下四周的车友。有两个是来自北达科他州的小伙子，他们头戴红色棒球帽——北达科他州农村青年的标配，正在沿路找收割的零工打。另外有两个小伙子是城里人，来自俄亥俄的哥伦布市，是高中的橄榄球队员；他们一边嚼口香糖，一边迎风唱歌。他们告诉我，他们在做暑假旅行，打算靠着搭便车环游全国。“我们要去洛杉矶。”他们扯着大嗓门儿告诉我。

“你们去洛杉矶干吗？”

“唔，不知道。管他呢。”

同车的还有一个高高瘦瘦的家伙，一脸鬼鬼祟祟的表情。“你打哪儿来的？”我问他。他就躺在我旁边的位置——车斗上没有栏杆，所以如果你不是躺着而是坐着的话，笃定会被震出车外。他缓缓地向我转过脸来，说了三个字：“蒙——大——拿。”

尚余的两名车友是密西西比吉恩和他带出来的小朋友。密西西比吉恩是个瘦小、黝黑的流浪汉，长年靠着攀火车南来北往。他今年三十来岁，但有一张年轻的脸，不容易让人猜到真实年龄。他盘着双腿，一直望着田野，连续好几百公里都不发一语。最后，他终于开腔了。他问我：“你去哪里？”

我说丹佛。

“我有个姐妹在丹佛，不过我们已有好几年没见过面。”他说起话来有韵律而缓慢。他是个很沉得住气的人。他带在身边的那个十五六岁的金发少年，也是一身破破烂烂的流浪汉装束，也就是说，全身黑乎乎、脏兮兮的，那是攀火车和睡地板的结果。

金发少年就跟密西西比吉恩一样安静，看上去，他离家外出是为了躲些什么，而从他愣愣的眼神和忧虑的表情，我猜他八成是在躲警察。每过一阵子，蒙大拿瘦竹竿就会语带挖苦地跟他们说上一两句话，但他们都不搭理他。他一脸谄媚，像个白痴似的对着你傻笑的样子，真有点吓人。

“你身上有钱吗？”蒙大拿瘦竹竿问我。

“少得可怜。到丹佛以后，大概只够我买一瓶一品脱的威士忌了。你呢？”

“我知道哪里可以弄到些钱。”

“哪里？”

“哪里都可以。反正没有哪条小巷暗街是找不到冤大头的，你说呢？”

“嗯，我相信你有办法找得到。”

“真有需要的时候，我不会犹豫的。我要到蒙大拿看我父亲。我会在夏延下车，再找别的办法去蒙大拿。这车是要去洛杉矶的。”

“直接到洛杉矶？”

“直接到。如果你是要去洛杉矶的话，就赚到了。”

他这话让我怦然心动。一想到能够在晚上驰骋于内布拉斯加、怀俄明，早上驰骋于犹他州的沙漠，下午驰骋于内华达的沙漠，然后到达洛杉矶，我几乎想改变原定的行程。但我必须到丹佛去。我必须在夏延下车，改搭别的便车到一百四十公里外的丹佛。

开车的两个明尼苏达小伙子终于在北普拉特把车停了下来，以便用餐。他们从车头走出来，向坐在车斗里的每一个人微笑。他们其中一个说：“尿尿时间到。”另一个则说：“用餐时间到。”只不过，他们是一行人中唯一有钱买东西吃的人。我们跟在他们屁股后面，进了一家由几个女人经营的餐馆。我们吃的是汉堡和咖啡，而他们则像到了妈妈家的厨房一样大吃大喝。他们是一对兄弟，专门把农耕机具从洛杉矶运到明尼苏达，很赚钱，所以乐于搭载每个想坐便车的人。他们这样在明尼苏达与洛杉矶之间往返，迄今已有五次。似乎什么事情都可以让他们觉得开心，他们从不停止微笑。我试着和他们攀谈——就像个一心想讨好船长的水手那样——但换回来的，只是两个大微笑和四排啃惯玉米的雪白的牙齿。

每个人都随着他们到餐厅里去，唯有密西西比吉恩和他身旁的小朋友除外。等我们用餐回来，他们还是郁郁不乐地坐在车斗里。天渐渐黑了。两位司机在抽烟，我想趁这个时间去买一瓶威士忌，以便在寒夜中取暖。我告诉司机兄弟我的想法，他们微笑着说："去吧，快去快回。"

"待会儿一定要请你们喝两杯。"

"啊不用，谢了。我们不喝酒。快去吧。"

蒙大拿瘦竹竿和两个高中生跟着我一道走到北普拉特的街上买威士忌。我们找到了一家卖酒的铺子，两个高中生凑了点钱，瘦竹竿也凑了点钱，我便买了一瓶五分之一加仑装的威士忌。一些高大、阴沉的男人站在对街，冷眼注视着我们；大街两旁林列着像正方形盒子般的房子。我觉得空气的味道有点异样，但又说不出个所以然来（五分钟后我就知道原因了）。等我们一回到货车里，车子就马上开拔。天黑得很快。我们每个人都喝了一杯。当我抬头往前望去时，只见绿色的田亩开始消失，极目所见，尽是一片片布满山艾和沙子的荒地。我很惊讶。

"那是什么玩意儿？"我大声问蒙大拿瘦竹竿。

"我们开始进入放牧地了，老弟。再给我一杯吧。"

"哟呼！"两个俄亥俄高中生大声欢呼，"哥伦布市，再见了！如果史巴克和其他家伙看见此情此景，不知道会说些什么。万岁！"

坐在车头的兄弟俩换了岗，新任司机把车速推进到了极限。路况也变了：路中央满布土瘤，路肩松软，路两边各有一条大约一米深的沟渠。车子在路上颠上颠下，有时甚至从路的一边颠到另一边去——幸而老天保佑，每次发生这样的事情时，对向都没有来车。我原以为我们迟早会翻个跟斗，不过却没有。开车的兄弟俩驾驶技术很好。我未几就了解到，这条土瘤路，是内布拉斯加和科罗拉多的接壤道路，而我们现在虽还没有正式进入科罗拉多，但丹佛不过就在我们西南方几百公里开外！我高兴得引吭高呼。我们互相传递酒瓶。这时天空冒出了大群璀璨的星星，不断往后退的沙丘慢慢黯淡了下来。我感觉自己就像一支箭，正朝着目的地疾飞。

突然间，一直老僧入定的密西西比吉恩转过脸来，俯身靠近我，开口说话了："这些平原让我回忆起得州。"

"你是得州人吗？"

"不，先生。我来自密西——西比的格林——维尔。"他的说话方式是：把地名分开说。

"那孩子打哪儿来的？"

"他在密西西比碰到些麻烦，所以我帮他离开。他从未单独外出过。我尽力照顾他，毕竟，他只是个孩子。"虽然吉恩是个白人，但他却有着老黑人脸上那种睿智和倦容，同纽约那位瘾君子埃尔默·哈赛颇有几分相似之处；不过他是在铁路线上奔波的哈赛，是浪迹天涯的传奇哈赛，每年都要一次又一次地周游全国——冬天到南方，夏天到北方，因为无处落脚，他对任何地方都不会感到厌倦；因为无处可去，他便四海为家。他总是在星光下流浪，主要是西部的星光。

"我到过奥格登好几次。如果你想到那里，我有一些朋友可以让我们落脚。"

"我要在夏延下车，再到丹佛。"

"哦，随你的便。但不是每天都有这么好的便车可以坐的。"

这也是个很有诱惑力的建议。可是奥格登是个什么地方？于是我问道："奥格登会有什么好玩的呢？"

"那是一个各色人等会聚的地方。你可以见到各式各样的人。"

我早些年出过海，在船上认识了一个来自路易斯安那的朋友。他名叫威廉·霍姆斯·哈泽德，诨号“大高个”哈泽德。他是个志愿的流浪汉。小时候，有一个流浪汉敲他家的门，向他妈妈讨点吃的。当时小哈泽德问他妈妈：“妈，那人是谁？”“问这干吗？他是个流浪汉。”“妈，我长大以后也想当流浪汉。”“闭嘴，没有姓哈泽德的人会去当流浪汉。”但哈泽德从没有忘记这个志愿，等他长大，在路易斯安那大学校队踢了一阵子足球以后，就跑去当了流浪汉。我经常在晚上和“大高个”一边聊天，一边嚼烟叶，往纸容器里吐口水。不知道为什么，吉恩的样子勾起了我对哈泽德的回忆。我问吉恩：“你有碰到过一个叫‘大高个’哈泽德的家伙吗？”

“是一个高个子、笑起来很大声的人吗？”

“嗯，听起来很像是他。他是路易斯安那州拉斯顿市人。”

“那就对了。我听过别人喊他‘路易斯安那大高个儿’。是的先生，我应该碰到过他。”

“他是不是曾经在得州东部的油田工作？”

“就是得州东部，没错。他现在从事牧牛。”

虽然每一点都符合，但我仍然难以相信，我眼前这个凑巧遇上的陌生人，竟会认识我打听了好些年的“大高个”哈泽德。“他以前是不是在纽约的拖船上工作过？”

“这个我就不得而知了。”

“我猜你是在西部认识他的吧？”

“对。我从没有到过纽约。”

“哇，见鬼，这个国家那么大，你我竟然会同时认识他，真是不可思议。不过我还是相信你真的认识‘大高个’。”

“是的，先生。我和‘大高个’真的很熟。当他手头有钱的时候，总是很慷慨。他也是个很凶悍的家伙，我看过他在夏延的广场上，一拳就摆平了一个警察。”这听起来更像是“大高个”了，因为他一向喜欢向空中练习挥拳——他看起来就像杰克 · 登普西，只不过是个年轻而爱喝酒的登普西。

“太妙啦！”我在风中高喊，然后又喝了一口酒。我觉得畅快极了。每一口酒的负面效果，都会被迎面而来的疾风吹散；它的正面效果，则会沉到我的胃里。“夏延，我来也！”我唱道，“丹佛，探头出来看看你的孩子。”

蒙大拿瘦竹竿把头转向我，指指我的鞋子说：“你看，你把它们种到土里去的话，会不会长出什么来？”他说这个笑话的时候，表情一本正经，但却把同车的其他人逗得哄堂大笑。没有错，我脚上穿的，肯定是全美国最可笑的鞋子了；我是特别为了这趟旅行而买的，因为我不喜欢一面走路脚一面出汗的感觉。事实上，除了在大熊山那一个雨夜以外，这双鞋其实十分适合旅行穿。不过，现在它已经变得相当破旧，有光泽的皮面已经开裂，翻卷着，像一片片菠萝竖着，让我的脚趾露了出来。我附和着大家一起笑。我们又干了一杯，笑了一通。仿如身在梦中一般，我们穿过一个又一个十字路口小镇，看到一群又一群无精打采的收割工和牛仔。他们齐刷刷地看着我们，尽管天色越来越暗，我们仍看到他们打趣的目光——在他们眼中，我们这帮人实在太滑稽了。

每年这个时候，这一带郊区小镇的人都特别多，因为现在正值收割季节。那两个达科他小伙子有点坐立不安。“我想我们会在下一次尿尿时间下车；看来这一带有很多工作机会。”

“等这边的工作都结束以后，你们可以往北走，”蒙大拿瘦竹竿给他们出主意，“因为愈往北，收割时间愈晚。你们可以这样一路找工作找到加拿大去。”两个达科他小伙子似有若无地点了点头，蒙大拿瘦竹竿的意见在他们心目中没有什么分量。

离家的金发少年仍然一言不发地坐在那儿。吉恩时不时就会把老僧入定的身子探向身旁的少年，在他耳边温柔地说上两三句话。小伙子听了后会点点头。吉恩照顾着这个孩子，照顾着他的情绪与恐惧。我很好奇，他们到底要到哪里，干些什么。他们没有香烟，我请他们抽我的；我喜欢他们。他们很感激。他们并不主动向我要，但我不时会把烟盒递给他们。蒙大拿瘦竹竿也有自己的香烟，但从不拿出来跟大家分享。车子从另一个十字路口的小镇穿过，又看见一群群身穿牛仔服的瘦高男人，像沙漠中的蛾子一样聚在昏暗的灯光下。再次回到黑暗中，我们头顶的星星清澈而明亮，因为车子正走在西部高原的上坡路上，大约每走出一公里，就会向上爬升二十厘米。再说，四周也没有半棵树木，即使是低空的星星也一目了然。有一次，我在路边的山艾中，看到一头白脸的、闷闷不乐的乳牛。我们犹如坐在一辆有轨的电车上，行使平稳，路线笔直。

在行经一个城镇的时候，车速慢了下来，蒙大拿瘦竹竿自作聪明地说：“尿尿时间到！”但车子并没有停下来，而是继续往前走。“该死，我快憋不住了。”他骂道。

“到边边尿去吧。”某个人建议他说。

“你放心，我会的。”说罢，他就蹲着身体，一寸一寸地往车斗后面移动。有个人在驾驶室的玻璃窗上敲了敲，开车的兄弟俩转过头来，露出心领神会的笑容。蒙大拿瘦竹竿好不容易到达货车后头，在摇摇晃晃之中就位，蓄势待发，突然间，货车竟以一百一十公里的时速蛇行起来。蒙大拿瘦竹竿一下子就被颠得往后倒，只见一股水柱像鲸鱼喷水一样从他身上向上喷发了出来。他挣扎着要恢复坐姿，但等他一坐定，货车又大幅度拐了一下，让他倒到一边去。他全尿到了自己衣服上面。在货车的怒吼声中，我们隐约可以听到蒙大拿瘦竹竿的咒骂声：“干……干……干……”就像一个男人从远山传来的哀叫声。他根本不知道这是我们故意整他的。他在狼狈中不停挣扎，活像《圣经》里的约伯一样坚强。当他“尿完”，就扶着车斗边缘，踉跄地回到原来的位置上。他身上湿漉漉的，一副愁眉苦脸的样子。除金发少年以外，每一个人都大笑，驾驶车辆的兄弟俩也是笑得合不拢嘴。我把酒瓶递给蒙大拿瘦竹竿，作为对他的补偿。

“搞什么鬼，”他说，“他们故意整我的不成？”

“显然是。”

“该死，我完全没防到他们会搞这种把戏。我在内布拉斯加的时候也这么干过，却完全没有麻烦。”

没两三下工夫，我们就到了奥加拉拉。司机兄弟俩用很愉快的声音喊道：“尿尿时间到！”蒙大拿瘦竹竿悻悻然站在货车边，对平白损失一次尿尿时间有点懊恼。两个达科他小伙子决定要在这里找工作，便与车上每一个人道再见。他俩朝小镇边上一座有灯光的棚屋走去，因为一个穿牛仔服的守夜人说招工的人可能在那里。我们目送着他们消失在夜色中。我要再去买些香烟。吉恩和金发少年想舒展舒展筋骨，便跟我一道去。我们进了一家冷饮小卖部。冷饮小卖部里有一群少男少女，其中一些在随着点唱机的音乐跳舞。我们进入冷饮小卖部的时候，全屋的人一下子都安静下来了。吉恩和金发少年就只站着，谁也不看；他们想要的只是香烟。冷饮小卖部里有几个很漂亮的女孩，其中一个对金发少年有意思，频频对他抛媚眼，但他却没看见似的，没有反应。不是他对她没兴趣，而是他太忧郁、太疲惫了。

我给他们各买了一包烟，他们都说谢谢。货车已经准备好再度上路。时近午夜，气温愈来愈低。周游过全美国不知多少次的吉恩告诉大家，这时最聪明的做法，就是躲到防水布下面去，否则铁定会被冻僵。就靠这个办法，加上酒瓶里剩下的酒，我们得以一直保持温暖。车子愈爬愈高，满天星斗看起来也愈来愈亮。现在，我们已经在怀俄明州境内了。我躺着，凝望着那壮丽璀璨的天空，得意于自己能在短时间内从荒凉的大熊山到达此处，也为即将在丹佛遇到的事情——不论是什么——而激动不已。吉恩开始唱起歌来，声音低沉而有韵味，听起来就像是潺潺的流水声。歌词很简单，来来去去主要是这几句：“我有一个美丽的小爱人，年方十六，是你看过最美丽的小姑娘。”如此反复，加上其他歌词，大意是述说一个男子对爱人的思念，述说自己离爱人有多远，有多想回到她身边，但已经太迟了。

“吉恩，这是我听过最美的一首歌。”

“也是最甜的一首歌，就我所知道。”他微笑着说。

“我祝你能顺利抵达你要到的地方。”

“我总有办法去我想要去的地方，但从不在一个地方待着。”

本来睡着的蒙大拿瘦竹竿这时突然醒了过来，对我说：“喂，你到丹佛之前，和我一道逛逛夏延如何？”

“没问题。”我已醉得没什么事情干不出来。

在夏延的郊外，远远就看得见当地电台那高耸的红色霓虹灯。才一刹那，货车就已置身于两旁人行道川流不息的人群中间。“老天，真是狂野的西部周末夜。”蒙大拿瘦竹竿说。一大群穿着马靴、头戴高顶宽边呢帽的肥胖的生意人，带着他们穿女牛仔装的壮硕太太，在木头人行道上你推我挤。再远处，可以看到新市区大道上的灯火。不过，狂欢的人群都喜欢集中到旧市区这里来。酒馆里的人多得挤到了人行道上。我一方面感到惊讶，另一方面又感到荒谬：没想到我在西部第一晚喝酒，竟发现它的设施不足以维持它的骄傲传统。该是我和蒙大拿瘦竹竿下车跟车上每个人说再见的时间了，开车那对兄弟对于瞎逛没有兴趣。一股离愁涌上我的心头。我知道，自此以后，我不会再有机会看到货车上的任何一个人。但旅行不就是这么回事吗？我警告吉恩说：“即使今晚你的屁股不会被冻坏，也难保它明天下午不会在沙漠地带被烫坏。”

“熬得过今晚就不成问题了。”他答道。货车重新开动，穿过杂沓的人流远去。没有一个路人有兴趣看货车上的人一眼，相反，车上的人却像婴儿车内的新生儿一样，兴冲冲地注视着车外的一切。我目送着车子远去，直至它完全被黑暗吞没为止。

5

我和蒙大拿瘦竹竿一家接一家地逛酒吧。我身上原剩七美元，但那个晚上，我竟愚蠢地花掉了其中五美元。每间酒吧、每个门道和每条人行道都挤满穿牛仔装的游客、油井工人和牧场主，我和蒙大拿瘦竹竿则在人群间团团转。不一会儿，蒙大拿瘦竹竿喝多了威士忌和啤酒，他晕头转向地满大街跑。我使劲摇晃着他，他喝了酒就会眼睛发直，恨不得跟每个和他聊天的陌生人都掏心掏肺。我觉得饿，便走进一家墨西哥料理店去用餐。女侍是个漂亮的墨西哥女郎。吃过东西后，我在账单后面写了一些示爱的文字。当时店里没有别的人，每个人都喝酒去了。我叫她把账单翻过来看。她一面看一面笑。那是一首小诗，述说我多么期盼与她一起欣赏夜色。

“我很乐意去，可是我已经和男朋友约好了。”

“你放他鸽子不就行了吗？”

“不，不，我办不到。”她语带幽怨地回答。我喜欢这种口气。

“那我改天再来好了。”我说。

“欢迎你随时再来，小伙子。”

我继续赖着不走，一直盯着她看，又另外点了一杯咖啡。过了一会儿，她男友一脸阴沉地走了进来，问她什么时候可以下班。她匆匆忙忙打点这个打点那个，准备打烊。我不得不走了。离开的时候，我对她笑了笑。外头的狂野昂扬依旧，唯一的差别是，那些肥酒鬼愈来愈醉，吆喝声也愈来愈大。好笑的是，在那些脸色涨红、胡言乱语的人群中，竟然有一些头戴大羽毛头饰的印第安酋长夹杂其中。我看到蒙大拿瘦竹竿在人群里跌跌撞撞，便上前找他。

“我刚写了张明信片给我老爸。你能到哪里找个邮筒帮我扔进去吗？”这是个奇怪的请求。他把明信片递给我后，就独自推开两扇酒吧活门，走了进去。我把明信片拿到邮筒去投递，寄前瞄了一眼。“亲爱的老爸，我星期三就会到家。今天晚上我一切都很棒，希望你也是。理查德。”这张明信片让我对蒙大拿瘦竹竿的印象大大改观：他对爸爸说话的语气，是何等温柔而有礼啊。我回到酒吧去找他。接下来我们搭上两个女孩，一个是年轻漂亮的金发妞儿，一个是黑发的肥妞儿。她们很沉默，但我们决心要把她们弄上手。我们把她们带到一家即将打烊的简陋的夜总会，不惜花两美元为她们点了苏格兰威士忌，我们自己则喝啤酒。我愈来愈醉，但满不在乎；我惬意得无以复加。我全副心思都落在金发小美人身上，期盼着以全身的气力，匍匐在她身上。夜总会打烊后，我们在街道上溜达了一会儿。我抬头望向天空，清澈、美妙的星星仍然闪烁燃烧着。两个女孩要到巴士总站，我们就陪她们一道走，没想到她们原来约了几个水手碰面，一个是肥女孩的堂兄弟，其他几个是他朋友。我问金发小美女：“你要到哪儿去？”她说要回家，她家在夏延南边的科罗拉多境内。“我陪你坐巴士回去。”我说。

“不，巴士只停在高速公路边上，从巴士站回家，我得在大草原上走一段路。下午来夏延的时候，我已经在那个无聊透顶的大草原上走过一趟，今晚可不想再走一趟。”

“听我说，我们可以在大草原的花丛中来一段美妙的散步。”

“那里根本没有什么花，”她说，“我想到纽约去。这里让我厌恶。这里除了夏延，就没有什么地方可去，而夏延却什么也没有。”

“纽约也什么也没有。”

“没有才怪。”她噘了噘嘴。

巴士总站里挤满了人，各色人等都有，有等巴士的，有等人的；等车的人中有好些是印第安人，他们用一双冷冷的眼睛打量四周的一切。金发女孩见到等她的水手以后，就毫不犹豫地把我撇到了一边。蒙大拿瘦竹竿坐在一张长凳上打瞌睡。我也坐了下来。全美国的巴士总站都是一个样，地板布满烟蒂和痰，会让人产生一种只有在巴士总站才感受到的忧郁感。有一刹那，我甚至分不清楚，自己是在纽瓦克的巴士总站还是在夏延的巴士总站。不过，夏延巴士总站外面的宽广视野是纽瓦克没有的（我爱死了这种宽敞的空间）。我开始感到懊恼，埋怨自己为什么一再耽误行程，为什么把那么多钱花在一个板着脸的女孩身上。不过，我因为太久没睡过觉，已经累得连诅咒自己的力气都没有了。我蜷曲在长凳上，以帆布包为枕，在车站里几百号人来来往往的嘈杂声、呓语声和呢喃声中沉沉睡去，一觉就睡到了第二天早上八点。

我醒来的时候头痛欲裂。蒙大拿瘦竹竿已经走了，大概是径自到蒙大拿去了。我走出巴士总站，在湛蓝的天空下，白雪覆顶的落基山出现在我视野的远端——这还是我生平第一次亲眼看见落基山呢！我深呼吸了一口气。我得立刻到丹佛去。

吃罢一顿由烤吐司、咖啡和一颗蛋组成的早餐后，我就直接往城外的高速公路走去。夏延的狂欢显然还没有结束，因为一个驯野马表演会开演在即，可以想见，欢闹喧腾马上就要卷土重来。但我无心逗留，一心一意只想赶去丹佛和一票死党会合。我越过一条铁路陆桥，走到几间棚屋前面。在这里，有两条高速道路分岔而出，两条都到得了丹佛。我决定选择傍山脉的一条，以便沿途欣赏山色。一个来自康涅狄格州的年轻小伙子搭载了我。他是东部一个编辑的儿子，正在驾着他那辆老爷车，在全国各地旅行、写生。他的话说个不停，而我则因为宿醉和高海拔而感到很不舒服，一度甚至想把头伸出车窗外，一吐为快。不过，等接近科罗拉多的朗蒙特的时候，我已经恢复正常，甚至开始谈起我这趟旅行的种种遭遇。下车的时候，他祝我一路顺风。

朗蒙特的风景很优美。在一个加油站旁的一棵参天老树下，我找到一片很适合睡觉的绿色小草坪。征得加油站管理员的同意后，我就在草地上摊开一件羊毛衬衫，仰面躺在上面，曲起一只胳膊肘，眯着一只眼在大太阳下面欣赏起白雪皑皑的落基山脉。我美滋滋地睡了两小时，唯一的骚扰只来自一只科罗拉多蚂蚁。“终于来到科罗拉多啦！”我满心欢喜地想着，“棒呆了！棒呆了！我做到了！”睡足后，我到加油站的洗手间盥洗了一番，感觉自己全身活力充沛，刚才竟然梦到了以前在东部的往事。为了让我那个灼热、受折腾的胃降降温，我在一家路边餐饮店买了一杯又浓又稠的奶昔。

我运气很不错，为我摇奶昔的是个很漂亮的科罗拉多女孩，她一面摇奶昔，一面向我微笑；我很感激，觉得昨晚所受的各种罪，全在这一瞬间获得了补偿。我心想：“哇啊，丹佛会有多棒，可想而知！”接下来，我在高速公路边拦到了一辆崭新的汽车。司机是个年约三十五的丹佛生意人。汽车以一百一十公里的时速飞驰，我一路上兴奋莫名，默算着在不断减少的每一分钟和每一公里。不远了，不远了，一开过远方埃斯蒂斯山山脚下那片滚滚麦田，古老的丹佛就会在望。我开始摹想，今晚我在丹佛酒吧里和一票朋友相聚时，会是什么样的情景。（我看到他们每一个人，全都屏息凝神，静待我这个翻山越岭西来的褴褛先知说出此行带来的重大宣示，而我只说了三个字：“棒呆了！”）司机和我进行了长篇而友善的谈话，互相述说彼此的人生规划。我谈得很入神，以致车子开到丹佛郊外的水果批发市场时，我还浑然不觉。炊烟、铁路、红砖建筑，还有远处市区的灰石建筑——老天，我人在丹佛了！我在拉里马街下车，步履蹒跚地打一群群老乞丐和落魄牛仔身边走过。

6

当时，我和狄恩的交情，还没有像日后深，所以，到丹佛后，我第一个想到要找的人，就是蔡德·金恩。接电话的人是他妈妈。“什么，索尔，你来了！你来丹佛干什么？”蔡德是个金头发的瘦高个，有一张奇怪的、巫医般的脸，这和他对人类学与印第安人史前史的兴趣很登对。他还有一个微弯、几乎像是在融化的鼻子和一头闪闪金发。他偶尔会在路边酒馆跳跳舞和踢踢足球，有着那些西部达人的帅劲与优雅。他讲话的时候，会带着一点点颤抖的鼻音。“索尔，你知道我为什么会对大平原的印第安人那么感兴趣吗？是因为他们每次在族人面前夸示过自己剥了几张头皮之后，就会忸怩不安。鲁克斯顿在《遥远西部的生活》中记载，有些印第安人，因为剥的头皮太多，会害臊得面红耳赤，跑到大平原上躲起来偷着乐。天啊，太绝啦！”

蔡德妈妈帮我打听到蔡德正在当地的博物馆学编印第安人的篮子。我打电话到博物馆找到蔡德，他答应来接我。他开的还是那辆老爷福特双门小轿车，以前，他喜欢开着这辆车在山区里到处绕，搜集印第安文物。他出现在巴士总站时，穿着一条牛仔裤，脸上挂着一个大笑容。当时，我正垫着帆布包、坐在巴士总站的地板上，和一个水手聊天。说巧不巧，这个水手就是昨天夜里在夏延巴士总站把我的金发小妞儿带走的那个。我问他后来和金发小妞儿有没有怎样，但他似乎对这个问题感到厌烦，没有回答。我上了蔡德的车。当时我唯一想做的事，只有喝啤酒，但蔡德却告诉我，他要先到州议会大楼去弄些地图，然后还要去见一个从前的老师，还有一箩筐诸如此类的事。我问他，狄恩现在住在哪里，又在做些什么。蔡德说他出于某些原因，已经决定不再跟狄恩来往。他甚至连狄恩住在哪儿也不知道。

“卡洛 · 麦克斯在丹佛吗？”

“在。”不过蔡德也已经不跟卡洛说话了。这是蔡德退出我们这帮人的开始。那个下午，我本打算在蔡德家里打个盹儿，但他告诉我，提姆 · 格雷在丹佛有一栋公寓，等着我去住，罗兰 · 梅耶已经住了进去。我嗅到空气中有一股火药味，一股两帮人之间的火药味：一边是蔡德 · 金恩、提姆 · 格雷、罗兰 · 梅耶和罗林斯一家，一边是狄恩 · 莫里亚提和卡洛 · 麦克斯，而我则站在这场有趣的战争的风眼中间。

这也是一场带有阶级意味的战争。狄恩的父亲是个酒鬼，也是拉里马街最醉醺醺的流浪汉。事实上，狄恩就是在拉里马街和附近一带长大的。他早熟，六岁开始就已经懂得在法庭为父亲求情。他常常在拉里马街的巷口乞讨，讨到了钱，就交给等在一堆破瓶子前面的老爸及他的死党。当狄恩慢慢长大，就开始在撞球室混；后来，他因为偷车而被送进了少年感化院（他破了丹佛偷车和进感化院次数的纪录）。从十一岁到十七岁，他是少年感化院的常客。他的专长就是偷车，偷了车以后就开去泡高中女生，把她们载到山里，成其好事，之后再回到市区，随便找一家旅馆，躲到浴缸里去睡觉。狄恩父亲原是一个勤快和受人尊敬的锡匠，后来嗜酒成性成了个酒鬼，他酷爱喝葡萄酒，这比爱喝威士忌还糟糕。他因此每况愈下，不得不靠开货车讨生计，冬天去得克萨斯，夏天返回丹佛。狄恩有几个同母异父兄弟（他妈妈在他很小就过世），但他们并不喜欢他。狄恩仅有的朋友就只是撞球室里的哥们儿。如果说狄恩是个具有惊人活力的新类型美国圣人的话，那卡洛就要算是丹佛夏季的地下室怪物了。卡洛住在格兰特街的一个地下室里。在那里，我们——卡洛、狄恩、汤米 · 史纳克、艾德 · 邓肯、罗伊 · 约翰逊和我——将会举行很多个通宵达旦的聚会，不过这是后话。

到达丹佛的第一天，我还是在蔡德的寝室里睡了个午觉。蔡德去了图书馆，而他妈妈则在楼下忙家事。那是一个炎炎的七月下午。要不是有蔡德爸爸发明的那个装置，我想我根本不会睡得着。蔡德爸爸是个慈祥的老人，七十多岁，体瘦而衰弱。他很喜欢用很慢很慢的语调回忆往事。他告诉了我很多有趣的往事：十九世纪八十年代他在北达科他州大平原上的童年往事，他与同伴坐在无鞍的小马上追逐野狼的往事，他在俄克拉何马州一家乡村学校当老师的往事，他后来定居丹佛，从事各种设备买卖的往事。如今，他虽然已经退休，但他那间位于街上一个车库二楼的办公室还保留着，而办公室里卷盖式的老办公桌也还保留着。办公桌抽屉里无数尘封的文件，见证了过去一笔笔激动人心的交易。蔡德爸爸喜欢发明东西，例如，我在蔡德房间午睡时吹的空调设备，就是他的发明。他把一个普通的电风扇固定在窗框上，然后，透过某种办法，用一些导管把冷水导引到旋转着的叶片前面——冷水显然变成了丝丝凉气。尽管楼下的温度仍然很高，但在风扇一米半的范围内，这空调设备的效果可谓一级棒。蔡德的床，就在电风扇的下面，旁边摆着个歌德的半身像。我舒舒服服地进入了梦乡。不过，才二十分钟，我就被冻醒了。我盖上毯子，但寒冷依旧。我冷得睡不着，干脆起床下楼去。老人问我他的发明效果如何，我说棒透了（这个称许当然不是毫无保留的）。我喜欢蔡德爸爸。他从椅子里倾着身体，向我诉说往事。“我发明过一种除污剂，但立刻就被东部的大公司剽窃过去。我一直想提起诉讼。只要我请得起一位能干的律师，他们就……”不过，现在一切都为时已晚，老人家唯一能做的，只是坐在家里自怨自艾。傍晚时分，蔡德妈妈用蔡德的叔叔从山中打回来的野味，为我们烧制了一顿美妙的晚餐。但狄恩现在人在哪里呢？

7

接下来的十天，用电视谐星菲尔兹的话来说就是“四处埋伏着赫赫的危机”，兼且疯透了。我搬进了提姆·格雷父母拥有的一户相当气派的公寓，和罗兰·梅耶成为室友。我们各有一个寝室。公寓里还有一个小厨房，冰盒[①]里装满食物。梅耶喜欢穿着丝质睡袍，坐在宽大的起居室里，写他的最新一篇海明威式短篇小说。小说的主人公是一个易怒、红脸、矮胖的人，对一切都看不顺眼，只有够狂够野的夜有望在他脸上雕塑出最温暖迷人的大笑容。梅耶坐在书桌前写作时，我喜欢只穿一条丝光斜纹棉布短裤，在又厚又软的地毯上活蹦乱跳。梅耶正在写的这篇小说，主角名叫费尔，是个头一次来丹佛的人。他的旅伴是个神秘而沉默的家伙，名叫山姆。有一次，费尔在游丹佛的时候，遇到了一大票附庸风雅的人，被纠缠了老半天。回到旅馆后，他语带悲戚地告诉山姆这件事：“山姆，他们也在这里。”听到这个，山姆并不吃惊，只是默默望着窗外，低声说了一句：“你不说我也知道。”梅耶这里要传达的重点是：山姆根本无须走出屋外，就可以知道丹佛这里也充斥着附庸风雅的人，因为这类人是无所不在的，他们正在吸食着美国的骨血。梅耶和我是老朋友，彼此很相投；他认为，在他认识的人之中，我是最不像附庸风雅的人的一个。他喜欢喝上好的葡萄酒，就像海明威一样。他回忆起他最近的一趟法国之旅。“索尔，如果你能够和我一同坐在巴斯克郊外的高处，品尝冰镇的波瓦酿十九葡萄酒的话，你就

①icebox，有隔热功能的盒子，用于保存食物；在二十世纪四十年代的美国，冰箱仍未十分普遍。

会晓得，这个世界除货运火车车厢以外，还有其他美妙的东西。”

“这个我晓得。你知道吗，我之所以喜爱货运火车车厢，就是因为爱读写在它们上面的那些路线名，例如：密苏里太平洋线，大北方线，罗克艾兰线。梅耶，我恨不得能把我搭便车来这里沿途碰到的每一件事告诉你。”

罗林斯一家住在离我们公寓几条街之外。这是一个怡人的家庭，由一个风姿未减的母亲、五个儿子和两个女儿组成，经营着一家曾经风光无限、如今破败不堪的小旅馆。五兄弟中最野的一个是赖伊·罗林斯，他和提姆·格雷自小就是死党。赖伊开车来接我们，与我一见如故。赖伊的其中一个妹妹名叫贝贝，是个金发美女。她是提姆·格雷的马子。至于梅耶，他虽然只是来丹佛小住，但也跟提姆·格雷的妹妹贝蒂互相看上了眼。同伙之中，我是唯一落单的。见到他们每一个，我都会问：“狄恩在哪里？”但他们一律都是微笑着说不知道。

但我终于还是得知了狄恩的下落。有一天，电话响了，是卡洛打来的。他给了我他地下室公寓的地址。我问他：“你在丹佛干些什么？我是问你干了什么？发生了什么事？”

“见面再说。”

我马上赶去与他会面。他告诉我，他现在每晚都在五月百货商店打工。他之所以会知道我来了丹佛，纯属阴差阳错。疯疯癫癫的赖伊从一家酒吧打电话告诉他，有个他们共同的朋友死了。卡洛立刻以为是我。但赖伊从话筒里告诉他：“不是索尔，他现在人好端端在丹佛。”接下来他就把我的电话和地址给了卡洛。

“狄恩在哪里？”我问卡洛。

“狄恩在丹佛。他的近况，你听我慢慢道来。”他告诉我，狄恩正周旋于两个女人之间，一个是他前妻玛莉露，一个是他新交的女友卡米拉。她们各在一家旅馆等他上床。“他在她们两个之间赶来赶去之余，还要抽空跑来我这里完成一个任务。”

“什么任务？”

“狄恩和我进入了一个伟大的阶段。我们试着要把自己心里的思想感受完完全全而且老老实实地告诉对方。我们盘腿坐在床上，脸对着脸，互相倾吐心中想到的每一个念头。为了让自己更放松，我们还会吃安非他命。我最近才用这个办法教狄恩认清一点：他有能力成就任何他想成就的事情。不管他想成为丹佛市长、娶个百万富婆，还是成为继兰波之后最伟大的诗人，都不是不可能的。不过，他常常坐不住，嚷着要去看小型赛车。我跟着他去，看见他又叫又跳，兴奋得不能自已。索尔，你知道吗，狄恩被太多这样的旁骛给纠缠住了。”卡洛“唉”一声叹了口气以后，就陷入了沉思。

“他的日程表是怎样安排的？”我知道狄恩做什么都有一个日程表。

“他的日程表是这样的：我下班以后，他会给我半小时时间梳洗换衣服，这个时间，他则在旅馆里和玛莉露温存。一点整，他会火速赶去卡米拉那里，跟她稍事恩爱。当然，她俩谁都不知道狄恩在搞什么花样。我会在一点三十分去到卡米拉住处楼下等他。他下楼后——他先要向卡米拉请求离开，卡米拉为此已经恨上我了——就和我一道回公寓来进行深度聊天，直至早上六点。我们常常都会聊得超过早上六点，不过这会给他带来很大的麻烦，因为他的时间都排得很紧。早上六点，他要回玛莉露那里，然后，接下来一整个早上，他都要为办理离婚的事情东奔西跑。玛莉露完全愿意接受离婚，但她坚持在这段过渡期，狄恩要跟她继续保持亲密关系。她说她爱他——卡米拉也是这样说。”

接下来，卡洛告诉我狄恩认识卡米拉的经过。最先认识卡米拉的人不是狄恩，而是罗伊·约翰逊，也就是狄恩撞球室的哥们儿。罗伊在一家酒吧和卡米拉搭讪以后，就把她带到旅馆去。他太得意了，竟然邀一票兄弟去看她。大家围坐在卡米拉四周和她聊天，唯独狄恩一个人沉默不语，只管看着窗外。离去的时候，狄恩暗中向卡米拉指指自己的手腕，做了一个“四”的手势（表示他会在四点再过来）。三点的时候，卡米拉的房门随着罗伊·约翰逊的离开而锁上，但到了四点，它却为狄恩的莅临而开启。听了卡洛这番话，我迫不及待要去见狄恩这个大疯包，何况他答应过我，我来丹佛的话，要给我介绍马子；狄恩认识丹佛的所有女孩子。

在茫茫夜色中，我和卡洛走过丹佛一条条铺着大卵石的脏乱破旧的街道。空气柔和得让我感到有如置身梦中。我们走到狄恩和卡米拉恩恩爱爱的那间出租公寓。那是一栋红砖建筑，四周围绕着一些木造车库和一些老树。我们走上铺了地毯的楼梯。卡洛敲了门，然后就到后头躲了起来；他不想让卡米拉看到他。开门的是狄恩，一丝不挂的狄恩。我看到一个黑发女孩躺在床上，她其中一条奶白色的漂亮大腿上绑着黑缎带。她表情有点微微惊讶。

“啊，索——索——尔！”狄恩显得有点意外，“呃，你你，嗯，你来了？你这臭小子终于来了。好，很好，你听着——我们必须——对，对，马上——我们必须，必须办到！嗨，卡米拉——”他转过身去对卡米拉说，“哎，索尔来了，我纽约的老死党。这是他到丹佛的第一晚，我非带他去泡泡妞不可。”

“那你又要什么时候回来呢？”

“现在是——”他看着手表说，“正好一点十四分。我会准时在三点十四分回来，和你好好温存一小时，甜蜜的一小时。在那之后，亲爱的，我跟你说过而你也同意的，我必须去见那个独腿律师，谈我离婚的手续问题。半夜三更去找律师，听起来是有点奇怪，不过有关这一点，我之前就已经向你解释得很清楚了。”狄恩每晚去见卡洛，用的就是找律师这个借口。“所以，正如我们谈好的，我必须立刻穿上衣服、裤子，回到生活中去，我指的是外面的生活。哎哟，怎么已经一点十五分啦，我动作一定要快，时间是不会等人的……”

“好吧，狄恩，但你可千万记得要在三点准时回来。”

“一言为定，亲爱的。但不要搞错了，我说的不是三点，而是三点十四分。甜心，我们不是一向都坦诚以待、说话算话的吗？”狄恩走过去，和卡米拉亲了又亲。在房间的墙壁上，挂着一幅狄恩的全裸像，巨大的下体纤毛毕现。画是卡米拉画的。我有点目瞪口呆。一切都疯透了。

我们匆匆忙忙下楼，走进夜色中，卡洛在一条小巷里和我们会合。我们一同来到丹佛墨西哥城中心。这里的街道狭窄曲折，奇形怪状，我从未见过。我们在万籁俱静中高声交谈。“索尔，”狄恩说，“你来得正好，我刚好有个马子可以介绍给你，如果她下班了的话。”他看了看表，“她是个女侍，名叫丽塔·贝登各特，是个漂亮的小妞，但她有些性心理方面的障碍，我本来想帮她解决的，但既然你来了，就交给你去解决吧，我想你这个帅哥处理得来的。所以，现在就让我们立刻出发吧。待会儿记得在路上买些啤酒，不，不用了，她们家里应该会有。对了，”狄恩突然用拳头捶打手掌说，“我正好顺道泡她姐妹玛莉。”

“什么？”卡洛说，“我们不是约好今晚要深度聊天的吗？”

“没错，没错，不过是在带索尔泡完妞儿之后。”

“唉，老天，我这些丹佛的忧郁要什么时候才能放晴！”卡洛仰天大喊。

“你看他是不是这个世界上最可爱的伙伴？”狄恩戳了一下我的肋骨，“你瞧他那样子。瞧瞧他！”原来卡洛当街跳起猴子般的舞步来。以前在纽约，我也看过他这样干过很多次。

我不知道回答些什么，只好问狄恩：“你俩在丹佛搞些什么名堂？”

“明天，索尔，我知道在哪里可以帮你找份工作，”狄恩随即恢复了一本正经的声音，“我明天会打电话给你，然后，利用离开玛莉露一小时的空当，直杀去你的公寓，和梅耶打过招呼后，就带你坐电车——妈的，我没汽车——坐到卡玛戈市场。然后，你就可以立刻开始工作。这几个星期以来，我都抽不出时间去工作，荷包都快要见底了。到了星期五，等你收到薪水支票后，我们三个老搭档——你、我和卡洛——就毫无疑问有钱可以去看小型赛车了。我认识一个家伙，可以把我们载到赛车场去……”狄恩就这样滔滔不绝，说个没完。

我们去到那对女侍姐妹花的住处。只有归狄恩的那一个在家里，归我的那一个还没有下班。我打电话把赖伊找过来。他不一会儿就到了。才一进门，他就脱掉外衣和汗衫，对一个他完全不认识的女人——玛莉·贝登各特——搂搂抱抱。酒瓶滚满一地。三点一到，狄恩就匆匆忙忙赶回去赴他跟卡米拉的约，之后再赶回来。他回来得正是时候，因为姐妹花的另一个也在此时回到了家里。我们在屋里七嘴八舌，高声喧哗，现在需要一部车。赖伊打电话给一个死党，叫他开车过来。我们人挤人地上了车。卡洛还不死心，还想跟狄恩在后座进行原定的深度聊天，但车内太聒噪了，让他进行不下去。“到我住的公寓去吧！”我登高一呼。我们去了；车一停，我就跳出车外，在草地上把身体倒立过来。我身上所有的钥匙掉了一地，从此再也没有找回来过。我们一面喊叫，一面向公寓跑去。但罗兰·梅耶此时却穿着丝质睡袍，挡在大门前面。

“我不会让人在提姆的公寓里举行狂欢会的！”

“你说什么？”我们喊道。场面一片混乱。赖伊抱着女侍姐妹花的其中一个，在草地上翻来滚去。梅耶说什么就是不让我们进去。我们没办法，只好表示要打电话给提姆，请他首肯，再回来举行派对，还说届时一定会邀梅耶一起参加。不过，我们最后并没有打电话给提姆，而是跑回丹佛市区去疯。当狂欢结束，大伙都散去后，我才发现，我连身上最后一美元也花掉了。

我徒步走了八公里的路，才回到科尔法克斯区的公寓去。梅耶当然不能不让我进去。我很好奇，经过一夜狂欢，狄恩和卡洛是不是还有精力进行他们所谓的深度聊天。不管怎样，我稍后会去打听这件事的。丹佛的夜很清凉，我熟睡得像死人。

8

第二天，大伙就开始着手一趟山中游的准备事宜。我在早上接到一通电话，让事情变得复杂了一点。打来的不是别人，竟是我的旧路伴爱迪。他记得我提过的几个名字，靠着胡碰瞎撞问到他们的电话，再透过他们找到我的电话。现在，我有机会要回我的羊毛格子衬衫了。爱迪和他的妞儿住得离科尔法克斯不远。他问我知不知道哪里有工作机会。我想狄恩会知道，便叫爱迪过来我的住处。狄恩来了，一副匆匆忙忙的样子，当时我和梅耶正在吃早餐。狄恩甚至忙得连坐下来的时间都没有。"我有一千件事情要做，根本腾不出时间带你到卡玛戈市场。不过罢了，我们走吧。"

"再等一下，我一个路友爱迪要跟我们一道去。"

梅耶来丹佛是为了休闲和写作，所以，他对我们的匆匆忙忙感到莞尔。他对狄恩一副毕恭毕敬的样子，但狄恩却不太搭理他。"莫里亚提，听说你同一时间和三个女的上床，是这样吗？"狄恩在地毯上把脚拖来拖去，说："对啊，对啊，就是这么回事。"然后就低下头来看手表，不再理他。梅耶一直在我面前说狄恩是个白痴兼大笨蛋。狄恩当然不是白痴兼大笨蛋，而我很想用什么办法向每个人证明这一点。

爱迪来了，狄恩也不搭理他。我们三人一道上了电车，穿过丹佛炎热的中午找工作去。我一想到要工作就觉得讨厌。爱迪还是老样子，一路上话说个没完没了。我们在市场里找到个愿意雇我和爱迪的人，工作时间是凌晨四点至傍晚六点。那人说："我喜欢愿意工作的小伙子。"

"那你就用对人啦。"爱迪说。但我却很犹豫。"我干脆不睡觉就是。"我暗自决定。丹佛这里实在有太多好玩的事情了，如果还要工作，我根本没时间睡觉。

爱迪第二天准时上班，但我却没有。我有免费住的吃的，根本提不起劲工作（我吃的食物是梅耶提供的，他负责把冰盒里的食物补满，我则负责煮饭和洗碗）。有一个晚上，罗林斯家里搞了个大派对。主办人是赖伊，他妈妈旅行去了，让他可以大干一票。赖伊打电话给他认识的每一个人，约他们到他家，还嘱咐每个人都要带威士忌；然后，他又挑出他电话本里每个女孩的电话。他让我负责主要的接待工作。结果，派对来了一大票女孩子。我从打给卡洛的电话得知，狄恩会在凌晨三点到他家去。于是，派对结束后，我就往卡洛的住处跑。

卡洛的公寓位于格兰特街上一栋红砖建筑的地下室，和一座教堂离得很近。你步入一条小巷，走下一些石阶，推开一道未上漆的门，再走过一个像地窖般的空间后，就会抵达卡洛那间宽阔的房间。里面的摆设活脱脱是间俄国圣僧的房间：一张床，一根燃着的蜡烛，渗出水汽的石墙，还有一个卡洛亲手做的古怪圣像。他给我念了一首他写的诗，诗题是《丹佛的忧郁》。诗中叙述，卡洛早上起来时，听见"庸俗的鸽子"在斗室外的街道上咕咕而鸣，而"忧愁的夜莺"则站在长凳上，不断颔首，让他油然忆起母亲；晨曦像灰蒙蒙的裹尸布一样，笼罩了整个城市，而雄伟的落基山脉，此时看起来就像是纸糊的；整个宇宙变得疯狂荒谬和极端怪异。诗中，卡洛称狄恩为"彩虹之子"，称自己为"俄狄浦斯·爱迪"；他把狄恩形容为一个饱受自己痛苦阴茎折磨的人，把自己形容为一个拼了老命要把黏在窗框上的泡泡糖渣刮下来的人。卡洛房间里还有一个大日记本，里面一一记录了狄恩每天所做的事、说过的话。

狄恩准时来到。“一切都搞定了，”他宣布说，“我准备要跟玛莉露离婚，跟卡米拉结婚，然后和她一起搬到旧金山去住。不过，这要等我们三个去得州研究完公牛老李以后再说。你们告诉过我许多关于这家伙的事情，而我从来没有见过他本人。见到他之后，我再去旧金山。”

接着，狄恩就开始和卡洛办他们的“正事”。他们盘腿坐在床上，面对面互相凝视。我则无精打采地坐在旁边的一把椅子上，看他们搞什么把戏。他们先是提出一个抽象概念，讨论它，然后再互相提醒着那些在繁乱事物中忘了提及的抽象概念。狄恩为此道歉，承诺会在稍后进行讨论，并且会举出相关例子。

卡洛说：“还记得我们行经瓦济街的那一次吗？当时我正想告诉你，我对你沉迷小型赛车一事有何感想，但我还没开口，你就指着一个穿灯笼裤的老乞丐说，他长得就像你父亲。记得吗？”

“记得，我当然记得；不只这样，当时我心里还掠过一连串其他稀奇古怪的想法。我本来当时就应该告诉你的，但我却忘了，多亏你提醒我……”就这样，又跑出来了两个新的议题。他们在这两个新议题上打了一阵转以后，卡洛突然问狄恩，他是不是个忠实的人，特别是，狄恩是不是打心底里对他卡洛忠实。

“为什么你又要问这个？”

“这是我最最想知道的一件事——”

“索尔就坐在那里，他在听。我们请索尔来做个公断。”

我说：“卡洛，那是你最最不可能得到的。生活中有些事情，是我们不能希望一网打尽的。”

“不、不、不，你说的都是狗屁，只是托马斯·沃尔夫式的漂亮话。”卡洛说。

狄恩也赶紧撇清：“索尔的意见完全不能代表我的想法，他怎样想是他的事。哎，对了，卡洛，你有没有注意到，索尔坐在那里看着我们谈话的样子很神气？可怜的索尔旅行了大半个美国，已经累得神志不清了，他什么都不会说的。”

“不是我神志不清，”我抗议说，“而是我根本不知道你们在搞什么鬼。你们搞的这种把戏任谁都受不了。”

“怎么你说的每句都是泄气话。”

“那你说说看你们是在干什么来着。”

“告诉他。”

“不，你来告诉他。”

“你们根本说不出来。”我大笑着说。我把帽檐拉到眼睛下面（我戴着卡洛的帽子），说：“我想睡觉。”

“可怜的索尔怎么老是想睡觉。”

我默不作声，于是他们又重新开始对起话来。“你还记得你向我借钱买炸鸡排那件事吗？”

“不对，老兄，我借钱是要买辣肉酱！记得吗，是在‘得州之星’？”

“对，我把这件事跟星期二的事给搞混了。好，现在听好，当你向我借钱买辣肉酱的时候，你对我说：‘卡洛，这是我最后一次给你添麻烦。’你说这话，就好像我同意过以后不让你向我借钱似的。”

“不不，我不是这意思——如果您愿意，请听我说完，我亲爱的朋友；那天玛丽露在房间里哭泣了一晚上，我转向你，用特别真诚的语调对你说话，我俩都知道这种语调是装出来的，是别有用意，目的是通过我的表演表现出——但是等等，不是那回事吗？”

“当然不是！因为你忘了——但是，我不指责你了。我说了是的……”一整个通宵下来，他们在说的，尽是这一类有的没的。黎明时，我抬眼望向他们。他们还在为最后一个问题纠缠不休。

“当我对你说，我现在必须睡觉，因为我十点要去见玛莉露的时候，我并不是存心要和你唱反调，不是要反对你前面说过的，人不是非睡觉不可的。我说我必须去睡觉，只是单单纯纯和确确实实因为，我现在非去睡觉不可，因为，老哥，我的眼皮快睁不开了，它们又红、又酸、又痛、又肿……”

“哼，小孩子。”卡洛说。

“现在就让我们去睡觉吧。让我们把机器关掉吧。”

“你不能把机器关掉！”卡洛用最大的声音喊道。这时，第一只鸟儿的啼叫声响起了。

“听好，当我把手举起时，”狄恩说，“我们就立刻把谈话中止，我们两个人都应该不容争辩地、明确无误地理解，我们都不再说话，然后睡觉去。”

“你不能就这样把机器关掉。”

“把机器关掉。”我说。他们一起转过头来看我。

“啊，原来他一直没睡在听我们谈话。你有什么感想，索尔？”我告诉他们，我认为他们是彻头彻尾的偏执狂。我说，听了他们一夜的谈话，让我联想到一个像山一样大的钟，但里面装的，却是这个世界最小最精细的钟表零件。他们笑了。我用手指指着他们说：“再这样下去，你们两个都会发疯。不过，不管你们干了些什么，都务必知会我一声。”

我出了门，搭上一辆回住处的电车。一轮红日从东面的平原冉冉升起，把卡洛在诗中描述的纸糊的落基山脉照得一片嫣红。

9

傍晚，我就加入了一趟山中游，一去五天，也因此没有见着狄恩和卡洛。贝贝 · 罗林斯借了她老板的车。我们买了西装，挂在后车窗的扶手上，然后就朝中央镇进发。赖伊 · 罗林斯开车，贝贝 · 罗林斯坐他旁边，我和提姆·格雷坐后座。这是我第一次看到落基山的内部景观。中央镇是一个老矿镇，一度被称为“世界上最富有的一平方英里”，因为淘银者在这里找到了一条银矿脉。他们一夜间致了富，于是，就在陡坡上他们的棚屋中间盖了一间漂亮小巧的歌剧院。莉莲·拉塞尔在这里演出过，很多来自欧洲的红星也在这里演出过。后来，银矿被挖光，中央镇也渐趋没落。不过，后来西部某个活力十足的商会组织决定要复兴这里。他们把歌剧院重新整修，每年夏天，都会有来自大都会歌剧院的明星到此演出。游客从四面八方涌来，甚至好莱坞的明星也慕名前来。我们沿着山路开到中央镇以后，发现每一条狭窄的街道都挤满观光客。这让我想到，梅耶小说里山姆所说的话，真是对得不能再对。梅耶本人也来了中央镇，他看到每个人，都会面露一个世故的大笑容，对任何事物都“哦哦哦”“啊啊啊”地表示真诚的赞叹。

“喂，索尔，”他一看到我，就马上跑过来，攥住我的手臂说，“看看这个一百年的老城，不，应该只有八十年、六十年的历史。这里竟然也有歌剧院！”

“是啊，”我说，然后仿他小说中的费尔的口吻说，“但他们都来了。”

“叫他们去死吧！”梅耶咒骂了一句。不过说罢，他就高高兴兴地到别处找乐子去了——臂弯里挽着贝蒂·格雷。

贝贝·罗林斯是个机灵能干的金发女郎。她知道在镇边有一间老矿工的房子，可供我们周末晚上住宿，甚至可以用它来搞个大派对。我们唯一要做的事情就是把它打扫干净。那是一间老旧的木房，地面上积着将近三厘米厚的灰尘；它有一个宽敞的门廊，后院还有口井。赖伊和提姆撸起袖子，开始进行清理工作。那是一件大工程，预期将要用去他们一整个下午和部分晚上的时间。不过不用为他们担心，因为一篮子啤酒就放在旁边。

至于我，则已经计划好和贝贝一道去当歌剧院的座上客。我换上一套向提姆借来的西装。刚到丹佛的时候，我还落魄得像个乞丐，但才几天工夫，我却衣履光鲜，臂弯里挽着个穿戴入时的金发美女，向一些显要人物打招呼致意，在歌剧院底层大堂和一干绅士淑女谈笑风生。要是密西西比吉恩这时看到我的样子，真不知道会作何感想。

演出的剧目是《菲德里奥》。“何其忧郁啊！”男中音唱道——一块咕噜咕噜响的石头，正把他缓缓从一个地下室升到舞台上。我真想跟着他一起喊，因为那正是我对人生的看法。这出戏太精彩了，让我浑然忘掉我生活中的一切疯狂与不快，完全陶醉在贝多芬哀伤的乐声和伦勃朗浓墨重彩的色调中。

“嗯，索尔，你喜欢今年这出戏吗？”散场后，“丹佛”· D. 多尔在街上很得意地问我。他跟本镇的歌剧协会有些渊源。

“何其忧郁啊，何其忧郁啊——”我说，“棒呆了。”

“那你就该去跟这出戏的演员认识认识了。”他用官腔官调对我说。幸而，他马上想起有什么别的事要忙，就从我眼前消失了。

和贝贝回到老矿工的木屋后，我就脱下西装，加入清理工作的行列。工作量很大。梅耶也来了，他只是坐在已清理好的前厅里，不愿帮忙。在他前面一张小桌子上，放着一瓶啤酒和他的眼镜。当我们拿着水桶和拖把在那里忙个不停的时候，他兀自沉湎在回忆中。“唉，什么时候你有机会和我一面喝沁扎诺酒，一面听邦多勒的乐师的演奏，就会知道什么叫没有白活。还有夏天的诺曼底也是非去不可的。穿上木制鞋子，再配上陈年的苹果白兰地，会让你三月不知肉味。来吧，山姆——”他对着他想象中的伙伴说，“把我们泡在河水中的那瓶葡萄酒拿出来吧，看看我们方才钓鱼这段时间，河水有没有把酒泡得够冰。”完完全全是海明威小说里的对白。

我们跟在街外走过的女孩子打招呼。“来帮我们清理这栋房子吧，今晚我们要邀每一个人来参加派对。”她们加入了，于是，我们就有了一个庞大的工作团队。最后，合唱团里的歌手——大部分都是很年轻的小伙子——也加入了我们的行列。

太阳西沉了，而我们的清理工作也大功告成。提姆、赖伊和我决定要好好盥洗一番，以迎接今晚盛大狂欢的来临。我们走到那些歌剧明星住宿的地方，偷溜了进去。从夜的另一头，传来晚场歌剧开演的音乐声。“帅呆了，”赖伊说，“有了这些刮胡刀和毛巾，我们就可以把自己弄得漂漂亮亮了。”我们还用了那些歌剧明星的发刷、古龙水和刮胡水。之后，我们一起挤到浴室去。我们一面洗澡，一面唱歌。“你们说说看，”提姆反复地问，“偷用歌剧明星的浴室、毛巾、刮胡水和电动刮胡刀，是不是很过瘾？”

那是个美妙的夜。中央镇距离海平面近四公里高。它的高度，最初会让你有点醉酒的感觉，继而是疲倦的感觉，但最后却会让你感到灵魂在燃烧。我们在通向歌剧院的那条窄街走了一段后，就直接右转，泡了几家有着活动门的老旧酒馆。大部分观光客都在看歌剧，所以酒馆里的人并不多。我们点了几瓶特大装的啤酒，小试牛刀。有人在弹钢琴。穿过后门，可以看到浸淫在月色中的山麓。我对着山麓大喊了一声“哟呼”。狂欢夜正式开始了。

逛过酒吧后，我们匆匆赶回老矿工的房子去。大派对所需要的一切全部准备就绪。贝贝和贝蒂热了一些香肠和豆子作为小吃，然后，我们就开始跳舞和喝酒。晚场歌剧结束后，大批大批的女孩子涌进我们的派对。提姆、赖伊和我都不禁舔了舔嘴唇。我们抱着她们，翩翩起舞。我们跳舞时，并没有音乐伴奏。木屋里的人愈来愈多。开始有人带酒进来。我们在派对的间隙又跑出去泡酒吧，之后又匆匆赶回来。这个夜，愈来愈劲爆了。我真希望狄恩和卡洛也在这里，不过我知道，他们和这种地方格格不入，来了也不会感到愉快。他们就像是歌剧中那个男中音一样，会忧郁地从地下室徐徐升起。他们属于一个新的世代，一个垮掉的世代，一个我会慢慢成为一员的世代。

合唱团的小伙子出现了，给我们唱了一曲《甜蜜的艾德琳》。偶尔，他们也会闹着玩地唱一句“把那瓶啤酒递给我”或“你为什么要向着窗外凝眸”。我唱的则是：“唉，我啊，何其忧郁啊！”派对上的女孩都棒得无以复加。她们在后院里和我们耳鬓厮磨。房间里有一些床铺，不过都没有清理，尘埃满布。就在我和其中一个女孩坐在这样的床铺上聊着天时，外面突然闯进来一大票年轻的歌剧院领座员，他们看到女孩就抱就亲，完全不管什么叫循序渐进。这些醉酒、毛躁、衣冠不整的少年把我们的派对彻底破坏。不到五分钟，所有女孩子就走光光了，留下了一个像大学生联谊会一般的残局：摔啤酒瓶的撞击声和喧闹杂乱的呼叫声。

赖伊和提姆决定再去逛酒吧。梅耶走了，贝贝和贝蒂也走了。我们在夜色中瞎逛。散场后的人潮把酒吧塞得水泄不通。梅耶隔着几十个人头向我们高声打招呼。那位热情、戴眼镜的“丹佛”· D. 多尔跟他碰到的每个人都会握握手，并说：“下午好，你好吗？”午夜来临的时候，他也说：“下午好，你好吗？”我看到他才跟着一个要人走开，随即就带着一个中年妇人回来；下一分钟，他又和两个年轻的领座员在街上攀谈起来；再下一分钟，他完全不认得我似的走过来跟我握手，说：“新年快乐，小伙子。”他醉了，但不是因酒而醉，而是因他深深喜爱的事物——人潮——而醉。每个人都认识他。他时而会说“新年快乐”，时而会说“圣诞快乐”。我看，如果是圣诞节，他准会说“万圣节快乐”。

“丹佛”· D. 多尔告诉我酒吧里坐着个受人尊敬的男高音，坚持要介绍我认识，我则极力推辞。他的名字是邓南遮之类的，和太太两个人臭着脸坐在一张桌子旁边。酒吧里还有一些看来像是阿根廷人的观光客。为了借路，赖伊推了其中一个阿根廷人一把，对方马上转过身来大吼。赖伊把酒杯交给我，然后一拳把那家伙打倒在黄铜栏杆上。提姆和我连忙簇拥着赖伊离开。场面很混乱，以致警察根本无法穿过人群找到受害者。没有人认得赖伊。我们进了另一家酒吧，梅耶此时也跌跌撞撞地走了进来。“怎么回事？有人打架吗？有架打立刻通知我。”这话引得周遭的人哈哈大笑。我很好奇，不知道落基山的山灵对我们这群在中央镇闹哄哄的人潮有何感想。我举目往山上看，看见掩映在月色中的短叶松，也看见一些老矿工的幽灵，飘荡在树影之间。在幽暗的大分水岭的东面，除了我们这一小撮人的喧闹以外，万籁俱寂，只有风的轻诉声；大分水岭的另一面是西部斜坡带，广袤的高原一直延伸到汽船温泉镇，地势逐渐减缓，直通向科罗拉多西部的沙漠及犹他州的沙漠。我们这群美国酒鬼在山中朝着漆黑的广袤空间恣意吼叫、发泄。一切都笼罩在黑暗中，我们现在身处美国的屋脊，看来，除高喊欢呼以外，别无其他的事可做。但我猜，说不定在这个夜的彼端，在我们东面的大草原上，正有一个白发的老者，带着圣言，向我们缓缓走来。他随时都会到达，他来到之后，我们就会收口不语。

赖伊坚持要回刚才的酒吧。提姆和我不认为这是好主意，但还是跟着他走。赖伊走到了邓南遮——就是那个男高音——前面，往他脸上泼了一杯酒。我们赶紧把赖伊拖出了酒吧。合唱团的一个男中音加入我们，一起到镇里另一家正规的酒吧。在酒吧里，赖伊骂一个女侍是婊子。一群脸色阴沉的男人排列在酒吧的四边；他们讨厌观光客。他们其中一个说：“你们这几个小子最好在我由一数到十之前出去。”我们很听话。我们步履蹒跚地回到老房子，呼呼大睡。

早上，我醒来以后翻了个身，一大片灰尘从床垫上扬了起来。我想赶紧推开窗户，哪知它是钉死的。提姆和我睡在同一张床上，我们都被灰尘呛得直咳嗽和打喷嚏。我们的早点是走了味的啤酒。贝贝从她住的旅馆过来了，我们收拾好该收拾的东西，准备打道回府。

一切都像散了架一样。当我们往车上走的时候，贝贝滑了一跤，摔了个狗吃屎。可怜的贝贝已经累坏了。赖伊、提姆和我三人一道把她扶了起来。梅耶和贝蒂也坐我们的车下山。我们向着丹佛开始了悲惨凄凉的返程之旅。

我们沿着山路开着开着，突然间，海一样平坦宽阔的丹佛毫无预警地展开在我们面前；阵阵像来自烤箱的热气从丹佛往上蒸腾。我们唱起了歌来。我的脚又痒了，很想尽快起程，前往旧金山。

10

晚上，我找着了卡洛，而令我惊讶的是，他竟然说他和狄恩去了中央镇一趟。

“你们在中央镇干了些什么？”

“我们逛了一圈酒吧，然后，狄恩偷了一辆车，以一百四十公里的时速开下山。”

“我没看到你们啊。”

“我们不晓得你也在那里。”

“对了，我要出发去旧金山了。”

“但狄恩今天晚上已经帮你约好了丽塔。”

“我把出发的时间延后一点点就结了。”我一文不名，于是，我写了一封空邮信件，请阿姨汇五十美元给我。我保证，这是我最后一次向她要钱，只要我一找到工作，领到薪俸，就会寄钱给她。

寄信后，我就去找丽塔·贝登各特，把她带回我的公寓。我和她在昏暗的前厅里经过一席长谈后，就把她带入卧室去。她是个甜美的女孩，单纯而真诚，但对性却怕得要死。我告诉她，性是一件很美妙的事，我愿意证明给她看。她让我去证明，但我太猴急了，结果草草了事，什么也没证明。她在黑暗中叹气。我问她：“你希望从生活中获得什么？”我习惯在这种时候问女孩子这个问题。

“我不知道，”她说，“我只是侍立在桌子旁为食客提供服务，就这样混日子过。”她打了个哈欠。我用手遮住她的嘴，叫她不要打哈欠。我试着向她说明，生活对我来说是多兴奋的事，而又有多少事情是我俩可以携手一起做的。（老天，我两天内就要离开丹佛了，还说这个干吗！）她失落地转过身去。我们躺着，看着天花板。我在心里纳闷，上帝造人的时候一定是出了什么差错，否则怎么会把人生弄得那么哀愁？我和丽塔约好，要在旧金山再碰面。

送丽塔回家的途中，我知道，我在丹佛的时光该是告一段落的时候了。回程时，我在一家老教堂的草地上躺了下来。我旁边还躺着几个流浪汉，他们的谈话，让我产生一种尽快回到旅途上去的渴望。时不时地，他们其中的一个会站起来，向路过的人讨个十美分硬币。他们谈论的是向北走，趁着收获季节找些零活儿做。天气温暖而柔和。我真想再把丽塔找出来，跟她谈更多的东西，而且好好和她再做一次爱，以平息她对男人的恐惧心理。现在对美国的男孩女孩来说都是一个沉重的时刻，为求在性爱中表示自己的老练，他们会直截了当地屈从于性，而不愿意进行恰当的事前交谈。我不是指那种求欢的交谈，而是指那种真正触及灵魂的交谈，因为生活是神圣的，每一刻都是珍贵的。我听见一列开往格兰德河的火车，轰隆隆地逐渐向着山区远去。我渴望继续追寻我的星辰。

午夜时分，我和梅耶在公寓里忧郁地话别。“你有没有读过《非洲的青山》？那是海明威最棒的一部小说。”他说。我们互道了祝福的话，并盼着会在旧金山再碰面。之后，我在一棵墨黑的行道树下和赖伊话别。“再见了，赖伊，我们什么时候可以再碰面呢？”接着，我又去找卡洛和狄恩，却没有找着。接下来几小时，我在丹佛街头漫无目的地溜达。看上去，每个在拉里马街打混的流浪汉，都像是狄恩的老爸；人们管那个锡匠叫老狄恩·莫里亚提。我走进温莎旅馆——也就是狄恩父子以前寄居的旅馆。狄恩告诉过我，以前有一晚，有一个没有下肢的男人，坐在辊轮板上，轰隆隆向他床边滚过去，把他从梦中惊醒。那男的靠近他，是为了想摸摸他。走过柯蒂斯街和第十五街的街角时，我再一次看到那个卖报的短腿妇人。柯蒂斯街上那些低级夜总会还在营业，但场面很冷清；街上有一些穿着牛仔裤、红衬衫的小伙子在溜达；花生壳、电影院的遮篷、射击场。在这条灯光明灭的街道的尽头，是一片黑暗，而在黑暗的那边，则是西海岸。我必须动身了。

我在黎明时找着了卡洛。读了他那部庞大日记的一部分之后，我睡了一觉。醒来的时候是早上，窗外下着毛毛雨，一片灰蒙蒙。一米八高的艾德·邓肯来了，后面跟着罗伊·约翰逊（一个帅哥）和汤米·史纳克（一个畸足的撞球高手）。我们围坐在一起聊天。当卡洛开始念起他那些疯疯癫癫、启示录式的诗歌时，大家脸上的笑容都变得局促。我埋在椅子里，好不容易听他把诗念完。“啊，尔辈丹佛之小鸟儿！”一等卡洛高声念出诗的结句，我们就一涌而出，走上笼罩在焚化炉冒出的烟中的典型的丹佛鹅卵石巷道。蔡德曾对我说过：“我小时候常常在这种巷子里滚铁环。”我真想看看他滚铁环时候的样子，也很想看看，十年前，当我的这些朋友都还是小孩子的时候，丹佛是什么样子的。我仿佛看到，我所有的朋友——全都是小孩子，全都对未来怀抱着憧憬——在一个明媚的春日早晨，在落基山下和煦的阳光中，全跑到街上来滚铁环。当然，这中间不会有邋邋遢遢、衣衫褴褛的狄恩，因为他自有别的乐子。

在蒙蒙细雨中，罗伊·约翰逊陪着我，一起到爱迪的女朋友家去拿我的羊毛衬衫——那件我在内布拉斯加的谢尔顿走失的衬衫。衬衫还在，但已经皱成一团，一副可怜巴巴的模样。罗伊·约翰逊说他会到旧金山和我会合。看来每个人都准备要去旧金山。我到电报局查了查，发现钱已经汇到了。太阳出来时，提姆陪我坐电车到巴士总站去。我用五十美元的一半，买了一张到旧金山的车票，在下午两点登上巴士。提姆与我挥手作别。望着窗外丹佛那些具有历史性的街道，我对自己许诺：“我一定会再回来，看看有没有别的好玩的事情！”出门前最后一分钟，我接到狄恩打来的电话，他说他和卡洛有可能会到西海岸去和我会合。当我在巴士上想着狄恩这句话的时候，突然意识到，我在丹佛期间，和他说话的时间全部加起来还不到五分钟。

11

我和雷米·庞戈碰面的时间，比原先的约定晚了两星期。从丹佛到旧金山的一路上，都没有什么值得一提的事。只是，愈接近旧金山，我的心就愈雀跃难耐。巴士又一次载我路过夏延，只不过这一次是在下午，接着，行进的路线就折而向西，进入山区；巴士在午夜从克瑞斯顿越过大分水岭，第二天黎明到达盐湖城——这里到处都是洒水装置，任谁也难以相信狄恩就出生在这里；在大太阳下向着内华达驰骋，日暮抵达雷诺和它那些灯火荧荧的唐人街。继而是在内华达山脉攀爬：这里的松树、星星和山中小屋，让人联想到旧金山的浪漫。坐在我后面的一个小女孩问她妈妈：“妈妈，我们什么时候会回到特拉基的家？”特拉基到了，可爱的特拉基。过特拉基之后，路就转为下坡，把我们直带到平坦的萨克拉门托。空气温暖而充满棕榈的味道，棕榈树盈目，让我突然意识到，加州已经到了。巴士在萨克拉门托河河边的高速公路上行驶了一段，接着再度进入山区。上上下下一番之后，宽广的旧金山湾就突然毫无预警地展现在眼前。我在巴士开过奥克兰湾区大桥时进入了梦乡（这还是我离开丹佛以后首度睡得这么香），醒来时——是被粗鲁地推醒的——已置身于市场街与第四街拐角的巴士总站。现在，我离新泽西州帕特森的家，已经有五千一百公里远。我像个枯槁的游魂一样，荡出了巴士总站，破晓时分的旧金山赫然在目：长长的、冷清的街道，还有包裹在茫茫白雾中的电车电缆。我步履蹒跚地走过几条街，遇到几个向我讨几个硬币的乞丐。从某处传来了音乐声。“我会再来一探究竟的，不过不是现在。我得先找到雷米·庞戈。”

米尔镇——雷米住的地方——是个位于山谷中的木屋区，原系战时政府为安置海军造船厂的工人而建设的一个居住区。它位于一个很深的峡谷内，两面斜坡上布满树木。镇上有一些为造船厂工人而开设的杂货店、理发店和裁缝店。据说，米尔镇是全美国唯一一个黑人白人自愿混居的小区。据我观察，这很可能是事实，因为我从没有见过一个小区，黑人和白人相处得这么融洽。在雷米所住的木屋的门上，钉着一张有三星期历史的便条纸。

索尔（大号印刷体），如果你来了，又没有人应门的话，就自己从窗户爬进来吧。

雷米

这张便条因为风吹日晒，已经有点泛黄变黑。

我从窗户爬入屋内，发现雷米和他的女人李·安正在睡觉。他们睡的那张床——雷米后来告诉我——是他从一艘商船上偷下来的。一想到一个甲板工程师半夜三更鬼鬼祟祟地把一张大床搬过甲板，卸到一条舢板上，再用两根桨把舢板划回岸边的画面，我就忍俊不禁。对于他是怎样做到的，我也觉得不可思议。但雷米并没有多做解释。

我准备把我在旧金山碰到的每件事情都记上一笔，因为，它们和以后发生的每件事情都有关联。雷米是我预科学校的校友，不过，我们会变成密友，则和我的前妻有关。最先认识我前妻的人是雷米。有一天，他走进我的宿舍房间，对我说：“帕拉代斯，起来吧，音乐大师来看你啦。”当时是下午四点，念预科学校的时候，我有事没事都在睡觉。我起了床，穿裤子的时候，几个硬币从裤袋里掉了出来。“得啦，得啦，我知道你很有钱，你用不着把黄金到处扔。我发现了一个漂亮的小妞，今晚就准备带她到‘狮子窝’去。”他硬要拉我去看看她。一星期后，去“狮子窝”的人变成我和她。雷米是个高挑、黝黑、英俊的法国人，看起来像个二十岁的马赛黑市商人。他讲起话来美国腔十分夸张；但其实他的英语和法语一样流利。他喜欢穿得衣履光鲜，臂里挽着个金发美女，大把大把地花钞票。我抢走他看上的女人，他非但没有责怪我，反而对我更亲近，为什么会这样，只有上帝明白。

住在米尔镇的那段日子，正值雷米人生的低潮期，和二十多岁小伙子常有的那种消沉阶段一样。他一直想找份船上的工作，却迟迟没有着落。为了糊口，他暂时屈就了一份营房警卫的差事。他的妞儿李·安是个毒舌妇，雷米每天都少不了要挨她一顿骂。他们平常很省，每天省吃俭用，只为省下一分一厘；不过，一到星期六，他们就会跑到外面拼命花钱，只要三小时，就可以花掉五十美元。雷米平常喜欢穿着短裤，戴一顶怪里怪气的陆军帽，在木屋附近晃来晃去。李·安则习惯头上夹着发卷到处跑。周一到周五，他们每天都会穿着上述的装束对骂（我一辈子从未听过这么多对骂声），不过，一到周六晚上，他们就会笑逐颜开，穿戴得像两个好莱坞大人物，高高兴兴地跑到市区去花钱。

我爬窗的声音吵醒了雷米。他一看到我，就哈哈大笑起来，他的笑声，肯定是世界上最洪亮的笑声之一。“啊哈，帕拉代斯来了，他爬窗而入，听话得像条小狗。你死到哪里去了，晚到了整整两星期！”他一掌拍在我背上，又一拳打在李·安肋上，然后靠在墙上，又笑又叫，还用力敲打桌子，务使全米尔镇每一个人都听得见。“帕拉代斯，”他尖叫着说，“天下无双的帕拉代斯。”

我一时不知道该说些什么，便问他："索萨力托一定住了不少意大利人吧？"索萨力托是位于米尔镇前面没多远的一个小渔村。

"索萨力托一定住了不少意大利人吧？"雷米大笑着重复我这句话。"哈哈哈哈！笑死我啦，哈哈哈！"他不断捶胸顿足，然后倒在床上翻来滚去，差点没掉到床下，"你听到他说什么吗，李·安？索萨力托一定住了不少意大利人吧？哇哈哈哈哈，太绝了，太妙了。哈哈，哈哈。[①]"他的脸涨红得像甜菜根，"帕拉代斯，你真是天底下最会搞笑的人。李·安，你看到没有，他真的乖乖按照指示，从窗子爬进来，哈哈，哈哈！"

说巧不巧，雷米隔壁住了个叫斯诺先生的黑人，爱笑的程度不亚于雷米。我以《圣经》起誓，这位斯诺先生，肯定是世界上最容易发噱和笑得最厉害的人。每天晚餐，只要他太太偶然说了一句可笑的话，斯诺先生就会立刻站起来，咳嗽几声（因为呛到了），靠到墙上，向天空望上一眼，然后开始大笑不止。他会一面笑，一面往外走，挨在每户邻居的墙壁上大笑一阵，直到整个米尔镇都被他走遍为止。斯诺先生每每醉心于此，仿佛在得意扬扬地嘲笑唆使他这么做的魔鬼之王。我不知道斯诺先生有没有哪一顿晚餐是从头到尾吃完过的。我怀疑，雷米的爱笑，就是被斯诺先生传染的（虽然他自己可能没有察觉这一点）。不过这也好，雷米目前既然遇到工作上的"瓶颈"，又得跟李·安这样的毒舌妇生活在一起，学会动辄发笑，对他来说绝对只有好处没有坏处。

雷米安排我睡在靠窗的位置，离他和李·安睡的那张床有一点距离。他这个安排，是为防我趁他睡着时，对李·安不轨。雷米有一次就对我说："我可不想有哪一天发现，你们以为我睡着了，在那里互相毛手毛脚。

---

①索萨力托是一个意大利文地名，问索萨力托是不是住了不少意大利人，犹如问唐人街是不是住了很多中国人，这是雷米之所以觉得索尔的问题好笑的原因。索尔之所以会对索萨力托这个地方感兴趣，因为他本人是意大利裔。

要知道，你甭想教老乐师新曲子。[1]这句格言，可是我原创的。”我望向李·安。她体态丰满，一头蜂蜜色的秀发，是个有吸引力的女孩子。不过，从她眼中，我却看得出她对我和雷米两人的恨意。她来自一个俄勒冈小镇，当初立志要找个金龟婿，不料却碰着雷米这个光棍。雷米一向喜欢充阔，在他认识李·安的那个周末，一次就在她身上花了一百美元，让她误以为自己终于钓到了一个富豪继承人。李·安万万没有料到，自己会落得栖身木屋的下场。由于她一文不名，所以只能继续待下来。她在旧金山有一份工作，每天都得在公路上的十字路口等巴士。她永远都不会原谅雷米。

我在木屋住下以后，雷米就建议我写一个电影故事。他有个死党的父亲是好莱坞的知名导演，所以他想，要把我写的电影故事推销出去，大捞一笔，并不是什么难事。他甚至计划届时一道把李·安介绍给那位知名导演认识。于是，住在米尔镇的第一个星期，我就埋首写了一个以纽约为背景的忧郁故事。我想这个故事应该可以让好莱坞的导演满意，唯一的毛病就只有写得太悲哀了一点。雷米好不容易才勉强把故事读完，所以，他把故事带到好莱坞去，已经是几星期后的事。至于李·安，则因为恨我们两个恨得太甚，根本不愿意去读它。电影故事写好后，我每天除了喝咖啡和乱涂乱写以外，根本无所事事。我一文不名，除一日三餐要仰赖雷米以外，就连买烟的钱都要向他伸手。最后，我告诉雷米，这样下去不是办法，我必须找一份工作。我看到雷米的额头掠过一抹歉疚的阴影——他有一颗黄金打造的心。

他试着为我安排和他一样的工作：当营房警卫。我办了各种必要的申请手续，而出乎我意料的是，我竟然被录用了。在当地一个警察首长

①这句俏皮语脱胎自美俚的“你甭想教老狗新把戏”，用词虽不同，意思则一样，都有“你很难去改变一个积习难改的人”或“狗改不了吃屎”的意思。索尔过去泡走过雷米的女朋友，故雷米会有此一说。

面前宣过誓后，我就领到一个徽章和一根警棍。现在，我是个特种警察了。我真不知道，要是狄恩、卡洛以及公牛老李知道这件事的话，会作何感想。我还领到了一件黑夹克和一顶警帽，但除此以外，我还需要一条藏青色的裤子。头两个星期，我不得不暂时借穿雷米的裤子。由于他比我高，加上他有一个因为无聊而吃喝出来的小肚子，所以我第一晚穿他的裤子值班时，走起路来活像卓别林。雷米还给了我一个手电筒和一把点三二的手枪。

“你这手枪打哪儿来的？”

“去年夏天去海岸途中买的。为了舒展舒展筋骨，我在内布拉斯加的北普拉特下火车溜达了一下。橱窗中这把样子独特的小枪一下子就吸引住我的视线，我二话不说就把它买了下来。回头的时候，火车差点没有跑掉。”

听他提到北普拉特，我马上试着向他解释北普拉特这个地方对我的意义，还有我和几个车友去买威士忌的经过，但雷米只是拍拍我的背，说我是世界上最会搞笑的人。

每天晚上，我就是靠着雷米给我的手电筒去上班的。我首先得攀上峡谷南面的陡峭山壁，再穿过通向旧金山、车流如飞的高速公路，然后，从山的另一边，连滚带爬地走到下面的溪谷中。小溪附近有一户农家，每次我经过，农家那条狗都会向我咆哮。继而，我还得快步走过一条银闪闪，几乎被两旁墨黑的树木所遮蔽的尘土路——就像电影《佐罗的印记》里面那一条，又像西部电影中经常看到的那种路。

最后，还要再攀上另一座山坡，才到得了我上班的营房。这些营房，是给那些要送到海外去工作的建筑工人临时住宿用的。他们大部分的目的地都是冲绳岛，住在这里等船。他们会选择这个工作，大部分都是为了逃避些什么——而一般都是官司。工人之中，各色人都有，有来自亚拉巴马州的硬汉，也有来自纽约的滑头。他们深知，在冲绳岛上工作一年将是多么可怕的事情，因而纵酒度日。我们警卫的任务，就是防止营房被这批家伙掀翻。我们的总部位于主建筑之内，不过是一间镶了壁板的木屋罢了。一般，除巡逻以外，我们在办公室里都无所事事，围坐在卷盖式书桌四周，解开屁股后面挂着的手枪套，只有打哈欠和听听老警卫们说故事。

警卫当中，除我和雷米以外，全都是很有警察精神的可怕的人。我和雷米当警卫，为的只是糊口，而他们却整天盼着可以逮捕到一两个闹事的工人，好向城里的警察局局长邀功。他们甚至说，谁要是一个月内没逮上一两个滋事的人，准会被炒鱿鱼。

听到要逮捕人，我不禁咽了一口口水。事实上，当警卫期间，我从未抓过任何一个滋事分子，有的，只是跟他们醉在了一块。

事情发生的那个晚上，刚好只有我一个人值班，而营房里的每一个工人，看来都已喝得酩酊大醉。那是因为，这批工人第二天早上就要上船了。他们醉得就像第二天要出航的水手。我坐在办公室里，腿跷在办公桌上，读着一本讲述发生在俄勒冈和北方地区的冒险故事的蓝皮书。突然间，我听到从营房那边传来不平常的骚动声。平时，晚上都是静悄悄的。每一个营房里的灯都亮着。我听到叫闹声和酒瓶的破碎声。我硬着头皮起身去查看。我拿起手电筒，走到最吵闹的营房门外，敲了敲门。门被打开了大约十五厘米。

“你要干吗？”

“我是今晚值班的警卫，据我所知，你们应该尽可能保持安静的。”我说（不然就是诸如此类的蠢话）。我话还没说完，门就砰一声关上。我愣在那里，鼻尖几乎贴到了门上。我觉得自己好像置身在一部西部片中，接下来的剧情，理应是要求我大展雄风。我又敲了敲门。这次门开得更大些。“听好，”我说，“我并不是想来找碴，不过如果你们闹得太凶，我就会丢掉饭碗。”

“你是谁？”

“这里的警卫。”

“以前怎么从没见过你？”

“唔，这是我的警徽。”

“你屁股上挂那把会噼啪响的玩意儿干吗？”

“那不是我的，”我道歉说，“是借来的。”

“看在老天的分儿上，进来喝一杯。”我并不介意，结果我喝了两杯。

临走时，我说：“行了吗？你们会保持安静了吗？你们不保持安静的话，我就要遭殃了。”

“没问题，老哥，”他们说，“巡你的逻去吧，有兴趣的话，欢迎随时再过来喝两杯。”

我敲了每一间营房的门，而发生的事都一模一样，于是，巡逻一趟下来，我就醉得跟营房里每个人没有两样。天亮时，我按规定把国旗挂到近两米高的旗杆上，之后就回家睡觉去。我没注意到，旗挂反了。傍晚我再回到办公室的时候，只见几个老鸟警卫严肃地围坐在一起。

“说说看，昨天夜里这里发生了什么事情？怎么峡谷对面的居民都来抗议太吵？”

“我不晓得，”我说，“我倒是觉得昨天晚上蛮平静的。”

“那帮家伙全走了。按理说你昨晚要负责维持秩序的——长官在对你大发雷霆。还有一件事情。你知不知道，你把国旗挂反了？还有，在政府机构工作，挂反国旗是可以让你坐牢的？”

“挂反了？”我头皮发麻。我当然不知道挂反了，因为每天早上挂国旗，我都只是虚应故事。

“答对了，”一个曾在阿尔卡特拉斯监狱当了二十年差的肥警卫说，“这种事是可以让你坐牢的。”其他警卫笑着点头称是。他们为自己的工作自豪。他们常常把玩手枪，谈跟手枪有关的事。他们最梦寐以求的就是有人给他们射射，尤其是雷米和我。

那个在阿尔卡特拉斯监狱当过差的肥警卫年约六十，挺着个大肚子。他虽然已经退休，但却舍不得离开那种滋养了他干涩灵魂一辈子的空气。每天晚上，他都会开着一辆一九三五年款的福特车来上班，分秒不差地把卡放入打卡钟，然后坐在办公桌前面，吃力地填那张我们每天晚上都要填写的值班表格——巡逻路线，时间，发生事情的具体情况，等等。填好后，他就会挨在椅背上，谈他的傲人往事。“你应该看看两个月前我和史拉屈是怎样修理那个在G号营房闹事的醉鬼的。（史拉屈年纪比肥警卫略小，他想当得州骑警没当成，只好屈就现在的差事。）今晚让我带你去看看还留在墙上的血迹吧。我们把他甩向一面墙壁以后，又把他甩向另一面墙壁。史拉屈揍过他以后，又换我揍，之后，他就像一摊烂泥一样，听话又安静。那家伙发誓出狱后要来干掉我们。他被判了三十天的牢，但现在已经第六十天了，却什么也没发生。”这就是他故事的重点。他们把他修理得魂飞魄散，为的就是让他不敢回来找他们算账。

肥警卫意犹未尽，继续向我忆述他在阿尔卡特拉斯监狱的往事。“我们会让囚犯像士兵一样排好队齐步走去吃早饭。没有一个人敢踩错一步。我们把每件事情都做到像钟表发条一样精准。你没机会看到当时的情境，真是可惜。我在那里当了二十二年狱警，从来没有出过什么乱子，因为囚犯都知道，我是惹不起的。至于那些心慈手软的狱警，倒是常常会惹上麻烦。依我观察，你对这里的家伙都太仁慈些了。”他举起烟斗，严厉地看着我，“他们会吃定你的，你知道吗？”

我知道。我告诉他，我不是当警卫的料。

“没错，不过你既然应征了这份工作，就别无选择。如果你不痛下决心狠起心肠的话。你会吃不完兜着走的。那是你的责任。你起过誓的。你不能那么好商量。法律和秩序是必须维护的。”

我不晓得要怎样回答。我知道他说的话都是对的，但我唯一想做的，却只是晚上溜班出去，看看这一带的人都在干些什么。

另一个警卫史拉屈是个高个子，肌肉盘缠，理着个平头，颈部的青筋绷得紧紧的。他喜欢学拳击手的模样，常常以两拳互击。他把自己装扮得像个老资格的得州骑警。他腰系一条子弹带，左轮手枪垂得低低的，带着根短柄马鞭之类的玩意儿，衣服上垂着些皮革条块，上身一件低领夹克，脚上一双油光锃亮的鞋，头戴卷檐帽，整个人看起来活像是间会走路的拷打室。他唯一不像得州骑警的地方是没有穿靴子。他常常用两手抄到我的胯下，轻轻把我托起来，以夸示自己多么孔武有力。不过，若论气力，我同样一托，可以把他整个人扔到天花板上去。我很有把握我做得到，但我从来不让他知道这一点，因为我怕他知道我这样想的话，会要求和我角力。和这样一个家伙角力，一定会以枪击事件收场，而我肯定，他的枪法一定比我准；我这辈子从未用过枪，即使只是配在身上，也让我胆战心惊。史拉屈想逮人想得发疯。有一天晚上——当晚只有我和他两个人值班——他气冲冲地从外头走进办公室。

“我叫几个家伙保持安静，他们却继续吵。我对他们说了两次。我只给人两次机会，不会有第三次。你跟我一起去把他们抓起来。”

“呃，那就让我来给他们第三次机会吧，”我说，“我会和他们好好谈一谈。”

“不行，先生，我从不给人两次以上的机会。”我叹了口气，只好跟他一起到那个让他不爽的营房去。史拉屈打开了门，命令所有人列队走出房间。场面很尴尬。每个人都涨红了脸。试问，又有谁会认为自己做的事情是错的呢？又何况是一群正在喝酒和大声说话的人。但史拉屈却偏偏要证明他们是错的。史拉屈拉我一起来，是怕他们会拒捕，一拥而上。他们真的有可能会那样做。他们很多都是兄弟档，何况，他们又全都是来自亚拉巴马的汉子。我们把他们押回警岗，史拉屈在最前面，我殿后。

其中一个工人对我说：“你劝那个浑球放我们一马吧，否则我们有可能会被开除，到不了冲绳岛。”

“我会劝他。”

在警岗，我劝史拉屈算了吧。但他却涨红着脸，用每个人都听得见的声音说：“我从不给别人两次以上的机会。”

“你哪根筋不对啦，”那些亚拉巴马工人说，“两次三次有什么分别。你这样搞，会让我们丢掉饭碗的。”史拉屈没理会他们，只管填写逮捕表格。不过，他最后决定只逮捕他们其中一个。他打电话到城里，叫来一辆警车，把那人带走。其他人黑着脸往房间走。我听到他们其中一个说：“妈妈知道了一定会难过。”有一个工人走过来对我说：“你去告诉那个得州狗娘养的，如果我弟弟明晚以前没有被放出来，我就要打烂他的屁眼。”我把这话转告了史拉屈（当然是用中性得多的字眼），他却不吭声。第二天，入狱的那个人就被放了出来，而史拉屈的屁眼也没有被打烂。一批工人上船后，另一批工人就会住进来。如果不是因为雷米，这样的工作我根本待不了两小时。

在那些只有雷米和我当值的夜晚，一切都会活起来。在黄昏第一次巡逻的时候，雷米会去试转每一个门把；他想找到一个没上锁的。他对我说：“这几年来，我一直都想，我能不能训练出一条能充当超级小偷的狗，它懂得跑到这些家伙的房间里去，把他们的钱从衣裤口袋里叼出来。我计划把它训练成只偷纸钞的狗；我会拿一张纸钞给它闻一整天，让它辨识纸钞的味道。如果有办法，我会把它训练成只偷二十美元纸钞的狗。”雷米总是一脑袋异想天开的计划。他和我谈狗的事情，谈了好几星期。有一次巡逻的时候，竟然真的给他发现一道没有上锁的门。他要把门推开，但我却不喜欢这个主意，便独自溜达到大堂去。雷米把门推开，没想到，迎面出现的竟是营房的总监。雷米一向讨厌这个人的脸。有一次，雷米问我：“你常常提到的那个俄国作家，名叫什么来着？就是会把报纸塞到鞋里，并戴着一顶从垃圾桶里找来的大礼帽到处走的那一个。”他说的是陀思妥耶夫斯基，只不过，他的形容，跟我向他形容的天差地远。“哦，我想起来了，想起来了，他叫陀思妥斯基。任何长相像营房总监的人，都只有一个名字可以形容：陀思妥斯基。”雷米找到的那间没上锁的房间，就是营房总监的房间。“陀思妥斯基”本来正在睡觉，因为听到有人转他房间的门把而醒了过来。他穿着睡衣爬了起来，脸色比平常还要难看两倍。当雷米推开他的门以后，看到的是一张充满憎恶和愤怒的脸。

“你这是在干吗？”

“我以为这里是……以为这里是……嗯……是拖把房。我在找拖把。”

“你为什么要找拖把？”

“嗯……呃……”

我听到发生的事情，马上走过来为雷米解围：“不知谁在二楼吐了一地，我们想找把拖把把地拖干净。”

“这里不是什么拖把房，这里是我的房间。如果再有下一次，我就会告诉你上司，让你滚蛋。你听清楚了没有？”

“有个家伙在二楼吐了。”我把话重复一遍。

“拖把房就在大堂那头。在那边。”他举起手指，久久不放下来，等我们行动。

我们只好真的跑到拖把房，找到拖把，蠢蠢地拿到二楼去。

我对雷米发火说：“该死的，雷米，你干吗老是要为自己和我惹麻烦。你为什么不干脆辞职算了？为什么总是想偷东西？”

“这世界欠我很多，我要讨回来，就这么回事。你甭想教老乐师新曲子。如果你再用这种态度跟我说话，我就喊你陀思妥斯基。”

雷米这个人和小孩子没两样。很久以前，在他还在法国当学童的那段孤独岁月里，确实被剥夺了许多东西。他的继父把他扔在寄宿学校里，不闻不问，而他则被一家学校踢到又一家学校。漫长的黑夜里，他只能一边奔波在法兰西的公路上，一边从他贫乏的词汇中拼出些诅咒的词儿以发泄心中的不平。所以，一等长大，雷米就急于要回他曾经失去的一切；只不过，他所失去的，是个永远填不满的无底洞，这种情形将会永远持续下去。

营房的食堂有如我俩的私人食物库。只要一确定没人留意我们，特别是其他警卫没有监视我们，我们就会偷溜进去。我负责蹲着，让雷米踩在我的肩上从窗户爬进食堂。（食堂的窗户从来不上锁。）我的弹跳力比较好，只要两脚一跃，就可以攀住窗户，再爬窗而入。我们的第一目标是冰柜。我做了一件从幼年就开始梦想的事情：打开巧克力冰淇淋的盖子，一手抄到冰淇淋里面，挖出一大团，凑到嘴上舔。接着我们找到一些可以装冰淇淋的盒子，全部装满并浇上巧克力酱和草莓酱。之后，我们会走进厨房，打开冰箱，看看有什么可以放在口袋里带回家的东西。我常常会扯下一片烤牛肉，包在餐巾纸里带走。这个时候，雷米都喜欢说："你知道杜鲁门总统交代过我们什么吗？他说我们必须节省生活开支。"

有一次，我们在食堂里耗了很久，因为雷米带了一个很大的纸箱进去搬东西。不过，等我们要离开时，他才发现，纸箱太大了，根本穿不过窗户，于是，他只好心不甘情不愿地把东西一件件放回原位。稍后，雷米下了班，我一个人留在基地。一件怪事发生了。当时，我正在峡谷里的一条小径上溜达，看能不能碰到一头鹿（一九四七年的时候，这一带还相当荒凉，雷米就说他见过附近有鹿），忽然间，我听到了一阵吓人的声音。那是一种急速吸气和喷气的声音。我猜是有一头犀牛，在黑暗中冲着我走过来。我用手握紧枪把。一个高大的身影从黑暗中冒了出来，它有一个巨大的头。但我随即看清楚，那不是犀牛，而是雷米——肩上扛着个大箱子的雷米。原来，他不知打哪儿找到了食堂的钥匙，把先前带不走的一大堆食品再次偷了出来。箱子太重了，背得他上气不接下气。“雷米，我还以为你回家去了呢。你在这里搞什么鬼？”

他说：“帕拉代斯，我跟你说几遍了，杜鲁门总统交代过，我们必须节省生活开支。”我听到他在黑暗里不断喘气。营房与我们小木屋之间的路有多崎岖和起伏，先前我已经介绍过。雷米扛着一大箱东西走了一段，便走不动了。他把东西藏在草堆里，再回头找我。“索尔，我一个人实在搬不动，所以我打算把它分成两箱，请你帮我搬一箱。”

“但我还在值班啊。”

“你走了以后，我会帮你看着这地方。”他抹去脸上的汗，“呼！我告诉过你多少次了，索尔，我们是哥俩，必须同进同退，别无选择。你要晓得，包括陀思妥斯基、那些警卫，还有李·安在内，这个世界上每个人都伺机要给我们致命一击。我们绝不能让他们得逞。其实，他们的脏手捞过的油水，要比我们多不晓得多少倍。记住，你甭想教老乐师新曲子。”

我终于忍不住问他：“出海的事怎样了？”我做这个烂差事已经十星期。我每星期可以赚到五十五美元，但平均会寄给我阿姨四十美元。我来这么久，却只在旧金山消磨过一个夜晚。我的生活完全被雷米的木屋、他和李·安的战争，还有营房的值夜给困住了。

雷米又走入黑暗去扛另一个箱子，我陪着他在那条破烂的佐罗小径上艰难地跋涉。堆在厨桌上的食品罐头像小山一样。李·安醒了过来，揉了揉眼睛。

雷米对她说：“你知道杜鲁门总统说过什么吗？”她开心极了。没多久，我开始意识到，全美国每一个人，其实都流着小偷的血液，而我也不例外。不知道从什么时候开始，我也染上了雷米的习惯，只要有机会，就会试试哪一道门没有上锁。其他警卫开始对我们起疑。这是当然的，凭着多年经验，雷米和我是哪一类人，他们心里有数。

有一天，雷米和我带着枪进山，试着打一些鹌鹑。他蹑手蹑脚地走到一群咯咯叫的鹌鹑五米开外，瞄准，然后开枪。但却没有打中。他的大笑声响彻了整个树林，乃至整个美国。“该是你跟我去看看香蕉王的时候了。”

那是星期六。我们打扮整齐，在高速公路的十字路口搭上开往旧金山的巴士。在市区里，我们走到哪儿，雷米的大笑声就会跟到哪儿。他说：“你非写一篇关于香蕉王的故事不可。”又警告我，“你可别想要我，不写香蕉王的故事而去写别的故事。香蕉王是你的卖点。瞧，香蕉王就在那边。”原来他说的香蕉王，是个在街角卖香蕉的老头儿。我快哭出来了。但雷米却捶我的肋骨，甚至拽着我的衣领，硬把我往香蕉摊子拉去。“香蕉王的故事是这世界上最有趣、最有人味的生活故事。”我告诉他，香蕉王的故事引不起我一丁点儿兴趣，但他反驳说：“除非你明白了香蕉王的重要性，否则你绝对不会明白什么叫这个世界最有人味的故事。”

海湾的外海浮着一艘被当成浮台用的生锈旧货轮。不知道为什么，雷米老想划船到那里走一走。所以，有一天下午，他叫李·安准备好午餐，就租了一条舢板，往旧货轮划去。他还带了一些工具。到达旧货轮后，李·安把所有衣服脱下，躺在舰桥上晒太阳。我从船艉处瞪着她看。雷米则二话不说就跑到老鼠乱窜的甲板下层去敲敲打打，想从什么地方撬下来点铜块什么的。我到已经坍塌的高级船员膳堂去溜达。这是一艘很老很老的船，过去曾经有过它辉煌的一页。船的木头上都有雕花，还有些内嵌式的水手柜。这船是杰克·伦敦时代的旧金山的幽灵。我站在日光照耀的膳堂里怔怔出神，仿佛看到当年那个每天在这里用餐的蓝眼睛船长。

我在再下一层的船腹内找到雷米。他在撬每一样松动的东西。“什么也没有。我原以为可以在这里找到些铜的东西，不然，最少也可以捡到一两把扳手。唉，这船已经被一群贼倒过来翻过一遍了。”这艘船浮在海湾里已经很多很多年，当然早就被洗劫一空了，也不会再有什么人光顾了。

我对雷米说："我很想找一个大雾弥漫的夜晚，在这船上睡一睡，听听海浪拍打船身的声音，听听船体嘎嘎作响的声音。"

雷米很诧异，对我的佩服又增加了一倍。"索尔，如果你真敢在这里睡一晚的话，我就给你五块钱。难道你不晓得，这种船会有老船长的鬼魂出没的吗？我不只会给你五块钱，还会帮你准备午餐，借你毯子和蜡烛。"

"一言为定！"我说。雷米跑着去告诉李·安这件事。我真巴不得能从一根船桅上往下跳，直扑李·安身上，但我不能背叛雷米。我把视线从李·安身上移开。

接下来一段时间，我到城里去的次数比较频繁。我用尽书本上所教的每一招，想把到一个马子，却都徒劳无功。有一次，我甚至跟一个明尼苏达的金发妞坐在公园的长凳上，从晚上聊到天亮，不过，我依然没有得偿所愿。旧金山的男同性恋不少。每次，酒吧里有男同性恋想接近我，我都会把身上的手枪亮出来，说："哈，唔，怎么样？"他们立刻就会落荒而逃。我不明白我为什么要这样做。我认识的男同性恋不少，而我对他们并不反感。大概，会让我想到对他们亮枪的唯一理由，就是因为旧金山太寂寞和我身上刚好有一把枪的缘故吧。我忍不住要把枪拿出来秀一秀。有一次，经过一家珠宝店的时候，我突然有一种冲动，想一枪把橱窗的玻璃射破，把里面的首饰搜掠一空，再带李·安远走高飞。唉，看来，该是我非离开旧金山不可的时候了，再这样下去，我肯定会发疯。

我写了几封长信给狄恩和卡洛，他们现在在得州，住在公牛老李家中。他们回信说，等几件事情办妥，就会来旧金山和我会合。只不过，他们还没来，盖在雷米、李·安和我头顶上的那片天就已经垮下来了。雨季在九月展开，一场风暴也随之开始。雷米拿了我写的那篇蠢小说，带李·安坐飞机去了好莱坞一趟。不过，他期望的事情并没有发生。他认识的那个著名导演喝醉了，根本不甩他们。雷米和李·安在马里布的海滩晃了一下，又在公开场合打了一架，就飞回旧金山来。

但好戏还在后头。有一个赛马日，雷米不知怎么搞的，竟然把所有积蓄——大约是一百美元——统统提出来，找出他的几件衣服让我穿上，挽着李·安，要到赛马场去放手一搏。此行，他还做了一件相当能反映出他的好心肠的事情。我们要去的金门赛马场，位于海湾对岸的里士满附近。出门前，雷米把我们偷来的食品的其中一半，放入一个大纸袋中。我们起初不知道他要干吗，后来才晓得原来他要把这些食品送给一个住在里士满的寡妇。那寡妇居住的小区，是个和米尔镇类似的小区，到处都飘扬着旗子般的晾晒衣物。那寡妇有一群衣衫褴褛、面黄肌瘦的小孩。她不是雷米什么至亲，不过是他略有认识的一个水手朋友的姐妹罢了。她对雷米千恩万谢，但雷米却用他最优雅有礼的声调对她说："卡特太太，别放在心上，这些东西，我们那边多的是。"

在赛马场里，雷米的出手大得叫人咋舌，每一场下注额都高达二十美元。还没有到第七场，他就破产了。他将仅剩下的两美元饭钱又下了一次赌，结果又输了。我们必须靠拦便车回家。一个开时髦汽车的绅士载了我们一程。雷米骗对方说，他皮包掉在赛马场的看台，所以没钱坐车回家，但我却当场拆穿他的谎言："实情是，我们把钱统统输光了；为了不至于再发生要靠拦便车回家这种丑事，我们决定还是回去找赌注经纪人吧。嗯，雷米，对不对？"雷米的脸红到了耳根子。稍后，载我们的人告诉我们，他是赛马场的一名主管。他要去的地方是皇宫大饭店，所以，我们也在那里下车。我们目视他的身影消失在饭店内一盏盏枝形吊灯的后面——口袋里满满的，头抬得高高的。

"哇！呼！"雷米在旧金山黄昏的街道上喊，"帕拉代斯竟然当着赛马场主管的面说他打算去找赌注经纪人。李·安！李·安！"一面笑一面对李·安又捅又拍，"你肯定是天底下最会搞笑的人，帕拉代斯，哇哈哈哈。索萨力托一定住了不少意大利人吧？哈哈哈，哈哈哈！”他抱在一根灯柱上笑个不停。

回到木屋，天就开始下雨；李·安以鄙夷的目光看着雷米和我。屋子里一分钱也没有。雨水噼里啪啦地击打在屋顶上。“这场雨看来会下一星期以上。”雷米说。他已经把漂亮的西装脱下，换回可怜兮兮的短裤、陆军帽和T恤。他用一双忧愁的褐色大眼凝视着地板。手枪就放在桌上。雨声里仿佛夹杂着斯诺先生的笑声。

“我受够了你这狗娘养的了。”李·安发难了。她不断用话去刺激雷米，而雷米则只管翻一本黑色小本子，里面记载着的，都是欠他钱的人的名字，大部分都是水手。每个名字旁边，都用红墨水写着诅咒的话。我真怕自己哪一天会榜上有名。由于我每周领到薪水，都会把大部分寄给阿姨，所以，我能为雷米分摊的，只是四五美元的食物钱。后来，为了让雷米可以恪守杜鲁门总统的训示，我又把这个钱再增加几美元。但雷米并不认为我有分摊家用的义务；他故意把我们偷来的食品上的长缎带和价钱标示贴在浴室的墙上，提醒我，家里不缺吃的。就因为这个缘故，李·安一直怀疑雷米——也怀疑我——藏了私房钱。她威胁要离开他。

雷米翘着唇说：“你以为你去得了哪里？”

“吉米那里。”

“吉米？就是那个马场出纳员？哈哈，索尔，你听见没有，可爱的李·安搭上了马场出纳员啦。不过，亲爱的，去的时候可别忘了带把扫把，有我进贡的一百美元，那里的马儿这星期会吃到的燕麦可不少啊。”

事情越来越糟。雨在轰鸣。李·安要雷米收拾东西，马上滚蛋（这木屋是李·安先住的）。雷米竟然真的动手收拾起东西来。我开始担心，雷米真的负气走了的话，在这样一个大雨天，我要怎样和一个难以驾驭的泼妇单独相处。我试着调解，却不管用。不知怎的，雷米推了李·安一把。李·安立刻往桌上的手枪扑去。雷米及时把枪拿起，交给我保管；

弹匣里还有八颗子弹。李·安开始嘶喊，最后，她穿上雨衣，说要去找警察。她说的警察，肯定就是那个在阿尔卡特拉斯监狱当过差的肥警卫，因为这附近除他以外，没有别的警察。幸好他不在家。李·安回来的时候，全身湿透了。我躲在我睡觉的那个角落，头埋在两膝之间。老天，我在这个离家五千公里的地方搅和什么啊？我来这里是干吗的？我为什么要来这里？那艘要带我到中国去的货轮现在在哪儿？

“听好，你这个下流坯，”李·安怒道，“今晚是我最后一晚待在这鬼地方，最后一次煮咖喱臭羊肉，让你肥死撑死。”

没想到雷米却心平气和地说：“没有关系，真的真的没有关系。打从你跟着我那天开始，我就没指望过以后会有甜蜜的家庭生活可过。会发生今天这样的事，我一点也不惊讶。我努力为你们——你们两个——做一些事，但你们却一再让我失望。你们让我失望到了极点。”他继续以非常真诚的态度说，“我本来以为，总有一天，我们会交上什么好运，可以永远快快乐乐地生活在一起。我尽了各种努力，我去了好莱坞，我为索尔找了一份工作，为你买了一些漂亮的衣服，还试过把你介绍给旧金山最体面的人认识。我能做的都做了，但你们却不领情，一再让我失望。哪怕是我最小最小的期望，你们也不愿意配合。我从不要求你们回报我些什么，但现在，我恳求你们帮我最后一个忙，之后，我绝对不会再烦你们。我继父下周六晚要来旧金山。我求你们的是，和我一起去见他，并尽量让一切看起来和我信中告诉他的一模一样。换句话说，李·安，你是我的女朋友；而索尔，你是我的好朋友。我会想办法去借一百美元，用作当晚的花费。我希望我的继父能在旧金山有一段美好时光，离开的时候不会觉得有任何为我忧虑的必要。”

这番话让我很惊讶。我问雷米：“你是说你准备花一百美元在你继父身上？他一天赚的钱，比你一辈子还要多呢！你会债台高筑的，老兄！”他继父是位名医，在维也纳、巴黎和伦敦都执业过。

“没有关系，”雷米平静地说，可声音里难掩伤感，“我只求你们帮我最后这个忙，竭你们所能不要把事情搞砸，留给他一个好印象。我爱我继父，我尊敬他。这次他和年轻的妻子一道来。我们必须尽最大的礼数去接待他们。”有些时候，雷米真的是这个世界上最温柔有礼的人。连李·安也为之动容，期盼着与他的继父会面。她想，虽然雷米不是条大鱼，但搞不好他继父会是。

周六晚上转眼就到了，而我也已经辞掉了警卫的工作（即使我不主动辞职，也马上会被开除，因为我逮捕的人太少了)。这将是我在这儿度过的最后一个周末了。我和雷米约好，到饭店后，他先和李·安上楼找他继父，我取出准备上路用的钱后，在楼下的酒吧间待一会儿再上去。我在酒吧间耗了很久才上楼。开门的人是雷米的继父，他是个戴着夹鼻眼镜的鹤立鸡群的高个子。我一看到他就说：“庞戈先生，你好吗？Je suis haut!”我本来是想用最后面这句法语来表示：“我刚喝过酒，我现在很亢奋。”但庞戈医生却听得莫名其妙。[1]没想到我这么快就把雷米的事搞砸了。雷米瞪着我，满脸通红。

随后，我们一行五人前往北海滩气派的阿尔弗雷德餐厅用餐。可怜的雷米为这顿饭花了整整五十美元。不过，更糟糕的事情才要上场呢。你猜我在餐厅里碰到了谁？是我的老朋友罗兰·梅耶，他坐在餐厅的吧台旁边喝酒。他从丹佛来旧金山还没多久，在一家报社里找到份工作。他喝醉了。他胡子也没刮。他一看到我，马上冲过来，一掌拍在我的背上——当时，我正要把一个高脚杯递到唇边。他二话不说就坐在厢座的最边上——也就是庞戈医生的旁边——弯着身子，隔着老医生的汤，大声跟我说话。雷米的脸红得像甜菜根。

①Je suis haut是索尔根据英文“I am high”（我现在很亢奋）自己凑成的一句法语，法国人并无这种说法。

“唉，索尔，你不把我这个朋友给大家介绍介绍吗？”他带着一丝若有若无的戏谑笑容问。

“这位是罗兰·梅耶，目前在旧金山的《阿尔戈斯报》工作。”我尽可能装得若无其事。李·安以冒火的眼睛看着我。

梅耶开始向老医生胡说八道。“你喜欢在高中教法文的工作吗？”

“抱歉，我不是高中法文老师。”

“啊，但你看起来很像高中法文老师耶！”这话带有明显的侮辱意味。这时，我想起梅耶在丹佛时不让我们进屋狂欢的旧账，但我决定原谅他。

我不只决定原谅他，也决定原谅每一个得罪过我的人，我谁也不想追究——因为我醉了。我开始对老医生的太太说些不庄重的话。我喝得太多了，以致每隔两分钟就要去一趟洗手间，而每去一趟洗手间，都要连跨带跳越过老医生的膝盖一次。事情糟糕得无以复加。我在旧金山的日子已经到了尽头。雷米肯定不会再理我。一想到这一点，我就觉得害怕，因为我不只真心爱他，也是这世界上极少数真正了解他的真诚与不同凡响的人。要平复雷米这个伤口，将要花上好几年时间。现在的情境和我当日在帕特森写信给他，计划沿六号公路横跨美国时的预期，何啻天壤！我已走到美国的尽头，除折返以外再无别的路可走。但我决定在回程的时候，最少要走一条先前没走过的路，先到好莱坞走走，再取道得州，去看看公牛老李一票朋友；至于接下来要怎样，我现在懒得去费这个脑筋。

梅耶被撵出了阿尔弗雷德餐厅。由于晚餐已经用完，我便陪他一道离去（这其实是雷米提议的，他建议我和梅耶到别的地方喝酒）。到了铁壶酒吧之后，梅耶大声说：“山姆，我不喜欢刚才那个老变态。”

“呃，杰克？”我说。

“山姆，”他说，“我觉得我应该过去把他的头砸烂。”

“不，杰克，”我干脆把这段仿海明威式的对话贯彻到底，“我们从这里盯着他们，静观其变就好。”最后我们醉得在街角东倒西歪。

早上我回到木屋的时候，雷米和李·安正在熟睡。看着那一大堆待洗的衣物，我有点黯然，因为这些衣物原该是我和雷米拿到村子后面的洗衣机去清洗的（和那些黑人妇女待在一起，听着斯诺先生发出阵阵欢笑，总是令人愉快的事情）。我决定离开。我走到门廊上眺望。“不，该死，”我告诉自己，“我承诺过不爬上那座山，绝不离开。”我要爬的山，在峡谷神秘地通向太平洋的一侧。

为此，我又多留了一天。第二天是星期天。一股巨大的热气沉甸甸地从天上往下压。但那是个漂亮的大晴天，太阳在三点就变红了。我开始往山上走，四点的时候爬到了山顶。漫山遍野都布满可爱的加州木棉树和桉树。但愈接近山顶，树木就愈少，最后就只剩下石头和草。我看见一些牛正在海岸线的上方啃草。再过几个山麓之后就是太平洋，湛蓝、浩瀚的太平洋。一片巨大的雾气，正在太平洋远端冉冉升起。再过一小时，雾就会漫过金门大桥，把整个城市覆盖在浪漫的白色中；届时，想必会有一个口袋里放着瓶托卡伊酒的年轻人，牵着他女朋友的手，在长长的、白色的人行道上慢慢地往上走。我望见了旧金山；望见了一些漂亮的妇女，正站在一些白色的门道上，等待她们的男友；再过去是科伊特塔，还有埃巴卡德罗大道，还有市场街，再来就是那十一个熙熙攘攘的丘陵。

我把身体旋转了起来，我转啊转，直转到有点头晕眼花为止。我一面转，一面想，我会不会就此掉落到山崖下面去，就像梦境中的那样。啊，我爱的女孩，你现在身在何方？我望向四面八方。呈现在我面前的，是一整片巨大的隆起，是美洲大陆庞然的身躯，而纽约——阴郁、疯狂的纽约——就在这片隆起的远方，向天空吞吐着它的烟雾和褐色的蒸汽。我感觉到，东部是一个棕色和神圣的所在，而加州，则是白色——像浪线一样的白——和肤浅的所在。至少我当时是这样觉得。

12

清晨，我趁雷米和李·安还在熟睡，悄悄收拾行囊，爬出那个当初我爬进屋内的窗户，离开了米尔镇。我没有能实现在那艘名叫“费比上将”号的鬼船上睡上一晚的心愿，而我和雷米也从此相失了彼此。

在奥克兰一家门前挂着个大车轮的酒馆和几个流浪汉喝过一轮啤酒后，我就重新踏上旅途了。我徒步穿过奥克兰，走到一条通向弗雷斯诺的公路。连续搭了两趟便车，我来到了距离奥克兰以南六百多公里的贝克斯菲尔德。第一个载我的是个魁梧的金发小伙子。他是个快车狂，开着一辆引擎加强过的跑车。“看到我那根脚趾没有？”他问。他把车速飙到一百三十，赶超过每一部在他前面的车子。“看看它，”他一根脚趾上绑着绷带，“我早上才在医院动完切除手术。那些浑球想要我留在医院，但我不甩他们，拿了包包掉头就走。一根脚趾有什么大不了的。”“对，”我在心里说，“是没什么大不了，不过现在请你小心驾驶。”我紧紧地抓着扶手。我从来没有看过比他开车开得更肆无忌惮的人。一眨眼就到了特雷西。特雷西是一个铁路边的城镇；我看到一些火车司闸员正在铁轨旁边一家火车厢形的小餐馆阴沉地用着餐。火车在河谷中呼啸来去。太阳正在西沉，变得又长又红。山谷一带的地名很奇怪，比如曼特卡，玛德拉，等等。没多久，薄暮就展开了，一片葡萄紫色的暮霭慢慢向着柑橘树丛与长条形的甜瓜田延展过去；太阳的颜色，这时就像是被压碎的葡萄的颜色，也像是被洒在地上的勃艮第红酒的颜色，让整个田野笼罩在一种西班牙情调的神秘感中。我把头伸出车窗，深呼吸了几口芬芳的空气。那真是我所经历过最最美好的一刻。载我的那个疯子是南太平洋铁路公司的司闸员，住在弗雷斯诺，他的父亲也是个司闸员。他告诉我，他的脚趾是在奥克兰的调车场为火车换轨时被夹到的。至于细节，我没有问，他也没说。他把我载到闹哄哄的弗雷斯诺，然后在镇的南边把我放下。我在铁轨旁的一家小杂货店仰头喝了一瓶可乐。一个表情忧郁的亚美尼亚年轻人沿着一个个红色的货运车厢向着我这边走过来，而就在同一时间，一辆火车头响起了汽笛声。我对自己说：嗯，分毫不差，这里果然是萨洛扬[1]的故乡。

接下来我必须向南走。一辆新款型的小货车载了我一程。司机来自得州的拉伯克，从事的是活动车屋的买卖生意。“你想要买活动车屋吗？”他问，“以后想到要买，随时找我。”他告诉了我一个他父亲的故事。“有一晚，我爸爸把商店一天的收入放在保险箱箱顶，打算过一下就把钱锁入保险箱；没想到他随即忘了这回事。你知道发生了什么事吗？一个小偷在晚上摸了进来，撬开了保险箱，但除了一些纸张文件外，什么也没找到。他弄乱了纸张，踢翻了几张椅子之后，就悻然地走了。他完全没有发现保险箱顶放着一千美元。你说玄不玄。”

他在贝克斯菲尔德把我放下车，我的奇妙旅行就此开始。我觉得冷，便穿起一件轻薄的陆军雨衣。那是我在奥克兰用三美元买来的，打算一路上用来遮风挡雨。我走到一家装饰华丽的西班牙风格的汽车旅馆门外，想拦一辆便车坐坐。我向每一辆朝洛杉矶方向开的汽车热烈挥手，却没有一辆停下来。我愈来愈冷。我等到了午夜，整整等了两小时。我一面等一面咒骂。看来，我在艾奥瓦斯图尔特的遭遇又要历史重演了。我无计可施，只好决定花两美元，坐开往洛杉矶的巴士了。我沿着公路往回走，到达贝克斯菲尔德的巴士总站。

我买了票，坐在一张长凳上，等待开往洛杉矶的巴士的到达。我东

[1]威廉·萨洛扬：美国小说家、剧作家，出生于弗雷斯诺一个亚美尼亚移民家庭。著有《斗胆的空中飞人》《人间喜剧》等。

张西望，突然间，我眼前为之一亮：一个穿着宽松裤子的墨西哥小妞在我面前一晃而过。她是从刚刚开到的一辆巴士上下车的，那巴士的气闸发出巨大的喘息般的声音，在这里停了下来，让乘客中途休息。她的胸部坚挺突出、货真价实，她的腰身苗条让人垂涎欲滴，她的长发乌黑亮丽，她的眼睛大而蓝，内藏着一点腼腆。我多希望自己跟她坐的是同一班车。但老天就是喜欢这样捉弄我——想到这个，我的心掠过一阵刺痛——每次只要在我面前出现一个让我心仪的女孩，她去的就总是和我相反的方向。这时，播音器响起，通知前往洛杉矶的旅客上车。于是，我就拿着包包上了车。老天，你猜我看到谁在车上？就是刚才那个墨西哥小妞！她还是一个人呢！我坐到她对面的那排椅子上，心里不断盘算应该采取什么步骤。我太寂寞了，太忧郁了，太疲倦了，太落魄了，非要找到一个可以慰藉我心灵的女孩子不可。即便如此，我整整捶打了自己的大腿五分钟，仍未鼓得起跟她搭讪的勇气。

去啊，白痴，去跟她说话啊！你猪啊，你是怎么搞的？你哪根筋不对啦？就在我还弄不清自己在做什么以前，就探身到了她那一边去，问道：“小姐，你需要用我的雨衣来当枕头吗？”她当时正试着睡觉。

她抬起了头，微微一笑，说：“不用，非常谢谢你。”

我坐回了原位，身体还在发抖。我点了一个烟屁股，盘算下一个步骤。过了一会儿，我看见她瞄了我一眼，眼角余梢带着情意。我立刻站了起来，探身问她：“我可以坐你旁边吗？”

“你想的话。”

我马上坐到她旁边。“你要去哪儿？”

“洛杉矶。”我喜欢她说这几个字的口吻。我喜欢听西海岸每个人说这几个字的口吻，毕竟说起来，这是他们唯一的繁华都市。

“我也是往那边去耶！”我喊道，“真高兴沿途有你坐我旁边。我旅行了很长一段时间，感到很寂寞。”我们开始聊起了彼此。她告诉我，她有一个丈夫和小孩。丈夫打她，所以她离开他，回到萨比纳尔的娘家（萨比纳尔位于弗雷斯诺的南边），现在正打算前往洛杉矶，和姐姐住一阵子。她把小孩留给家人照顾，她家人是葡萄采摘工人，住在葡萄园的木屋中。她说，住在家里，除了想东想西以外，根本无事可做，她快要发疯了。我真想马上用双手把她抱住。我们谈了又谈。她说她喜欢和我谈话。过了一会儿，她告诉我，她很希望有机会能到纽约走一走。“也许我们可以一块去！”我高兴得笑了起来。这时，巴士正在葡萄藤山隘上咆哮着爬坡。当路变为下坡后，一片灯海就慢慢向我们接近。我们没有事先协议，两人的手就自然而然握到了一起。虽然我们什么都没有说，但我却满心愉悦地知道，到了洛杉矶，当我找到旅馆房间后，她将会睡在我旁边。我整个人都伏在她身上，又把头靠在她美丽的秀发上。她那小肩膀让我发狂。我把她抱了又抱。她喜欢我这个样子。

“我喜欢爱情。”她闭着眼睛说。我承诺会带给她美丽的爱情。我满足地看着她。当我们彼此的故事都说完，就不再说话，静静地沉醉在甜蜜的远景中。你踏破铁鞋去寻觅爱情，但它要来的时候，就是来得那么简单。贝蒂、玛莉露、丽塔、卡米拉、伊莉萨——别人拥有一千个女人我都不介意，我只要拥有眼前这一个小姑娘——和我心灵相契的小姑娘——就心满意足。我把这个想法告诉她。她承认，在巴士总站的时候，她注意到我在看她。“当时我还以为你是大学生呢。”

“我是个大学生没错！”我说。这时，巴士抵达了好莱坞。外头是脏兮兮、灰蒙蒙的破晓，就像电影《沙利文之旅》中乔尔·麦克雷和维罗妮卡·莱克在餐车里相遇时的那个破晓。她睡在我的大腿上。我贪婪地望着窗外的景物：灰泥房子、棕榈树、汽车快餐店。这块破烂脏乱的土地就是应许之地，美国的梦想之乡。下车以后，我环顾四周，发现景物和我在堪萨斯市或芝加哥或波士顿下车时所见并无多大不同，不外乎就是红砖建筑、肮脏的街道、一些晃荡的家伙和吱吱嘎嘎的电车。当然，这里也少不了美国大城市所特有的那种腐臭味。

不知道怎么搞的，一到洛杉矶，我就中了邪。一个愚蠢、偏执的念头忽然把我攫住。我怀疑自己落入了仙人跳的圈套。我怀疑，特雷莎，或是泰妮——她的名字——其实不是什么普通女孩，而是一个年轻妓女，一个专在巴士上钓肥羊的妓女。换言之，她会让我接近，事实上是她和她姘头事先计划好的。按照他们的计划，下巴士后，泰妮会把肥羊先带到一个吃早餐的地方，和等在那里的姘头会合，接下来，她会带肥羊去旅馆开房间，而她的姘头跟着就会尾随而至——手里带着一把枪或什么的。不过我并没有告诉她我的想法，在我们吃早餐的时候，有一个拉皮条模样的人一直盯着我们看，而我也觉得，泰妮在偷偷跟他使眼色。愚蠢的恐惧让我的言行举止变得很不入流。“你认识那家伙吗？”我问泰妮。

“你说谁，亲爱的？”我没有再说话。泰妮做什么都慢条斯理，光吃一顿早餐就花上不少时间；她对每口食物都细嚼慢咽，然后发一阵呆，然后抽根烟，然后又开始说起话来，说啊说，说个不停。我则对她每一个举动都疑神疑鬼，怀疑她是在拖延时间。在和她牵着手前往旅馆的一路上，我都冷汗直冒。我们问的第一家旅馆就有空房间。进房间之后，我下意识把门把的锁给按上。泰妮则坐在床沿，脱去鞋子。我上前温柔地吻她。但愿她永远不要知道我刚才在想什么。我知道，要让我们彼此放轻松（特别是我），需要一点威士忌的帮助。我跑出旅馆，找了十二条街，好不容易才在一个报亭买到一瓶一品脱装的威士忌。跑回旅馆去的时候，我感到浑身上下都活力充沛。泰妮正在浴室里打理她的脸。我把威士忌倒在一个大玻璃杯中，拿到浴室去，每人喝了一大口。她站在镜子前面，我走到她背后，抱着她，在浴室里跳起舞来。我开始向她谈起我东部的朋友。

我说：“我在纽约有个很棒的女性朋友，名叫多莉亚，是个一米八高的红发女郎。你到达纽约之后，她可以帮你介绍工作。”

"这个一米八高的红发女人是干吗的？"她疑心重重地问，"你为什么要向我提她？"我意识到，她简单的心灵是不可能了解我这种既兴奋又紧张的谈话的，于是干脆把话题打住。慢慢地，她在浴室里喝醉了。

"回到床上去吧。"我一直劝她。

"一米八高的红发女人，嗯？我还以为你是个规规矩矩的大学生；当我看到你穿的毛衣时，我对自己说：他好帅啊。我错了！我错了！我错了！原来你跟他们一样，不过是个该死的拉皮条的！"

"你在说什么啊？"

"你可不要告诉我，你说的那个一米八高的红发女人不是老鸨。原来你和我碰到的其他男人一样，都是拉皮条的。每一个男人都是拉皮条的。"

"听好，泰妮，我不是什么拉皮条的。我以《圣经》发誓，我不是拉皮条的。我为什么会是拉皮条的呢？"

"我一直以为我遇到了一个好小伙子。我太高兴了，我总是不停地对自己说：你是一个好小伙子，绝不是拉皮条的。"

"泰妮，"我用发自灵魂的诚恳求她，"求求你相信我说的，我不是拉皮条的。"

一个钟头以前，我还把她当成妓女。真是可悲。我们的内心都有太多胡思乱想了，让我们不敢互信。我解释了又解释，但她就是不肯相信，最后，我毛了，觉得自己把时间花在一个不明事理的墨西哥村姑身上，简直就是浪费。我把这种想法告诉了她。我不自觉地拿起她那双红色的鞋子，掷向浴室的门。"滚吧，你走吧。"我想睡觉，不想再管这码子事。我还有自己可悲而倒霉的生活要过。浴室里变得一片死寂。我脱掉衣服，上床要睡觉去。

这时，泰妮从浴室里走了出来，眼眶中泛着歉疚的泪光。没想到，我刚才一番举动，反而让她相信了我不是个拉皮条的，因为依她简单而可笑的逻辑，拉皮条的是不会对猎物扔鞋子和叫她们滚蛋的。她脱去所有衣服，然后把娇小的身躯滑入我盖着的毯子里。她的皮肤像褐色的葡萄。我看见她的小肚子上有一道刀疤；她的盆骨太窄了，不剖腹产的话，根本没法把孩子生下来。她整个人才一米四七，两腿细得像竹竿。我们在那个疲乏而甜美的早上做过爱后，如同两个疲倦的天使，绝望地困守在洛杉矶，发现了生活中最密切最美好的东西，一觉睡到了下午晚些时候。

13

接下来十五天，我们都生活在一起，有时开心，有时烦恼。起床后，我们决定要靠搭顺风车到纽约；泰妮打算当我的女人。我已经可以想象到狄恩、玛莉露以及其他人复杂的惊讶表情——那将是一种全新的生活。不过，我们不找份工作的话，就别指望凑到足够的旅费。泰妮一开始就打算利用我手边的二十美元当路费，我不喜欢这个主意。为了解决钱的问题，我像个呆瓜一样，待在旅馆里想了两天。我们在自助餐店或酒吧里，猛翻报纸的招聘广告（洛杉矶报纸的疯，是我见所未见的）。但一直到我手头的钱只剩下十美元多一点点，我还没有想出办法来。我们在小小的旅馆房间里过得很快乐。午夜时分，我因为睡不着，爬了起来。我帮泰妮把被子拉到她棕褐色的肩膀上，然后从窗户中审视洛杉矶的夜色。洛城的夜，警备不停鸣叫，是多么疯狂、粗野的夜啊！马路对面那栋老旧的分租公寓里，显然是出了什么不幸的事情。一辆巡逻警车就停在那栋建筑的旁边。警察在盘问一个白发老人一些事情。

哭泣声从屋内传出。我听得见一切，包括我们旅馆霓虹灯发出的嗡嗡声。我一生中从未感受过有如这一刻的凄清。洛杉矶无疑是美国大城市中最荒凉寂寞的一个。没错，纽约吓死人的冬天也很荒凉，不过，即使是在冬天的纽约，你仍然可以在某些街道的某些场所，找得到一种很奇特的兄弟情谊，而洛杉矶这里却荒凉得像原始森林。

第二天晚上，我和泰妮一面吃热狗，一面逛南大街。南大街灯光辉煌、人潮汹涌，有如嘉年华会。几乎每个街角都有穿靴子的警察在虎视眈眈。人行道上聚集着这个国家最放荡不羁的人，这一切都发生在南加利福尼亚柔和的星光下；然而，洛杉矶其实是个巨大的沙漠宿营地，其上空升腾起的棕色光环令星辰都黯然失色。空气中飘浮着大麻烟、辣肉酱豆和啤酒的味道。波普爵士乐从啤酒店里倾泻出来，和本来就在街道上流淌着的各种牛仔音乐和布基伍基音乐混合在一起。每个人看起来都像哈赛。一些戴着苹果酒帽、蓄着山羊胡子的黑人，大笑着从我们身边走过；之后是留着长发的时髦派，看样子，活像是从纽约沿六十六号公路直接走到这里来的；之后是一些从沙漠赶来的无业游民，他们背着包包，急着在广场上占领张长凳；之后是一些袖口已经开线的美以美会牧师。偶尔也会有一个蓄着胡子、趿着拖鞋的“自然小子”①打我们身边经过。我真的很想和他们每个人都说上两三句话，可惜我和泰妮忙着找工作，实在分身不暇。

我们前往好莱坞，试着在日落大道找份杂货店的工作。我们看到大群大群的家庭，从中古破车上下来，然后立刻东张西望，想看看找不找得到哪个电影明星的身影，可却压根儿见不到明星的面儿。这时，一辆豪华轿车打他们身边经过，立刻引起一阵骚动。他们忙不迭地往前冲，要看看里面坐着的是谁。开车的是个戴墨镜的家伙，旁边坐着个珠光宝气的金发美女。“哇，是唐·阿米契！是唐·阿米契！”“不，是乔治·墨菲！是乔治·墨菲！”他们像苍蝇一样团团转，互相望向对方。一些一心来

①指喜欢以无拘无束衣着自我标榜的一群人。

好莱坞当牛仔明星的帅小伙儿在街上晃来晃去，不时就会用手指沾口水把两条眉毛理一理。街上的年轻美女也是数不胜数，她们穿着宽松裤来到好莱坞，为的是一圆明星梦，不过，最后还是以成为汽车快餐店的女侍居多。我和泰妮想在汽车快餐店找到工作。哪都不容易挣钱。好莱坞大道是喧闹的汽车竞技场，每隔一分钟，就至少会发生一次小擦撞。每个人都匆匆忙忙想赶到大道最远程的一棵棕榈树去——过了这棵树，就是没有一物的沙漠地带。好莱坞的山姆们站在餐厅的门前辩论事情，样子和站在纽约雅各布海滩的百老汇山姆们没什么两样，唯一不同的是这里的山姆们穿的西装比较薄，谈的话题更老套。高个儿、皮黄骨瘦的传道人打着战从我们身边经过。一些肥女人尖叫着走过大道，要赶上参加益智问答节目的队伍。在别克汽车的大玻璃橱窗外，我看见杰里 · 科隆纳一边捻着他的八字胡，一边在里面看车。我和泰妮进入一家装饰得像洞穴的自助餐厅吃饭，里面一些大得吓人的半球形石头，原来应该是诸神的屁股。客人坐在哀号的人工瀑布边用餐，脸色被水光照成惨绿。洛城的每个警察都长得像英俊的舞男，让你觉得，他们其实是在拍一部电影。每个到好莱坞的人其实都是一部大电影里的演员，我也不例外。我和泰妮遍寻不着杂货店的工作，最后决定降低标准，在南大街找份快餐店柜台服务生或洗碗女工之类的工作做做。不过，就连这一类工作也没有空缺。我们手边尚余十美元。

“我要到我姐姐那里拿我的衣服，接下来我们就一起搭顺风车到纽约去。”泰妮说，“来吧，我们走吧。‘如果你不懂怎样跳布吉舞，让我来教你跳。’”后面两句，是她很爱唱的歌词。她姐姐家位于阿拉米达大道附近的一个墨西哥人木屋区。我站在墨西哥人厨房后面一条幽暗的小巷里等候，因为泰妮不想她姐姐看到我。狗在小巷内乱窜。小巷里光线很暗。我可以听到泰妮和她姐姐争执的声音。我做好了最坏的打算。

出来以后，泰妮拉着我的手，前往中央大道，那是洛杉矶有色人种的主要聚居区。多来劲的一个地方啊——这里有很多大小有如鸡棚的棚屋，里面放着一台点唱机，播放的不是蓝调就是波普。我们走上一栋廉价公寓的肮脏楼梯，到达她好朋友玛格丽娜的家，她欠泰妮一件洋装和一双鞋子。玛格丽娜是个可爱的黑白混血儿，她丈夫则是个黑人，黑得像纸牌里的黑桃，但是心地善良。看到我们，他马上外出买了一品脱装的威士忌回来。我想分摊一部分费用，但他不接受。他们的两个小孩在床上弹上跳下，那儿是他们的游乐场。两个小孩又手拉着手，把我围在中间，用好奇的眼神看我。从屋外的每一个角落，都传来闹哄哄的歌声，有些人是在大楼的走廊上唱，有些人是站在自家的窗户前、大堂里唱，唱的都是汉普的歌曲《中央大道的落日》。喝过威士忌，泰妮拿回她的洋装和鞋子，我们就告辞了。我们走入其中一间“鸡棚”，在点唱机里点唱唱片。两个黑人走过来，把嘴巴凑到我耳边，问我有没有兴趣买大麻烟。一美元一根。我说好，拿来吧。一个大麻掮客走进来，把我带到地窖的厕所去。他说：“把它捡起来啊，老兄。”我左顾右盼，不知道他说什么。

“捡起什么？”我问。

他紧张兮兮地指了指地板，甚至不敢看上一眼。其实地窖也没有什么地板。地上有一根褐色的东西，看起来像根小粪便。他早已收了我的钱，真是小心谨慎得有点滑稽。“你自己把它捡起来，这星期风声有点紧。”我捡起了那根小粪便，原来是一根褐色的香烟。我和泰妮回到旅馆后，把大麻烟拿出来，准备好好神游太虚一番。不过，抽了一口之后，我才知道那根本不是什么大麻烟，只不过是根普普通通的“达勒姆公牛牌”香烟。我真希望自己花钱花得比较聪明些。

泰妮和我当下就做了一个决定：用我们剩下的钱，立刻动身，靠坐便车的方式，一路坐到纽约。她先前向姐姐要了五美元，所以我们的全部财产，现在加起来是十三美元上下。第二天，我们趁当天房租还没起算以前，赶紧收拾好行李，办理退房手续。一辆红色的车子把我们载到了加州的阿卡迪亚。圣安尼塔赛马场就坐落在这里，马场旁边就是白雪覆顶的山脉。我们到达的时间是晚上。我们手牵着手，朝人烟稀少的方向走去。那是一个周六夜晚。走出几公里以后，我们站在一盏路灯下面，向每一辆路过的车子伸出拦车的大拇指。突然间，一辆接一辆载满年轻人的汽车，从我们面前飞驰而过。车上的年轻人对着窗外大喊："耶！耶！我们赢啦！我们赢啦！"而当他们看到我们这一男一女站在路旁的时候，就对我们大笑大叫。数十辆这样的车子打我们面前驰过，车上全是一张张年轻的脸孔，传来变嗓的声音。我痛恨他们每一个。他们以为自己是谁，凭什么向两个路人鬼叫？就凭他们是念高中的阿飞吗？就凭他们每个星期天下午，都有父母为他们准备好的烤牛肉可吃吗？他们凭什么随便取笑一个处境堪怜的姑娘和一个她爱的男人？我们又没有招惹谁。我们拦不到便车，只得折返镇上去。我们非常想喝一杯咖啡。全镇只有一家饮料店还没有打烊，不巧的是，我们一进去，就看到刚才在公路上向我们鬼叫的那些男男女女，而他们也还记得我们。现在，他们可以把我们更加看个一清二楚了：泰妮是个墨西哥女人，是只帕楚卡的野猫，而她的男友又比她更加不堪。

泰妮昂着头走出了店门。我们在黑暗中顺着高速公路的沟渠向前晃。大包小包行李都由我负责拿。我们呼吸着黑夜冰冷的雾气。我最后决定，要跟泰妮再从这个世界遁隐一个晚上，一切事情等明天再说。我们进入一家汽车旅馆，用四美元租了间舒适的小套房。房间内淋浴间、浴巾、壁挂式收音机，一应俱全。我们在床上拥抱着，聊了很长的天，谈的都是严肃的话题，然后淋浴，然后继续聊。我对她做出了某种保证，而她接受了。我们在黑暗中就某些事达成一致，然后像两只小羊羔一样，快快乐乐相拥而眠。

第二天早上，我们立刻大胆展开昨晚拟订的计划。我们的计划是：

搭巴士前往贝克斯菲尔德，找个帮忙采收葡萄的工作，几星期后赚够钱，就用最简单的方式前往纽约——坐巴士。那是一个美妙的下午。我们两个无牵无挂地坐在巴士上，谈谈说说，浏览沿车窗两旁展开的乡野景色。抵达贝克斯菲尔德的时间是午后。我们计划去镇上每个水果批发商那里，打听工作机会。泰妮说，找到工作后，我们可以在工作地点搭个帐篷，住在里面。一想到以帐篷为家和可以在清凉的加州早晨采摘葡萄，我就雀跃不已。但我们却没有找到工作；很多人都教我们可以找谁找谁，却没有一次有结果。不过我们并不气馁，在吃过一顿中式晚餐后，再次出发。我们跨过南太平洋铁路公司的铁轨，进入一个墨西哥区。泰妮用西班牙语叽里咕噜地向她的墨西哥老乡求教找工作的事情。当时已是晚上，但整条小小的街道照耀得如同白昼。放映电影的帐篷，水果摊，便宜的游乐场，廉价杂货店，布满一整条街，还有数以百计的货车和中古破车停在四周。一个个墨西哥水果采摘工家庭在街上闲晃，一面晃一面吃爆米花。泰妮跟每一个人都攀谈一两句，但都不得要领而还。我开始感到气馁了。现在，我想要的只是一杯酒（泰妮也是），于是，我用三十五美分买了瓶一夸脱装的加州波特酒，带到铁路的调车场去喝。我们找到了几个可以当椅子坐的板条箱，一定是一些流浪汉留下来的。在我们左手边，是一个个货运火车的车厢，它们在月亮的照耀下，显得凄凉而暗红。在正前方，是贝克斯菲尔德市区的灯光和机场的灯光。我们右手边，是匡西特铝皮大货仓。那是一个美好的夜、温暖的夜、明月皎皎之夜、宜于畅饮葡萄酒之夜。这种夜，最适合搂着女朋友喝酒畅谈，然后一起羽化登仙。泰妮很能喝，我喝一口，她就喝一口，到后来，她喝得比我还要快。我们谈啊谈，谈个不停，一直谈到午夜。我们的屁股始终没有离开过那些板条箱。除了偶然路过的几个乞丐、带着小孩的墨西哥妈妈和从巡逻车里面窥探我们的条子以外，调车场内大部分时间都只有我们两人。这种独处，让我们的灵魂不断融合又融合——这融合继续下去的话，很有可能会在最后让我们变得难舍难离。午夜的时候，我们站了起来，沿着往高速公路的方向瞎逛。

泰妮又想出了新主意。她建议，我们何不拦一辆顺风车，坐到萨比纳尔（她的家乡），住在她哥哥的车库里。这时候，不管她出什么主意我都会赞成。我让她坐在我的帆布包包上，叫她装出一副可怜相，好吸引过路司机的同情；马上就有一辆货车停了下来，我们高兴得无以复加。司机人很好，但他的车却很破。货车气喘吁吁轰响着在山路上爬行。我们在黎明前几小时到达萨比纳尔。泰妮在车上睡觉时，我喝光了整瓶酒，喝得醉醺醺的。我们下了车，在南太平洋铁路沿线的加州小镇布满落叶的广场上漫步。我们先去找泰妮哥哥的死党，想从他那里知道她哥哥的所在，但却扑了个空。黎明时，我躺在镇广场的草坪上，一遍又一遍地说："你可以告诉我他在威德干了些什么吗，可以吗？他在威德干了些什么，你可以告诉我吗？可不可以请你告诉我，他在威德干了些什么？"这是电影《人鼠之间》里布吉斯·梅迪斯对大农场领班所说的对白。泰妮听得咯咯笑，她对我说的一切都觉得有趣。我本来大可以躺到女士们从教堂里出来才爬起来，她是不会介意的。但想到泰妮还得找她哥哥，便改变了主意。我把她带到铁轨旁的一家旧旅馆，两人舒舒服服地睡了一觉。

第二天，阳光灿烂，泰妮起得很早，径自找她哥哥去了。我则一直睡到中午。起床后，我朝窗外望去。突然间，我看到一列南太平洋铁路公司的火车驶过，在它的平板车上，躺着数以百计的流浪汉，他们把背包当作枕头，有些在愉快地滚来滚去，有些在看漫画，有些在吃着岔线旁摘来的上好加州葡萄。"靠，"我喊道，"这里真的是应许之地！"他们全都是从旧金山来的，来这里找摘葡萄的零工打，一星期以后，就会以同样浩浩荡荡的方式回去。

泰妮回来的时候，身边带着她哥哥、她小孩和她哥哥的一个死党。她哥哥是个墨西哥"疯子"，对酒的需求如饥似渴，也是个大好人。他的死党是个高大但肌肉松弛的墨西哥人，讲的英语没什么口音，说话很大声；但我觉得他说话的口气有点急于讨好别人的味道。我注意到他不时会朝泰妮瞟一眼。泰妮的小孩名叫钱宁，今年七岁，有一双漆黑的眼睛，是个很可爱的小男孩。嗯，人都到齐了，另一个狂欢日又要开始啦。

泰妮的哥哥名叫韦奇。他有一辆一九三八年的雪佛兰，我们全都挤到他车上去。“我们要去哪儿？”我问。回答的人是彭索，也就是韦奇的死党。彭索身上散发着一股恶臭味，我稍后才知道为什么：因为他是以买卖堆肥为业的。韦奇口袋里总有三四美元，生活过得优哉游哉，对什么事情都很随意。他常常挂在嘴边的话是：“行了，行了，伙计。快到了，就快了。听我说的准没错！”现在，他要把车开到马代拉去（马代拉就在弗雷斯诺过去一点点），找些农夫谈买卖堆肥的事。破雪佛兰以一百一十公里的时速在公路上飞驰。

韦奇车子里有一瓶酒。“今天是喝酒日，明天才是干活天。喝酒时喝酒，工作时工作，听我说的准没错——来一杯吧！”泰妮和钱宁坐在后座。我转头去看他们，泰妮脸上泛着回家的兴奋。加州十月的美丽绿色田野在车窗外飞掠而过。我的酒虫已经在叫了，随时准备好喝他个天翻地覆。

“那我们现在去哪儿呢？”

“去看看有没有农夫有多余的堆肥可以出售。谈妥后，我们明天再开货车到他家，把堆肥载走。这样，我们就可以有一笔不错的收入。老哥，没什么好担心的。”

“哈，我们大伙一起干这件事情呢！”彭索欢呼道。对我来说，这没什么好奇怪的，我向来不管去到哪儿，都是成群结队的。我们穿过弗雷斯诺那些古怪的街道以后，开到河谷上方，去找一些住在小路僻径边的农家。彭索下了车，跟一些墨西哥老农夫谈了谈。但却没有谈出什么结果来。

“我们需要的是喝两杯！”韦奇喊道。于是，我们就到了一家位于公路十字路口的酒馆。美国人都喜欢星期天下午到公路十字路口的酒馆喝酒。他们会把小孩一起带来，聊天、吵闹、喝酒。等到夜幕低垂，小孩开始哭泣的时候，大人都已经醉了。就我在美国每一家公路十字路口小酒馆所见，人们来喝酒，都是全家出动的。小孩在酒馆后头吃爆米花、薯片和玩耍，大人则在前头喝酒。今天，我们也是一样。韦奇、彭索、泰妮和我四个，一面喝酒，一面和着音乐咆哮，小钱宁则和其他小孩在点唱机四周嬉闹。太阳开始变红了。我们今天什么都没有做成。“老哥，再来一瓶啤酒吧，听我说的准没错，听我说的准没错！”

我们磕磕绊绊地走出了酒馆，回到车上；接下来，我们又去泡了高速公路边的一家酒吧。彭索是个粗壮、大嗓门的汉子，他认识圣华金河谷里的每一个人。他带着我单独离开酒吧，说是要找个农夫谈生意，事实上是开车到马代拉的墨西哥区兜风，看看可不可以帮自己和韦奇钓到马子。当紫色的雾霭降临在这片葡萄之乡时，我正坐在车上等彭索。他跟一个墨西哥老头站在一扇厨房门边，就一个种在老头后院里的西瓜讨价还价。彭索把西瓜拿回车上之后，我们当场就把它吃掉了。昏暗的街道上有许多漂亮的小妞经过。我问：“这究竟是哪里？”

“老哥，不用担心。”彭大个子说，“明天我们就会赚到一大把钞票，今天晚上什么都不用忧心。”我们回酒吧接过韦奇、泰妮和钱宁，就沿高速公路开回弗雷斯诺。我们全都饿坏了。彭索把车子颠簸地开过铁轨，来到弗雷斯诺的墨西哥区。我看见一些长相古怪的中国人，站在窗前观看星期天的夜间街景。有不少穿着宽松裤子的墨西哥少女神气活现地在街上逛；曼波音乐从各处的点唱机爆炸开来；四周的灯彩让人宛如走进了万圣节。我们走进一家墨西哥餐馆，点了炸玉米粉卷和以班豆泥做馅的墨式卷饼。我掏出身上最后一张五美元大钞，为泰妮和小钱宁付了账。现在，我身上只剩四美元了。泰妮和我互望了一眼。

“我们今晚要睡哪里，宝贝？”

“我不知道。”

韦奇喝得烂醉，反复念着“听我说的准没错，听我说的准没错”，声音温柔而疲倦。感觉上，这一天是很长的一天。接下来要做什么，或上帝有什么安排，我和泰妮都不知道。可怜的小钱宁在我的臂弯中睡着了。我们开车回萨比纳尔。途中，因为韦奇还想喝最后一瓶啤酒，所以我们在九十九号公路上的一家路边酒吧停了下来。在酒吧后头的一片营地上，我看到一些活动车屋、帐篷和汽车旅馆式的房间。我问了房间的价钱，一晚是两美元。我问泰妮的意见，她说我们既然带着小孩，总要让他住得舒服，今晚就先睡在这里吧。酒馆里有一队牛仔乐队在演奏，一些脸色发青的流动田工跟着音乐在乱转乱跳。又喝了一些啤酒后，我就带着泰妮和钱宁到房间去睡。韦奇则会回葡萄园他父亲的木屋去睡。至于彭索，则无处可睡。

“彭索，你住哪里？”我问。

“我哪里都没得住。我原来是跟大露西一块睡的，但昨晚她却把我给撵了出来。我看我今晚就只有睡在货车上了。”

清脆的吉他声从酒吧那边传来。我和泰妮看着天上的星星，亲吻起来。“明天一切都会顺顺当当，亲爱的索尔，你说对不对？”

“当然，宝贝。明天。”总是明天。接下来的一周，我听到的都是它——明天，一个迷人的词语，或许意味着天堂。

小钱宁跳到了床上，衣服都没脱，在床上蹦了几下就睡了。他鞋子里沙子很多，都是从马代拉带回来的。睡到半夜，我和泰妮不得不起来，把床单上的沙子清干净。早上我起床清洗过后，就到附近四处看看。我们离萨比纳尔八公里，四周都是棉花田和葡萄园。我问经营这片营地的那个肥女人，还有没有帐篷是空着的。她说最便宜的那种帐篷还有空着的，一天租金一美元。我付过一美元之后，就跟泰妮住了进去。里面有一张床、一个炉子，一根支杆上挂着一面有裂痕的镜子；环境很不错。进入帐篷的时候，我必须弯着腰。我们等着韦奇和彭索开货车前来。他们来的时候，手上带着几瓶啤酒，一进帐篷，就喝了起来。

“堆肥的事怎么样？”

“今天太晚了。等明天再说吧，老哥，明天我们会赚到一大把钞票的。要不要来一杯啤酒？”他这是多此一问。“听我说的准没错，听我说的准没错。”我开始明白，想靠买卖堆肥赚钱的计划，只是海市蜃楼。彭索的货车就停在帐篷外面，味道闻起来和他身上的味道一模一样。

晚上，我正要睡的时候，泰妮问我：“想和我做爱吗？”

我说：“但钱宁在这里啊。”

“他睡他自己的，不会管我们。”但钱宁始终没有睡着，不过他也没有说什么。

第二天，韦奇和彭索把货车开过来以后，又立刻出去买威士忌。晚上，彭索说外面太冷了，我们让他睡在帐篷的地上。睡的时候，他裹着一块大防水布当被子，那防水布的味道，闻起来就像是乳牛的肚罩。泰妮讨厌他。她说，彭索老跟她哥哥鬼混，只是为了接近她。

看来，除了泰妮和我将会陷入饥馑以外，没有什么别的事情会发生，于是，第二天早上，我就到附近的棉花田去打听，看能不能找到一份采棉花的工作。每个人都建议我到营地旁边公路对面的农场问问看。我去了，农场主人和他太太正在厨房里。他出来，听完我的自述以后，就告诉我，用我可以，但他每四十五公斤棉花只会付三美元采摘费。我琢磨自己一天最少应该可以采一百五十公斤棉花，便答应了。他从谷仓里拿出一些长长的帆布袋给我，说采棉花的事情，从明天破晓开始。我满怀兴奋，迫不及待要回去告诉泰妮这个好消息。回帐篷的路上，我看到一辆装葡萄的货车在路上颠了一下，把一大扎葡萄掉到柏油路面上。我把它捡起来，带回帐篷去。泰妮听到我找到工作，大为高兴。

“钱宁和我会一起帮你的忙的。”

“什么话，”我说，“我用不着你们帮忙。”

“采棉花比你想的要难得多，我会教你采的方法。”

我们吃了葡萄。韦奇在傍晚又出现了，这次带来了一条面包和一磅汉堡肉，让我们大快朵颐了一顿。在我们帐篷旁边，架着另一顶较大的帐篷，里面住着一整个家庭；他们都是流动田工，从事的也是采棉花的工作。家庭中的老祖父整日就只坐在一张椅子上；他已经老得无法工作了。第二天破晓，我与他们一起出发去工作。他们告诉我，早上棉花由于被露水沾湿，所以比较重，算起钱来比较多。尽管如此，他们还是会由日出工作到日落。他们的老祖父是在二十世纪三十年代内布拉斯加大饥荒的时候，全家开着一辆破卡车迁居到加州来的，自此以后就一直留在这里——我的蒙大拿牛仔朋友也曾和我讲过类似的事。他们一家人都喜爱工作。十年之内，他就增添了四个孙子，而现在，他们也已经大得足以胜任采棉花的工作了。这十年间，这家人就从西蒙·勤格里农庄式的赤贫迈入了小康，住得起比较像样的帐篷。他们对他们的帐篷极为自豪。

“你们有打算过回内布拉斯加去吗？”

“算了吧，回去干吗，我们在那里什么都没有。我们现在最想买一部活动车屋。”

聊完这个，我们又再次弯下腰，继续采摘棉花。四周的景色很美丽。越过田野是一顶顶的帐篷，再过去，又是一片片广大无边的枯褐色棉花田，一直延伸至褐色的山脚下，之后，就是白雪覆顶的山脉。在这样的环境工作，要比在好莱坞的南大街洗盘子强太多了。但我对采棉花的事情一窍不通。我看到其他人只要是一弹指，就可以把棉桃从花托上分离开来，但我做起这件事情来却相当费劲。而且，我的手指也开始流血。我需要一双手套，不然，就是需要更多的经验。田里和我们一起工作的，还有一对黑人老夫妻。他们采摘棉花的耐力，和南北战争以前他们在亚拉巴马干活的祖父母一样惊人。他们弯着腰，在田垄间行动自如，装棉花的帆布袋渐渐鼓了起来。我的背开始觉得酸。不过，跪在土地上工作的感觉非常好。每当我想休息，都不会吝于躺下来，把头靠在湿润的褐色泥土上。鸟儿的歌声仿佛是在为我们的工作伴奏。我认为我已找到了一份终生事业。在催人欲睡的炎热中午时分，钱宁和泰妮在棉花田的另一边向我招手，加入了采摘的行列。该死——就连钱宁都摘得比我快！而泰妮的速度更是我的两倍以上。他们把采来的棉花放到我面前——泰妮摘的大堆和钱宁摘的小堆——让我装进帆布袋里。看着他们的背影，我内心感到一阵悲苦：唉，我是什么时候变成个七老八十的老人家的？要不然，我怎么还要靠家人来养活我！一整个下午，泰妮母子都陪着我一起工作。太阳变红以后，我们拖着沉重的步伐往回走。我把帆布袋子放在秤上称了称，是二十二点五公斤，于是，我就获得了一美元半。我跟一个流动田工借了一辆脚踏车，沿着九十九号公路，骑到了十字路口的一家杂货店，买了一些意大利面和牛肉丸罐头、面包、牛油、咖啡和点心，之后，再把袋子挂在脚踏车扶手上，骑回帐篷营地去。往洛杉矶方向的车辆在我对向呼啸而过，往旧金山方向的汽车则在我后面故意整我。我骂了又骂。我仰头望向黑沉沉的天空，在心里暗自祷告，求上苍赐我更好的休息和更好的机会，容我为所爱的人做些事。一路上谁都没把我当回事。这我早应该料到的。是泰妮把我的灵魂带回来的。在帐篷的炉子上，泰妮为我热了晚饭，那是我生平最美味的一餐。我太饿太疲倦了。我就像个黑人采棉工一样，轻轻叹着气，蜷曲在床上抽香烟。狗在寒夜中吠叫。韦奇和彭索没有再在黄昏时间出现，这一点，让我觉得很高兴。泰妮躺在我旁边，钱宁则坐在我的胸口；他们母子俩在我的笔记本里画了一些动物图像。感觉上，偌大一个平原，就只有我们一顶帐篷。牛仔音乐从酒馆里流淌到我们的帐篷，然后再传遍整个原野，全都是些忧伤的曲调。亲过泰妮后，我就把灯熄掉。

早上的露水会把帐篷压得微微凹陷。起床后，我拿着毛巾和牙刷，跑到公共厕所去洗脸刷牙；之后，再回帐篷里穿上长裤，戴上那顶原来被钱宁当成玩具玩的草帽，提起采棉花的帆布袋，就往高速公路对面的棉花田走去。由于我要跪在田里工作，所以我身上的长裤每天都会磨破，需要泰妮在每天黄昏帮我缝合。

每一天，我赚到的都大约是一美元半。这个数目，扣掉房租，就仅仅够我每天傍晚骑着脚踏车到杂货店购买食物之用。日子一天天过去。我忘了东部的一切，忘了狄恩和卡洛，也忘了我的旅途。我整天陪钱宁玩耍，他喜欢我把他抛到空中再让他掉到床上的游戏。通常，这些时候，泰妮都是坐在床边帮我补衣服。我变成了一个亲近土地的人，而这正是我在家里时所一直期盼的。有传闻说，泰妮的丈夫来了萨比纳尔，正在找我；我做好了要和他面对面的准备。有一个晚上，营地有些流动田工喝多了酒，发了疯，把一个人绑在树上，用棍棒把他打得皮开肉绽。当时我在睡觉，只隐约听到声音。自此以后，我在帐篷里准备了一根大棒子，以防那些流动田工哪一天忽然因为看墨西哥人不顺眼，而来找我的碴。毫无疑问，他们以为我是个墨西哥人，而在某种意义上，我也确实是。

十月来了，晚上的气温一日低于一日。我们隔壁那户流动田工，帐篷里备有大炭炉，他们准备在这里过冬。而我们却什么御寒的设施也没有，再说，冬天没有了采棉花的工作，我们也付不出帐篷的租金。虽然万般不愿意，但我们还是不得不离开。“回你父母家去吧。”我说，“你总不能让钱宁那么小的孩子一直耗在一个帐篷里；小孩子怕冷。”泰妮哭了，认为我是在责备她没尽好母亲的职责；我根本没这个意思。一个灰蒙蒙的下午，彭索开着他的货车过来，我决定请他把泰妮载回家，看看状况。但不能让泰妮的父母看到我，所以届时我必须躲在葡萄园里。

我们坐上彭索的车，向萨比纳尔开去。不料，开到一半，货车突然抛锚，更不巧的是，天开始下起大雨来。我们呆坐在货车里，只能用咒骂来打发时间。彭索下车在大雨中修起车来。他毕竟是个很不错的家伙，我们说好了，等他把车修好我们再一起喝一杯。车一会儿就修好了。于是，我们来到一家位于萨比纳尔墨西哥区的酒吧，喝了一小时的啤酒。我在棉花田的工作已经结束了，现在，已经可以感受得到喊我回到原有生活去的召唤。于是，我写了一张一分钱的明信片给阿姨，请她汇五十美元给我，作为回家的路费。

喝过酒后，彭索把我们载到泰妮家。通往她家的那条路，两旁都是葡萄园。到达时，天色已晚。彭索把我放在离泰妮家四百米之外。我目视货车开到泰妮家的大门。光线从大门内泻出，泰妮六个兄弟——不包括韦奇——正在屋内弹吉他唱歌。老头子在喝酒。泰妮进屋后，我就听到了怒吼声和争吵声。他们骂她是个娼妇，骂她不应该离开丈夫，一个人跑到洛杉矶，把钱宁留给家里照顾。老头子在大骂大嚷，但最后却被泰妮的母亲——一个胖胖的棕色皮肤的妇人，正如普天之下所有流浪的伟大农工母亲一般具有强大的说服力——说服，答应让泰妮回家里来住。六兄弟又开始唱歌了，都是很快乐的歌曲，唱得很快。我蜷缩在寒冷、带雨的风中，耳际不断回响着比莉·荷莉戴所唱的《情人》，我在这荒野之中开着自己的音乐会："有天我们会再相遇，届时，你将拭干我所有眼泪，并在我耳边轻语，拥抱我，亲吻我。啊，我们错过的何其多，啊，情人，你将要前往何方……"这首歌曲最令我感动的，倒不在歌词而在它无与伦比的和声和比莉的唱腔；她的唱腔让你具体地感觉到，有一个女人，正站在一盏柔和的路灯下，轻抚她爱人的鬓发。风在咆哮，我冷坏了。

泰妮和彭索回来了，我们坐上老爷货车，一起去找韦奇。韦奇现在跟彭索原来的女人大露西同居。我们在巷子里按喇叭唤他，结果害他被大露西逐出家门。那天晚上，我们就睡在货车上。泰妮紧紧抱着我，求我不要离开她。她说如果她去当葡萄采摘工的话，可以赚到够我们两人用的钱，而这段时间，我可以先住在农人赫弗尔芬格的谷仓里。真是这样的话，那我除了整天坐在草地上吃葡萄以外，将终日无事可做。“你喜欢这样吗？”泰妮问。

第二天早上，泰妮几个堂兄弟开着另一辆货车过来，把我们载走。我这才突然意识到，我和泰妮的事，在这个乡村地区数以千计的墨西哥人之间，已尽人皆知，也肯定是他们最热门的话题——一个引为佳话的话题。泰妮的堂兄弟都很有礼貌，甚至说得上很有魅力。我们在车里轻松地进行着社交谈话，谈了些诸如打仗时各被派到什么地方服役之类的话题。他们一共五个人,五个都是很好相处的人。他们和韦奇一点都不像，看来应该和泰妮的其他哥哥比较像。但我却喜爱无拘无束的韦奇。他发誓他会来纽约找我。现在，他应该是又喝醉了，正躺在田里的某处呼呼大睡。

我在十字路口下了车，几个堂兄弟则把泰妮送回到家里。他们从泰妮家的屋前给我比手势，表示泰妮父母都不在家，出去摘葡萄去了。于是，我跑到泰妮家，待了一个下午。那是一间有四个房间的木屋，真难想象，这么小的一间房子，怎么能挤得下一家子的人。苍蝇在水槽上飞来飞去。屋子的窗户都没有纱窗，一如一首歌曲所写的：“窗子是破的，雨水飘进来了。”泰妮慢条斯理地在厨房里做着家务。她的两个姐妹看着我咯咯笑，小孩子则站在路上尖叫。

当太阳变红，泰妮就带着我到赫弗尔芬格的谷仓去。农人赫弗尔芬格在路的上头拥有一个很茂盛的农庄。到了谷仓，我们把一些板条箱拼在一起，再铺上泰妮从家里带来的毯子，就算是我的床铺了。我对这个睡觉的环境很满意，美中不足的是在谷仓的屋顶，盘踞着一只多毛的大狼蛛。泰妮说，只要我不去惹它，它就不会对我怎样。我躺在板条箱上，凝视了一会儿屋顶上的狼蛛。之后，我们溜达到墓地。我爬上一棵树，引吭高歌了一曲《蓝色的天空》。泰妮和钱宁坐在草地上吃葡萄。加州人吃葡萄原来是不吃皮的，他们在嘴里把葡萄吮汁啜肉以后，就会把皮吐掉。真是奢侈！泰妮傍晚先回家去做晚餐，九点的时候再回来，手上带着令人垂涎的墨西哥式卷饼和豆子泥。我在水泥地板上生了个火堆，用作照明。我们在板条箱上做了爱。之后，泰妮就回家去了。从谷仓这里，我可以远远听得见泰妮父亲对她大吼大叫的声音。泰妮留了一件披肩给我保暖，我把它披上，走出谷仓，悄悄穿过葡萄园，想看看发生了什么事。我躲在离泰妮家最近的一排葡萄树的后面，双膝跪在煦暖的泥土上。她的五兄弟正用西班牙语唱着旋律优美的歌曲。星星垂落在泰妮家小小的屋顶上，烟囱里冒着烟。我闻到豆子泥和辣肉酱的味道。老头子仍在那儿嘟囔，五兄弟用真假嗓子唱着歌。泰妮的母亲没有发出任何声音。钱宁和其他小孩子在卧室里嬉笑。好一个加州的家庭。我躲在葡萄园里，把这幅景象尽收眼底。我觉得自己像个百万富翁。我正在美国的狂野之夜中探险。

泰妮出来了，“砰”的一声使劲把门关上。我在路上拦住她。“怎么回事？”

“哦，我们吵起来了。他希望我明天开始干活。他说讨厌看到我整天游手好闲。索尔，带我到纽约去好不好？”

“但怎么个去法？”

“我不知道，亲爱的。你不要走，你走的话，我会想死你的。我爱你。”

“但我不得不走。”

“我知道，我知道。让我们再相拥一次，之后你再离开。”

于是，我们回到谷仓，在狼蛛的下面又做了一次爱。（那时候，狼蛛都在做些什么呢？）柴火灭了以后，我们在板条箱上睡了一会儿。她在午夜的时候回家；她父亲喝醉了，我可以听得见他的怒吼声。他睡了以后，一切又归于寂静。沉睡的郊野上空展布着满天星斗。

早上我醒过来时，农人赫弗尔芬格从马栅栏中伸出头来跟我打招呼："你好吗，小伙子？"

"很好。希望我睡在这里不会为你带来不便。"

"怎么会。你跟那个墨西哥小美人好上了？"

"她是个好女孩。"

"也是个非常漂亮的女孩。我想公牛看到她，搞不好也会从围栏里跳出来。她有一双湛蓝的眼睛。"之后，他谈到了他农场里的一些事。

泰妮帮我端来早餐。我已经收拾好行囊，只要汇款一到，就可以启程回纽约——不过我知道，汇款应该已经到了，只等着我去领。我告诉泰妮，我要离开了。她经过一夜思考，也决定接受这事实。在葡萄园里，她面无表情地吻了我，然后就朝相反方向走去。每走出十几步，我们就会回眸一次。我们就像决斗的双方，非要看对方最后一眼不可。

"纽约再见，泰妮。"我们说好，她一个月内会坐韦奇的车子到纽约来找我。不过我们彼此都心知肚明，这是不会实现的。走出三十米以后，我回过头看她最后一眼。她背对着我，往木屋走着，一只手上拿着放我早餐用的盘子。

我顺着公路走到了萨比纳尔，一面走一面吃从胡桃树上摘下来的胡桃。我踩着南太平洋铁路公司的铁轨，蹦蹦跳跳地往前走。行经一个水塔和一家工厂时，我有一种自己已经走到了某个尽头的感觉。我到了铁路边的电报局，想要领从纽约汇来的钱。但电报局的门是关着的。我咒骂了几句，就坐在大门的石阶上等。后来，局务员回来了，邀我跟他一起进去。汇款已经到了。"你猜哪一队会赢得世界大赛的冠军？"那个骨瘦如柴的局务员问我。我这才意识到，秋天已经到了。我在回纽约的路上了。

我沿着铁轨往前走，希望碰上一列货运火车，让我可以加入那些摘葡萄的流浪汉的行列，分享他们的乐子。但货运火车并没有出现。我走到公路上以后，立刻就拦到了一辆顺风车。那是我生平坐过速度最快的一趟便车。司机是个加州牛仔乐队的小提琴手。他的车子是一辆新款轿车，时速可达一百三十公里。他递了一瓶一品脱装的威士忌给我，说："我开车的时候不喝酒。"我喝了一口，又递回给他。他停了半晌后说："管他的。"就仰头喝了一口。仅仅四小时，他就从萨比纳尔开到了洛杉矶，一共是四百公里的路。他让我在好莱坞的哥伦比亚制片公司下车。还来得及让我在制片公司关门前进去一游，使我得以索回了那本未被接受的剧本手稿。之后，我买了到匹兹堡的巴士票。我只买到匹兹堡，是因为我手上的钱不够我直接坐巴士到纽约。至于要怎样走完从匹兹堡到纽约的路程，我决定等到达匹兹堡之后再伤脑筋。

巴士会在十点开出，在这之前，我有四小时时间可以在好莱坞好好逛一逛。我先买了一条面包和一些萨拉米香肠，准备把它们做成十份三明治，以供坐巴士沿途充饥。买了肉和面包后，我手上就只剩一美元了。我坐在好莱坞一个停车场后面的矮墙上做我的三明治。就在我做着这件可笑的事情时，好莱坞某部电影首映典礼的巨大强弧光灯亮了起来，照彻天际。巨大的人声在我四周沸腾，真是个够野的黄金海岸城市！只是，当初我万万没有想到，我在好莱坞成就的唯一事业，就是在一个停车场厕所的后方为面包片涂芥末。

14

巴士在破晓时分轰隆隆地越过亚利桑那沙漠，驶过印第奥、布莱斯、莎洛米，一路颠个不停；浩瀚的黄沙一直延伸到南边的墨西哥山脉。之后，我们拐了个弯，向北进入了亚利桑那山区。我身上有一本书（从好莱坞一个报摊偷来的），是阿兰·傅尼耶的《大摩尔纳》，不过，与其看书，我宁可看窗外的山景地貌。每一次颠簸、上升、伸展，都让我莫名渴望。巴士在漆黑的深夜越过新墨西哥，在灰蒙蒙的黎明途经得州的达尔哈特；然后，在星期天的下午，一个接一个俄克拉何马扁平的城镇迎面而来；等巴士开进堪萨斯州，夜幕已经低垂。现在是十月，我在回家，每个人都在回家。十月是个回家的月份。

巴士抵达圣路易的时间是中午，我利用中途的休息时间下车在密西西比河畔散了个步。河上漂流着一根根从北方的蒙大拿州顺流而下的圆木——真可称之为一场圆木的奥德赛之旅。一艘艘老旧的蒸汽船搁浅在老鼠出没的淤泥上，风吹雨打的痕迹要比船身上原有的涡卷纹饰更为显著。大片大片的巨云悬浮在密西西比河谷的上空。巴士在晚间穿过印第安纳州的玉米田，月亮照映在一丛丛的玉米包叶上，给人一种鬼影幢幢的感觉，很有万圣节的气氛。我在车上认识了一个女孩，从圣路易到印第安纳波利斯的一路上，我们都在交头接耳。她近视很严重，所以用餐时非得靠我牵着手，要不然到不了小吃店的柜台。她帮我买了一份餐点（我的三明治已全吃光了），作为回报，我则给她讲述我的故事。据她说，她之前在华盛顿州打了一夏天的工（摘苹果）。她家里是开农场的，位于纽约州偏远地区。她邀我有空到她家玩。我们还约好日子，在纽约一家饭店碰面。她在俄亥俄的哥伦布市下车后，我就倒头大睡，一路睡到匹兹堡。下车后，我感到前所未有的累。我离纽约还有六百公里远，但口袋里却只剩下十美分。我步行了八公里，出了城，靠两趟顺风车——一辆是装苹果的货车，另一辆是铰接式的卡车——坐到了哈里斯堡。一到哈里斯堡，我马上往城外走，因为我归心似箭。

在城外的萨斯奎哈纳河河边，我遇到一个枯瘦矮小的老头。他手里拿着个纸袋子，自称要到“加拿地”（加拿大）去。他走路走得很快，还吩咐我跟着他走，因为他知道哪里有桥可以过河。他年约六十，一路上话说个不停。他喜欢向我夸示他多有办法：买薄烤饼时，别人给他多涂了多少牛油；买面包时，别人又多给了他几片面包。他告诉我，有一次，他路过马里兰一家慈善之家门外时，一个老头从门廊上向他招手，请他进去待了一个周末，离开前，他还洗了一个很棒的热水澡。他告诉我，他在弗吉尼亚州捡到一顶很棒的帽子，而这顶帽子，现在就戴在他头上。他告诉我，每到一个城镇，他都会到当地的红十字会去，展示他第一次世界大战时在红十字会服务过的证明。他批评哈里斯堡的红十字会是挂羊头卖狗肉，又向我解释他怎样在这个艰难的世界里求生存。不过，据我观察，他不过就是个徒步走遍整个东部荒野的流浪汉。而他的为生办法，也不过是到各地的红十字会打打秋风，要不就是在大街的街角处乞个几美分。跟着他，我觉得自己也变成个乞丐了。我们沿着呜咽的萨斯奎哈纳河走了十一公里。那是条很骇人的河流，两旁的崖壁上树丛密布，活像是一群毛茸茸、向着河流张牙舞爪的鬼魅。黑漆漆的夜笼罩了一切。在跨过河流的火车桥上，时而会有一辆火车头经过，照亮阴森森的崖壁。小老头说，他袋子里有一瓶好酒，说罢就伸手到袋子里去找，我们停下脚步，他却没有找着。“那酒是我在马里兰州的弗雷德里克弄来的，怎么会不见了呢？干，八成是我把它落在弗雷德里克斯堡的小吃店里了！”

“你要说的是弗雷德里克吧？”

“不，不，我说的是弗雷德里克斯堡，弗吉尼亚的弗雷德里克斯堡。”他很喜欢提弗雷德里克和弗雷德里克斯堡这两个地方，他左一句弗雷德里克，右一句弗雷德里克斯堡，听得你糊里糊涂。他肆无忌惮地在公路上行走，有好几次都差点被快速经过的汽车撞倒。而我则只敢沿公路的沟渠边吃力地慢慢走。我已做好随时会目睹他被汽车撞飞的心理准备。他说的那座桥始终没有出现。我在一个火车桥洞和他分道扬镳。由于我走得满身大汗，便把身上的衬衫换掉，再穿上两件毛线衣。附近有一家路边餐店。有一家人在黑暗中向我这边走过来，他们都很纳闷我在干什么。不可思议的是，在那家荒村野店中，竟有人在用次中音萨克斯吹奏蓝调，而且音色非常优美。听着听着，我的内心也升腾起无限的忧伤。天开始下起大雨。我终于拦到一辆车子，司机愿意把我载回哈里斯堡。他告诉我，我走错方向了。突然间，我看到老头正站在一盏苍白的路灯下面，伸出大拇指在拦便车。我告诉司机老头的事，他就把车在老头前面停了下来。

“嘿，老兄，你走错方向了，你正在往西走，不是往东走。”

“嗯？”老头说，“我不用你告诉我哪边是哪边。我在这个国家行走了这么多年。我去的是‘加拿地’的方向没错。”

“但这条路不是通往加拿大的，是通往匹兹堡和芝加哥的。”

但老头听不进去我们的话，臭着脸走开了。我最后看到他，是在阿勒格尼河附近。我看着他和他那个摆来摆去的白色小包包，一起融化在无边无际的黑暗中。

在今天晚上以前，我一直以为，美国所有的荒原都集中在西部。跟老头走了这一趟冤枉路以后，我才知道我错了，东部这里其实也有荒原。东部这些荒原，荒凉得和本杰明·富兰克林还在当邮政局局长、乔治·华盛顿还在打印第安人、丹尼尔·布恩还在开辟坎伯兰隘口、布雷福德还在修路，人们在木屋里为之欢呼的时代没有两样。最让小老头儿如鱼得水的地方，不是亚利桑那那种一望无际的广漠，而是像宾夕法尼亚东部、马里兰和弗吉尼亚那种灌木丛密布的荒野，是那些沿着呜咽河流——像萨斯奎哈纳河、莫农加希拉河、波多马克河、门诺卡西河——延伸的小路僻径。

待在哈里斯堡的那个晚上，我无处栖身，只能在火车站的长凳上夜宿，一到黎明，我就被站长轰出了车站。当你在生命刚开始、还是小孩、一切都有父亲荫庇的时候，大概万万不会想到，自己有朝一日会成为一个老底嘉人，会变得孤苦、无依、贫穷、赤裸、瞎眼，会像个容貌可憎的鬼魂一样，瑟瑟发抖地过着梦魇般的生活吧？我形容憔悴、步履蹒跚地走出了车站；我再也无法自持了，看到的晨色一片苍茫犹如坟墓，我快要饿死了。我身上唯一带着的，就只有几个月前我从内布拉斯加买的一瓶止咳药水。我把它拿出来，啜了几口——再怎么说，止咳药水里还是有些糖分。我没有乞讨过，所以鼓不起勇气行乞。我挤出身上仅剩的一点气力，踉踉跄跄地走到城市的边缘。我非离开哈里斯堡不可，因为我知道，只要我在这里再待上一晚，就准会被抓起来关到牢里。这该死的城市！我拦到了一辆便车。载我的是个瘦得皮包骨的男人。他是个禁食主义者，认为经常禁食可以促进健康。当我告诉他，我饿得快死的时候，他说："别紧张，没什么事情比饿肚子对你更有益的了。我禁食已经三天了。我想我可以活到一百五十岁。"他瘦得皮包骨头，像一根破木棍，或是一个即将散架的木偶。老天爷啊，你为什么要让我碰到一个以禁食为乐的偏执狂，而不让我坐到一个有钱胖子的便车呢？如果载我的是个有钱的胖子，他听到我喊饿，准会说："你肚子饿？那好，让我们停下来到餐厅来一些豆子拌猪排吧。"我可真晦气，搭上了这个神经病的车，他居然相信忍饥挨饿可以促进健康这种鬼话。不过，在开了一百多公里路以后，我的司机终于大发慈悲，从后座拿出一些黄油面包三明治给我吃。它们就隐藏在他所推销的一堆货物样本中。他是个业务员，在宾夕法尼亚一带推销管道装置。我忙不迭把黄油面包往嘴里塞。在艾伦镇，他下车去打一通生意电话，留我一个人在车里等。不知道怎么搞的，我突然大笑了起来，笑了又笑。老天，我对生活感到腻了、烦了。那个业务员回来以后，把我一直载到了纽约。

我突然发现自己置身在时代广场。在美国东西往来了一万三千公里以后，我又回到了时代广场。现在正好是下班的高峰时间，我以一个局外人的身份，打量纽约疯狂地进行着的一切。几百万又几百万人永不休止地在那里来来去去，做着疯狂的梦——掠夺、强占、失去、叹息、死亡，说到底只有一个目的：让他们死后可以被葬在长岛后面的那些墓园区。摩天大楼耸入云霄——这片土地的另一端，在这儿诞生了这个有名无实的国家。我站在地下铁的出入口，不停打量地面，想找到一个够长够完整的烟屁股，但每当我发现一个，就会有一股人潮从我前后左右汹涌而过，而等到人潮散去，烟屁股已被踩得粉碎了。我没有钱坐公交车回家，而时代广场离帕特森又有好几公里远。我实在无法想象自己能够穿过林肯隧道或华盛顿大桥，徒步回到新泽西。何况，天已经开始要暗下来了。哈赛现在在哪儿呢？我遍寻时代广场，都没有看到他的踪影。他在赖克斯岛监狱。狄恩在哪里呢？所有人又在哪里呢？我的生活在哪里呢？我有家可回，有可以睡觉的床，我必须躺下来好好回顾一下我的旅程，盘算一下我的得失。想搭公交车，我必须乞到二十五美分，最后，我鼓起勇气，向一个站在街角的希腊神父讨这二十五美分。给我钱的时候，他神经质地东张西望了一下。一拿到钱，我就飞奔上了公交车。

回家后，我把冰盒里的一切拿出来吃光光。我阿姨被我弄出的声音吵醒。一看到我，她就用意大利语说："可怜的小索尔，你瘦啦，你瘦啦。这段时间你都上哪儿去啦？"我身上穿着两件衬衫和两件毛衣，帆布袋里放着那条被棉花田磨破的裤子和那双平底皮凉鞋的遗骸。我和阿姨商量以后，决定要用我从加州寄给她的钱（她都存起来了）买一台电冰箱；那将是我们家的第一台电冰箱。我到深夜还睡不着，一直坐在床上抽闷烟。那部完成了一半的小说手稿还搁在书桌上。已经是十月了，一阵冷风吹打在窗子上啪啪直响，看来，我回来得很及时。阿姨告诉我，我不在的时候，狄恩来找过我，在这里睡了好几晚等我回来。他还和我阿姨聊了几个下午。我阿姨一面和他聊，一面用我们全家历年旧衣服剪下来的各色布条编织地毯，如今就摊在我卧室的地板上，它们的图案丰富和复杂得就像是时光之流本身。狄恩离开的时间不过比我回来早两天。他要到旧金山去。说不定，我们曾在宾夕法尼亚或俄亥俄的某地擦肩而过。狄恩要到旧金山去展开新生活，卡米拉有一栋公寓在那里。真奇怪，当我住在米尔镇的时候，怎么都没想过要去找找卡米拉呢？不过现在说什么都已经迟了，我真的很想念狄恩。

第二部

1

我和狄恩重逢，是一年后的事。这一整年，我都待在家里，专心把小说写完；此外，拜《退伍军人权利法案》之赐，让我有机会回到学校去念书。一九四八年圣诞，我和阿姨带着大包小包礼物，到弗吉尼亚州去看我哥哥。在这之前，我与狄恩通过信，他计划最近再来东部一趟，而我则告诉他，如果他要在圣诞和新年之间来，可以直接到弗吉尼亚的泰斯塔曼找我。有一天，我们一票南部亲戚都坐在我哥哥家的起居室，有男有女，全都身体孱弱，精神萎靡，眼神中透着南方人的特色。他们低声聊着诸如天气、庄稼，谁有了小孩，谁又买了新房子之类的事情时，一辆沾满泥浆的一九四九年款哈德森忽然出现，停在屋前的土路上。我想不到来访的会是谁。门铃响了，我去开门。出现在我眼前的，是个一脸疲态、肌肉壮硕、胡子拉碴、两眼充血、身穿邋遢T恤的家伙。原来是狄恩！他竟然从旧金山一路开车开到弗吉尼亚我哥哥罗科家来！他用的时间也短得不可思议，因为我写信告诉他我人在这里，还是没有多少天前的事。我看到还有两个人坐在车子里，都是睡着的。“老天爷，狄恩，是你！车里的是谁？”

“嗨，老哥。那是玛莉露，还有艾德·邓肯。我们都累得够呛，得马上洗个澡。”

“但你怎么能来得那么快？”

“开我的哈德森啊，老哥。”

“你从哪儿弄来的？”

“用我的积蓄买的。我一直都在铁路公司工作，每个月可以赚到四百美元。”

狄恩三人的出现引起了一阵混乱。我的亲戚根本不晓得发生了什么事，也不知道狄恩、玛莉露和艾德·邓肯是何许人，所以只有默不作声地坐在一旁，瞪大眼睛看他们的一举一动。我哥哥罗科把阿姨拉到厨房去问长问短。现在，这间小小的南部房子里一共挤了十一个人。房子里的家具很少，因为罗科正准备搬家，他要带太太小孩搬到一栋离市区近一点的房子。他们买了一套新的客厅家具组，旧的一组打算给我阿姨。我们本来还为要怎样把家具组搬回帕特森伤脑筋，但狄恩一听说这件事，就自告奋勇要帮我们搬。我们计划分两趟把家具搬回帕特森，并在第二趟的时候把阿姨一道接回家。狄恩帮的这个忙，省去了我们不少金钱支出和麻烦。我嫂嫂端出来一些食物，三个饿坏了的旅人立刻坐下来大嚼。自离开丹佛后，玛莉露就没熟睡过；我觉得，她看起来要比以前老一些，但也更漂亮一些。

从一九四七年秋天开始，狄恩就和卡米拉定居在旧金山，生活美满；他找到一份铁路公司的工作，挣了不少钱，现在已经是一个名叫艾咪的可爱小女婴的父亲了。不过有一天，当狄恩行经一家汽车行，看见橱窗内展示的一辆最新款型的哈德森时，他的脑袋又坏掉了。他跑到银行，把所有存款提出来，二话不说就付了头款，把车子买下来。艾德·邓肯分担了部分车款，也就是说，他们两个都破产了。东行以前，狄恩百般安抚卡米拉，指天誓日保证自己一个月后就会回家。狄恩对她说：“我要到纽约去把索尔载回来。”但卡米拉对狄恩的保证并不乐观。

“你为什么要这样对我呢？你做这样的事有什么意义呢？”

“不要紧张嘛，亲爱的，不要紧张。是因为……嗯……呃……索尔死活求我去接他，我才会这样做。听好，其实我还有其他非去不可的理由，但无法向你一一解释……好吧好吧，让我来告诉你理由。”当然，他告诉卡米拉的理由，全属一派胡言。

大块头艾德·邓肯也在铁路公司上班。不过，在一次大裁员中，他和狄恩因为年资较浅，所以都丢掉了饭碗。艾德认识一个女孩子，名叫盖拉蒂亚，在旧金山靠积蓄过活。狄恩和艾德两个下流坯子想出了让她来支付沿路开支的主意。艾德又哄又求，要盖拉蒂亚和他们一起东行，但她却以艾德先和她结婚作为条件。就这样，在旋风似的几天之内，艾德就和盖拉蒂亚结了婚，而狄恩则负责为他们奔走张罗文件。之后，在圣诞节的前几天，他们一行三人，就以一百二十公里的时速，直奔洛杉矶。在洛杉矶，他们搭载了一个要往印第安纳去的水手，他答应分担十五美元油钱。稍后，他们又以四美元的价钱，搭载一个妈妈和她的弱智女儿，送她们到亚利桑那。狄恩让弱智女孩坐在前座，沿途观察研究她。他告诉我：“老哥，我们一路上都谈个没完，她有一个漂亮可爱的灵魂！我们谈到了火，谈到了沙漠变成天堂，谈到她那只会用西班牙话骂人的鹦鹉。”这对母女下车以后，他们就朝图森开去。一路上艾德的新婚妻子盖拉蒂亚·邓肯总喊累，非要夜宿汽车旅馆不可。如果全依着她，不等到弗吉尼亚钱就花光了。他们后来一共住了两晚的汽车旅馆，花了十美元；到了图森，盖拉蒂亚带的钱终于花光光了。狄恩和艾德两个狠心的家伙，见盖拉蒂亚一文不名，竟然带着水手脚底抹油，留她一个人在汽车旅馆大厅痴痴地等。

艾德是个高大、安静、无脑的家伙，不管狄恩说什么，都会两肋插刀。可那段时间，狄恩太忙了，有些行事不周。行经新墨西哥州的拉斯克鲁塞斯时，狄恩突然有一股再见见前妻玛莉露的巨大冲动。于是，他不顾水手的抗议，骤然把车头掉转向北，并在傍晚到达丹佛。他在一家旅馆找到了玛莉露，两人疯狂缠绵了十小时。他们决定要复合。当狄恩看到玛莉露的时候，立刻跪在地上，恳求她宽恕。玛莉露是狄恩唯一真正爱过的女孩。她了解狄恩；她轻抚他的头发；她知道他是个疯子。为了弥补那个水手，狄恩帮他在一个旅馆房间里安排了个妞儿，但水手对那女的没有兴趣，掉头就走，自此没再出现过，显然是自个儿坐巴士到印第安纳去了。

接下来，狄恩、玛莉露和艾德一行三人，开着车，沿科尔法克斯向东行驶。不过，一出堪萨斯的平原地区，他们就遇上了暴风雪。狄恩必须不时把裹着布、戴着护目镜的头，伸出车外看路，因为挡风玻璃上的冰厚达两三厘米，他那副模样简直像个在风雪中勤学苦读的修士。他行驶在祖辈生活生长的地方，根本不动什么脑子。一天早上，他们的车子在一座雪丘上打滑，陷入了一条沟渠中，有赖一个农夫帮忙，才得以脱困。接下来，他们遇上一个搭便车的家伙，对方答应，如果他们把他载到田纳西的孟菲斯，就付一美元的车资。到了孟菲斯，那家伙在屋里磨蹭了老半天，才醉醺醺地出来说他找不到钱了。钱拿不到不打紧，但这一绕路，却让狄恩在田纳西迷了路。一路下来，狄恩的车速都保持在一百五，但从现在开始，他不得不减速为一百二，否则车子随时都有翻落山谷之虞。他们在仲冬的时候越过大烟山。当他们抵达我哥哥家时，除了糖果和小饼干，已经有三十小时没进过食。

他们狼吞虎咽地吃了起来。狄恩手里拿着三明治，蹦蹦跳跳地走到电唱机前面，听正在播放的音乐。那是一张我才买没多久的波普唱片，名字叫《狩猎》。德克斯特·戈登和沃德尔·格雷的激情演奏，加上听众在最后的一阵尖叫欢呼声，让这张唱片的情绪沸腾到最高点。我的亲戚面面相觑，皱着眉摇头。他们问我哥哥：“索尔交的这些朋友都是些什么人？”我哥哥被问倒了。南方人对疯狂的人、事、物没有好感，当然也不喜欢狄恩这类人，不过，狄恩也不甩他们。我当时还不知道，狄恩的疯狂已经成长为一朵奇葩。接下来，狄恩、玛莉露、艾德和我坐上哈德森去兜风。这是我第一次有机会和狄恩并肩而坐，天南地北畅谈。他双手紧握着方向盘，沉思了整整一分钟，然后像是做出了什么重大决定似的，突然猛踩油门，让车子一跃而起。

“好啦，小朋友们，”他一面开车，一面揉鼻子，又把身体弓向方向盘，以营造一种紧急气氛，与此同时，还伸手到置物箱去拿香烟包，并前后摇晃身体。“现在是我们决定接下来一星期该做些什么的重大时刻了。哗，好险，好险！”他刚闪避过一辆骡车，赶车的是个垂头丧气的黑人老头。“啊，对啦，”狄恩高声说，“我想到我们可以做些什么啦！我们去研究他！现在让我们来感觉一下他是个怎么样的人——停下来一会儿感受一下。”他把车慢下来，让我们可以回过头端详那个苦瓜脸的黑人。“对了，就是这样，好好研究他。现在，他脑子里一定在想些什么事情，像是今年菜的收成呀、火腿呀之类的，而那是我最想知道的。索尔，你可能有所不知，我曾经在阿肯色州一个农庄待了一整年，当时我十一岁。工作繁重得要死，有一次，我甚至要剥一匹死马的皮。自从一九四二年的圣诞节以后，也就是五年前，我就再没有踏足过阿肯色了。当时我和班·盖文想偷一辆车，却给车主发现，拿着枪追我们。我告诉你这些，为的是要让你知道，对于美国南部，我一样有发言权。我对美国南部的里里外外一清二楚。更何况我也仔细研究过你写给我谈美国南部的那些信。”他慢慢减速，最后完全停住，但过了一下，又突然猛踩油门，让车子以一百一十的时速向前弹出。他把身体弓向方向盘，两眼死死盯着前方。玛莉露看着狄恩，脸上露出真挚的笑容。这是一个全新的狄恩，一个迈向成熟的狄恩。我在心里想：老天，他变了。当他讲述他讨厌的事情时，两眼会冒出火焰；但他又可以在一瞬间把话题转到他高兴的事情上，这时，他又会一副乐不可支的模样。他身上的每一块肌肉都随着他的喜怒而扭曲转动。“老哥，我有太多太多事要告诉你了，”他戳戳我说，“我们绝对要找个时间好好谈谈。卡洛现在怎样了？玛莉露，你务必跟我一起去见见卡洛，这是明天的第一要务，不过，亲爱的，你现在得先去买些面包和肉，为我们到纽约的午餐做准备。索尔，你身上有多少钱？运家具到纽约去的时候，家具放在后座，我们四个人则亲密地挤在前座，谈天说地。到时，玛莉露，你坐我旁边，索尔坐你旁边，艾德坐靠窗的位置，让他来挡风，袍子这一次给他穿。等家具都搬好以后，我们就好好去乐一乐。是该好好乐一乐了，我们知道什么时候该做什么事！”狄恩热烈地摩挲着下巴，一扭方向盘，连超了三辆车。进入泰斯塔曼市中心的时候，他的头一动不动，但两颗眼珠子却不断做一百八十度移动，不放过四面八方的一事一物。他突然看到一个车位，停车大概只花了一秒钟的时间。车一停好，他就一跃而下，兴冲冲跑进了火车站，我们则懒洋洋地跟在后头。他买了香烟。我注意到，狄恩的肢体动作现在变得极其神经质，全身上下几乎没有一寸地方不在动。他的头不断向上、向下、向两边摆动；手也是激烈地晃个不停；他快步走，坐下，交叉双腿，分腿，站起来，揉搓双手，拉一拉裤子，抬起头，说了句“嗯”，然后又突然眯起眼睛，察看四面八方；与此同时，他始终抓住我的手，话说个没完没了。

泰斯塔曼刚下了一场不对时候的雪，变得非常冷。狄恩站在沿铁轨延伸的大街上，身上仅穿着一件T恤和一条低腰的裤子（皮带的扣子是松开来的，仿佛他正准备把裤子脱下来）。他把头凑到玛莉露脸前，和她说了几句话，然后又往后缩，两只手上下挥动，说：“少来，少来，少来了，亲爱的。”他的笑声很神经质，开始的时候很低，然后愈来愈高，和广播剧里那些疯子的笑声没两样，唯一不同的，只是更快和更像傻笑声罢了。笑过以后，他就会马上恢复一本正经的声音。我们来市中心，本来只是漫无目的随便逛逛，但狄恩却找到了目的。他对我们下达各种指令：你，玛莉露，去买午餐吃的食物罐头；你，索尔，去买报纸，看看天气预告；你，艾德，去买雪茄。狄恩喜欢抽雪茄。他嘴里叼着艾德买来的雪茄，手里拿着我买来的报纸，说："哇啊，华盛顿那些夸夸其谈的先生又想出了不少扰民的措施呢，真是了不起。"说罢，他突然跳了起来，匆匆跑到火车站前面，打量一个刚走出来的女孩。"瞧她，"他一脸傻笑，用手指指着女孩说，"那个小黑妞。真可爱！哈哈！"我们赶紧钻进车里回了家。

回到我哥哥家，看到圣诞树、圣诞礼物，闻到火鸡的香气，听到亲戚的闲话家常，我才意识到，我过了一个多么平静的圣诞假期。但如今，我已经被一只虫子叮着了，这虫子的名字就叫狄恩·莫里亚提。我又一次匆匆上路了。

2

晚上，我们把家具搬上车后，就绝尘而去。我们保证会在三十小时以后回来，换言之，我们准备在三十小时之内，南北来回一千六百公里的路。那是狄恩的主意。但这趟旅程的艰苦，大大出乎我们意料。暖气坏了，以致挡风玻璃渐渐布满雾和冰。汽车的时速在一百一十公里左右；每过一阵子，为了看路，狄恩都得把手伸到车外，拿抹布在挡风玻璃的积雪上挖出个洞来。哈德森很宽敞，即使四个人同时坐前座，也不嫌挤。一张毯子盖在我们四人的腿上。收音机也坏了。五天前，这还是一辆新簇簇的汽车，但如今已是破车一台。迄今为止，狄恩只付过一期的分期付款。我们沿着三〇一号高速公路北行，往华盛顿方向疾驰；那是一条两车道，并没有太多车辆。沿途都是狄恩一个人在讲话，其他人只有听的份儿。他说话时手势激烈而夸张，有时，为了向我说明一件事情，他会整个身体侧到我这边来（他和我之间隔着玛莉露）。有时，他甚至双手都不在方向盘上。尽管如此，汽车仍然笔直得像支箭，从未越出过路中央的白色分隔线一次。

狄恩这一趟东来，毫无目的可言，同样地，我会跟着他到处跑，也完全说不出个所以然。目前我在纽约的生活算是四平八稳：我既在学校里上课，又跟一个名叫露西尔的女孩子谈恋爱。露西尔是个漂亮的意大利女郎，有一头蜜黄色的头发，是个我愿意结为连理的对象。这些年来，我一直在寻找一个适合我的结婚对象。认识任何女孩子的时候，我都会禁不住问自己一个问题：她会成为一个什么样的太太？我把我跟露西尔的事告诉了狄恩和玛莉露。玛莉露很想知道有关露西尔的一切，还想见见她。我们经过里土满、华盛顿、巴尔的摩，沿着蜿蜒的乡间公路，驶向费城。“我想结婚，”我告诉他们，“我一直都想找个伴，一个我年老时可以寄托心灵的人。我们不能像这样无止境地往前跑——我们必须有一个终点站，必须抓住一些具体的东西。”

“唉，老哥，”狄恩说，“这些年来，我一直在研究你，一直知道你对家、对婚姻这一类事物心存向往。”那是个忧郁的夜，但也是个欢乐的夜。途经费城的时候，我们掏出身上的最后一美元，到一家小吃店去买汉堡吃。柜台服务员听见我们为钱发愁，便问我们，如果汉堡免费，外加一些免费咖啡，我们愿不愿意到后头帮他洗盘子。固定负责洗盘子的那个人没来，而当时又已经是午夜三点，找不到代替的人。我们忙不迭答应。艾德表示他以前就当过洗碟工，说罢就毫不犹豫把一双猿臂抄到碗盘堆里去。至于狄恩，则拿着条抹布站着，东抹西抹；玛莉露也是一个样。慢慢地，他俩开始在一堆碗碗盘盘之间亲吻起来，最后还躲到了厨房的一个暗角去。柜台服务员没说什么，他只要看到我和艾德确实在洗碗，就心满意足。十五分钟内，所有锅碗瓢盆就统统被我们打发掉。

车子开抵新泽西的时间是破晓，纽约大都会的云烟在我们前头冉冉升起。为了保持两耳温暖，狄恩在头上裹了一件运动衫。他戏称我们是一帮要来把纽约炸掉的恐怖分子。汽车飞快地驶过林肯隧道。玛莉露想看看时代广场，狄恩便绕路去了时代广场一趟。

“老天爷，我真希望能找到哈赛。这里每个人都衣履光鲜，说不定他们之中有人知道哈赛在哪里。”我们睁大眼睛打量人行道上的每一个人，“唉，好家伙哈赛，你们真应该看看他在得州时的样子。”

到目前为止，狄恩已经开了六千公里的车。他从旧金山出发，取道亚利桑那，四天之内就到达丹佛，过程充满艰难险阻。不过，这还只是开始。

3

一到达帕特森我阿姨家，我们就倒头大睡。第一个醒来的是我，时间是午后。狄恩和玛莉露睡我的床，艾德和我睡阿姨的床。狄恩的破行李箱就平放在地板上，没有拉拉链，袜子从箱沿处露了出来。楼下杂货店的老板喊说有找我的电话，我连忙跑下去接。是公牛老李从新奥尔良打来的电话（他已经把家搬到新奥尔良去了）。他用高昂哀怨的声音向我抱怨，说是有一个叫盖拉蒂亚·邓肯的女孩刚到他家，要找她老公艾德·邓肯。公牛老李根本不知道艾德·邓肯是何许人。盖拉蒂亚却是个犟姑娘，我叫公牛老李请盖拉蒂亚放心，说艾德和狄恩现在跟我在一起，我们回西部的时候，很可能会绕道新奥尔良去接她。之后，话筒的另一头传来盖拉蒂亚本人的声音。她问我艾德现在的情形怎么样；她显得很关心他。

“你是怎么从图森到新奥尔良的？”我问。她说她发了电报给家人，家人汇钱给她坐巴士到新奥尔良。她决心要找到艾德，因为她爱他。我上楼把这事告诉坐在摇椅里的艾德。他听了以后，一脸愁容，真像个天使。

这时候，狄恩突然醒了过来，从床上一跃而起。“好啦，各位，我们现在要做的事情就是大吃一顿，立刻。玛莉露，你火速搜索厨房，看看有些什么可吃的。你，索尔，和我一道下楼，打电话给卡洛。艾德，你去查看这房子里有什么需要你做的没有。”我跟在狄恩后面匆匆下楼。

杂货店的老板见到我们，就说：“刚刚又来了一通电话，是从旧金山打来的，说是要找一个叫狄恩·莫里亚提的人。我说我不认识什么狄恩·莫里亚提。”打来的人显然是卡米拉。杂货店的老板名叫山姆，高个、寡言，是我的朋友。山姆看着我，抓抓头说：“老哥，你在搞什么名堂？莫非你开了家国际妓院不成？”

狄恩咯咯笑说：“老哥，你是个宝！”说罢，就一个箭步跑到电话亭，打了通对方付费的电话到旧金山。之后，我们又打了电话到卡洛长岛的家，叫他立刻滚过来。同时，我和狄恩为下一趟去弗吉尼亚运家具做准备，也把阿姨接回来。卡洛在两小时后抵达，腋下夹着一本诗集。他坐到一张摇椅里，用炯炯的目光打量我们。开始半小时，他一句话都没说，看来，他是不想蹚我们的浑水。这段日子以来，卡洛变得沉静了。那是他经历了“达科他的忧郁”之后的事。他离开丹佛以后就去了达科他。在达科他，他蓄了一把胡子，终日在黑街暗巷里游荡。一群小孩子把他带到一个巫师那里算命。他简单向我们介绍了达喀尔偏远地区的街道和简陋草棚屋，他告诉我们，在回纽约的途中，他几乎想像哈特·克莱恩[1]一样，跳船投海自杀。狄恩坐在地板上，全神贯注地看着一个八

①哈特·克莱恩（1899—1932）：美国诗人，于一九三二年从墨西哥回国途中投海自杀。

音盒。八音盒所发出的旋律——《甜蜜的浪漫故事》——让他陶醉不已。“可爱的旋转小叮当盒。啊！你们听！快，大家快凑过来看看这八音盒的中央,看看它的秘密所在。好可爱的叮当球。哗！”艾德也坐在地板上，手里拿着我的鼓槌；忽然，他开始和着音乐的节奏，用鼓槌打起拍子来。“踢……踏……踢踢……踏踏。”他敲得很轻很轻，只勉强听得见。每个人都屏息静气去听。狄恩一只手靠在耳边,嘴巴张得大大。“哇,帅呆了！”他突如其来蹦出了一句。

卡洛眯着眼，冷眼旁观着狄恩神经兮兮的一举一动。最后，他一拍自己膝盖，说：“我有话要说。”

“是的是的，什么事情？”

“你们这次来纽约，目的何在？所为何来？我是说，伙计，大晚上开着那辆破车，你们要去哪儿？”

“所为何来？”狄恩把卡洛的话重复了一遍。我们面面相觑，不晓得要怎样回答。我们根本回答不出来。唯一的解围办法就是上路。狄恩一跃而起，说我们得准备回弗吉尼亚去了，说罢就跑去淋浴。我去煮了一大盘饭（家里唯一剩下的食物），而玛莉露则为狄恩补袜子。之后，我们便出发了，狄恩、卡洛和我向纽约飞快地驶去。我们向卡洛承诺，三十小时后——也就是元旦前夕——会再找他。当时是晚上，我们把卡洛在时代广场放下车后，就再次穿过造价昂贵的林肯隧道，直奔新泽西。我和狄恩轮流开车，十小时后就到达弗吉尼亚。

“多年以来，这是我们第一次有机会单独相处，可以好好谈一谈。”狄恩说。但一整个晚上下来，说话的人都是他。我们犹如置身梦中般再一次途经熟睡中的华盛顿，再一次途经弗吉尼亚的荒野。车子开过阿波马托克斯河的时间是破晓，抵达我哥哥家是在早上八点。一路上，狄恩对他看到的每件事物、谈到的每件事情，都表现出巨大的热忱和激动。他还就宗教信仰的问题对我发表了一番惊人之论。“现在，已经没有人胆敢对我们说，上帝是不存在的。我们什么都经历过了。索尔，你还记得我第一次来纽约，为的是什么吗？我想向蔡德·金恩请教尼采的哲学。那是多久以前的事啦！一切都好，上帝是存在的，我们了解时间。自从希腊人以来，西方人对上帝的每一个断言都是错的。你是无法透过几何学或几何学的思考方式来推知上帝的存在的。其实，要证明上帝的存在非常简单，就像这样——”说着，他把两只手同时从方向盘上松开，举起，握成拳状；但车子还是笔直地前进。“我还有其他证据可以证明上帝存在，只不过现在没有那么多时间向你说明罢了。”谈话中途，我谈到自己的种种烦恼：我家有多穷，还有我多么希望能帮助跟我一样穷的露西尔（她还带着个小女儿）。“你知道吗，索尔，烦恼就是上帝的驻在之处，重点是不要让烦恼把你给困住。我的脑袋里嗡嗡直响。”他抱着头喊道，然后像格劳乌·马克斯在电影里演的那样，跳下车去买烟——大步流星，疾走如飞，只不过他没穿燕尾服，身后自然就没有飘动的下摆。“索尔，从丹佛东来的一路上，我想了许多事，想了又想。我过去是少年感化院的常客。但我为什么会经常坐牢，现在已经再明白不过了。我是个少年阿飞，而我之所以爱偷车，不过是为了表现自我，得到一种心理上的满足，就那么回事。我已经痛下决心，不让自己再坐牢。而要是我真的再被送到牢里去的话，错也不会在我。”这时，我们看到一个小孩站在路边，向路过的汽车丢石头。“想想看，”狄恩说，“说不定哪一天，某个开车路经此地的人，挡风玻璃会被小孩扔的石头打破，撞车而死——而这么重大的事情，全因为一个小孩而起。多么不可思议！你明白我的意思吗？上帝的存在是无可怀疑的。当我沿着这条道路驾驶的时候，我毫不怀疑地相信，万事万物都会照顾好自己。就算是你，一个对方向盘那么害怕的人（我是个不喜欢开车和开得很小心谨慎的人），我也会很放心把车子交给你开，绝不担心会出什么乱子，因为这辆车子会照顾好它自己。再说，我们对美国再熟悉不过；这里是我们的家。在美国这里，我到哪个角落去都用不着担心，因为我了解这里的人，了解他们的行事方式。我们都在给予，也都在索取。我和他们虽然不认识，但却是以复杂无比的方式彼此关联在一起的。”他的这番话，我并没有完全听懂，但大意却相当纯净清晰。在交谈中，他常常使用“纯净”这个词。我做梦也没想到，狄恩竟会成为一名神秘主义者。那是他神秘主义的早期阶段，稍后，这种神秘主义将会把他带到一种粗犷的类似 W.C. 菲尔兹的圣哲境界。

晚上，我们把阿姨连同剩下的家具，一起载回帕特森去。一路上，狄恩依然滔滔不绝，就连坐在后座的阿姨也禁不住好奇，竖起半只耳朵听他说话。由于阿姨坐在车上，狄恩挑了一些正经的事情说。他巨细靡遗地把一个火车司闸员——他在旧金山的工作——的工作内容告诉我们，没有遗漏任何一个细节。每经过一个调车场，他就会停下来，指给我们看他提到过的设施，有一回，他甚至跳下车，示范给我们看，在侧线上等待会车时，一个火车司闸员应该怎样给出“通行无阻”的信号。我阿姨慢慢在后座睡着了。凌晨四点，途经华盛顿的时候，狄恩又打了一通对方付费的长途电话到旧金山给卡米拉。接下来，我们遇到了一件倒霉事：才刚出华盛顿的交流道，一辆警车就鸣笛追了过来。虽然我们的车速才五十公里左右，但还是被开了罚单。都是我们那个加州车牌惹的祸。条子对我们说：“不要以为你们是从加州来的，就可以为所欲为。”①

我们被带到警察局去。我和狄恩费尽口舌，想说服条子放我们一马，因为我们没钱缴这十五美元的罚款。但他们说，如果我们凑不到钱，狄恩就得在牢里过一晚。要付这笔罚款，唯一的办法就是向我阿姨开口，她身上有二十美元。就在我们在警察局内理论的同时，一个条子悄悄走

①华盛顿交流道的限速一般是二十英里（三十二公里），而加州的交流道则是三十英里（四十八公里）。狄恩只超速十来公里，本来可罚可不罚，但警察因为讨厌加州人的嚣张气焰，故意开他罚单。

出警察局，从暗处窥探车子内的动静。我阿姨发现后就对他说：

“放心，我不是个带枪的妓女，你想搜车就请便。我和我外甥正在回家途中。车里的家具也不是偷来的，是我另一个外甥送的。他正准备搬家，所以把旧家具送我。”这番话听得那个福尔摩斯目瞪口呆，随即转身回警察局去了。我阿姨非得代狄恩缴罚款不可，否则我们就要在华盛顿滞留一夜，因为我没有驾照，不能开车送她回家。狄恩答应日后会归还这笔钱。一年半以后，他果真把钱还给我阿姨，令她又惊又喜。我阿姨是个困在这可悲世界的正派妇女，她了解这个世界。上路之后，我阿姨谈起条子在车外窥探她这件事。“他躲在一棵树后面，想看清楚我的样子。我告诉他，想搜车就过来搜车。我没有什么见不得人的。”言下之意，是狄恩有什么是见不得人的，我也是（因我和狄恩混在一块而起的）。我们默然接受了这个评断。

阿姨对我说过，除非男人都愿意跪下来向他们的女人诚心忏悔，否则这个世界不会得到和平。但狄恩早就明白这个道理，而且向我提到过好几次。“我向玛莉露求了又求，求她相信我们之间的爱有多么纯净无瑕，求她把一切疑虑抛诸脑后。她说她明白。虽然她跟着我，但她的心思却是想着一些别的什么。她不会明白我有多爱她，她是我命运的编织者。”

“事实上，我们并不了解我们的女人；我们喜欢归咎于她们，但错的其实是我们。”

“事情没有你说的那么简单。”狄恩提醒我说，“不过，和平会突然降临的，只不过我们不知道是什么时候罢了。明白吗，老哥？”此后他一直阴沉着脸，直至开过了新泽西，才到后座去睡觉，换我驾驶。回到帕特森的时间是早上八点。玛莉露和艾德两个呆呆地坐着，抽着从烟灰缸里捡来的烟屁股。自我和狄恩离开后，他们就没有进食过。阿姨出去买了一些食物回来，为我们做了一顿丰盛的早餐。

4

现在，从西部来的三个家伙得在曼哈顿找个新的安身之处了。卡洛在纽约大道有套公寓；当天晚上就准备搬过去。我和狄恩睡了一整天，起来的时候已是傍晚——一九四八年的元旦前夕。窗外风雪交加。艾德坐在我的摇椅上，向我讲述他上一个元旦的遭遇。“当时我人在芝加哥，一文不名。我坐在北克拉克街旅馆的窗户旁边，香喷喷的气味从楼下的面包店一直传至我的鼻腔。我身上没有一个子儿。我下楼到面包店去找看店的女孩聊天，她送了我一些面包和咖啡、蛋糕。我带回房间吃了。那天晚上我彻夜没睡。我在犹他州的法明顿工作过，是在艾德·沃尔的牧场。你应该听说过艾德·沃尔吧？他父亲是丹佛的大牧场主。有一晚，我躺在床上，突然看到我死去的妈妈出现在墙角，全身笼罩在光晕中。我一喊‘妈妈’，她就消失了。我常常都会看到异象。”他一面说，一面自己点头。

“你打算要怎样安置盖拉蒂亚？”

“等我们去到新奥尔良再看看吧。你以为呢？”他向我征询意见，狄恩的意见已经不能满足他。他已经爱上盖拉蒂亚了。

“你自己又有什么打算呢，艾德？”我问。

“我不知道，”他说，“我是走一步算一步。我研究生活。”他学狄恩的口吻说话。艾德是个没有方向感的人。他坐在摇椅上，继续沉湎在对芝加哥那个冷清的旅馆和咖啡、蛋糕的回忆中。

风雪在屋外翻卷。我们准备到纽约去参加狂欢派对。狄恩把那个破旅行箱收拾好，拿到车子上去。（他们三个要搬到卡洛位于约克大道的公寓去住。）我阿姨一面看报，一面等待收音机里传来时代广场新年报时的钟声。她心情显得很好，因为我哥哥下个星期要来访。到纽约的沿途，地面都积满雪，滑溜得很。但我并不担心。只要开车的人是狄恩，我就从来不会担心什么，无论在任何情况下，他都可以把一辆车子驾驭得服服帖帖。车上的收音机已经修好了，所以沿路我们都有狂野的波普爵士乐为伴。我不知我这样跟着狄恩到处跑，最后会有什么结果，但我并不在乎。

在前往纽约的一路上，我心里一直盘桓着一个奇怪的困扰。我隐约觉得我忘了些什么。我忘了的似乎是某个决定，某个我在狄恩来到以前就做的决定。它几乎就要到我嘴边了，但我就是说不出来。我不断扣指关节，希望把事情给想起来。我甚至不敢肯定，那真是一个决定，还只是一件我忘了的事情。它纠缠着我，使我目瞪口呆，沮丧难过。我想，这个决定一定和我那个“尸衣人之梦”有关。我把这个梦告诉过卡洛。那一次，我们坐在两张椅子上，膝对膝、面对面。我告诉他，我梦见自己在越过沙漠的途中，有一个奇怪的、阿拉伯人装束的家伙在后面追逐着我，而在我来得及到达基督教的城市以前，他就把我扑倒了。“会是谁呢？”卡洛陪我一起思索梦中的阿拉伯人象征的是什么。我提出一个看法：那阿拉伯人就是我自己，是穿着尸衣的我。卡洛认为不是。他说，在我们横越生命的沙漠时，都会有某些东西、某些人或某些精灵追逐着我们，并注定要在我们抵达天堂以前把我们扑倒。现在回想起来，那追逐我的尸衣人，应该就是死亡的化身，因为只有死亡，才会在我们抵达天堂以前把我们扑倒。我们每个人都会隐约记得自己经历过一种至福感，但就是记不起是在哪里经历过的（也许就是在妈妈的子宫里），而不管我们多么努力，想再一次找回这种至福感，总是徒劳无功。不过说不定，让我们再体验一次这种至福感的机会——虽然我们都不愿承认——就是死亡。但谁又愿意死呢？各种念头纷至沓来，我把我的“尸衣人之梦”告诉狄恩，而他马上就下结论说，那个梦，不过是我渴求一种单纯的死亡的反映；而由于人死了就是死了，不会活过来知道自己是怎么死的，所以一个人是怎么死的，其实没有多大差别，他也不愿为这种事多费心思。我当时对他的说法表示同意。

到达纽约后，我们去找了一票朋友，而疯狂的花朵，已在他们家中盛放着。我们最先找的是汤姆·沙布鲁克。汤姆是个忧郁、英俊、慷慨、温顺的人。不过，每隔一阵子，他就会突然陷入低潮，不发一语，匆匆躲开人群。但今天晚上的汤姆，完全是一副乐不可支的模样。“索尔，你这些妙不可言的朋友是打哪儿找来的？我从来没看过像他们一样的人哪。”他问我。

“在西部找到的。”

狄恩也找到他的乐子。他把一张爵士乐唱片放到电唱机里，紧紧搂着玛莉露，随拍子起舞。时而是他弯向玛莉露，时而是玛莉露弯向他，真是一支地地道道的爱之舞。没多久，伊安·麦克阿瑟带着一大票同伙走了进来。纽约的新年狂欢要开始了，而这个狂欢，将要持续三天三夜。我们一大伙人一起挤进狄恩的车子，冒着风雪，一个派对接一个派对逛。我带了露西尔和她妹妹去参加最盛大的一个派对。当露西尔看到狄恩和玛莉露时，脸色顿时沉了下来——她嗅得到他们传染给我的那股疯味。

“我不喜欢你跟他们在一起。”

“不要紧张嘛，只不过是跳跳舞罢了。人生苦短，行乐要及时啊。”

“不，我的感觉很不好，我不喜欢。”

玛莉露开始跟我调情；她说狄恩准备回卡米拉身边，所以，她想跟我凑作一对。“和我们一起回旧金山嘛，我们可以住在一起。我会是你的好女孩。”但我知道狄恩深爱着玛莉露，而玛莉露对我说这番话，也不过是为了惹露西尔吃醋罢了，所以我不为所动。尽管如此，当这个性感尤物把嘴巴主动凑过来的时候，我还是吻了上去。露西尔看玛莉露把我推到墙角和强吻我之后，就接受了狄恩的邀请，和他一起坐到车子里去。但他们什么都没做，只是聊天和喝我从汽车置物箱里找到的一瓶南方私酿酒。一切都乱了套。我知道我和露西尔的罗曼史是不会太长久的。她总想我顺着她那一套去做。她丈夫是个码头工人，待她很不好。如果她能跟丈夫离婚，我会很乐意与她结婚，并照顾她的小女娃。不过，她根本凑不出那么多钱去办离婚手续，所以一切都不过是空谈而已。再说，露西尔也不了解我。我喜欢的东西太多了，多得让我困惑，让我晕头转向，让我团团转着追逐一颗又一颗坠落的星辰，非力竭倒下不肯罢休。除困惑以外，我实在没有什么好呈献给别人的。

每一个派对都很盛大。在西九十街的一栋地下公寓里，就聚集了最少上百人。每个墙角、每张床、每张沙发都有事情在发生着——这还不算狂欢节，只不过是新年聚会而已，人们疯狂的尖声怪叫和收音机里震耳欲聋的音乐声混杂在一起。人群中甚至还有一个中国女孩呢。狄恩像格劳乌·马克斯似的在人群之间跑来跑去，瞧瞧这一个，看看那一个。每隔一会儿，我们都会冲到车上，去载更多的人过来。戴米安来了。他是我纽约帮的老大，就如同狄恩是西部帮的老大一样。不过，他和狄恩一见面就互看对方不顺眼。派对进行到一半，不知道为什么，戴米安的妞儿突然一记右勾拳打在戴米安下颚，打得他摇摇晃晃。之后，她把他带回家去。我们一些新闻界的疯朋友也来了，手里带着酒。外面风雪交加，漫天飞雪。艾德认识了露西尔的妹妹后，两人就消失不见了。前面我忘了说，艾德是个很有女人缘的家伙。他一米九五高，为人温和、亲切而讨喜。他甚至还会帮女伴披外衣，这种事他干起来得心应手。凌晨五点，我们全都跑到一栋公寓的后院，从一个窗户爬入一户人家家里：里面正举行着盛大的派对。破晓时，我们再回到汤姆·沙布鲁克的派对去。有些人在画画，有些人在喝已经走味的啤酒。我睡在一张沙发上，手臂里揽着个叫梦娜的女孩。大群大群的人从哥伦比亚大学校园区的酒吧陆续赶来，每张脸都生气勃勃，每个人都挤进了这个阴冷潮湿的房间。伊安·麦克阿瑟家的派对也还在进行着。伊安·麦克阿瑟是个可人儿，他从眼镜后面快乐地注视着派对里进行着的一切。现在，他也学会狄恩的口吻，“正点”“正点”地说个没完。在德克斯特·戈登和沃德尔·格雷两人灌唱的那首《狩猎者》的乐声中，狄恩和我围着沙发椅，跟玛莉露大玩“接手球”的游戏，不过玛莉露已经不是小女孩了，要抓到她可没那么容易。狄恩打着赤膊、光着脚跑来跑去，全身上下只有一条裤子——除非要开车到外面载更多的人过来。最后，我们和罗乐·盖伯一起回他位于长岛的家，住了一个晚上。罗乐和姑姑同住一栋很棒的房子，只要姑姑一死，整栋房子就归他一人所有。不过，他姑姑爱跟他唱反调，而且视他的朋友为仇敌。罗乐把我们——狄恩、玛莉露、艾德和我——带回家，想要举行一个喧闹的派对，但他姑姑却站在二楼威胁说要报警把我们赶走。“闭嘴，老娼妇！”罗乐咆哮道。我真难想象他俩平常是怎样生活在一起的。罗乐的藏书比我一辈子见过的书加起来还要多。他有两个房间，四面墙壁从天花板到地板，全堆满了书，其中包括十卷本的“次经”。罗乐穿上一件背后撕破一大片的睡衣，在电唱机里放上一张威尔第的歌剧唱片，然后比手画脚做唱歌剧状。罗乐什么都不在乎。他是个胆敢腋下夹着十七世纪的音乐手稿，在纽约海港区一边转悠，一边大声唱歌的人。他也胆敢学大蜘蛛走路的样子，当街爬来爬去。现在的他，正处于极度兴奋之中，眼睛放射出两道恶魔般的光芒。他像蛇一样急速扭动脖子。他又叫又跳，激烈摇摆身体，时而呻吟，时而咆哮，猛然间又绝望地往后一倒，兴奋得说不出一句话来。狄恩站在他前面，看着他的一举一动，不断点头说：“正点……正点……正点。”然后又把我拉到墙角对我说，“这个罗乐·盖伯，是我见过最棒、最了不起的人。我想对你说的是，他就是我想要成为的人。他从不会被什么困住，他会向四面八方前进，他甩开一切包袱；除前后摆动身体以外，他什么都懒得干。老哥，他就是终点！你知道吗，如果我们仿效他的样子迈进，最后就一定能得到它。”

“得到什么？”

“得到‘它’啊！‘它’‘它’‘它’啊！现在没时间了，我以后会再向你解释。”说罢，他就赶紧跑回去看罗乐在干些什么。

狄恩告诉我，最伟大的爵士乐钢琴手乔治·谢林，是个和罗乐如出一辙的人。于是，我们就在三天的新年狂欢中，抽出中间一晚，到鸟园夜总会去朝拜谢林。我们到达的时间是十点，是最早到达的两个客人。谢林是个盲人，出场的时候由别人领着走到琴键的旁边。他是个仪表堂堂的英国人，脖子上戴着副白色硬领，一头金发。当他的手在琴键上撩拨出第一串音符时，一阵精致的英国仲夏夜气息随即泻出。贝斯手反复凑近他，配合着他的节拍拨动琴弦，传出潺潺流水般动人的乐声。至于鼓手登齐尔·贝斯特，除了使用鼓刷时甩甩手腕以外，全身一动不动。谢林开始摇摆起来，脸上绽放着大笑容。他坐在钢琴椅上，前后摇摆身体，始而缓慢，继而随着节奏的加快而加快。他的脚随着拍子抖动，他的脖子一伸一缩，他的脸俯向琴键。他把头发向后拢去，原来梳得整齐服帖的头发现在已经散开，他开始流汗了。音乐接管了一切。贝斯手背部隆得高高的，全神投入，愈拉愈快，愈拉愈快。谢林开始弹起了和弦，它们像雨点一样纷纷从琴键洒出，洒向四方八面，让人觉得，弹它们的人根本管不住它们。它们像浪涛般，一波又一波排山倒海涌出。听众大喊：“继续！继续！”狄恩汗如雨下，汗水湿透他的领口。“就是这样，就是这样！他是上帝！谢林上帝！正点！正点！正点！”他喊道。谢林可以意识得到，他后面坐了个疯子；虽然他目不能见，却可以听得见狄恩的每一下喘息声和喊叫声。“就是这样！”狄恩一直在念，“正点！”谢林笑了。当他从钢琴椅上站起来的时候，全身大汗淋漓。这是一九四九年的谢林、登峰造极时代的谢林，是未变得冷漠和被商业化污染以前的谢林。谢林退场后，狄恩指着那把空的钢琴椅说：“上帝坐过的椅子。”钢琴上面竖着一支小号，它的金光反射在墙壁的一幅油画中（画的是一片沙漠），形成一道诡异的光影。上帝走了，而这道沙漠中的光影，是上帝留下的寂静。那是一个雨夜，我们经历了一则雨夜的神话。狄恩两眼睁得像铜铃，浑身的疯劲儿无处发泄。我体内也有一股躁动，那是我正在抽的大麻烟作的怪（狄恩在纽约买的）。我有一种感觉，最后的时刻即将来临，届时，一切都会真相大白，一切都会有所决定。

5

新年的三天狂欢终于结束了。我和大家分了手，回家去休息。到家之后，我阿姨劝我，跟着狄恩那帮人厮混没有好处，只会浪费时间。我知道她说得没错。但生活就是生活，同类就是同类。我现在所期盼的，是再去西部一趟，然后赶在春天学校开课以前回来，那必定是十分美妙的经历。我想跟着狄恩一起回西部，看看他打算做些什么，而如果他真的决定要回卡米拉身边的话，我希望可以和玛莉露发生一段罗曼史。我们准备再一次横穿这片充满苦难又令人心悸的大地。我从收到的退伍军人教育津贴中拿出十八美元，让狄恩寄给穷哈哈的卡米拉。玛莉露对这件事情有何感想，我就不得而知了。至于艾德，则一如往常，大伙干什么，他就干什么。

出发前的日子，我们在卡洛的公寓里度过了一段绵长而逗笑的时光。卡洛在家里喜欢穿着一袭浴袍晃来晃去，并不时对我们发表一些带有讽刺味道的演说：“我不打算扫你们的兴，不过，在我看来，现在似乎是你们该决定成为什么样的人，要做些什么事的时候了。”卡洛现在在一家写字楼当打字员。“我想知道，你们整天无所事事地坐在屋里，为的是什么。我想知道你们有什么计划。狄恩，为什么你要离开卡米拉，而去找玛莉露呢？”没有回答，有的只是嘻嘻笑。“玛莉露，为什么你愿意像这样东奔西跑呢？作为女人，你到底是怎么想的？”玛莉露的反应和狄恩一样。“艾德，你为什么要把太太遗弃在图森？你现在大模大样地坐在这里，又是所为何来？你的家在哪里？你的工作是什么？”艾德低着头，一脸困惑烦恼的样子。“索尔，你蹚这趟浑水，为的又是什么？你要把露西尔怎么办？”卡洛理一理浴袍，坐下来一一扫视我们。“惩罚的日子就要到了。你们坐的那个气球再也维持不了多久，不，应该说，你们坐的，只是个虚幻的气球。你们要飞到西部去，但我可以预见，你们将会磕磕绊绊回东部来找你们的石头。”

最近，卡洛一直在练习一种怪腔怪调，他希望，他的声音听起来会像“岩石之声”。卡洛会想出这样的词，是因为他认为这种声音可以让人开窍，努力自我实现为岩石。“你们在帽檐上挂一条龙，”他警告我们说，“但到头来却只会发现自己是在阁楼里与蝙蝠为伍。”他的双眼闪着光芒。自从达喀尔回来以后，卡洛经历了一个可怕的阶段，这个阶段，他称之为“神圣的忧郁”，也不妨称之为“哈林区的忧郁”。他在哈林区住了一个仲夏，每天夜里，他都会被吵醒，听到一部“巨大的机器”从天而降的声音；而当他在第一二五街散步的时候，又会发现自己“置身水底”，四周游着大小鱼儿。这个时期的他，脑子里蹦跳着一大堆乱糟糟的灵思妙悟。卡洛要玛莉露坐到他的膝盖上，命令她沉淀下来。他又对狄恩说：“你就不能好好坐着？为什么你非要走来走去不可呢？”一听到卡洛的训斥，本来正在往咖啡里放糖的狄恩连忙说：“对，对，你说得对。”晚上，艾德拿了几个沙发垫子，在地上打地铺，而狄恩和玛莉露则把卡洛赶下了床，鸠占鹊巢。卡洛只好跑到厨房去炖他的腰子汤，一面炖，一面嘀咕他那些有关岩石的预言。我在早上过来，看到了发生的一切。

艾德对我说：“昨晚我看见自己走到了时代广场；就在到达那一刻，我突然意识到，走在人行道上的那个我，其实是我的游魂。”他对我说这话的时候，不带任何评论，只是不断自顾自点头。十小时后，在别人说话说到一半的当儿，艾德又突如其来蹦出一句：“对，走在人行道上的那个我，其实是我的游魂。”

这时，狄恩突然探过身来，很诚恳地对我说：“索尔，我有一件事情想要劳驾你，一件对我来说极为重要的事，不知道你答不答应。我们是哥俩好，对吧？”

“当然。”我说。狄恩犹豫了好一会儿才把要求说出，脸都几乎要红起来了。他要我和玛莉露上床。我没问为什么，因为我知道原因：他不过是想看看玛莉露和别的男人上床，会是什么样子。当时，我们正在瑞特斯酒吧里喝酒；在这之前，我们在时代广场晃荡了一小时，寻找哈赛的踪影。瑞特斯酒吧位于时代广场旁边，是个年轻无赖云集的地方；每一年，它都会改名字一次。走进瑞特斯酒吧，你不会看见半个女孩子，只会看到一大票穿着无赖装束——从红衬衫到佐特套装都有——的年轻男子。这里也是皮条兄爱来的地方。所谓“皮条兄”，其实是一群混在老同性恋之间讨生计的小伙子。狄恩眯起眼，打量酒吧里的每一张脸。这里有黑人男同性恋，有带枪的阴沉家伙，有带刀的水手，有瘦巴巴的瘾君子，还有那个偶然会来这里晃悠一下的中年侦探，他穿着光鲜，假扮成地下赌场的赌注登记人，晃来晃去，一半是出于职责需要，一半是出于兴趣。这里是狄恩最喜欢探索的那类地方之一。在这里，有各式各样的犯罪勾当在密谋着（你闻就可以闻得到），也有各式各样最稀奇古怪的性邀约在进行中。那些保险箱大盗，来这里可不只是为了找个合伙人去干一票，也是为了找个男人睡觉。金赛经常流连于这个酒吧，采访了一些男孩，一九四五年他的助手来的那天晚上我也在。哈赛和卡洛也接受过采访。

狄恩和我回到卡洛的套房，玛莉露还在床上躺着。艾德的游魂还在纽约游荡。狄恩告诉她我们的决定。玛莉露表示她很乐意，但我自己可没那么有把握。不过，我必须证明自己是个经得起考验的人，不能这时候打退堂鼓。卡洛的床像是被一个大个子睡过几百年似的，中间位置是凹下去的。玛莉露躺到这凹陷的部位，我和狄恩分躺在她两侧。我说："该死，我做不来。"

"拜托，上啊，你答应过的！"

"玛莉露，"我问，"你怎么说？"

"来啊。"她说。

她紧紧抱着我，而我则试图忘掉狄恩的存在。但每当我想到他现在就躺在暗处，竖起耳朵聆听我们发出的每一响声音时，就忍不住想笑。那种感觉恐怖极了。

"你必须放轻松。"狄恩说。

最后我说："狄恩，你在这里的话，我恐怕办不来。你何不到厨房去待一会儿？"

狄恩照做了。玛莉露很惹人怜爱，但我轻声对她说："等我们到了旧金山成为一对，再干这档子事不晚嘛。我的心现在不在这个上面。"日后玛莉露一定会认为我的决定是对的。我们犹如三个要在夜里做出什么决定的小孩子，几千年积聚下来的重压就浮动在我们头上。房子里一片异样的沉静。我起身去敲厨房的门，把狄恩叫出来，然后躺到沙发上去睡觉。我可以听见狄恩喋喋不休的说话声和身体激烈的摆动声。只有一个在牢里待了五年的家伙，才会想得出那么极端的主意来。他渴求着回到温柔之源，渴求着透过肉体的极乐来体验那原初的至福，渴求着回到他所来之处。这是在铁窗后面经年累月看黄色画报的结果，是对比过铁窗的坚硬和女性的柔软之后的结果。监狱是那种会让人更坚持自己生之权利的地方。狄恩从未见过他母亲的面。每一个新的女朋友、新的太太、新的小孩，都在他原有的阙如上添上新的阙如。他的父亲——那个在后巷里醉步蹒跚的老乞丐，那个躺在煤堆上奄奄一息的老锡匠，那个把一颗一颗黄牙齿掉光在西部阴沟里的老狄恩——现在又在哪里呢？狄恩完全有权利为他对玛莉露至善至美的爱而死。对他，我不想干涉，只想追随。

卡洛在黎明时回到公寓，换上浴袍。最近他都睡得很少。当他看到一地板的果酱、脏碟子、裤子、衣服、烟屁股和摊开的书本时，不禁大叫了一声："我的妈啊！"这是我们晚上举行的研讨会所留下来的烂摊子。由于我们每天白天都像无头苍蝇一样到处乱转，所以只能利用晚上来开研讨会。有一天，我看见玛莉露身上青一块紫一块，而狄恩脸上则有抓痕——他们为什么事情打了一架。是该走的时候了。

我们一行十人，先开车回我家拿我的行李，然后再到一家酒吧（就是狄恩第一次来找我、我带他去的那家），打电话到新奥尔良给公牛老李。话筒里传来了三千公里外公牛老李哭丧着的声音："说说看，你们这些家伙要我拿盖拉蒂亚怎么办？她来这里已经有两个星期了，一直躲在房间里，不肯出来，也不肯跟我或珍说话。你们找到那个叫艾德·邓肯的家伙了没有？看在老天的分儿上，拜托你们把他载过来，把她带走吧。她睡的是我们最好的一间卧室，而且钱已经全花光了。我们可不是开旅馆的啊！"但公牛老李从话筒另一头听到的，只是阵阵的喧哗声，因为我们所有人，包括狄恩、玛莉露、卡洛、艾德、我、伊安·麦克阿瑟、他太太和汤姆·沙布鲁克——天晓得还有什么别的人没有——全围在电话四周，一边喝啤酒，一边向着话筒哗叫。而公牛老李生平最痛恨的，莫过于混乱。"算了，"他说，"我看你们来到我这里以后——要是你们真的要来的话——神志说不定会比较清醒一点。"我和阿姨说过再见，保证会在两星期内回来之后，就向加州进发了。

6

出发的时候，天下着毛毛雨，前路显得神秘迷离。我预感到，我将会投入一则如雾的大传奇中。“坐稳了！”狄恩高喊了一声，“出发！”他身体弓向方向盘，车子随即像子弹一样射了出去。狄恩又回到他最如鱼得水的位置上去了，我们大家都看出来了。车内每个人都很高兴，因为我们知道，一切混乱和无意义都被抛诸后头，我们即将要履行一项最崇高的任务：前进。夜里在新泽西的某处，迎面而来两个如梦似幻的路标，一个写着“南”，一个写着“西”，而我们选择了往南的方向。新奥尔良，我们就要来啦！这个地名让我们的精神都为之一振。我们从狄恩称之为“受到诅咒的纽约城”的到处都是脏兮兮的积雪之地，来到了郁郁葱葱、弥漫着河流清新气息的海滨之城；然后向西行。艾德坐在后座，狄恩、我、玛莉露坐在前座，谈论着一个最温暖的话题：生活的美好和愉快。狄恩说话的声音突然变得温柔：“只要看看我们的现况，我们就不得不同意，每一件事情都很美好，事实上，咱们都应该明白，这世界根本没有什么值得我们去忧虑的。我说得对吗？”我们一致表示同意。“现在我们又要远行了，又在一起了。我们在纽约做过些什么？那根本不重要，就让我们把它们统统给忘了吧。”我们在纽约全都碰到过不愉快的事情。“烦恼已经被我们甩在后头了。现在，乐子正在新奥尔良等着我们呢。我们要去研究公牛老李。你们来听听这个男高音怎样大吹法螺。听听吧，增长些见闻，好好轻松轻松。”说着狄恩把收音机开到最大，整个车厢都震颤起来。

我们全都随着音乐声摇晃起来。他说得真对。多纯粹的路啊！高速公路的白色中线源源不断地展开，它和车子的左前轮始终保持固定的距离，仿佛车子是走在一条固定的轨道上。虽然现在是寒冬夜，但狄恩身上仍然只穿一件T恤。他耸肩弓颈，全心全意地鞭策着车子前进。在穿越巴尔的摩的路上，狄恩坚持换我来开车，当成驾驶练习。这本来没什么大不了，只不过，他和玛莉露在接吻嬉闹时，却一再伸手过来弄我的方向盘，让我手忙脚乱。真是疯透了。收音机震耳欲聋。狄恩像击鼓一样在仪表板上猛敲，慢慢敲出了一个大凹陷来；我有样学样。可怜的哈德森——航向中国的慢船——饱受摧残。

“太过瘾了！”狄恩喊道，“玛莉露，现在你给我听好。你知道我这个人是块地下储热岩，可以在同一时间做几十件事情，而且有着无穷无尽的精力。回到旧金山以后，我们必须继续在一起。我知道有个很适合你住的地方。即使我被和囚犯铐在一起，我以后每隔一段很短的时间——不超过两天——也会去找你一次，每次待十二小时。十二小时够我们怎样翻天覆地，你是知道的，甜心。与此同时，我会若无其事地继续和卡米拉住在一块，我保证她什么都不会发现。相信我，这一定行得通的，我们以前就试过。”玛莉露一副无所谓的样子，她一心只想和卡米拉较劲。我本来以为，到旧金山以后，玛莉露会改投我的怀抱，但现在才知道不是那么回事。她将会继续和狄恩黏在一起，而我则会被孤零零地甩在一旁。但现在何必去为这件事情苦恼呢？黄金般的大地正在你面前展开，天晓得有多少未知的事物会迎面而来，让你又惊又喜，让你觉得活着真好。

我们在破晓时分抵达华盛顿。那天刚好是哈里·杜鲁门的第二任总统就职典礼日。宾夕法尼亚大道上排列着各式杀气腾腾的武器，有B-29轰炸机，有鱼雷快艇，有大炮，以及各种战争物资。排在各种飞机大炮最末端的，是一艘常规小型救生艇，在一堆庞然的武器里显得可怜又可笑。狄恩放慢车速，以便把救生艇看个仔细。他皱着眉不断摇头。“这些人在搞什么鬼？哈里一定还躲在城里的某个地方睡觉……好老头哈里……他来自密苏里，就像我一样……那救生艇肯定是他留给自己用的。”

狄恩开车开累了以后，就交给艾德接手，自己跑到后座去睡觉。我们千叮万嘱艾德不要开太快，但一等我们鼾声大作，他就把车子飙到一百三十，还连超了三辆车。好死不死，路旁刚好有个条子，在盘查一个逆向行驶的摩托车骑手——艾德走错了车道。警笛声立刻在我们身后响起。我们把车子停下来后，条子示意我们跟在他的车后驶回警察局。警察局里坐着个面目可憎的条子，他第一眼就不喜欢狄恩，他嗅得出狄恩身上那股监牢味。他派别的同事在他办公室外面盘问玛莉露和我。他们查问玛莉露的年龄，看有没有违反《曼恩法案》（禁止各州贩卖妇女的法案），以为这样可以抓到我们的把柄。但玛莉露身上却带着结婚证书。他们拿玛莉露没辙，便把我带到一边，问我，跟玛莉露睡在后座的人是谁。“她丈夫啊。”我的回答很简单。他们觉得我们很可疑，但又问不出什么，便耍了一些业余福尔摩斯的伎俩，同一个问题问我们两次，希望我们会说溜嘴些什么。“他们两个要回加州的铁路公司上班。我是他们的朋友，是个大学生，有两星期假期。”

“是吗？”他们冷笑着说，“你身上的皮包真的是你的吗？”

最后，那面目可憎的条子决定要罚狄恩二十五美元。我们解释说，我们身上只有四十美元，而那是我们要一路用到加州的钱；他们说这不关他们的事。狄恩表示抗议，但那个面目可憎的条子威胁说，如果他不缴罚款，就要把他带到宾夕法尼亚去起诉他。

“什么罪名？”狄恩问。

“这用不着你来操心，聪明的家伙。”

看来，除了缴二十五美元，我们没有其他脱身之计。艾德自告奋勇要代狄恩坐牢，狄恩还未置可否，那面目可憎的条子就勃然大怒地对狄恩说：“你让你朋友顶替坐牢的话，我就马上带你回宾夕法尼亚，听明白没有？”我们只好缴了罚款。临走时，那条子又撂下话来：“只要你们在弗吉尼亚再接到一张罚单，车子就会被查扣。”狄恩气得涨红了脸。上路之后，车厢内一片沉寂。我们有一种被小偷偷了二十五美元的感觉。那些条子晓得，罚我们二十五美元是个修理我们的好方法，因为他们知道，我们沿途既无亲戚，也没有人会汇钱给我们，拿走我们二十五美元，等于让我们走投无路。美国的警察就是热衷于对无权无势的美国人开战，对未持有能镇住他们的身份证件的普通人采用心理战术。他们就像维多利亚时代的警察一样，总想从车窗外窥探你，盘问你的一切，找出你的罪名——如果找不到的话，就给你安一个。路易 - 费迪南 · 塞利纳说得好：“罪名有九十九条，其无聊透顶则一模一样。”狄恩气炸了，他发誓一弄到枪，就马上回弗吉尼亚把方才那个面目可憎的条子给干掉。

“宾夕法尼亚！”他嗤之以鼻地说，“我倒想知道，他们打算以什么罪名起诉我。流氓罪吗？抢走我身上所有钱，再给我安个流氓的罪名。而如果你胆敢抗议，他们就会拔枪把你毙掉。”碰到这种倒霉事，除了把它忘掉，去想些别的开心事以外，我们又能怎样呢？我们的忘性很好，等车子经过里士满时，我们就已经把刚才的不快忘得一干二净。

我们全部财产只剩下十五美元。为了帮补油钱，我们得找些想搭便车而又出得起车资的人。行经弗吉尼亚的荒郊野岭时，我们突然看到前面有人。狄恩把车子猛地停下。我往回看。那是一个流浪汉，依我判断，他身上不可能有一个子儿。

“那也无妨，就算他没钱，也说不定可以给我们带来些乐子！”狄恩笑着说。那人衣衫褴褛，戴着一副眼镜，一面走路，一面看书。上车以后，他继续埋头阅读，那是一本在公路涵洞里捡到的书。他身上脏透了，还长满了疥疮。他说他名叫海曼 · 所罗门，在全美各地徒步旅行。他常常会敲人家的门讨钱或讨吃的，而如果他碰到的是个犹太人家的话，他就会说：“请施舍些钱给我买东西吃吧，我是个犹太人。”他说这方法很管用。

他看书看得很专心，仿佛他捡到的是本在旷野里发现的《托拉》古卷。但当我们问他书名是什么时，他却说不知道，因为他从来懒得看封面上的书名。

狄恩听了大乐，戳我的肋骨说："听到没有？听到没有？我不是说过，他说不定可以给我们带来些乐子？老哥，每个人都有逗趣的事情。"我们把所罗门一路载到了泰斯塔曼。现在，我哥哥已经迁入了这个城市另一头的新居了。泰斯塔曼那条冷冷清清、有铁轨穿行的大街，又再一次出现在我们眼前。一些阴沉着脸的南部人在五金店和廉价杂货店前面快步走过。

所罗门说："我看你们沿路上会需要一点钱。你们等一下，我去找个犹太家庭讨几美元回来，我们再一起到亚拉巴马州去。"狄恩很开心，因为他又一次觉得自己载对了人；他和我一起去买面包和奶酪，拿回车内当午餐。玛莉露和艾德在车里待着。但我们足足等了两小时，所罗门都没有再出现，不知道他又到什么地方骗饭去了。红日慢慢西沉。

所罗门再也没有回来，我们决定不等了，开车离开了泰斯塔曼。"看到没？索尔，上帝真的是存在的，不然我们怎么会跟这个城市结下不解之缘？你注意到这城市《圣经》式的名字没有？还有，刚刚把我们引到这儿来的那家伙，也是个《圣经》中的人物①。每一件事情都与另一件事情有关联，就像雨水会把全世界的人联结在一起一样……"开出泰斯塔曼的时候，狄恩喋喋不休地这样说着，情绪显得很亢奋。我们能不亢奋吗？现在，整个美国就像一个蚌壳一样，慢慢在我们面前张开，而我们已几乎看得见藏在里面的珍珠了！往南奔驰的途中，我们又载了一个

①泰斯塔曼（Testament）的原意是圣约，即神与人立的约：《圣经》新旧约的"约"字就是指此；所罗门也是《圣经》中的人物。

便车客。他是个表情忧郁的年轻小伙子。他说他阿姨在北卡罗来纳费耶特维尔附近的邓恩开有一家杂货店。狄恩问他：“到了邓恩，你可以从你阿姨那里要到一美元吗？可以？太正点啦，上车吧。”一小时后，我们到了邓恩，时近黄昏。我们开到小伙子所说的他阿姨杂货店的所在地点，那是一条死巷，尽头是一道工厂的围墙。巷内是有一家杂货店，却没有阿姨这号人物。我们问小伙子还有多远才到他阿姨家，但他却说不知道。看来，是老天爷给小伙子开了一个大玩笑。就因为小时候他在邓恩这里看到过一家杂货店，自此以后，在他混乱的脑袋瓜里就慢慢形成一种印象：他阿姨在这里开了一家杂货店。我们买了一个热狗请他吃，但狄恩对他说，我们无法再载他，因为我们得腾出位置来睡觉和搭载可以付得起车资的乘客。这很残忍，但却是事实。就这样，我们把小伙子留在了邓恩的夜幕中。

从南卡罗来纳到佐治亚梅肯的沿途，都由我负责开车，而狄恩、玛莉露和艾德都在睡觉。汽车沿着白线在寂静而又神秘的公路上行驶。一路上，我思绪万端。我在做什么呢？我要到哪里去？我相信，答案不多久就会见分晓。过了梅肯以后，我累得像狗，便唤醒狄恩接我的手。我把车停下来，和狄恩两人一道下车去呼吸新鲜空气。才一下车，我们就愣住了——因为四周的芳香绿草而愣住，因为新鲜的粪肥味和温暖的流水气息而愣住。“我们到达南方了！我们把冬天抛在后头了！”熹微的天光映照在公路旁的绿草地上。我深深呼吸了一口气。一列火车在黑暗中隆隆开过，去的是莫比尔的方向——与我们同一个方向。我脱掉身上的衬衫，满心欢快。又开出十六公里以后，我们到了一个加油站，狄恩注意到加油工正趴在桌子上呼呼大睡，便蹑手蹑脚地走到加油机前面，取下油枪，悄无声息地给车子加了五美元的油，又像个阿拉伯人似的滑行出了加油站，继续我们的旅途。

之后，我便睡着了。再度醒来是被震天响的音乐声所吵醒。狄恩和玛莉露正在聊天，而无边无际的绿地从车旁滚滚而过。“我们现在在哪儿？”我问。

“刚过了佛罗里达的尖角——弗洛马顿，大家都是这样叫的。”天啊，佛罗里达！我们向着沿岸的平原区和莫比尔的方向奔驰，大片大片墨西哥湾吹送过来的浮云在我们头顶翱翔。真难想象，我们站在北方脏兮兮的雪地上跟朋友们说再见，不过是三十二小时之前的事。我们把车停在一个加油站。狄恩和玛莉露假装捉迷藏，引开加油工的注意力，而艾德则偷溜入办公室，偷了三包没有拆过的香烟。在加油站盥洗过后，我们精神奕奕地重新出发。我们脱下冬衣，尽情享受南方的温暖，而狄恩也在这个时候开始谈起他的生平往事。过莫比尔后，我们在一个十字路口碰上了交通拥堵，但狄恩并没有减速，而是一转方向盘，就从路边一个加油站的车道上，以一百二十的时速呼啸而过，绕开了堵点。留在我们车子后面的，是一张张目瞪口呆的脸。狄恩继续说他的故事：“我没有唬你们，我初懂人事，是在九岁，对方名叫米莉·梅法雅，地点是格兰特街——卡洛住的同一条街——的罗得车库。当时，我父亲还会偶尔到锡匠店里去工作。我记得我阿姨从窗口喊我：‘你在车库后头搞什么鬼？’噢，玛莉露甜心，如果我当时就认识你，那会是多么美好！哎，九岁的你，会是多么甜美！”他神经质地痴笑了起来，与此同时，把一根手指放进玛莉露的嘴巴里，抽进抽出，之后又抓住玛莉露一只手，揉个不停。玛莉露脸上露出由衷的微笑。

大块头艾德则凝望着窗外，自言自语：“对的，先生，我想那天晚上我是个游魂。”另外，他也在担心，到新奥尔良见到盖拉蒂亚时，她会对他说些什么。

狄恩继续谈他的生平：“有一次，我从新墨西哥攀火车一直攀到洛杉矶。当时我只有十一岁。我父亲本来和我一道，但后来在会车时，他跑到一辆棚车上去喝酒，喝多了，后来货车开走了，结果我们就失散了；

我有好几个月没再见着他。整列火车都攀满流浪汉，在我身边的一个叫大瑞德。沿途我都坐在一个火车车钩上，你可以想象那有多危险，何况我只是个小孩子。但我当时却不懂什么叫危险。我一只手臂夹着一条面包，另一只手臂则紧紧钩在制动杆上。我就这样一路坐到加州，感觉上像在飞行一样。那是一列第一流的货运火车，是一条贯穿沙漠的大拉链。这不是故事，而是真人实事。到达洛杉矶以后，我想喝牛奶想得要死，便到乳品店找了个工作。一上班，我第一件事就是一口气喝了两夸脱的浓奶油，结果吐了一地。”

“可怜的狄恩。”玛莉露怜爱地说，又吻了吻他。狄恩昂首看着前方，一脸志得意满的神情。他毫无疑问是爱她的。

突然间，墨西哥湾湛蓝的海水就出现在我们车子的旁边，同一时间，收音机里传出了狂野的乐声。那是新奥尔良的“秋海葵炖鸡肉爵士乐秀”：各式各样野到极点的爵士音乐和黑人音乐唱片。只听见那个 DJ 说：“世上本无事，庸人自扰之！”我们兴奋地在脑海里摹想着新奥尔良的夜间景象。狄恩两手在方向盘上上下摩挲着说：“各位，准备好迎接乐子的来临啦！”我们在薄暮时分驶入新奥尔良那些人声嘈杂的街道。“哇，闻闻这里人的味道！”狄恩头伸出车外，猛吸鼻子。“噢！上帝！生活！”他绕着一辆电车转了一圈。“正点！”他望向四方八面的姑娘。“看看那妞儿！”新奥尔良的空气甜美得让人仿佛置身在一条轻柔的印度印花头巾里，你甚至可以闻得到河水的味道、人体的味道、泥巴的味道、苔藓的味道。各式各样热带的味道让你的嗅觉从北方的冰冷干涩中苏醒过来。我们兴奋地在座椅上弹上弹下。“瞧那个女人！”狄恩又指着另一个女的说，“啊，女人女人女人，我爱你们。女人都是尤物！我爱死女人了！”他朝车窗外吐了一大口唾沫，不停地呻吟着，使劲抱着脑袋。由于极度兴奋，大颗大颗的汗珠从他前额涔涔而下。

公牛老李住在密西西比河对岸的阿尔吉尔区，为了过河，我们把车开进一艘渡轮。“好了，现在所有人全给我下车，去研究研究密西西比河、研究研究人，闻闻这个世界。”狄恩匆忙戴上太阳镜、拿起香烟包，像个弹簧玩偶一样弹出了车外。我们尾随他下车，走到船边，靠在栏杆上观看发源自美国中部的滚滚褐色河水——这河水夹带着蒙大拿的圆木、达科他的烂泥、艾奥瓦的临别赠言，还有沉没在三岔口的、掩盖在冰雪下的一切。烟雾迷茫的新奥尔良从船的后方慢慢退却，而古老、陡峭的阿尔吉尔则在船的前方慢慢逼近。当时是炎热的下午，黑人船工站在烧得赤红的锅炉边工作。锅炉的热，烫得车胎散发出微微的橡胶味。狄恩过去和黑人船工搭讪，然后又在甲板上跑来跑去，继而穿着他那条低腰、宽松的裤子，往上层跑去。突然间，我看见他站在最上层的船桥上，热烈地向我挥手。要是这时候他背上长出一对翅膀、从天而降的话，我是不会感到惊讶的。一整艘船都笼罩在他的大笑声之下。“哈哈哈哈哈哈！”玛莉露就站在他旁边。下船笛声响起的时候，狄恩人还不知道在哪里，但就在所有车辆都已发动引擎、蓄势待发之际，他却像龙卷风似的回到驾驶座上，二话不说就猛踩油门，从狭窄的通道中连超两三辆车，直扑阿尔吉尔。

“往哪走？往哪走？”狄恩高喊。

我们决定先找个加油站，盥洗一番，再打听公牛老李的住处。小孩在落日余晖中玩耍；女孩子戴着印花头巾，穿着短上衣，赤着脚。狄恩跑到街上，东张西望，不时点点头，揉揉肚子。大块头艾德坐在车内，把帽檐拉到眼睛下面，看着狄恩微笑。我坐在汽车的车轮护盖上。玛莉露到了盥洗间去。在绿树成荫的河岸边，坐着无数钓鱼的人。从三角洲的位置，密西西比河像一条大蛇一样，向着阿尔吉尔缠卷而来。我有一种感觉，这个令人昏昏欲睡的、半岛状的阿尔吉尔，连同在三角洲上忙碌的农夫和他们的棚屋，总有一天会整个被河水冲刷带走。太阳在西斜，蚊虫在翻飞，河水在咕噜噜流淌着。

公牛老李的房子位于镇外近河堤的地方。通向他住处的那条道路，途经一片沼泽。房子是栋摇摇欲坠的老屋，有一个绕屋子一周的回廊，院子里垂着杨柳。野草足足有一米高，老篱笆歪歪斜斜，旧谷仓也已经倾圮。屋前看不到一个人。我们穿过院子，看到后门廊上有一个洗衣盘。我推开纱门，走进后院。珍就站在那里。她一手遮额，望向太阳。“珍，”我说，“是我，我们来了。”

她知道我们要来。“唔，我知道。公牛现在不在家。你来的时候有没有看到火或什么的？”我和她一起望向太阳。

“你是指我有没有看到太阳？”

“当然不是。我方才听到远处有消防警笛声。你看到哪里像是有火光的样子没有？”在新奥尔良那个方向，云的颜色果然有点奇怪。

“我没看到任何东西。”

珍一擤鼻子，然后说：“还是老样子的帕拉代斯。”

没想到四年不见，这就是我们打招呼的方式。过去在纽约的时候，她曾跟我和我前妻同住。“盖拉蒂亚 · 邓肯在你这里？”我问。但珍仍只顾眺望她的火灾。她现在一天要吃上三罐安非他命。她的脸蛋原来丰满而漂亮，带有日耳曼妇女的风韵，如今却变得嶙峋、充血而憔悴。她搬来新奥尔良以后，得了小儿麻痹症，所以现在走起路来会有点一瘸一拐。狄恩几个这时也走了过来，一副局促不安的样子。一直窝在房间里的盖拉蒂亚听到我们的声音，也从屋子里走了出来。她是个很执着的女孩。她脸色苍白，看来这段日子以来，每天都是以泪洗面。艾德用手掠过她的头发，说了声你好。她定定地望着他。

“你都死到哪儿去了？你为什么要这样对我？”说罢，就狠狠地瞪了狄恩一眼，她知道罪魁祸首是谁。狄恩根本不管她，他一心只想要吃的。他问珍有没有什么可以吃的，而一阵鸡飞狗跳随即就开始了。

可怜的公牛开着他的得州雪佛兰回来后，看到一群入侵的偏执狂，先是一愣，不过随即恢复常态，用热络的态度向我们打招呼——这种热络，我已经很久没有在他身上看见过。他买这栋房子，靠的是从前在得州和人合伙种植黑眼鹰嘴豆所赚来的一点钱。他的合伙人是他大学同学，父亲是个疯老头，死后留下了一笔遗产。现在，公牛每星期只会从家里收到五十美元的生活津贴。这个数目，对别人来说不算太少，但对公牛来说，却只够支付他嗑药的开支。他老婆的花费也不比他低多少：每星期要嗑掉十美元的安非他命。他们的饮食开支，肯定是全美国最低的；他们甚至几乎用不着进食，至于孩子有没有东西吃，看来他们也懒得管。他们有两个很棒的小孩：一个是多娣，今年八岁；一个是小赖伊，今年一岁。小赖伊喜欢光着身子在院子里跑来跑去，活脱脱是个金发的彩虹之子。公牛以 W.C. 菲尔兹的称呼管他叫"小畜生"。公牛把车在院子里停妥后，慢吞吞下了车，一脸疲态向我们走过来。他瘦得皮包骨头，戴着眼镜、毡帽，身穿一套破旧的西装。"索尔，你终于来了。我们到屋子里去喝两杯吧。"

要谈公牛老李这个人，三天三夜都不够，所以，我这里只能挑些重点讲。他是个老师，或者说，他完完全全有资格被称为老师，因为他一辈子都在做研究。而他研究的课题，是一种他称之为"生活的事实"的东西。他研究这个，不是出于什么必需，完全是兴趣使然。他拖着瘦长的身躯，走遍了整个美国和大半个欧洲和非洲，为的只是想看看，那里上演着些什么事情。三十年代，他在南斯拉夫娶了一个白俄伯爵，为的只是帮助她逃离纳粹的魔掌（白俄伯爵逃出南斯拉夫以后，他俩就没再见过面）。公牛有一些他和国际可卡因集团分子的合照，都是些披头散发的家伙，彼此挨靠在一起；在另一些照片里，你可以看到头戴巴拿马帽的他正在阿尔及尔的街头探索。公牛在芝加哥当过灭鼠工人，在纽约当过酒保，在纽瓦克当过法院传票送达人。在巴黎，他坐在露天咖啡座，看着一个个脸色阴沉的法国人来来往往。在雅典，他手拿一杯茴香烈酒，打量他称之为全世界长得最丑的民族。在伊斯坦布尔，他从一群群鸦片烟瘾者和小地毯贩子中间穿过，寻找“生活的事实”。在英国的旅馆里，他阅读斯宾格勒和萨德侯爵的作品。在芝加哥，他计划抢劫一家土耳其浴室，后来因为想到这要占去他两分钟的喝酒时间和花气力逃跑而作罢。他做这一切，全都只是为了体验人生。现在，他研究的是嗑药的习惯，每天在新奥尔良同那些声名狼藉的人在大街上转悠，在酒吧和毒贩子接头。

有一件大学时代的逸事很可以反映出公牛的为人。有一天，他在家里办了一个鸡尾酒会。突然间，他养的宠物雪貂冲了进来，咬了一个客人的脚踝一口，吓得所有人尖叫逃命。公牛跳了起来，取出一把猎枪，说：“它跑进来，一定是又嗅到了那只老鼠的味道。”说罢，就一枪往墙上轰过去，轰出来一个可以容得下五十只老鼠的大洞。他家的墙壁上挂着一张照片，照的是科德角一栋很丑的房子。朋友问他：“你为什么要把这么丑的照片挂在家里？”公牛回答说：“我就是爱它丑。”这句话可以作为他为人行事的脚注。有一次，我到他位于第六十街的贫民区的住处去找他。他头戴一顶常礼帽，上身穿件背心，下身穿着时髦的条纹裤子，手里拿着个煮菜锅，里面放着鸟食。他想把鸟食捣碎，卷成烟来吸，看看是什么感觉。他还试过把可代因咳药水糖浆煮成黑黑的一团，拿来卷烟吸，但效果不太理想。他常常把莎士比亚的作品摊开在大腿上阅读。不过，在新奥尔良这里，被他整天摊开在大腿上的，却是《玛雅法典》。(即使在跟我们谈话时，书照样摊开在他的大腿上)。我有一次问他：“人死了以后会发生什么事？”他回答说：“什么都不会发生，人死了就是死了。”我在他房间看到过一组铁链，问他是怎么回事，他说那是他和他的精神分析师使用的器材。他们在从事麻醉精神分析的实验。他的医生发现，他身上一共有七种分裂人格，一种比一种糟，最糟的一种是个大吵大闹的白痴，不用铁链锁起来的话，就会出乱子。他最好的一种人格是个英国贵族。介于中间位置的是个老黑人，他的口头禅是："有些人是浑球，有些人不是，就是这么回事。"

公牛很缅怀美国的旧岁月，特别是一九一〇年，因为在那个年头，你不需要医生的处方笺，就可以在药房里买到吗啡，而中国人也可以堂而皇之地坐在窗边抽鸦片。那是个多么野、多么闹哄哄、多么自由的美国！公牛最痛恨华盛顿的官僚，其次是自由党人，再来是条子。他很爱交谈和当别人的老师。珍折服在他面前，我也是，狄恩也是，卡洛也是。我们全都从他那里得过教益。他是个灰蒙蒙的角色，一个不起眼的人，如果你在街上碰到他，是绝对不会多看他一眼的。不过，如果你靠近去看他，就会发现他有着一个狂热、固执而年轻得怪异的头颅。公牛在维也纳学过医；他也学过人类学，读过所有与人类学相关的书籍。不过，如今他已把研究课题固定下来，那就是研究有关生活的事实与夜间街头的事实。他坐在椅子上；珍为我们端上了酒，是马提尼。公牛所坐的那把椅子，位于一个阳光照不到的角落，不管早晚，旁边都会点着一盏昏黄的灯；那是屋子里他专属的角落。他大腿上摊着《玛雅法典》，手上拿着把气枪。他经常会举起气枪，射击摆在房间另一头的安非他命罐子。当所有罐子统统被他射倒，我就会赶紧跑过去，把罐子重新竖好。我们一面射罐子，一面聊天。公牛很想知道我们此行的目的。他凝视着我们，用力擤了一下鼻子——"噗"。那声音，就像是空桶子里发出的回声。

"现在，狄恩，我希望你能安静坐下来一分钟，告诉我你这样穿州过县，为的是什么？"

狄恩红着脸说："啊，你不是应该知道的吗？"

"索尔，你为什么要到西岸去？"

"只是去几天嘛，我还要赶回学校去上课呢。"

"那艾德·邓肯又是怎么回事？他是什么来路？"这时候，艾德正在房间里，百般安抚盖拉蒂亚；这花不了他多少时间。对艾德和盖拉蒂亚的事，我们不知道要如何启齿。公牛见我们支支吾吾，便不再问下去，拿出三根大麻烟请我们抽，又说晚餐立刻就会准备好。

“这个世界没有什么比大麻更好的开胃菜。有一次，我一面抽大麻烟，一面吃那种难吃至极的快餐店汉堡，结果，那汉堡好吃得像人间美味。我上星期才回去了休斯敦一趟，想看看戴尔现在种鹰嘴豆种得怎样。我住在一家汽车旅馆里。有一天早上，一声砰然巨响把我从梦中惊醒。你们知道发生了什么事吗？原来一个住在我隔壁房间的家伙一枪毙了他老婆。每个人都呆若木鸡，那家伙则从容上车逃逸，猎枪留在房间的地板上。警察在霍马找到他的时候，他烂醉如泥。现在，出远门不带一把枪的话，安全很难再有保障。”说罢，他打开抽屉，向我们展示他收藏的军火。以前住在纽约，他会在床下面放一把冲锋枪。“我现在有一把更帅气的——是一把德国制的毒气枪。看看这把漂亮的家伙，只要一颗毒气弹，就算前面有一百个人，我也可以轻松把他们摆平，再从容离开。唯一的遗憾是，我就只有那么一颗毒气弹。”

“但愿你用它来轰人的时候，我不在附近。”珍从厨房里插嘴说，“再说，你又怎么知道你那一颗真的是毒气弹？”公牛没有回话，只擤了一下鼻子。公牛从来不会反驳他老婆的讽刺。他们可说是世界上关系最奇怪的一对夫妻。他们每天都会聊到深夜。公牛是爱说话的人，珍虽然很想插嘴，但从来不会得逞；不过，等天一亮，公牛累了，就会安静下来，听珍发表高见。珍很爱公牛，爱到有点歇斯底里。他们夫妻俩从不会吵吵闹闹，有的只是交谈。他们之间有着一种很深的情谊，深得我们没有一个人能够测度。他们之间某种奇怪的冷漠只是一种心灵沟通的幽默方式。“爱”这个字可以道尽他们关系的一切。只要公牛在家里，珍从不会离开他三米之外，也从不会错过他说的每一个字，尽管公牛说话的声音很低沉。

狄恩和我不断怂恿公牛带我们到新奥尔良狂欢一番，但他却泼我们冷水。“新奥尔良是个枯燥乏味的城市。依法，我们又不能进入黑人区。所有的酒吧都让人闷得发慌。”

“城里总有一两家像样的酒吧吧？”我说。

“全美国根本不存在一家像样的酒吧。一家像样的酒吧，理应是可以让人增广视野的地方，但你看看现在的酒吧都什么模样！一九一〇年的时候，酒吧是男人谈生意或公余消遣的地方，在里面，你可以看到长吧台、黄铜栏杆、痰盂、弹钢琴的人、一些镜子、一些威士忌酒桶和啤酒酒桶，威士忌十美分一杯，啤酒五美分一杯。但现在，你会在酒吧里看见的，就只有穿着俗不可耐、喝得醉醺醺的女人，搞同性恋的家伙，满怀敌意的酒保，在门边晃来晃去、担心皮椅被划破或警察来取缔的店老板；如果说还有什么的话，就是不对时候的尖叫声和有陌生人进入酒吧时的一阵死寂。”

但我们还是坚持要去逛酒吧。“好吧好吧，”他说，“你们不信邪，我就带你们到新奥尔良去一趟，让你们体会一下我所说的道理。”（结果他蓄意带我们去逛了一些最枯燥乏味的酒吧。）我们把珍和孩子留在了家里。吃过晚餐后，我看见珍在看报纸上的招聘广告，便问她是不是在找工作，她说不是，她看这个是因为她觉得那是整份报纸最有趣的部分。公牛坐我们的车进城。沿途，他都紧紧地抓着扶手。“不必开那么快嘛，狄恩，反正我们一定到得了的嘛——唉，但愿如此！渡轮在那边，你不需要把车子直接开入河里去。”公牛悄悄对我说，狄恩的精神状态愈来愈不稳定了。“他看来正朝着他的终极命运前进中。他的压迫型人格和病态性的不负责任与暴力倾向终将会发生对撞，让他撞得粉身碎骨。”他用眼角瞄了瞄狄恩，然后又说，“你跟这个疯子到加州去，不会有什么收获的。何不留在我这里？我这里有很多好玩的。我可以带你到格雷提那去赌马。我们还可以玩玩扔飞刀。我弄到了好几把很棒的小刀，在后院里造了个靶子。再说，我还认识几个甜姐儿——要是你有这个兴致的话。”说罢，他又擤了擤鼻子。上了渡轮以后，狄恩蹦蹦跳跳地跑到船栏边，靠在栏杆上看河水。我尾随在他身后。公牛则宁愿留在车里擤鼻子。那天晚上，棕褐色的河流上空笼罩着神秘的雾气，水面上隐约浮现出深色的漂流木；新奥尔良闪烁着橘色的光，岸边泊着几艘瑞典和巴拿马的货轮，在雾中若隐若现，像极了带有西班牙风格船楼和船艉的塞雷诺船。渡轮的锅炉烧得赤红，而在铲煤的，是与白天同一批的黑人船工；他们一面工作，一面唱歌。“大高个”哈泽德在阿尔吉尔的渡轮上当过一阵子水手；想到“大高个”哈泽德，让我不由得又忆起密西西比吉恩。当我俯视着照映在月色中的密西西比河，这发源自美国中部的褐色洪洪大水时，心中忽有所悟：过去的一切，乃至以后的一切，都不过是“一”罢了。说巧不巧，在我们坐渡轮过河的那个晚上，有一个女孩子从渡轮上投河自杀，她搭的渡轮，不是比我们早一班，就是晚一班；这件事情我是从第二天的报纸上得知的。

我们逛过法语区所有最无聊的酒吧一圈后，在午夜时分打道回府。那天晚上，玛莉露什么都试了：大麻、镇静剂药丸、安非他命、白兰地；她甚至要求公牛让她打一针吗啡。公牛当然没有答应，只给了她马提尼。身体里塞了这么多东西，她才终于安静下来，和我一起待在回廊之下。公牛家的回廊是一个很棒的回廊，它整整齐齐地绕整栋房子一周；在月色和杨柳的衬托下，这栋房子就像是一栋南方极盛时代的豪宅。珍仍然在起居室里看报纸的招聘广告，而公牛则进了浴室，一面用牙齿勒紧绑在臂上充当止血带用的那条黑领带，一面把针头打到他已经千疮百孔的手臂上。这时候，艾德和盖拉蒂亚正躺在一张公牛夫妻从未睡过的主人大床上，狄恩在卷大麻烟，而我和玛莉露则站在门廊上，模仿南方贵族阶级的口气对话。

“啊，露小姐，你今天晚上可真是楚楚动人，不可方物。”

“谢谢你的夸奖，克劳福，你的过誉让我由衷感激。”

回廊上的每一道门不断开开关关，每一个人不断进进出出，想看看别人在哪里。最后，我独自往河堤方向散步。我很希望能坐在河堤上，把密西西比河好好看一看，无奈一道铁丝网挡住了我的去路。当你开始把人民和河流隔离开来，你还能指望办得成什么呢？“官僚！”公牛的呵斥声在我耳边回响。我仿佛看到他大腿上摊着一本卡夫卡的书，正在擤鼻子——“噗”。老房子被他这一擤震得吱嘎响。蒙大拿的圆木仍旧在黑色的河水上滚动着。“这个国家除了官僚还是官僚。工会的官僚尤其可恶！”公牛随后发出一阵狂笑。

7

第二天我起得很早。我在阳光普照的后院里找到公牛和狄恩。狄恩身穿一件加油站的工作服，在帮公牛的忙。公牛不知打哪儿找来一块又大又厚的朽木，正和狄恩两个拼老命拔木头上的钉子。那些钉子多如牛毛，活像一条条蠕虫。

“等钉子统统拔出来以后，我要拿这木头造一个可以用上一千年的架子！”公牛身上每一根骨头都颤动着孩子般的兴奋，“索尔，你知道吗，这年头的架子都做得不牢靠，不出六个月，就会受不了摆放物的重量而出现裂痕，甚至垮下来。房子是这样，衣服也是这样。那些浑球明明已经发明了一种可以用上千年万年的塑料建材，却不肯拿出来盖房子。轮胎也是这样。美国每年有数以百万计的人死于爆胎引起的车祸，但那些浑球却不肯生产不会爆胎的轮胎。牙膏也是一样。他们明明已经发明了可以让小孩永不蛀牙的牙膏，却不肯大量生产。衣服也是这样，明明已经发明了永不磨损的布料，却不肯拿来做衣服。他们宁愿生产廉价而易坏的产品，让你为了不断买东西而拼死拼活工作，让你不得不加入死水般的工会组织，到处请愿抗议。与此同时，那些所谓的大人物却在华盛顿和莫斯科作威作福。”他用双手抱起那块大木头，“你认不认为这木头可以造成一个很棒的架子？”

现在是大清早，也正是公牛的精力的巅峰时段。这可怜的家伙把太多垃圾往自己身体里塞了，以至于一天中有大部分的时间，都只能懒洋洋地瘫在那张旁边点着灯的椅子上；只有在大清早，他的精神才最旺盛。我们走到靶子前面去掷飞刀。公牛说，从前在突尼斯，他看过有一个阿拉伯人，能在十二米开外，用飞刀刺中别人的眼睛。谈起阿拉伯人，他联想起他姑姑三十年代旅行卡斯巴时的遭遇。“她参加了一个由导游带队的旅行团。她小指上戴着一枚钻戒。当她靠在墙壁上休息时，一个阿拉伯人突然冲上前来，把她的小指砍去。那阿拉伯人跑开了整整一秒钟，我姑姑才意识到自己的小指不见了。你们说好不好笑？嘿嘿嘿嘿嘿！”他这样笑了好一阵子，“珍，我刚才告诉狄恩和索尔我姑姑在卡斯巴的事。”

“我听见了。”珍从厨房里回话。那是个煦暖可爱的早晨，河湾边空气清新，气候宜人，大片大片漂亮的白云在我们头顶浮游，这些河谷浮云用最具体的方式让你感觉到美国南方的广大。公牛显得活力十足。“我有跟你们说过戴尔爸爸的事吗？他是你能见过最怪胎的人。他得了麻痹性痴呆，这种病侵蚀了他的大脑，让他不需要为自己想出来的古怪念头负责。他在得州有一栋房子，有一次，他请了一些木匠，夜以继日赶工，为房子加盖个侧厅。但一天半夜，他突然从床上跳起来，对那些木匠说：‘我不要把这个该死的侧厅盖在这边，你们把它盖到另一边去。’于是，木匠只得把已经盖得差不多的侧厅拆下来，换个地方重新再盖。又有一天，这老头突然感到生活无聊厌烦，就跳上车，以一百六十公里的时速，朝缅因州绝尘而去，沿路五六百公里，全是从货车后面飞出来的鸡毛。在得州一个城镇，他就为了要买一些威士忌，骤然把车停在马路中央。四面八方的车都向他按喇叭。他匆匆忙忙从杂货店跑出来，骂道：‘你蛮（们）这些戈（该）死的黄（王）八蛋，你蛮（们）都是狗囊（娘）养的。’他有点口齿不清；谁得了麻痹性痴呆，都会口旗不清，不，我是说口齿不清。有一天晚上，他把车开到辛辛那提我家，按喇叭喊我出来：‘我带你到得州去看戴尔。’他是从缅因州过来的，他说他在缅因州买了一栋房子。我在大学时代以他为主角写过一篇小说。小说描写一艘船发生了船难，落水的乘客纷纷攀住一艘救生艇的艇沿，但老头子却站在救生艇上，手拿一把大刀，猛砍每一个人的手指，喊着：‘滚开，你蛮（们）这些戈（该）死的黄（王）八蛋，这是我的转（船）！’真是个恐怖的疯老头。有关他的故事，多得说不完。说说看，今天是不是很美好的一天？”

确实如此。阵阵轻柔无比的微风从河堤处向我们吹拂，单是这些微风，就不枉我们此行。我们陪公牛进屋去量度他准备要放置新架子的那面墙壁的宽度。他带我们到饭厅去看一张他自己亲手做的饭桌。桌面的木头厚达十五厘米。他把瘦长的脸凑近我们说：“这木桌可以用上一千年！”说罢，就“砰”一声一掌重击在桌面上。

每天黄昏，公牛都坐在这张餐桌前吃饭，吃剩的骨头则扔给猫吃。他一共有七只猫。“我喜爱猫，特别是那些我把它们放到浴缸里时会尖叫的猫。”他坚持要立刻示范给我们看，但浴室这时有人在用。“没办法了，”公牛说，“只好下次再示范给你们看了。我最近和隔壁的邻居处于战争状态。”他隔壁的邻居是个大家庭，他们那些野小孩常常会隔着篱笆，向多娣和小赖伊扔石头，有时甚至会向公牛扔。有一次，公牛叫他们住手，但一个老头随即从屋子里冲了出来，用葡萄牙语破口大骂。公牛跑回屋里，拿出一根猎枪来，有点犹豫地作势瞄准。宽檐帽下面那张脸浮现出傻笑，那模样古怪又可怕，活像个地狱的小丑。我想，当时那个葡萄牙老头，一定是以为自己碰上了从梦魇里跑出来的恶煞。

我们在院子中闲逛，想找些事情做。公牛正在沿他与那家恶邻居的边界兴建一道围篱。不过这是不可能完成的，因为工程太浩大了。公牛用手去推盖好部分的篱笆，向我们夸示它有多坚固。突然间，公牛脸上露出了倦容，安静了下来，走回屋里去。他是要到浴室去注射中午份的补给品。从浴室出来后，他平静地坐在他那张专属的椅子上。“哎，你们何不试用一下我自制的生命力积聚器？它会让你们每根骨头都变得活力十足。每次用过生命力积聚器，我都会跳起来，以一百五十公里的时速，直奔距离最近的一家妓院。呵呵呵！”（公牛没有在笑而又想表示他在笑的时候，就会发出这种“呵呵呵”的声音）。所谓的生命力积聚器，是一个大箱子，由两层木头夹着一层金属制成，里面再放入一张椅子。公牛相信，人坐在这个箱子里，可以从大气里吸收到比平常多的“生命力”。根据奥地利精神病医师威廉·赖希的理论，生命力是一种在大气中振动的粒子，是生命的原动力；人们会罹患癌症，就是因为生命力粒子流失掉的缘故。公牛相信，生命力积聚器的有机成分愈高，效果就愈好，所以他把一些树枝和树叶绑在箱子的里面。他这诡异的发明就放在院子里，外表已经剥落。他脱光衣服，坐到箱子里，盯着自己的肚脐。“索尔，吃过午餐后，让我们到格雷提那的地下投注站玩两把吧。”这事他可在行。午饭后，他躺在椅子上打盹儿，气枪放在大腿上；小赖伊抱着他脖子，睡在他怀里。父与子：好一幅温馨的画面。不过，在公牛精力旺盛的时候，就恐怕不会看到这样的画面了。打盹儿打到一半，公牛突然醒了过来，瞪着我。他花了一分钟才认出我是谁。“你到西岸去是要干吗？”说罢，又立刻睡着了。

下午，公牛开着他的破雪佛兰，载我到格雷提那去赌马，就我和他两个人。狄恩的哈德森高而油光亮丽，公牛的雪佛兰矮而吱嘎作响。它看起来就像是一九一〇年的货色。那地下投注站位于河岸区的一家酒吧附近，进入后门以后，就是一个极大的大堂，墙壁上贴着各场赛马的排位和赔率。很多路易斯安那长相的家伙在大堂里晃来晃去，人手一本《马讯》。公牛和我买了啤酒，也闲晃了起来。他不经意走到一台角子老虎机前面，把一个五十美分硬币塞进了投币孔。角子老虎机上的四格图案开始转动，第一格、第二格、第三格都停在大满贯的图案，第四格眼见也要停在大满贯的图案，但上下晃动了一下以后，就退回到“樱桃”的图案去。毫厘之差，煮熟的一百美元——甚或更多——就从公牛眼前飞走了。“干！”公牛骂道，“现在你看到啦，这些玩意儿都给人动过手脚。我明明可以拿到大满贯的，这机器偏偏给我缩回去！好吧，你决定好要押哪匹马没有？”我们翻开《马讯》来看。我已经有好些年没赌过马，所以对现在的马名感到很陌生。不过，有一匹叫“大宝宝”的马却让我陷入一阵恍惚，这名字让我想起我父亲。[①]过去，我经常和父亲一道赌马。我还没把这件事情说出口，公牛就说：“我看我们可以押‘海盗船’。”

“但‘大宝宝’让我想起我爸爸。”我最后还是说了。

我这话让公牛沉思了一秒钟。在这一秒钟里，他一双清澈的蓝眼直勾勾地瞪着我，让我不知道他在想什么或身在何方。不过，他最后还是决定押“海盗船”。结果，“大宝宝”跑了第一，赔率是一赔五十。

“干，我就知道！”公牛说，“我以前也碰到过这种事。唉，我们要什么时候才会学乖！”

“你指什么？”

“我指‘大宝宝’这件事。刚才你获得了一个灵启，老弟，一个灵启。只有该死的白痴才会不把灵启当一回事。你知道吗，‘大宝宝’的名字会让你联想起你老爸，很可能就是你老爸——他以前也是个赌马的人——给你的一个信息，因为他知道‘大宝宝’会赢。我有一个住在密苏里的侄儿，有一次把注押在一匹名字让他想起母亲的马，结果赢了大

①大宝宝，Big Pop，Pop在美式英语里也有老爸的意思。

钱。没想到同样的事情会在这个下午重演。”他摇了摇头，“唉，我们走吧。我不会再跟你搭档赌马了，灵启这种东西会让我分心。”在回家的路上，他又对我说：“人们有朝一日一定会明白，我们跟已逝的人和另一个世界——不管那是什么样的——其实是可以联络得上的。只要我们能发挥足够强大的精神力，就有办法预知接下来几百年会发生的事，也因此可以采取因应之道，避免各色各样的灾难。一个人死的时候，他的大脑会经历一种转化，那到底是怎样的转化，我们目前还不清楚，但只要科学家愿意研究，事情总有水落石出的一天。问题是这些王八蛋一天到晚只关心怎样才能把地球炸成碎片。”

回家后，公牛又把这番论调对珍说了一遍。她擤了一下鼻子，说：“听起来愚蠢可笑。”她忙着打扫房间。公牛没有搭腔，径自到浴室去注射他的下午茶。

狄恩和艾德在大路上打篮球，用的是多娣的球，篮筐则以一个钉在灯柱上的桶子权充。我加入他们，打了一会儿篮球。之后，我们又玩了一些体能游戏。狄恩的体能好得让我惊服。狄恩要我和艾德各拿着一根铁杆子的一端，摆在齐腰高的位置，然后，他站在杆子前，两脚并排，一缩腿，就跳了过去。“再拿高一点。”他吩咐。于是，我们不断升高，直到把铁杆提到齐胸高的位置。狄恩竟然又是轻轻松松就跳了过去。接下来，他又玩跳远，成绩是六米。他和我沿着大路赛跑。我跑步的本领不弱，十秒五可以跑完一百米。但他一下子就领先了我，像一阵风一样往前冲去。突然间，我仿佛看到一个一辈子都在这样往前冲的狄恩：他瘦削的脸直面生活，两条手臂不停上下摆动，两条腿像闪电，额上汗水涔涔而下。他一面跑一面像格劳乌·马克斯那样喊：“老哥，加油，加油，你跟得上我的！”但事实上，没有人是可以跟得上他的。这时，公牛从屋子里走出来，手上拿着两把小刀。他想示范给我们看，如果在暗巷里遇上持刀歹徒时，要怎样才能把对方的刀给抢过来。不过，我先示范我的办法给他看：快速卧倒，用脚踝向前一扫，然后一拍对方的手，再紧紧地攥住对方的手腕，用摔跤的招式将对方控制住。公牛说我做得很好。接下来，他向我们示范了几下柔道的把式。多娣把妈妈叫到门廊上，对她说："看看那个傻蛋。"多娣是那么活泼的一个小可爱，以致狄恩舍不得把视线从她身上挪开。

"哇啊，看看她那双可爱的小眼，我真迫不及待想看到她长大的模样。"狄恩不停从齿缝间发出啧啧啧的声音。

有一天，我、狄恩、玛莉露和艾德夫妻五个人在新奥尔良溜达。经过调车场的时候，狄恩的神经病又发作了，他想要把他的一切本领秀给我们看。"让我来教教你们怎样当个火车司闸员！"他带着我和艾德，跨过铁轨，爬上一列货运火车，分别攀扶在三个不同的地点；玛莉露和盖拉蒂亚坐在车里等着。火车开动了。半公里之后，火车开到一个月台，我们向扳道工和司旗员猛挥手。他们比给我们看跳下一列行进中的火车的方法：先一只脚着地，然后顺着火车的去势，转过身，再让另一只脚着地。跳下火车后，那些扳道工带我们去参观冷藏车，又告诉我们，冬天想搭免费火车，最好是攀这种车厢，因为它们往往是空的。"还记得我跟你说过，我小时候有一次从新墨西哥攀火车一直攀到洛杉矶吗？"狄恩说，"就是刚才那样攀法……"

我们一小时后回去找玛莉露和盖拉蒂亚，她们等得快疯掉了。艾德和盖拉蒂亚决定要留在新奥尔良这里，租个房间，找份工作。这对公牛来说是个喜讯，因为他对我们这票占领他家的暴民已经受够了。（起初，他的邀约只是对我一个人而发。）在狄恩和玛莉露所住的那个前屋里，一地都是果酱、咖啡渍和安非他命的空罐子；更糟的是，那房间原来是公牛的工作室，有狄恩和玛莉露在，使他造一个架子的计划迟迟无法付诸实行。而可怜的珍，也被整天蹦蹦跳跳的狄恩搞得精神衰弱。现在，只等我的退伍军人教育津贴支票一寄到（我阿姨已经把它寄出），我们三个——狄恩、玛莉露和我——就可以再度上路了。我对于这么快就要离开公牛的漂亮房子感到依依不舍，但精力无处发泄的狄恩却已准备好随时上路。

离别的时刻终于到了，那是个伤感的薄暮天。珍、多娣、小赖伊、公牛、艾德和盖拉蒂亚站在草地上，和我们微笑着互道再见。留在新奥尔良的这最后一段日子，公牛和狄恩因钱闹得不愉快：狄恩想向公牛借点钱，被一口拒绝。其实，上一回狄恩到休斯敦找公牛的时候，他们就已经有过小摩擦。狄恩这个人就是有本领把朋友慢慢得罪光。但此时坐在车内的他，却一脸不在乎的样子，只管咯咯傻笑。他揉了揉裤裆上的纽扣遮盖，又把一根手指伸到玛莉露的裙子下面，埋下头亲吻她的膝盖，嘴角溅着白沫说："甜心，我知道而你也知道的是，我们的关系终于变得那样纯粹而直接，已非任何形而上学的抽象定义所能界定……"在汽车的咆哮声中，我们向加利福尼亚进发。

8

当你看着一群朋友在你车后逐渐变远变小，最后像黑点一样散开的时候，你会是什么样的心情？我们脚下的大地实在太大了，让我们不得不各散东西。不过我没有太多时间去伤感，因为另一趟疯狂之旅正迎着我们而来。

我们驶过阿尔吉尔湿热的街道，回到渡轮，朝河对岸那些沾满泥浆、难以辨认的旧船进发，下船后从来时的隧道开了出去。在紫黑的夜色中，我们沿一条双车道的高速公路向巴吞鲁日疾驶，到巴吞鲁日后折而向西，在一个叫艾伦港的地方又一次渡过了密西西比河。艾伦港大雨如注，河水在雾气霭霭的黑暗中上升。我们打开了黄色的雾灯，在环形车道上环绕行驶，突然看到桥下黑色的庞然大物，继而再一次跨过永恒。密西西比河是何物？——雨夜里被冲刷的土块，密苏里河岸上柔和的扑通声，潮水沿着永恒的河床向前流动，带来了棕色的泡沫，穿过数不清的溪谷、树木和堤坝，就这样一直向前流，经过孟菲斯、格林维尔、尤多拉、维克斯堡、纳奇兹、艾伦港，然后又跨过奥尔良港、三角洲港、博塔什、威尼斯，最后从奈特的大海湾出海。

收音机里播放着灵异节目。一个广告招牌在车窗外掠过，上面写着“请使用库柏牌油漆”斗大几个字，我说：“好，我会用的。”我们在伸手不见五指的夜色中疾驰过路易斯安那的平原地区——劳特尔、尤尼斯、金德、德昆西，到达萨宾时，西部摇摇欲坠的城镇显得更像河流的分支。我们在老奥珀卢瑟斯暂停下来采购。我去买面包和奶酪，狄恩检查汽油和机油。我到了一家杂货店，那不过是间木棚屋。没有人在看店，但我听得见一家人在店后头吃饭聊天的声音。我等了一分钟，见里面的人还在说话，便拿了面包和奶酪，溜之大吉。我不得不干这种事，因为我们手头上的钱根本不够我们维持到旧金山。与此同时，狄恩则在加油站里顺手牵羊了一条香烟。所以，我们重新上路时，补给品——汽油、机油、香烟、食物——是够的。不知情的加油工还为我们指路。

行经斯塔克斯附近时，我们看到前方天际泛起一片红红火光。没多久我们就知道，原来是公路旁边的森林后方起了火，很多司机都把车子停在高速公路上，探头观看。火灾极可能是有人炸鱼引起的，但也可能是别的原因。等我们打杜威维尔附近路过时，天色开始暗下来，四周的景色也变得怪异。突然间，我们开入了一个沼泽区。

“老哥，想想看，如果这个沼泽区里有间爵士乐酒吧，里面有高大的黑人小伙子在弹奏蓝调，又有烈酒供应的话，会是怎样一种光景？”

“那就美呆了！”

四周弥漫着一股神秘迷离的气氛。我们行驶在一条高出沼泽的土路上，路的边坡上爬满藤蔓。一个幽灵般的人物出现在前方，是个穿着白衬衫的黑人，他两手伸向天空，边走路，嘴巴里边念念有词。他不是在祷告就是在诅咒某个人。我们飞快地从他身边驶过。我从后挡风玻璃端详他。“哇！”狄恩说，“小心。在这个地方，我们最好是不要停下来。”但没多久，我们就碰上一个分岔路口，由于不知道该选择哪一条路，只好把车暂时停下来。狄恩把车头灯关掉。我们被一个庞大的藤本植物森林重重包围，甚至几乎可以听见上百万条铜斑蛇的滑动声。汽车内外一片漆黑，唯一看得见的，只是仪表盘上红色的安培按钮。玛莉露害怕得尖叫起来。我和狄恩故意发出一些怪笑声去吓她。其实，我们自己也是毛毛的。我们巴不得可以尽快离开这个蛇穴、这片泥泞的漆黑，回到我们熟悉的美国大地和牛仔城镇。空气中混杂着汽油味与死水的味道。这是一页我们读不懂的夜之手稿。一只猫头鹰在呱呱怪叫。最后，我们决定碰碰运气，选择了其中一条土路。没多久，我们就渡过了混浊邪恶的萨宾河，也就是刚才那片沼泽地的始作俑者。突然间，一片巨大的灯光结构在我们前头出现。“得州！是得州！是得州的炼油城博蒙特！”由巨大的储油槽和精炼厂构成的博蒙特，全镇都弥漫在一片汽油味里。

“太棒了，我们终于走出那个鬼地方了，”玛莉露说，“让我们再找些灵异节目来玩玩吧。”

开出博蒙特以后，我们在利伯蒂越过了特令尼提河，就直往休斯敦驶去。狄恩开始谈起一九四七年他在休斯敦的往事。“哈赛！那个疯哈赛！我到处找他，却始终没找着。上一次在得州的时候，他老是给我们惹麻烦。有一次，我们和公牛一起进城，要到杂货商店去买些东西——其中一个任务就是要帮珍买冰块，因为她厨房里有些食物快要坏了。没想到，我们买完东西出来，却不见哈赛的人影。老哥，你是知道哈赛这个人的，他只要遇上另一个像他一样的疯子，就会把一切抛到九霄云外。”这时我们车子正驶入休斯敦。“哈赛失踪后，我们只好留在城里，一个挨一个毒窟去挖他。两天后，我们找到了他。这期间我自己也耽误了不少时间——我下午就在市区的超市里留意有没有漂亮的马子，”我们行使在空旷的夜路上，“结果还真发现了一个很漂亮的女哑巴。她有点疯疯癫癫的，我看到她的时候，她正对一个橙子下手。她来自怀俄明。真的也只有她那个白痴脑袋瓜，才足以跟她的完美身段匹配。她对我咿咿呀呀，我便把她带回旅馆去。公牛当时喝醉了，一心想把这个墨西哥小妞儿也灌醉。卡洛吸了海洛因，正在写诗。到了午夜，我们终于发现哈赛，原来他一直睡在吉普车的后座。他说他吃了五颗安眠药。我们买的冰块早就全融化了。如果我的记忆力够好，我真恨不得把我们碰到过的每件事情的细节都说给你听。唉，只可惜时间不够了。万事万物都会照顾好自己的。即使我闭起眼睛，这辆车子照样会照顾好自己。”

凌晨四点的休斯敦街头空空荡荡。突然间，一辆摩托车呼啸而过。摩托车骑手戴着头盔，穿着一件缀满晶晶纽扣的黑夹克，得克萨斯夜的诗人。一个女郎搂着他的腰，像是北美印第安人背着的婴孩似的，长发飘逸，正在唱歌："休斯敦，奥斯汀，沃斯堡，达拉斯——时而是堪萨斯城——时而是古老的安东尼，啊哈哈哈！”摩托车瞬间就消失在我们视线之外。“哇哦，瞧他屁股后面那个唱歌的小妞！咱们快追，让我们来个大合唱！”狄恩试着追赶上去，但没有成功。“我们几个死党，可以聚在一起，没有误会、没有摩擦、没有争执，一起消磨时间，一起研究路上每一个可爱有趣的人，真是太爽太爽啦。嗯，没时间了，没时间了！”狄恩全心全意地驾驶着车子前进。

虽然狄恩精力无穷，但过休斯敦以后，他也累了，由我接手驾驶。雨这个时候开始下了起来。我们在广大的得州平原上奔驰。狄恩对我说："你开啊开，不管你怎样开，一天一夜以后，你会发现自己仍然在得州境内。”雨愈下愈大。我驶入了一个小镇，街上全是烂泥。开着开着，我竟然发现自己开到了一条死巷的尽头。“哎，现在要怎么办？”我问。

但狄恩没有回答，他和玛莉露都睡死了。我掉转车头，在镇里缓缓行驶。镇上没有半个人，也没有一丝灯光。突然间，一个穿着雨衣、骑着马的人出现在我的车头灯前面。是个警长。他头上那顶牛仔帽，被如注的大雨打得垮垮的。“奥斯汀往哪个方向走？”我问。他很有礼貌地告诉我答案。在镇外的公路上，突然有两道车头灯光向我迎面射来。我想糟了，我一定是开错边了！我赶忙把方向盘往右打，却发现车子正往烂泥里开，于是立刻倒退回公路上。但刚才的两道车头灯光仍直直地向我逼近。在最后一刻，我意识到开错边的人不是我，而是对方。我赶紧一转方向盘，以五十公里的时速，再次把车子开向公路外面的泥地上去——谢天谢地，泥地是平的，没有沟渠！那辆迎面开来的车在大雨中停下。车上坐着四个面无表情的田工，一望而知是刚刚从田里喝得烂醉回来。他们全穿着白衬衫，褐色的手臂一律是脏兮兮的。他们坐在车里，不发一语地看着我。那个司机醉得像个死人。终于，他开口了：“往休斯敦是哪个方向？”

我用拇指指了指我后方。我恍然大悟：这几个田工逆向行驶，为的是逼我停下来，好向我问路！正如乞丐为了讨钱而挡住你的路一样。他们离开后，我重新发动引擎，却发现车子已经陷入近三十厘米厚的泥淖中。我不禁在得州荒野无边无际的雨夜中长叹。

“狄恩，”我说，“醒一醒。”

“什么事？”

“车子陷进泥里了。”

“为什么会这样？”

我说了缘由，他气得直跳脚。我们换上旧鞋子和运动衣，冒着滂沱大雨，走出车外。我用背抵住车后的保险杠，用力把车子往上抬，狄恩则铆足了劲，要把铁链箍到轮胎上。不到一分钟，车轮就溅得我们满身是泥。我们叫醒玛莉露，要她负责踩油门。车子在泥淖中不断咆哮挣扎。突然间，车子一跃而起，往路对面滑去，幸好被玛莉露及时刹住。我们足足花了三十分钟，才把车子弄出来，结果是全身湿透，狼狈不堪。

我裹着烂泥浆大睡，醒来时，身上的泥浆都已凝结成块。我们的所在地位于高原区的弗雷德里克斯堡附近。车窗外在飘雪。后来才知道，我们碰上了得州和西部历史上最寒冷的冬天（连旧金山和洛杉矶都下雪了，大批的牛羊像苍蝇一样被冻死）。我们苦不堪言，只恨自己为什么不和艾德一起留在新奥尔良。狄恩还在睡，开车的人是玛莉露。她一只手握着方向盘，另一只手则伸到后座来抚摩我，柔情地向我许下些到达旧金山后的承诺。我对此期盼不已。十点的时候，我接过方向盘，在积雪的山丘上开了好几百公里枯燥乏味的路——狄恩睡了几小时了。不时可以看到些戴着棒球帽和耳罩的牛仔正在牧牛。每隔一段距离，就可以看到一些烟囱上冒着烟的舒适小房子。我多么希望自己能被邀请进去，就着壁炉边，享用一顿酪浆煮豆子！

在索诺拉，我又一次顺手牵羊，趁一个店东在店的另一头跟别人说话的机会，拿走了一些免费的面包和奶酪。知道这件事情以后，狄恩立刻山呼万岁，他快饿扁了（我们的钱所剩无几，所以原本已不打算花钱买食物）。狄恩看着一个个在斜斜的大街上闲晃的牧场主说："他们每一个都是百万富翁，有上千头牛，有雇工，有房产，银行里有存款。如果我住在这一带的话，我一定要当一只长耳大野兔，躲在山艾丛里啃树枝。搞不好我会碰上个漂亮的女牛仔呢。嘻嘻嘻嘻嘻！对啦，我想到了——"他突然往自己头上打了一拳，"就是这样，好主意！"我们再也听不懂他在说些什么了。从索诺拉到埃尔帕索的八百公里，都由狄恩驾驶。他只停下来过一次，那是在奥佐纳附近。他脱下身上所有的衣服，一丝不挂地跑入一片山艾之中，在里面又叫又跳了好一会儿。来往车辆速度都很快，所以看不到他。疯过以后，他快步跑回车子里来。"索尔，玛莉露，现在，我希望你们做像我一样的事：把身上的累赘统统脱下来。现在还穿着衣服有什么意义呢？快把衣服脱下来，让你们漂亮的小肚肚晒晒太阳。快！”西部的太阳就在我们正前方，阳光从挡风玻璃直接射入了车内。“让你们的肚肚迎向阳光，快点。”玛莉露照做了；而我，既然不是什么保守派，也自然不会觉得有什么大不了。玛莉露拿出她的冷霜，闹着玩地在我们皮肤上又涂又抹。不时会有一辆大卡车从我们旁边经过，高坐在驾驶室里的司机瞥见一个金发美女赤身裸体地坐在两个裸体男人旁边，当他们从我们后车窗消失的时候，只见他们的车子晃动了一下。大平原在我们两边不断展开，极目都是山艾；雪已经退尽了。没多久，我们开到了岩石都是橘色的佩科斯峡谷。我们下了车，去察看一个古老的印第安废墟。狄恩还是赤身裸体，而我和玛莉露则穿上外衣。我们在古老的石头间徘徊，号叫着。有些开车路过的观光客看到了狄恩的样子，都不敢相信自己的眼睛，诧异得直摇头。

在凡霍恩附近，狄恩把车停了下来，和玛莉露做爱，而我则在后座睡觉。醒来时，车子正驶过克林特和伊斯莱特，沿着格兰德河谷往下走。玛莉露爬到后座来，我则爬到前座去。在我左手边，格兰德河谷的另一头，是一片泥红色的山脉，那是墨西哥的边界山脉，也是塔拉胡马拉人的土地；晚霞映照着山巅。在我们正前方的极目远处，埃尔帕索和胡亚雷斯的灯火隐约可见。格兰德河谷实在太宽太广了，以致有些时候，你甚至可以同时看到开向四面八方的火车。你会觉得自己置身在世界之谷中。我们从山上下到河谷。

“嗨，这里是得州的克林特电台！”狄恩刚刚把收音机调到了克林特电台。每隔十五分钟，电台就会播出一张唱片，其余时间，则一律是播一个高中的函授课程。“这个电台全西部都接收得到，”狄恩兴奋地说，“老哥，我在感化院时，日夜都会听这个电台。我们都参加过。只要你通过考试，就会收到邮寄或传真来的高中文凭。就我所知，没有一个西部的年轻牧人是没有参加过这个课程的。不管你是在科罗拉多的斯特灵，还是在怀俄明的拉斯克，只要打开收音机，都可以听得到‘嗨，这里是得州的克林特电台！’这句话。不过，这电台的音乐节目却要算是美国播音史上最烂的一个，播来播去都是些西部乡村音乐和墨西哥音乐。不过，谁都拿它没辙。克林特电台能发送很强大的电波，把整个西部捆绑在一起。”我们看到，在克林特的房屋群之上，都竖立着一根很高的天线。“老哥，这个电台实在勾起我太多太多的回忆了。”狄恩高喊，眼泪都几乎要掉下来了。天擦黑时，我们向往着旧金山和西海岸，身无分文地驶入埃尔帕索。我们要想办法弄点钱来加油，否则就只能向往了。

我们各种方法都试了。我们去过旅行社，但那个晚上却没有要到西部去的旅客。在西部，通过旅行社寻找愿意出油钱搭车的乘客是合法的。有几个拎着破皮箱的人不知道在等什么。接下来，我们又去了灰狗巴士总站，想说服那些要搭巴士到西海岸的人，改乘我们的车子。不过，我们太腼腆了，根本不敢启齿。外头冷得要命，我们只能在巴士总站里发愁。一个大学生模样的小伙子色眯眯地瞄玛莉露，又装出一副若无其事的样子。狄恩和我商量要不要让玛莉露帮我们赚点旅费，但最后还是决定作罢。我们不是拉皮条的，干不来这样的事。不过，倒是有一个疯小子主动跟我们搭讪。他刚从感化院释放出来。“来嘛，老哥，让我们找个家伙，敲碎他的头，再把他身上的钱拿走。”他向狄恩建议。

“谁怕谁！”狄恩说罢，就跟他匆匆而去。开始的时候我有点担心，怕狄恩真的会干出什么傻事，不过事实他们并没有去抢劫，只是在埃尔帕索的街头溜达找乐子。我和玛莉露在车里等候狄恩时，她伸手把我抱住。

“露露，到旧金山的时候也不迟嘛。”

“我可不管，反正狄恩迟早要离开我的。”

“你打算什么时候回丹佛？”

“我不晓得。我到哪里都不在意。我可以和你一道回东部去吗？”

“那我们得先在旧金山弄些钱。”

“我可以帮你在一家快餐店找到工作。你当柜台服务生，我当女侍。我认识一家可以赊账的旅馆，我们可以住在那里。唉，我觉得很沮丧！”

“为什么？”

“每件事情都让我觉得沮丧。妈的，我只愿狄恩不是像现在那样。”

狄恩双眼闪闪发亮，咯咯笑地跳进了车里。

“那家伙真是个疯子。我认识上千个像他一样的家伙，他们都像是一个模子里做出来的。他们的大脑都像发条装置一样，千篇一律。哎哟，没时间了，没时间了……”他身体弓向方向盘，一踩油门，车子就往城外绝尘而去，“我们一定会载得到乘客的，我有预感。哇，当心！”他冲一个摩托车手喊叫，猛转方向盘绕过他，又闪过一辆卡车，颠簸着开出市区。河对岸，闪耀着胡亚雷斯珠宝般的灯火，紧跟着是一片冷清荒凉的土地，接下来是奇瓦瓦的星光。玛莉露用眼角凝视着狄恩，看她那幽怨的脸色，仿佛是想要把狄恩的头切下来，藏在储物柜里。她对他的爱带着嫉妒和悲伤，是愤怒的、轻蔑的、疯狂的，她那带着温柔宠溺又同时含着阴险妒忌的笑容让我感到可怖。她很清楚自己的爱无法开花结果，因为当她看着他那带有男性的沉默和恍惚神情的瘦削的脸时，就已经明白了他有多疯狂。狄恩一直都认为玛莉露是个荡妇，又对我说过，她是个病态的大话精。不过，从玛莉露凝视狄恩的眼神，我却看得出来，她是深爱着他的。狄恩集中注意力的时候，总是浮现出他那虚伪而又轻浮的笑容，睫毛眨动，露出洁白的牙齿，也许前一秒钟他还沉浸在自己那关于永恒的梦中呢。玛莉露和我一起笑了起来，狄恩并未为此感觉狼狈，反而是咧嘴傻笑起来，就像在说“大家高兴就好”，他就是这样。

出埃尔帕索以后，我们在夜色中看到路边有个瑟缩的人影在拦车。狄恩把车退到他旁边停下。“你身上有多少钱，小伙子？”他一文钱也没有。他年约十七岁，脸色苍白，一只手有残疾，样子怪怪的，没有带行李。“瞧他多可爱！”狄恩朝我惊叹道，“上车吧，小伙子，我们会载你一程。”他感觉自己赚到了。他告诉我们，他阿姨在加州的图莱里开杂货店，如果我们把他载到图莱里，他会向阿姨要一些钱给我们。这番话让狄恩肚子都笑疼了，他和北卡罗来纳的那个小伙子太像了。“对，对，对，我们每个人都有个阿姨！”他喊道，“好吧，走吧，让我们来看看这一路上的所有叔叔、阿姨和杂货店去吧！”我们有了一个新乘客，结果证明还是个相当不错的小伙子。他一言不发，只是听我们说话。狄恩的一通胡扯，估计让他以为自己正与一车疯子同行。他说他准备一路搭车从亚拉巴马回老家俄勒冈。我们问他，他在亚拉巴马干些什么。

“我是去找我叔叔。他先前说可以帮我在木材工厂里找到工作。但这件事情吹了，所以我就回家去。”

“回家去，回家去，”狄恩说，“没问题，我们就送你回家。我们最远甚至可以把你送到旧金山呢。”问题是我们现在一贫如洗，要怎样到旧金山去呢？我突然想到，也许我可以从一个住在图森的老朋友那里借到点钱，他名叫霍尔·欣厄姆。听了这个，狄恩二话不说就全速向图森前进。

我们在深夜穿过新墨西哥州的拉斯克鲁塞斯，在黎明时抵达亚利桑那州。我从沉睡中醒来，发现每个人都睡得像猪一样熟。车子停在了某个地方，至于是什么地方，只有天晓得，因为车窗完全被水汽所遮住。我走出车外，发现原来我们置身在群山之中。初升的太阳，冷爽的空气，红色的山峦，山谷里翡翠般的牧草地，晨露，再加上变幻不定的金色云彩——哇，我们来到了人间仙境。地上随处可见田鼠洞、仙人掌和牧豆树。该轮到我来驾驶了。我把狄恩和搭便车的小伙子推到一旁，自己坐上驾驶座。下山的时候，我都踩住离合器，好让汽油的消耗量减到最低。用这种方式，我把车一路开到亚利桑那的本森。途中我突然想起，我身上有一块价值四美元的怀表，那是我哥哥罗科之前送我的生日礼物。在本森的加油站，我问加油工哪里有当铺。原来隔壁就有一家。当铺还没开门，我硬是敲门把里面一个人叫了起来。我把怀表当了一美元，但这些钱随即转到了加油工的手中。现在，我们有足够的汽油可以开到图森去了。就在我要把车子开出加油站的时候，一个高大、带枪的骑警突然走过来，说要看我的驾照。“后座的人有驾照。”我说。狄恩和玛莉露相拥睡在后座，身上盖着一条毯子。警察叫狄恩下车。忽然间，不知道为什么，那骑警拔出手枪，指着狄恩，喝道：“把手举起来！”

“警官大人，”狄恩用最荒唐和最滑稽的声音说，“我不过是要扣好我‘旗杆’的盖子罢了。” 连那骑警也差点笑出声来。狄恩下车以后，满身泥泞，衣衫褴褛，穿着T恤衫，揉着肚子，咒骂着，到处找证件，找了许久才找到。条子又翻了翻我们的后备箱。所有证件都是有效的。

“不过是例行检查罢了，”那条子露出个大笑容对我们说，“你们可以走了。本森是一个不赖的城镇，你们不妨在这里吃顿早餐，感受一下。”

“好好好。”狄恩懒得理他，敷衍了一句就把车开走了。我们全都松了一口气。警察对那些开着新车却又需要拿表去典当的人，总是疑心重重。“他们总想为难你，”狄恩说，“不过，比起弗吉尼亚那个臭条子，这个要强多了。这些王八蛋整天幻想着要抓什么大罪犯，让自己的名字可以登上报纸头条；每辆经过的车子，都被他们想象成来自芝加哥的犯罪集团。他们是因为闲得发慌，才会整天胡思乱想。”我们继续向图森行进。

图森位于长满漂亮的牧豆树的河床地带，旁边高耸着白雪皑皑的加泰尼那山脉。城里正进行着一项重大建设工程，路上每一个人都行色匆匆，一副赶着去办什么大事的模样；随处可见晾衣绳、活动房屋；城中心热闹非凡，广告招牌林立，横幅招展；整体来说，图森很像一个加州的城市。通向欣厄姆家的那条路蜿蜒通过一片河床沙漠地带，两旁长满牧豆树。我们到达欣厄姆家的时候，他正好在院子里沉思。欣厄姆是个讽刺作家，他来图森，为的是找个安静的环境写作。他长得高大、瘦削，性格腼腆。他对着你嘟哝时总是把头扭向一边，还总说些有趣的话。他和太太及小宝宝住在一间小小的土砖屋里，那是他的印第安继父为他盖的。他妈妈住在与土砖屋隔着院子对望的一栋房子。欣厄姆妈妈是个容易兴奋的人，喜好陶器、念珠和书本。欣厄姆早就从与纽约朋友的书信往返中听过狄恩这号人物。然后我们就像一朵云似的出现在了他面前，每个人都饿坏了，包括那个手残疾的搭车客阿尔弗雷德。我们看到他的时候，他身穿一件旧运动衫，正在沙漠的清新空气中抽烟斗。欣厄姆妈妈邀我们到厨房去用餐，为我们煮了一大锅面条。

饭后，欣厄姆带我们到一家位于十字路口的烈酒商店，用一张支票兑换了五美元，然后把钱交给我。

我们的话别非常简短。“我猜你们的旅途一定会很有趣。”欣厄姆一面说，一面望向远处。他的目光越过树木、越过黄沙，停在极远处一家酒吧的红色霓虹灯招牌上。每当欣厄姆写作写闷了，就会到这家酒吧透透气。他觉得很寂寞，有回纽约去的念头。从车后挡风玻璃看着他的身影变远变小，我感到一种离愁，就像我在纽约和新奥尔良所感受过的一样。这些目送我们远去的人在回家后都做些什么呢？当然是睡觉。只有我们这群愚蠢的家伙继续在赶路。

9

出图森以后，我们又多载了一个人，是个来自加州贝克斯菲尔德的流动田工。他介绍了自己的情况：“我搭旅行社的便车从贝克斯菲尔德一直坐到这里，我把吉他托给另一辆货车运过来。结果呢，我人到了亚利桑那，吉他却没有来，还有我的牛仔服。真他妈倒霉！我是个音乐家，来亚利桑那这里，是为了加入约翰尼 · 麦考的山艾乐团。真倒霉，现在我被困在亚利桑那，一个子儿也没了，还把吉他丢了。如果你们肯载我回贝克斯菲尔德的话，我会从我兄弟那儿拿钱给你们。你们想要多少？”我们只想要够从贝克斯菲尔德到旧金山的油钱，大约是三美元。车子里现在坐了五个人。“晚上好，女士。”上车看到玛莉露的时候，他以指尖触帽为礼。

午夜时分，我们在一条俯览得到棕榈泉的山路上疾驰。破晓时分，我们沿着积雪的山路，费力向莫哈韦攀爬。莫哈韦是大特哈查比山隘的大门。那个田工醒来后，给我们讲了很多逗趣的事情，听得小阿尔弗雷德忍俊不禁。田工说他认识一个男的，遭老婆枪击，但他原谅了她，把她从监狱中保释出来。结果呢？结果他挨了第二次枪击。田工讲这个的时候，我们正途经一座女子监狱。举头仰望，可以看得见大特哈查比山隘的起点。这时，狄恩把着方向盘，一踩油门，就把我们带到了世界的最顶峰。过了一家位于峡谷里的巨大水泥工厂之后，路就转为下坡。狄恩松开油门，踩住离合器，顺势而下，绕过一个个U形的弯道，超过一辆辆在我们前面的汽车。我紧紧地抓着扶手。有时候，有一小段上坡；他超车的时候不声不响，靠的纯粹是冲力。他对一流超车技术的韵律和节奏了如指掌。当车子要左转弯的时候，狄恩就会整个身体侧向左，而当车子要右转弯的时候，他就会整个身体侧向右；我和玛莉露受到感染，也会跟着他一起把身体向左或向右。就这样，我们像是腾云驾雾一般，下到了圣华金河谷。圣华金河谷长约两公里，堪称是加州的平地，从我们所坐的“空中飞盒”俯瞰，苍翠而壮观。从山隘顶端一路下到河谷，连续五十公里，狄恩都没用一滴汽油。

忽然间，贝克斯菲尔德就像是从天而降似的出现在我们眼前，令我们兴奋莫名。一到城市边缘，狄恩就迫不及待要把他在这里经历过的每件事、接触过的每个人，统统告诉我们。他指给我们看他住过的出租公寓和铁路旅馆，他泡过的撞球室，他跳下火车过的铁路侧线，他捡过葡萄吃的地方，他用过餐的中国餐馆，他与女孩约会坐过的公园长凳。即使只是他无所事事闲晃过的街角，他都非指给我们看不可。狄恩的加州——狂野、劳累、不可或缺，是孤独的、被放逐的、古怪的情侣像鸟一样聚集的地方，是使每个人看上去像落魄、帅气、颓废的电影明星的地方。“老哥，看到杂货店前面那张椅子没有？我在那上面一共坐过好几小时呢！”他的记忆力好得出奇：每一局皮纳克尔牌局，每一个女人，每一个忧郁的夜，没有一样是他不记得的。突然间，我发现我们正经过那个我和泰妮待过一晚的调车场。还记得那天晚上，我和她坐在月色下，喝酒聊天到午夜。我想告诉狄恩这件事，但他太兴奋了，根本没有我插嘴的余地。“你们看看那里，我和艾德在那里喝了一早上的啤酒，想把一个漂亮透顶的女侍小妞灌醉。她来自沃森镇——不，来自特雷西才对，对，是特雷西没错——名字叫埃丝梅拉达。”玛莉露默不作声，她正在盘算着到达旧金山之后的计划。阿尔弗雷德说，到达图莱里以后，他阿姨会给我们不少钱。

我们按照那个田工的指示，把车开到他兄弟位于城外的住处。我们停在一间爬满蔷薇的木屋前面，当时是中午。田工下了车，进屋去和几个女人窃窃私语。过了十五分钟他都没有出来。“我开始在想，这家伙搞不好比我们还要穷，”狄恩说，“我们又多了一个累赘。我看，自他这次离家以后，不会再有人给他一个子儿。”那田工出来的时候，一脸局促不安的样子，接着把我们带到镇上去。

“我兄弟这时候偏偏不在家里，真他娘的！”他向我们扔出试探的气球。他大概觉得自己是我们的囚犯。最后，他把我们带到了一家很大的面包店外。过了一会儿，田工跟他兄弟一起从面包店里走出来。他兄弟身穿一件连身工作服，显然是店里的机修工。他们谈了几分钟，我们在车上等。田工告诉他自己的遭遇以及吉他丢失的事情。他最后终于拿到了钱，给了我们。我们谢过他，就再度上路。

前往图莱里的一路上，我都躺在后座，累得快要瘫痪。下午时分，当我正在打盹儿的时候，竟然模模糊糊地看到萨比纳尔城外我和泰妮住过一段时间的那个帐篷营地在车窗外掠过。狄恩弓向方向盘，不时粗暴地换挡。到达图莱里的时候，我还在梦中。把我摇醒的人是狄恩，他对我说了一件匪夷所思的事。“索尔，快起来，我们找到阿尔弗雷德阿姨开的杂货店了！但你知道发生了什么事吗？他阿姨把丈夫给射杀了，正在坐牢，杂货店也关门大吉了。我们一文钱也拿不到。竟会有这样巧的事，和那个田工告诉我们的故事一模一样。真是四处碰壁，麻烦不断，妈的。”我看见阿尔弗雷德在咬手指甲。我们在马特拉把他放下车，因为从此我们的行进方向就和俄勒冈背道而驰了。我们祝他好运，可以顺顺利利回到俄勒冈。他说，这是他坐过最棒的一趟顺风车。

从马特拉开到奥克兰前面的丘陵区，感觉上不过是几分钟的事情。蓦地，我们就从一个高处，远眺到白色传奇之城旧金山。“哇，我们办到啦，”狄恩喊道，“办到了，汽油刚好够！没办法再前进一步了，因为现在前面只有水，没有陆地了。现在，玛莉露，甜心，你给我听好，下车后你立刻带索尔去找一家旅馆，开个房间住下来。等明天早上我把卡米拉的事情搞定，到法国佬那里拿回我在铁路上的工作以后，就会马上来找你们。索尔，我要你做的第一件事情就是买份报纸，看看哪里有工作。”我们从奥克兰湾区大桥入城。市中心的办公大楼灯火通明，让人不禁想起山姆·斯佩德。我们在奥法雷尔大街一下车，就立刻深呼吸和舒展四肢。感觉上，我们像是经历了长途海上航行、刚回到陆地的旅人。微陡的街道让我们有点站不稳，空气中浮动着唐人街炒杂碎的味道。我们把行李统统拿下，叠放在行人道上。

我们还没来得及反应过来，狄恩一声“拜拜”，就一溜烟把车开走了。他急着去看卡米拉。我和玛莉露像两个傻瓜一样，愣愣地望着车子绝尘而去。“你看到他这个人有多混账没有？”玛莉露说，“只要他高兴，哪怕是在冰天雪地里，都可以随时丢下你不管。”

“我知道。”我说。我转头往东方望去，叹了口气。我们没有一个子儿，钱都在狄恩身上。“我们要睡哪里？”我问。我们拖着大包小包的行李，在狭窄的街道上漫无目的地往前走。路上每个人看起来都像不得志的演员和过气的电影明星；举目望去，尽是些特技演员、小型赛车手、花花公子、皮条客、男妓、妓女、男按摩师、侍者——老天，一个人要怎样在这样一群人中间讨生活啊？

10

幸而玛莉露曾在这些人中间混迹过。在离油水区[①]没多远的地点，有一家她相熟的旅馆，答应让我们用赊账的方式住宿。住的问题总算解决了，但吃的问题还没解决。我们当天吃到第一顿饭，是在午夜。玛莉露带我到一家旅馆，找一个她相熟的夜总会女歌手。女歌手正在熨衣服，她放下熨斗，给我们热了一罐豆子猪肉。我望向窗外闪烁的霓虹灯，心想：狄恩现在在哪里呢？他为什么置我们于不顾？我对他的信心动摇了。我在旧金山逗留了一星期——我一辈子中最落魄的一星期。玛莉露和我为了借些饭钱，走了一公里又一公里的路。她甚至带我到密逊街一家下等旅馆，找一些她打过交道的水手借钱。他们都喝得醉醺醺，钱没给我们，只给了我们一些威士忌。

我和玛莉露在旅馆同住了两天。我明白，她还跟着我，不是因为对我有意思，只不过是想透过我，再有与狄恩接上线的机会罢了。在旅

①油水区（Tenderloin）：美国俚语，指城市中奢靡繁华，警察可以大捞油水的地区。

馆里，我们通宵聊天。我告诉她我做过的一些梦。我告诉她，有一条巨大无比的蛇，就像躲在苹果里的虫一样，正潜藏在地球的深处。有朝一日，它会破土而出(它在地面上隆起的那个大土堆，日后会被称为“巨蟒丘”)。这条蛇的身体全部伸展开来，有数百公里那么长，凡它行经的地点，一切都会被吞噬无余。我告诉玛莉露，这条蛇就是撒旦。“接下来会怎样？”她尖叫着问，紧紧地抱着我。

“一个名叫萨克斯医生的圣者会用一种有魔力的药草把蛇杀死。眼下，他正在美国某处的一个地下室里熬制这种药草。一旦巨蛇死掉，大群大群精液颜色的灰鸽子就会自蛇体内飞出，把和平带到世界每一个角落。”我已经被饥饿弄得神志不清了。

玛莉露在第三个晚上失去了踪影。她告诉我她要去找一个朋友，对方是一家夜总会的女老板。她跟我约好，要我到拉金街和吉利街的街角等她。但当她从对街那栋豪华的公寓大楼走出来时，身边除了一个女性朋友以外，还有个油头粉面的老头。玛莉露虽然看到我，却不跟我打招呼。我终于认清她的真面目了：她是个娼妇。她踩着碎步，登上一辆凯迪拉克，走了。现在我既没有钱，也没有伴，什么都没有。

我到处瞎逛，从街上捡烟屁股抽。行经市场街一家炸鱼和炸薯条店时，我注意到，里面那个老板娘用很骇人的眼光看着我；她显然以为我是个持枪歹徒，正准备抢劫她的店。走了几米以后，我突然意识到，刚才那个女人，其实是我两百年前住在英国的母亲，而我则是她当强盗的儿子；我这一次回来，是准备把她在廉价餐馆里辛辛苦苦工作赚来的钱吸干。我停下了脚步，感觉身体因为忘形出神而变得僵硬。我向街上望去，但已经不确定这里到底是市场街还是新奥尔良的隧道街了。离这条街不远就是大海，就像纽约的第四十二街一样。在这种地方，你永远搞不清楚自己置身何处。我想到了时代广场上那个艾德的游魂。我变得神志昏乱。我很想往回走，走到刚才那家店前面，再看看我那个古怪的、狄更斯式的母亲。我从头到脚都感觉刺痛。我的头里涨满了满坑满谷的记忆，而其中时间最早的一组记忆，可以回溯至一七五〇年的英国。这让我明白到，现在人在旧金山的我，不过是另一辈子、另一个躯体内的我罢了。“不要，”我听见刚才那个老板娘带着骇人的眼神对我说，“不要回来，回来剥削你忠实、勤奋的母亲。你不再是我的儿子，也不再是你父亲——我第一任丈夫——的儿子。这里有个仁慈的希腊人怜悯我(炸薯条店的老板是个满手臂毛的希腊人)。你不是个好东西，只知酗酒闹事、胡作非为，最后甚至连我工作赚来的血汗钱也想掠夺。我的儿啊，你有没有心肝啊，你有没有想过要跪下来，为你的所有罪愆与无耻行径忏悔呢？迷途的孩子啊，你走吧！不要再来纠缠我、困扰我，我早已把你从记忆中抹去。何必把旧的伤口揭开呢，就当是你从来没有回来过，没到店里来窥探过我吧。其实你无非是想看到我用卑贱的劳动换回的几个辛苦小钱。你想偷、想骗，真是贪得无厌！你太冷酷了，我的儿啊！”这让我想起与公牛一起赌马时，因“大宝宝”而引起的灵启。才一瞬间，我就进入了一种我向往已久的出神境界：我感觉自己沿着时间轴往回走，回到时间还没有起始以前；死亡像幽灵一样，在身后紧紧跟随；那是一个无边无际的虚空，无数天使在这里游进游出，强大而不可思议的光线从“心”放射而出，处处散落着一片片的莲花地。我可以听得见一种难以名状的隆隆巨响，但却不是透过我的耳朵，那甚至不是一种声音。我意识到，我已经死过无数次，又投胎活过了无数次。但我却不记得每一辈子的情形，因为由生到死和由死到生的过程都快得无以复加，就像是变魔术一样，就像是睡了醒、醒了睡，睡睡醒醒一百万次一样。我知道，会让这种生死相续不已的，只是“心”的作用，它会像风一样，在一片清澈如镜的水面上，掀起阵阵涟漪。我感到无比喜悦，就像刚刚打了一针特大号的海洛因，也像是在下午咕噜噜地喝下一大瓶的葡萄酒。我的脚很刺痛。我本以为，只要再踏出一步，我就会倒下、死去。但我并没有死。我走了六公里的路，回到了玛莉露的旅馆。沿途我捡了十个长长的烟屁股，回旅馆后，我拆出烟丝，放到烟斗里吸。我太年轻了，年轻得难以明了刚才所发生的一切的含义。我站在窗户前，闻着整个旧金山各种食物的气息。从一些卖海鲜的地方传来阵阵香气和小圆面包热腾腾的蒸汽，仿佛连食品篮都可以吃；甚至让人觉得，就连它们的菜单，只要蘸着热肉汤吃，都是人间美味。啊，把盛小面包的篮子给我吧，我会一口把它吞到肚子里去！我连海鲜店菜单上蓝鱼的鳞片都能吃下去；让我闻闻黄油和虾螯的味道吧。我还闻到肥厚的烤牛肉的味道、红酒烤鸡的味道、在架上烤得嘶嘶响的汉堡的味道、只要五分钱一杯的咖啡的味道。唐人街的炒面，北海岸的肉酱意大利面，渔人码头的软壳蟹，菲尔莫尔街的烤肋排。各式各样的气味在我的鼻腔里互争长短。加上市场街的辣酱豆子、热狗，埃巴卡德罗大道的炸薯条，索萨利托的蒸蛤，这些就是我的旧金山梦。如果说还漏掉什么的话，那就是催人饥饿的雾、闪烁的霓虹灯、高跟鞋的嗒嗒声、中国商店橱窗里的白鸽子……

11

当狄恩最后认定我是个值得挽救的朋友而回过头来找我的时候，我就是处于上述的意识状态。他把我带回卡米拉家里。“玛莉露在哪里，老哥？”狄恩问我。

“那个婊子跑掉了。”接触过玛莉露之后再接触卡米拉，让我有如释重负之感。卡米拉是个有教养、有礼貌的年轻女性。她还记得，狄恩寄给她的十八美元是我的钱。但是亲爱的玛莉露，你去哪儿了？我休养了好几天。卡米拉的公寓位于自由街，透过起居室的窗户，在夜里可以看见整个灯红酒绿的旧金山。在我逗留他家的那段时间，狄恩找了一份他平生最可笑的职业：推销高压锅。这工作需要他在客户家的厨房进行产品展示。他的销售员师父给了他一大堆样品和小册子。工作的第一天，狄恩表现出无穷无尽的精力。我载着他到城里各处去赴约。这工作的一个窍门是，尽量想办法争取到别人的邀宴，然后在席上出其不意地展示你的产品。“老哥，”狄恩兴奋地对我说，“这份工作，比我跟着席奈干过的那份还要疯。席奈从前在奥克兰卖百科全书。没有人能抗拒他的推销。他善于演说，肢体语言一大堆，懂得什么时候该笑，什么时候该哭。有一次，我们走进一户正要出殡的人家。席奈跪下来为死者祷告，声泪俱下，把在场所有人都感染哭了。结果，他卖出了一整套的百科全书。他是我见过最疯的疯子。我很纳闷他现在跑哪里去了。我们以前常常趁隔壁家的大人不在，跑去找他们那对漂亮的姐妹花，在厨房里成其好事。今天中午，我向一个漂亮透顶的家庭主妇推销高压锅，一双手就围在她腰间做产品展示。哇，太正点啦！”

“以这种干劲继续下去，狄恩，”我说，“说不定有一天你会成为旧金山的市长！”每天傍晚，他都会在我和卡米拉面前进行产品展示的练习。

有一天破晓，我看见他全身赤裸，站在窗前俯视整个旧金山——那神气，活像个认定自己有朝一日会成为旧金山市长的人。但狄恩的热忱并没能维持多久。一个下雨的午后，他的销售员师父来找他，想看看他进展如何。狄恩懒洋洋地瘫在沙发上。看到一堆原封不动的高压锅样品，推销员先生问他：“你真有试着去推销它们吗？”

“没有，”狄恩回答说，“我找到另一份工作了。”

“很好，但你要拿这些样品怎么办？”

“我不知道。”在一阵死寂以后，推销员先生抱着所有高压锅，走了。我对一切都感到烦了、腻了，狄恩也是。

但有一个晚上，我们的疯劲又突然回来了。我们跑到一家小夜总会去听“瘦子”盖拉德的演奏。盖拉德是个瘦高的黑人，有一双大而忧郁的眼睛。他最爱说的话就是“没问题呼呼”和“来一杯波旁威士忌如何呼呼”。台下聚着一大群年轻的准知识分子，热烈地聆听他演奏钢琴、吉他以及邦戈鼓。等他暖够身，他就会脱掉衬衫和汗衫，准备大干一场。只要脑子里想到什么，他就会说什么、做什么。他喜欢在唱着“水泥搅拌器呀，扑提扑提”这样轻快的歌曲时，突然把节奏慢下来，用指尖轻敲在邦戈鼓上；他敲得极轻极轻，仿佛他不是在敲鼓，只是以指尖轻触鼓皮。每个人都伸长脖子，凝神静听。你也许会以为，他这样敲顶多敲个一分钟上下，错了，他可以一敲就是一小时，每一次的敲击声都比前一次轻，如是者愈来愈轻、愈来愈轻，直到你完全听不见鼓声，而只听见从大门处传进来的汽车行驶声为止。之后，他会站起来，拿起麦克风说：“太棒了呼呼……帅呆了呼呼……哈啰呼呼……波旁威士忌呼呼……坐在第一排的小伙子和你们的女朋友相处得好吗呼呼……呼呼……咕咕……呼呼噜噜……”像这样无厘头的话，他可以一说就是十五分钟，声音会愈来愈柔、愈来愈细，直至你完全听不见为止。与此同时，他忧郁的大眼睛会不断扫视台下的听众。

狄恩站在后面不断说：“天啊！天啊！”他双手互握成祷告的手势，汗流个不停。“索尔，盖拉德懂行，他懂行。”盖拉德坐在钢琴前面，弹了两个C音，然后再两个，然后一个，然后又是两个。这时，那个高大魁梧的贝斯手才如梦初醒般意识到“瘦子”要弹的是“C调即兴蓝调”，立刻把大拇指猛按在弦线上，于是，一波又一波的急键劲弦随即开始，而大伙也随着节奏快速摆动了起来。但“瘦子”看起来却忧郁如昔。这样演奏了大约半小时，“瘦子”弹红了眼，把一个邦戈鼓一把抓过来，用力敲出热烈的古巴节奏，并用西班牙语、阿拉伯语、秘鲁方言和埃及语大吼大叫——反正他懂得全世界的每一种语言。一节的演奏过去后(一节的时间是两小时)，盖拉德站了起来，走近一根柱子，头斜靠在上面。

有人把一杯波旁威士忌送到他手上，他接过杯子，说："波旁威士忌呼呼！谢谢呼呼……"没有人知道他现在的心思飞到了哪里。狄恩做过一个梦。他梦见自己怀了一个小孩，大着肚子躺在加州一家医院的一棵大树下，四周草地上围坐着一群黑人，"瘦子"盖拉德是其中之一。狄恩用幽怨的眼神瞅他时，他说："哈，我们搞定了呼呼。"现在，狄恩正向"瘦子"走去，那战战兢兢的样子就像走向上帝；在狄恩心中，"瘦子"就是上帝。狄恩向"瘦子"鞠了个躬，邀他与我们坐下来喝两杯聊聊。"瘦子"说："没问题呼呼。""瘦子"从不拒绝任何人的邀约，只是他不保证和你聊天的时候不会心不在焉。狄恩要了一张桌子，点了酒，然后一动不动地坐在"瘦子"对面。"瘦子"每说一次"呼呼"，他就会接一句"正点"。我坐在一旁，看着这两个疯子，心想说不定他们的相遇，会擦出什么惊天动地的火花来，但什么也没有发生。对盖拉德来说，整个世界就是一个大"呼呼"。

同一个晚上，我们又到了菲尔莫尔街和吉利街拐角的酒馆去听兰普沙的演唱。兰普沙是个高大的有色人种，在旧金山的各间音乐酒馆游走演唱。他身穿大衣，头戴帽子，领披围巾，一跃而上舞台，就开始演唱起来。唱歌的时候，他额上会暴出血管，拼命把身体往后仰，用尽灵魂的每一寸肌肉，把一曲雾号般的蓝调倾泻出来："何必指望死后上天堂，何不以辣椒博士始，以威士忌终。"他在台上扮鬼脸、扭动肢体，无所不用其极。下台之后，他走到我们桌子前面，探身向我们说了句"正点"，就磕磕绊绊走出大门，到别家酒吧演唱去了。继他之后上场的康尼·乔丹也是大疯子一个。他唱歌的时候不但手舞足蹈，到后来甚至会把自己身上的汗挥向听众，抬脚在麦克风上面扫过，并像女人一样高声尖叫。深夜的时候，如果你到"詹逊"夜总会，就会看到他面前放着一杯酒，一副气力用尽的样子，坐在那里听狂野的爵士乐。他的眼睛睁得又圆又大，两肩松垮垮的，茫然地看着前方。我从来没有见过那么野的音乐家。

旧金山的每一个人都是野猫子。这里是美洲的尽头，但却没有人在乎。我就这样和狄恩在旧金山到处打混，等我下一张退伍军人教育津贴支票寄来。

我在旧金山可谓一事无成。卡米拉希望我离开，而狄恩则不置可否。我买了一些面包和肉，做成十份三明治，打算再次横跨美国大地时充饥。(结果这些三明治只够我吃到达科他州。)我留在旧金山的最后一个晚上，狄恩又发疯了。他在市中心的某个地方找到了玛莉露，然后我们三人一道，坐上车，到旧金山湾彼岸的里士满，泡遍每一家黑人爵士乐酒吧。在一家酒吧里，玛莉露刚要坐下时，一个黑家伙从她后面抽走了椅子。在厕所里，有女同性恋跟她搭讪。我在男厕所也碰到同样遭遇。狄恩兴奋得满身大汗。是时候结束了，我想抽身了。

破晓时分，我跟狄恩和玛莉露道过再见，就坐上一辆开往纽约的长途巴士。他们想要我分一些三明治给他们吃，我说不行。那是阴沉的一刻。我们彼此心知，此后大概不会有再见面的机会，而我们并不在乎。

第三部

1

一九四九年春天，我靠从退伍军人教育津贴省下来的钱，前往丹佛，打算定居下来。我预期自己会成为一个在美国中部开家落户的族祖。但到达丹佛后，我感觉很寂寞，因为一个朋友也不在：贝贝·罗林斯、赖伊·罗林斯、提姆·格雷、贝蒂·格雷、罗兰·梅耶、蔡德·金恩、狄恩·莫里亚提、卡洛·麦克斯、罗伊·约翰逊、汤米·史纳克，这些家伙都不在。我在水果批发市场找到了一份工作，工余时间，就在柯蒂斯街和拉里马街晃荡。雇我的人，就是一九四七年雇过我一次而被我放鸽子的老板。这份工，是我有史以来干过最粗重的活。最辛苦的工作，莫过于跟几个日本小伙子一道，用类似起重装置的东西将一整节货车厢移到九十米开外；但无论怎么用力，每次也只能移动一厘米。每次，我从冷冻库把装西瓜的板条箱拖到烈日下面时，都会大打喷嚏，唉，老天爷，我是何苦来哉？

我喜欢在暮霭中散步。我觉得自己像是忧郁的红色地球表面的一颗小斑点。行经温莎旅馆时，我一如往昔地东张西望，想寻找那个我素未谋面的锡匠。温莎旅馆就是狄恩和他父亲在三十年代经济大萧条时期的住处。你要么会在像蒙大拿那样的地方看到样子像你父亲的人，要么会在一个人去楼空的地方空盼着你朋友的父亲出现。

天色渐渐转为淡紫，我全身上下每一块肌肉都觉得酸痛。我走到了第七街和威尔顿街的拐角，这里是丹佛的黑人区。我真希望自己是个黑人，因为白人世界没有一件事物是可以让我能狂喜忘形地迷醉其中的。白人世界没有足够的生活，没有足够的欢乐，没有足够的刺激、罪恶、音乐，也没有足够的夜。我在一家小木屋前买了些热辣辣的辣味肉酱，一面吃，一面继续在黝黑神秘的街道上游荡。我情愿自己是个丹佛的墨西哥人，甚至是个贫穷、过劳的日本人——什么都可以，只要不是枯燥乏味的绝望的“白人”就行。我一辈子都背负着白人的目标和志向，而这也是为什么连泰妮这样的好女孩我也不惜遗弃的原因。我走过一栋栋墨西哥人和黑人的房子。从幽暗的门廊上，会传来轻柔的谈话声，偶尔也会出现一双女孩的腿；从蔷薇棚架后面，隐约可以看到一些黑脸孔男人的五官。一些小孩子坐在老旧的摇椅上，神情俨如古代的圣人。一群深肤色的妇人打我旁边经过，其中一个较年轻的脱队跑过来和我打招呼：“嗨，乔！”等看清楚我不是乔，她就红着脸，赶紧跑回同伴之中。但愿我就是乔。只可惜我不是什么乔，只不过是索尔·帕拉代斯——忧愁地在紫黑色的夜里闲荡的索尔·帕拉代斯。在这个甜美得让人难以承受的夜，我只愿和那些快乐、单纯、狂喜的黑人互换彼此的世界。这些脏乱的街区让我忆起狄恩和玛莉露，从小，他们就对这一带再熟稔不过。啊，我多渴望可以在这里看到他们！

在第二十三街和威尔顿街交会处，有一场垒球赛正在泛光灯的照明下进行着。观众人人情绪高昂，每一次打击，都会引起一阵热烈骚动。球场里的小选手各色人种都有：有白人，有黄种人，有墨西哥人，有黑人，有印第安人。每个人都极其认真地在比赛。虽说是选手，他们不过是穿了制服的小孩子罢了。在我的运动生涯中，从未像他们这样，能在晚上，在灯下，在家人、女朋友、左邻右舍面前比赛过。我所参加的，都是些板着脸、你死我活的重大赛事，没有童真的、人情味的欢乐可言。现在要挽回已经迟了。坐我旁边的是个黑人老头，他显然每天晚上都会来观看比赛。在他旁边，坐着一个白人老乞丐。再过去是一个墨西哥家庭，然后是一些男孩和一些女孩。这个晚上的灯光何其忧郁！其中一个投手长得就像狄恩。一个在观看比赛的漂亮金发女郎长得很像玛莉露。这是个典型的丹佛之夜，而我则要死了。

我来丹佛，我来丹佛
唯死我寻

在球场的对街，一个个黑人家庭坐在前台阶上聊天或透过树枝观看满天星斗，有时则看看球场这边的情况。马路上车来车往，遇到红灯，就会在路口处停下来。空气中充满兴奋的气息，跃动着真正的欢乐，你完全闻不到一丝失望丧志或所谓“白人的忧愁”之类的气息。坐我旁边的黑老头从外衣口袋里掏出一罐啤酒，仰头喝了起来；白老头嫉妒地看着黑老头手上的啤酒，一只手摸摸自己的口袋，看来是想看看自己够不够钱也买一罐。我真的受不了了，我要挂了！我赶紧站起来离开。

我去找一个我认识的有钱女孩。第二天早上，她从丝袜里抽出一张一百美元大钞对我说：“你一直说想去旧金山，就拿这个当旅费吧。”这一百美元解决了我所有问题。在旅行社，我找到了一辆到旧金山去的便车，车资是十一美元。

两个司机不讳言他们是拉皮条的。后座除我以外，还有另外两个乘客，所以坐起来有点挤。我们穿过伯绍德山隘，下到塔伯纳什、台布尔森、克雷姆灵；又从兔耳山隘，下到汽船温泉镇；接下来是八十多公里七弯八拐的滚滚黄沙路，然后是克雷格和美国大沙漠。车子行经科罗拉多州和犹他州的边界时，上帝化身为一朵金灿灿的巨云，在天空中向我显现。他仿佛用手指指着我说："继续前进吧，你正走在通往天堂的路上。"不过，让我更欣赏的景观是古老破旧的大篷车和内华达沙漠一个可口可乐售点旁的赌场。我看到一些茅庐，屋外插着随狂风招展的旗子，上面写着"响尾蛇比尔住在此"或"掉光牙的安妮栖身在此多年"之类的话。在盐湖城，两个皮条客跟他们的姑娘温存了一下以后，就继续上路。我还没来得及反应，传奇之城旧金山就再一次在眼前展开，迤逦在午夜的海湾对岸。一下车，我就直往狄恩的住处奔去（他现在和卡米拉住在一栋小平房），我想知道他的近况和思想感受想得近乎饥渴，现在，再也没有什么横在我们之间了，天塌下来我也不在乎，没有什么事情拦阻得了我。我敲他大门的时间是凌晨两点。

2

狄恩一丝不挂地开门，看来，即使是总统大驾光临，他不会愿意穿上衣服应门。他喜欢以赤裸裸的方式迎接世界。"索尔！"他的声音中流露出由衷的佩服，"没想到你真的做到了。你果然来了！"

"对，"我说，"我快要解体了。你这边情况怎样？"

"不太好，不太好。我有一百万件事情要跟你谈。索尔，你来得正是时候。进来吧。"我的到来，似乎一个邪恶天使降临在一个白璧无瑕的家，因为我才在厨房坐下，兴奋地和狄恩没谈上几句，楼上就传来阵阵哭声。卡米拉已经预感到接下来会发生什么事。狄恩已经沉寂了好几个月，现在邪恶天使既然找上门，他的疯劲自然又要发作了。"卡米拉是怎么了？"我轻声问。

"她情形愈来愈糟啦，老哥，整天哭闹，不准我去听'瘦子'盖拉德的演奏。只要我晚归，她就大吵大闹；可我要待在家里，她又一连几天不跟我说话，只管骂我是畜生。”稍后，狄恩上楼去安抚卡米拉，但只听到她大哭大叫：“你是骗子！你是骗子！你是骗子！”我趁这个空当仔细打量狄恩的房子。这是一栋很棒的两层木造建筑，就位于俄罗斯岗上，可以远眺旧金山湾。二楼有三个房间，楼下是起居室和一个大厨房。厨房门外是一个带草坪的庭院，还搭着晾衣绳。厨房后头有个储藏室，狄恩那双裹了三厘米厚烂泥巴的破鞋子——就是他在休斯敦城外把哈德森弄出泥淖时穿的那双——至今还收藏在储藏室内。至于那辆哈德森，则早已被汽车公司拖走了，因为狄恩根本付不出贷款。他现在是个无车之人。卡米拉已怀了第二个小宝宝。她从楼上传来的哭声很凄厉，让人毛骨悚然。我和狄恩因为受不了她的哭声而跑到外头，买了些啤酒回来，躲在厨房里喝。最后，卡米拉终于安静了下来，也许是睡着了，也许只是在黑暗中睁大眼睛，茫然地瞪着天花板。我不知道她为什么会变成这个样子，但说不定就是被狄恩搞疯的。

自我上次离开旧金山以后，狄恩又跟玛莉露纠缠在一块。他像中了邪一样，窥探了好几个月玛莉露的生活。他从玛莉露住处门上的邮箱缝隙偷看到，每天早上，她床上都睡着不同的水手。他还在城里到处跟踪她。他想找到她是个娼妇的铁证，因为他深爱着她，又对她恼怒万分。狄恩又告诉我，有一天，他因为误吸过量的劣质大麻——行话叫“绿货”——而陷入昏迷。

“抽了这大麻的第一天，”他说，“我直挺挺地躺在床上，身体硬得像木板，动都不能动一下，也无法说话。我只能睁大双眼，直直地望着天花板。我听到我的头传出嗡嗡嗡的声音，还看到各种五颜六色、很奇妙的幻象。第二天，一切的一切统统涌现在我脑海中，所有我做过的、知道的、读过的、听过的、猜测过的事，统统呈现在我眼前。不过，这一次它们是以一种完全不同于以往的逻辑排列。除了内心的惊诧和感激之外我无法思考别的事，我就只是不停地说‘对，对，对’，声音并不大。‘对。’我就这样轻声地说。这些幻象持续了两天。到了第三天，我忽然对一切都恍然大悟，而我的人生也在那一刻被决定了。我明白了我是爱玛莉露的，明白了我必须找到父亲并拯救他，明白了你是我真正的死党，卡洛太伟大了。我明白了一千个地方一千个人的一千件事。到了第三天，我开始产生一连串梦魇，它们恐怖到了极点，我只能双手抱膝，口里发出‘啊，啊，啊，啊，啊’的声音。卡米拉当时不在家，她和孩子到亲戚家去了。邻居听到我的呻吟声，非常担心，为我叫来一位医生。他们进屋后，发现我躺在床上，两只手向左右伸得很开。索尔，你知道吗，我还拿这大麻去给玛莉露试过呢。你知道结果怎样？她看到了和我一样的东西，经历了和我完全一样的体验，在痛苦与梦魇中明白了所有真理。接着我突然发现，我太爱她了，爱到恨不得把她杀死的地步。我跑回家去，用头撞墙，然后我又跑去找艾德——他和盖拉蒂亚已经搬回来了——问他要了一个家伙的地址，我知道那家伙有把枪。我拿到了枪，便立刻跑到玛莉露的住处。我从邮箱缝隙看到她正在和一个家伙睡觉，我有点犹豫，便先离开，一小时后再回来。我破门而入，当时只有她一个人在。我把枪递给她，要她把我射杀。她握住手枪好一会儿都没有动静。我求她给我甜美的一枪，但她却不愿意。我告诉她，我们两个之中，今天有一个非死不可，但她却不同意。我又把头往墙上撞。老哥，我想我真是疯了。不信，你可以问问玛莉露，她会告诉你的，她劝我打消了自杀的念头。”

“之后又发生了什么事？”

“你离开后的几个月，她嫁给了一个中古车车商。那狗娘养的说，如果他再看到我，就会把我宰掉。必要时，出于自卫，我会不惜把他杀死。这样，我就会被送进圣昆丁监狱。索尔，你知道的，只要再犯一次事，不管是什么样的事，我都会万劫不复，被送到监狱里，终身监禁。看到我这只可怜的手没有？”他举起一只手给我看。来到狄恩家以后，我因为一直处于亢奋状态，竟没注意到他有一只手绑着绷带。“二月二十六日傍晚六点——严格来说是六点十分，我之所以记得，是因为一小时二十分后我要扒上一列货运火车——我朝玛莉露的额头打了一拳。那是我们最后一次见面和谈判。不过，事实上，我没有真正打下去，我的拳头只是轻轻从她前额掠过。她不但毫发无伤，甚至哈哈大笑起来。受伤的人反倒是我自己：我的大拇指扭到了，自手腕以上整根骨头都裂了开来。更倒霉的是我碰上一个庸医，他帮我做了三次接骨手术。为了做这三次手术，我在硬板凳上一共坐了二十三小时。最后一次手术的时候，他用一根牵引钉钉在我的指尖上，用以固定，没想到这玩意儿让我的骨头受到了感染。四月医院为我拆石膏模子的时候，发现我的骨头得了骨髓炎，而且已经有好一段日子，转为慢性。他们帮我做了一次手术，却没有成功，结果就是，指尖上一部分的肉必须切除。”

他把绷带解开给我看。在指甲下面，有一两厘米的肉不见了。

“我的处境愈来愈艰难。我本来在费尔斯通公司当轮胎修补工，但由于经常得把七八十公斤重的轮胎从地板上举起，装到车轴上，让我旧伤复发，大拇指再次骨折，再次接好，又再次感染，再次肿起来。所以，现在只好换成卡米拉工作，我带小孩。你看到没？堂堂一个三A级的爵士乐猎手狄恩·莫里亚提，没想到到头来拇指感染，需要仰赖老婆每天为他的大拇指注射盘尼西林；而又因为这根大拇指对盘尼西林过敏，引发了荨麻疹，让他不得不在一个月内服了六万单位的弗莱明汁。另外，为对抗弗莱明汁所引起的过敏，他又得每四小时服一片药。他还必须服用可代因阿司匹林，来纾解大拇指的痛楚。他必须接受手术，治疗他腿上因灼伤引起的囊肿。他每两星期就要到大夫那里接受脚部治疗一次。他每个晚上都得喝咳嗽糖浆。他必须经常不断擤鼻子，因为几年前的一次手术意外，让他的鼻梁塌陷。他扔球的那条手臂的大拇指坏了。他是新墨西哥少年感化院有史以来最棒的七十码传球手。不过，尽管如此，索尔，现在的我，却过得前所未有的愉快和惬意。每当我看到我的女儿在阳光中玩耍，就会感到欢快无比。亲爱的索尔，我真高兴看到你，我知道所有事情都将会好起来。你明天就可以看到我那个可爱漂亮的女娃娃，她现在已经可以不靠人扶，一次站立三十秒钟。她有十公斤重，六十六厘米高。我算过，她有百分之三十一点二五的英格兰血统，百分之二十七点五的爱尔兰血统，百分之二十五的德国血统，百分之八点七五的荷兰血统，百分之七点五的苏格兰血统。至于她的棒，肯定是百分之百的。”听说我的书已经写好，而且已经找到出版商，狄恩用深情的语调恭喜我。“我们都明白生活是怎么样一回事。索尔，我们的年纪一天比一天大，明白的事情也一天比一天多。你告诉过我很多有关你生活的事情，而我都很能体会。事实上，我无时不在研究你的思想感受。我觉得，你迟早都会碰上一个很棒的女孩子，不过，你找到她以后，务必好好教育她，让她的心灵能够与你的灵魂相契合，就像我对我那些女人做过的那样。不过，我花了很多心力，却没能把她们教育得很成功。干！干！干！”

第二天早上，卡米拉把我俩赶了出来，连行李一起扔出了门。事情是这样的，我们打电话给丹佛的老伙计罗伊·约翰逊，叫他来喝啤酒，他答应载我们到米尔镇去找雷米。之后，狄恩先照顾小孩、洗碗盘和清洗后院，不过由于心不在焉，他做起这些事情来都有点马虎。卡米拉从她工作的诊所下班回来后，用一个生活受骚扰的妇人的眼神打量我们。为了表明我没有破坏她的家庭生活的意思，我很热情地向她打招呼，不过，她认定我只是在伪装，甚至怀疑我这一套是从狄恩那儿学来的，所以只对我报以勉强一笑。稍后发生了一件可怕的事情：卡米拉躺在房间里哭泣，而我突然想上厕所，但要上厕所，又非经过卡米拉的卧室不可。“狄恩，”我哭丧着脸问正在厨房水槽洗手的狄恩，“最近一家酒吧在哪里？”

“酒吧？”他觉得很惊讶，以为我一大早就想去喝酒。我把苦衷告诉他，他说：“没关系，想上厕所就去上，她一天到晚都这个样子。”不行，我办不到。我一溜烟冲出屋外，连跑了四条街，却一家酒吧也没找着，却找到不少洗衣店、干洗店、冷饮店、美容院之类的。我只好硬着头皮，回到狄恩的房子。他们正在互相咆哮，我带着尴尬的笑容经过他们身边。在厕所里，我听到卡米拉把狄恩的衣物扔到起居室的地板上，叫他收拾行李滚蛋。令我讶异的是，在卡米拉的房间里，我竟看到一幅盖拉蒂亚的全身油画像挂在沙发上方。显然，这期间，卡米拉与盖拉蒂亚这两个寂寞的妇人已经结为密友，没日没夜地谈论她们两个丈夫的疯狂行径。这时，我又听到狄恩神经质的笑声，夹杂着小女孩的号哭声在房子里回响。接下来，我就看到狄恩像格劳乌·马克斯似的拖着脚步，在起居室里来回踱步，他裹着绷带的大拇指向上跷着，仿如一个在阵阵水流冲刷下仍然静止不动的浮标。狄恩那个大且破的行李箱再一次出现在我眼前，袜子和脏内裤都伸出了箱子的边缘；狄恩弯下腰，把他找得到的每样东西都扔到行李箱里。之后，他又找出一个小型旅行箱（肯定是全美国最破的一个小型旅行箱，是纸板做的，不过看上去像是真皮的）和一个水手袋来装东西。由于箱子上裂了一条大缝，他又用绳子捆好。我也赶紧把我的东西收拾好。卡米拉躺在床上，仍然不断咒骂：“骗子！骗子！骗子！”我们快步走出屋外，往最近的一个电车站走去，而狄恩那根绑着绷带的大拇指，则仍然竖立在胸前。

这根大拇指，变成了狄恩最后一阶段人生态度的象征。现在的他，固然还是对一切都满不在乎，但跟从前不同的是，如今他也变得从原则上对一切在乎。换言之，一切对他都变得无可无不可。他属于的那个世界，是一个他改变不了的世界。走到马路中央的时候，他停下脚步。

“老哥，我想你可能会生我的气。你好不容易才来到我家，却第二天就陪我一起被扫地出门。你一定怀疑，我会落得这样下场，完全是自找的——也许还有别的原因——嘻嘻嘻！——但请你看着我，索尔，看着我。”

我看着他。他穿着一件T恤，一条磨旧了的低腰牛仔裤，一双破旧的鞋子；他没有刮胡子，头发凌乱，两眼充血，裹着绷带的大拇指靠在胸前，脸上挂着一个我见所未见的傻笑。他慢慢绕行了一圈，向四面八方张望。

“什么出现在我的眼球里呢？啊哈，是蓝天。”他揉了揉眼睛说，“还有一些窗子——你仔细研究过不同人家的窗子吗？让我们来谈谈窗子。我看过一些会对我做鬼脸的疯窗子，也看过一些拉着窗帘、会向我眨眼的窗子。”他从水手袋里抽出一本欧仁·苏的《巴黎的秘密》，用一种卖弄的姿态阅读起来。不过，才一下下，他就把书本放下，再次茫然地东张西望。“索尔，真的，我们真的应该到处去研究钻研……”我觉得这一次是来对了旧金山，因为狄恩正需要我的帮助。

“卡米拉为什么要把你赶出来呢？你有什么打算？”

“嗯？”他说，“嗯？嗯？”我们要到哪里去呢？我知道，这个要靠我来想。可怜的狄恩，他从来没有摔得这么重过：感染的大拇指呆呆地立在一堆破烂行李中，生活中没有母爱，无数次疯狂地穿越美国大地，一事无成的可怜虫。“让我们徒步走到纽约去吧，”他突然出主意说，“我们一面走，一面把沿路的所有事物看个够本——对，就是这样！”我掏出身上所有的钱数了数，然后拿给他看。

“我这里一共有八十三美元，外加一些零钱。如果你真想的话，我们就一起到纽约去。在那之后，我们再到意大利。”

“意大利？”他眼睛里射出了光芒，“意大利，正点！——但要怎么个去法呢，亲爱的索尔？”

我想了想。“我会再去弄些钱。我可以从出版商那里拿到一千美元。有了钱，我们就可以到罗马和巴黎去快活，逛遍每一个露天咖啡座，泡遍每一家妓院。所以说，为什么不去意大利呢？”

“为什么不去呢？就是说嘛！”狄恩随口应了句。但他随即意识到，我是认真的。他斜眼望着我，很认真地望着我，这一望，就像是一个人在下注前最后一次在心里估计自己有多少胜算。他从未认真看我看这么长的时间，我红着脸回望他。

我说：“你是怎么回事？”他没有回答，只继续用同样无礼而有戒心的眼神斜视我。

我搜索记忆，努力回想他生平所做的一切，回想他是不是有过什么不好的经历，会让他对现在的我起疑。我用坚定的语气把刚才的话重复一遍：“和我一块到纽约去吧，我身上钱够。”我看着他，眼眶中浮动着尴尬与泪光。他仍然瞪着我，但眼神却变得空茫，就像他在看的不是我，而是我身体后面的东西。这一刻，有可能是我们友谊的一个重要分水岭。我们两个人的内心都同时起了变化。对我来说，这是我第一次真正去关心一个人，一个比我小的人（小五岁），过去几年来，这个人的命运一直和我交织在一起。对他的影响则是后来通过他的行动我才明白的。狄恩这时变得非常欢快，说一切就这么定了。“那你刚才那样望我又是什么意思呢？”我这一问让他感到了痛苦。他蹙起了眉（蹙眉在他是很罕见的）。我们都感到有什么不确定的东西困扰着我们。那是个晴天丽日，我们站在旧金山一个山冈顶上，影子斜曳在行人道上。从卡米拉房子旁边的公寓，走出十一个希腊人模样的男男女女，他们在人行道上排成一列，有人走到对街，拿着照相机为他们照相。我们瞪着这些来自远古的人看，他们刚刚嫁了一个女儿，也许是他们族谱里第一千代出嫁的女儿。他们全都衣履光鲜，式样却很奇怪，我和狄恩仿佛置身于塞浦路斯。头顶上海鸥从晶亮的蓝天飞过。

“嗯，”狄恩用腼腆而甜美的声音问我，“可以出发了吗？”

“行，”我说，“让我们到意大利去。”于是，我们拿起了所有行李

（他用好手拿他的大行李箱，其余的都由我负责），蹒跚地往电车站走去。很快，我们这两个西部夜晚的落魄英雄就在颤动的架子上摇晃着腿下了山，来到人行道上。

3

我们进城后的第一件事就是到市场街的一家酒吧喝两杯，商量大计。在酒吧里，我们相约要做一辈子的死党，至死不渝。狄恩显得很沉默，一副若有所思的样子。他注视着酒吧里那些老流浪汉，想到了他父亲。“我想他人在丹佛，这一次我们非找到他不可，不管他是被关在郡立监狱还是又回到了拉里马街混，反正我们就是要找到他。同意吗？”

我表示同意。之后，我们决定，出发以前先在旧金山乐呵两天，做一些从前没干过，甚至愚蠢至极的事情。狄恩宣称，虽然他仍然爱着玛莉露，但已不再少不了她。我给他打气，说他到了纽约以后，一定可以闯出自己的一片天。

狄恩穿上他的细条纹外衣和运动衫，我们花了十美分把行李存放在巴士总站的储物柜之后，就打电话给罗伊，他答应给我们当两天司机。不一会儿，他就把车开到市场街与第三街的交会处，把我们接走。罗伊目前定居旧金山，在一家公司当职员，娶了个名叫多萝西的金发美女。狄恩偷偷告诉我他觉得她的鼻子太长了。但依我看，她的鼻子一点都不长。（不知道为什么，狄恩很喜欢挑剔她这一点。）罗伊瘦黑而英俊，有一张大头钉形状的脸和一头向后梳的头发，经常得把头发向两边拢一拢。他是个极好相处的人，脸上常挂着个大笑容。虽然多萝西激烈反对他充当我们的司机，但罗伊为了保持男人的尊严，决定信守承诺，当然，这难免会引起他跟多萝西之间的不快。可怜的罗伊夹在新婚太太和撞球室的旧老大之间左右为难。他整天整夜载着我们在旧金山到处跑，没有半句怨言，不过从他驾驶时的躁劲儿——一再闯红灯和高速急转弯——却可看出他内心承受的煎熬。狄恩对这种驾车方式却毫不在意，他非常开心。我和狄恩都没有去管他，只顾坐在后座聊天和大笑。

我们去了米尔镇一趟，看能不能找到雷米。经过海湾的时候，我惊讶地注意到，那艘名叫“费比上将”号的鬼船已经不在了。而当然，雷米也已经不住在那间破得不能再破的木屋里了。来应门的是个漂亮的黑妞，我和狄恩跟她攀谈了许久。罗伊在车上等，一面等，一面看欧仁·苏的《巴黎的秘密》。离开时，我不舍地看了米尔镇最后一眼，但我深知，沉湎于过去是无济于事的。之后，我们去找盖拉蒂亚，想跟她商量一下晚上借宿她家。艾德又一次跑掉了，可能去了丹佛，她要是不赶紧想办法把他找回来，情况肯定会更糟。盖拉蒂亚住在上密逊街。我们到达她那栋四房公寓时，她正盘着腿，坐在铺了东方式地毯的地板上，用纸牌在占卜。真是个好姑娘。艾德肯定在这儿住过一段时间，仅仅因为头脑一热、心情不佳就又离家出走了。看着这一切，令人感伤不已。

“他一定会回来的，”盖拉蒂亚说，“没有我，他照顾不了自己。”她狠狠地看了狄恩和罗伊一眼。“这一次把艾德拐走的人是汤米·史纳克。在他来以前，艾德工作得很认真，我们出去旅行过几次，享受过一段美好时光。不过汤米·史纳克来了以后，他就变了个人。他俩躲在浴室里——艾德坐在浴缸里，史纳克坐在椅子上——聊个没完没了，一待就是几小时。狄恩，这一套，你应该不会陌生才对。”

狄恩笑了起来。多年以来，他一直是一帮狐朋狗友的导师，现在，一众门徒都已得到他的真传了。盖拉蒂亚告诉我们，汤米在一次意外事故中失去了一根小指，获得一笔不少的保险理赔金。他蓄着一把胡子，瞪着那双湛蓝忧愁的眼睛来旧金山找艾德，之后，艾德就——毫无道理可言地——甩下盖拉蒂亚，跟汤米一起到缅因州的波特兰去（汤米在波特兰有一个姑姑）。他们要取道丹佛前往波特兰，所以，他们现在要不已经到了波特兰，要不就是人在丹佛。

“等汤米的钱用完，艾德就会回来。”盖拉蒂亚看着扑克牌说，“他这个大蠢蛋从来搞不清楚状况，过去如此，现在也是如此。其实他什么都不用懂，只要懂我爱他就行。”

坐在地毯上的盖拉蒂亚，长发垂在地上，样子就像那些在阳光下拍照的希腊人所嫁出的女儿，让我不由得不喜欢上她。我们约她晚上一起去听爵士乐。狄恩又计划找住在附近的玛莉亚一道去。

到了晚上，盖拉蒂亚、狄恩和我三个一道去找玛莉亚。玛莉亚是个身高一米八的金发女郎，住在一间地下室公寓里。她有一个小女儿，还有一辆勉强跑得动的老爷车。当她发动引擎时，我和狄恩得帮她把车推到马路上。之后，我们回到盖拉蒂亚的家。塞满家具的屋子里现在挤了一大票人：盖拉蒂亚、狄恩、玛莉亚、她女儿、罗伊、多萝西，当然还有我。我原以为我们立刻就要出发去听爵士乐，没想到接下来的却是一场公审。每个人都脸沉沉地坐着，只有我和狄恩站着。我站在起居室的一角，保持中立，而狄恩则站在大家的中央，像罪犯一样挨审。他缠着绷带的拇指像气球似的举在胸前，咯咯傻笑道：“妈的，咱们的手指都没了，哈——哈——哈！”

“狄恩，为什么你老是要干这种蠢事？”盖拉蒂亚问道，“卡米拉打电话告诉我，你离开了她。你明不明白你是个父亲？”

“狄恩没有离开她，是她把他轰走的。”我插嘴说。几个女的纷纷对我投以不屑的目光；狄恩则咧嘴而笑。“你看他那根大拇指，你以为他干得了什么呢？”我又说了一句。大家再一次看我，多萝西更是脸有鄙夷之色，简直像个妇女缝纫小组在声讨狄恩。看来，每个人都认为一切都是狄恩的错。我望着窗外密逊街五光十色的灯影，不再言语，一心只盼着能尽快去听爵士乐。要知道这才是我们到这儿的第二天啊。

“狄恩，我觉得玛莉露决定离开你，是个明智之举。”盖拉蒂亚继续开炮，“这些年来，你从来没有对谁表现出过责任感。你做过的荒唐事是如此之多，我真不知道该怎么去说你。”

其实这才是问题的本质。大家都愤怒地看着站在地毯中央的狄恩，但他唯一的反应只是傻笑。他轻轻跳了几下舞步。他大拇指上的绷带愈来愈脏，而且开始松脱散开。突然间我发现，哪怕狄恩真是坏事做绝，此刻的他却犹如白痴、傻瓜和凡人中的圣徒，充满蔑视地看着一切。

“除了你自己和你那些该死的乐子以外，你从来没有在意过谁、关心过谁。你一心惦记的，只是两条腿之间的事情，还有你可以从别人身上弄到多少钱、找到多少乐子，之后，你就会一脚把他们踢开。你从来没有想过生活是严肃的，没想过有些人很努力在生活，而不是像你那样，整天只知道鬼混。”

没错，这就是狄恩的为人，他就是“圣鬼混”。

“卡米拉今天晚上哭得死去活来，尽管如此，她完全没有要你回去的意思。她说她永远不想再见到你，她对你的忍受到此为止。但你看看你是什么德行，你站在这里，一副嬉皮笑脸的样子。我看不出你内心对这件事情有一丝一毫歉疚。”

这不是事实。我知道得比她们更深入，有充分的理由可以提出反驳。不过，我不认为这样做有什么意义。现在，我最想做的事，是把一条手臂攀在狄恩肩上，然后面向着大伙说：“在座的每一位，我请你们不要忘了，站在你们面前的这个人，何尝没有他自己的不幸与烦恼？再说，他静静地站在这里，没有一句抱怨，任由你们尽情去唾骂他，你们还能要求什么呢？如果你们还不满意，我建议你们把他送到枪决场去，我相信，这正是你们内心深处所渴望的……”

在座的人当中，只有盖拉蒂亚一个是不怕狄恩的，她镇静地坐在椅子上，昂首挺胸，在众人面前数落狄恩的不是。早在丹佛的时候，狄恩让大家和姑娘们围坐在黑暗之中，他自己则说个不停。他的声音仿佛有催眠的效力，据说单凭这种方式就能使姑娘们轻易就范。当时他也就十五六岁吧。如今他的信徒们都成了家，信徒的老婆们却把他困在地毯中间，尽情地数落他。我继续听下去。

“现在，你打算跟索尔到东部去，”盖拉蒂亚说，“我请问你，这样做的意义何在呢？你走了以后，卡米拉就要负起照顾女儿的责任，那样，你又叫她怎样兼顾工作？她说永远不想再见到你，我不怪她有这种想法。要是你在路上碰到艾德，请你告诉他，要么马上给我滚回来，要么等我去把他宰掉。”

真是直接得不能再直接了。这是一个惆怅的夜，我感觉自己像是身处一个可怜的梦中，被一群奇怪的兄弟姐妹围绕着。接下来是一阵死寂。狄恩本来可以提出辩解的，但他却没有，只是沉默不语地站在众人面前，一副落魄痴呆的样子，嶙峋的脸庞上布满了汗珠和搏动的青筋，不断喃喃自语“对，对，对”，就像有什么惊人的天启，已经让他大彻大悟。我确信天启已经进入了他，而其他人显然也有同感，显得惊疑不定。他被打垮了——打击来自“臻于至福者”的根茎与灵魂深处。他明白了些什么呢？他一直在努力告诉我他明白的事情，而这也是我会招在座各人之忌的原因。她们忌妒我可以站在狄恩一边，可以为狄恩辩护，可以分享狄恩的想法，就像她们也曾有过的一样。这时，几个女人把目光转向了我。我算老几呢？在这个美好的夜晚，在西岸这里，我不过是个外人罢了，有什么发言权呢？一想到这个，我就有点胆怯不前。

“我们准备到意大利去。”我豁出去了。这时，屋里的气氛突然变了。几个姑娘看着狄恩的眼神，就像是妈妈在看一个最怜爱又最不受教的小孩。狄恩不发一语地走出了大门，下楼去等我们。我从窗户往下望，看到狄恩站在门道上，兴冲冲地打量街上的事物。看得出来，苦涩、指责、忠告、道德、忧愁，这一切全都不在他心上，他唯一惦记的，就只是单纯存在的狂喜。

“来嘛，盖拉蒂亚、玛莉亚，我们听爵士乐去嘛。狄恩总有一天会死的，他死了以后，你们就没有机会数落他了。”

“他这种祸害死得愈早愈好。”盖拉蒂亚以发言人的身份说出房间里每一个人的心声。

“话是没错，”我说，“但他现在可还活着啊。我敢打赌，你们每个人都想知道他接下来会做些什么，因为你们都巴不得看到他再犯错，好让你们可以把他劈成两半。而如果他疯了，你们也不用担心，因为那不是你们的错而是上帝的错。”

几个女的一致反对我的意见，她们说我并不了解狄恩的为人，说他是有史以来最龌龊的家伙，等我有朝一日吃过他的亏，就会明白这一点。她们的反弹激烈得让我有点莞尔。这时，罗伊挺身而出为狄恩辩护，说没有人比他更了解狄恩。他说，就他所知，狄恩不过是个十分有趣的骗子罢了。我下楼去找狄恩。

“噢，老哥，不用担心，我好得不得了。”他搓着肚皮舔着嘴唇对我说。

4

女孩子都下楼来了，一个盛大的夜立刻宣告开始。当然，我们得先把玛莉亚的车子再推到街上去。“哟呼！出发了！”狄恩高呼，我们跳入后座，被吱吱嘎嘎地载到了佛尔萨姆街的小哈林区去。

一下车，一股温暖、狂野的气息就扑面而来。远远传来吹奏萨克斯的声音和人群随着节奏打拍子的击掌声和呼喊声：“继续！继续！继续！”狄恩迫不及待地跑了起来，大拇指悬在半空，一面跑一面喊：“别停，老哥，别停！”一群穿周末西装的黑人围在门前呐喊。那是一间地板铺锯屑的酒馆，有一个小小的舞台，戴着帽子的乐手们挤在上面，卖力地吹奏。一个疯狂的地方。那些狂热而又邋遢的女人有时候就穿着浴衣四处游荡，小巷里传来酒瓶叮当碰撞的声响。污水四溅的卫生间后头的黑暗走廊的连接处，许多男男女女靠在墙边喝着酒，有葡萄酒也有威士忌。那戴着帽子的萨克斯手正在凭兴致吹着一段高亢入云的乐曲，乐曲在高低起伏地重复着，从一阵“咿呀”到更加疯狂的“咿嘀哩呀”，伴随着一个高大野蛮的黑人敲出来一阵猛烈的鼓声。这黑人的脖子像公牛一般粗壮，他好像对一切事情都不在乎，只顾着敲打他那些破旧的鼓，哗啦哗啦的声响和咔嚓咔嚓的声音交织在一起。音乐声阵阵骚动，那萨克斯手抓住了观众，大家都知道他做到了。狄恩在紧紧抱着自己的头，站在那已经疯狂了的人群中。人们急促地哭喊着，要萨克斯手继续吹。萨克斯手站了起来，继续吹，那声音将人们的叫喊声压了下去。一个身高一米八、瘦骨嶙峋的黑人妇女把她的骨头在萨克斯的喇叭口上蹭来蹭去，萨克斯手没有理会她，只是用那乐器捅她，发出阵阵“咿咿”的声音。

每个人都在摇摆和吆喊。盖拉蒂亚和玛莉亚站在椅子上，手里拿着啤酒，也在跟着乐声摆动。一群醉汉这时从街上磕磕绊绊地走了进来，推开每一个人，想走到最前面。“别再推了！”只听见一声粗嘎的男声喝道，继而是一声远在萨克拉门托也可以听得见的挨揍呼痛声。“哇！”狄恩喊道。他不断揉搓自己的胸部和肚子，满头大汗。砰！踏！鼓手用两根鼓槌几乎把鼓打到了地窖里，与此同时，接连的敲打使鼓声直达天花板，格嗒格嗒，砰砰！一个大胖子跳到了台上，舞台为之一沉，吱嘎作响。每当萨克斯手停下来喘气，为下一轮的独奏做准备时，钢琴手就会把十指张成鹰翅，猛敲在琴键上，让整架钢琴的每一根木头、每一根金属，都为之颤抖起来。接着，萨克斯手跳到台下，站在人群中间，向四面八方吹奏起来。他的帽子歪了下来，遮住了眼睛，有人从后面帮他把帽子扶好。狄恩就站在他的正前方，低下头，面对着萨克斯的喇叭口，一面拍掌，一面汗如雨下。萨克斯手注意到狄恩的举动，用他的萨克斯吹出了一阵长而颤抖、犹如笑声的乐音。每个人都跟着笑了起来，不断摇摆。最后，萨克斯手决定吹出最后的高音，他微微蹲下，然后吹出了一个高音的调，并持续了很长一段时间，人们的呐喊声愈来愈大，我在想，再这样下去，搞不好警察会蜂拥而至。狄恩陷入了恍惚的状态。萨克斯手的眼睛紧紧盯着狄恩，他知道站在他面前的这个人是个疯子，但他却了解狄恩，而且想了解他更多更多。于是，一场对决开始了。萨克斯手使出浑身解数，各种各样的旋律节奏从他的萨克斯里源源不断流出。他有时站着吹，有时蹲着吹，有时弯着腰吹，有时仰成三十度角吹，有时仰成四十度角吹，总之，他把所有的方式都试了。最后，他终于精疲力竭，倒在后面某个人的怀抱中，大家都在热情地推挤呼喊："太绝了，太绝了！"狄恩拿出手帕来拭汗。

之后，萨克斯手回到舞台上，宣布他要唱一首慢调子的歌曲。他两眼忧郁地越过人群，望向洞开的大门，缓缓唱起了《闭上你的眼睛》。一时间鸦雀无声。这个萨克斯手身穿一件破旧的绒面革夹克、一件紫色的衬衫、一双有破口子的皮鞋和一条没烫过的高腰窄脚裤子；但他毫不在乎。他就是黑人版哈赛。他的一双棕色大眼里充满忧郁，歌唱得很慢很慢，中间还会有一些长长的、若有所思的停顿。不过，唱到第二段时，他激动了起来，一手攫住麦克风，跳到台下，躬身而歌。每唱一个音符，他都要伸手触两个鞋头一下，又把它们抬起来吹一吹。由于吹的次数太频密，让他身体摇摇晃晃，要等下一个又长又慢的音符出现，才能恢复平衡。"音——乐，响——起，"唱这句歌词时，他把脸仰向天花板，麦克风悬在嘴巴上，身体又摇又摆，继而，他从后仰一变而为前倾，嘴巴几乎压到了麦克风上面——"让这里变成如梦似幻之地，"——他望向街外，嘴唇不屑地噘起——"让我们在舞中缱绻缠绵。"——他摇摇摆摆地走到舞台的一边去——“爱的假期，”——他摇了摇头，一脸对整个世界既倦腻又厌恶的表情——“将会使一切变得，”——变得怎样呢？大家都在等——“完美。”钢琴手弹了一个和弦。“所以宝贝，过来吧，闭——上你漂亮的小眼——睛。”——他的双唇翕动着，与此同时，望向狄恩和我，表情好像在说：嗨，我们干吗在这个忧伤的灰色世界里蹚浑水呢？——接下来就是结尾了，他停顿了好一下，这段时间够你把加西亚的信息在全世界发十二遍。不过，这对其他人有什么意义？因为我们在这儿接触到的是可怜的歌手在狂欢的穷巷中的贫困生活。这时他引吭唱出：“闭上——你的——”他的歌声迸向天花板，迸向星星，甚至更遥远的天际——“眼——睛。”一曲过后，他走下舞台，坐在一个角落沉思冥想。他旁边坐着一群小伙子，但他并没有跟他们说话。我看到他低下头，哭了。他是最棒的。

我和狄恩上前去和他攀谈，并邀他一起出游。在车上，他突然喊道：“对极啦，没有比找乐子更惬意的了！我们要到哪儿去？”狄恩在座位上弹上弹下，咯咯傻笑。“等等，等等，我想起来了，”萨克斯手又说，“我还得到詹逊夜总会去唱歌，待会儿会有司机过来接我。我是为唱歌而活的。我已经唱了两个星期的《闭上你的眼睛》，我压根儿不想唱别的歌。你们两个打算到哪儿去？”我们告诉他，我们后天就要动身到纽约去。“老天，我可从来没到过那儿。有人告诉我，那是摇滚乐的圣地。可惜我不能到那里去。不过，我没什么好抱怨的，毕竟，我已经结婚了。”

“哦，是吗？”狄恩问，“那你的甜心今天晚上在哪里？”

“你说这话是什么意思？”萨克斯手瞟了狄恩一眼说，“我不是跟你说过，我已经结婚了吗？”

“对对对，”狄恩说，“我不过是随便问问。她有朋友或姐妹吗？你晓得，我们在找哪里有舞会。”

“舞会有什么好玩的？生命这么忧愁，再多的舞会也没有用。”萨克斯手说，眼睛望向车窗外。“狗屎！”他说，“我根本赚不到什么钱，但今晚我他妈的不在乎。”

我们回到酒馆内，盖拉蒂亚和玛莉亚已经走了。她们痛恨我们老是跑来跑去、不见人影，所以干脆自己步行去詹逊夜总会；事实上，她们也只能用走的了，因为玛莉亚的车子已经跑不动了。我们在酒吧里看到了一幕可怕的景象：一个穿着夏威夷衬衫的、喜好爵士乐的白人同性恋向那个身材高大的鼓手询问自己是否可以参与演奏。乐师们怀疑地问他：“你演奏过吗？”那人扭捏地给出肯定的答案。乐师们互相看看，说道：“对啊，对啊，这是男人做的事。见——鬼！”于是那个同性恋坐在了鼓边，乐队开始演奏，他用鼓刷击打着鼓的响弦，并且随着音乐摇晃着脖子，那股劲头显示出他平时爱喝茶，饮食清淡，不爱受到过度的刺激。他好像什么都不在乎，对着空气愉快地笑着，保持着波普的微妙节奏，为乐队演奏的蓝调提供了咯咯笑的、如流水般起伏的背景音乐。那些演奏着的乐师并没有在意他。那个长着公牛般粗壮颈部的黑人鼓手在等着上场演奏，“这人在做什么呢？”他说，“演奏音乐！妈的！”他又说道：“真是见鬼！”然后他厌恶地别过头去看着别处。

过了一会儿，载萨克斯手到詹逊夜总会的车来了。司机是个穿着整齐的黑人，个子很小，但开的却是一辆很大的凯迪拉克。我们一起上了车。小伙子以一百一十的时速前进，沿途一次也没停下来过，虽然他不断超车，但被他超过的人却几乎浑然不觉。他的驾驶技术好得没话说。“瞧瞧那家伙，老兄，瞧瞧他开车的帅劲儿，他不用移动身上的一根骨头，就可以把车子驾驭得服服帖帖的。他大可以一面开车，一面讲话，讲个没完没了，不过他现在却懒得讲话。嘿，伙计，这事我也在行——我真想——哦，开吧，继续开，不要停下来！就是这样！”又绕过一个街角以后，詹逊夜总会就到了。这时，一辆出租车也开到了夜总会的大门前。从车上下来一个穿着牧师服装、枯瘦的黑人，他把一美元扔给出租车司机，说了一声："用力吹！"之后，就冲入夜总会，匆匆忙忙穿过一楼的酒吧间，再快步跑上楼梯，往二楼的爵士乐演奏室走去。推开爵士乐演奏室的门以后，他就把双手挡在身前，以防会撞到谁，而被他撞上的第一个人就是兰普沙。这一季，兰普沙来詹逊这里当侍者。爵士乐演奏室里的乐声震耳欲聋，而兰普沙就站在门边，大声喊："用力吹，老兄，给我用力吹。"台上站着个中音萨克斯手，矮矮瘦瘦的，狄恩说，他一定就像汤米·史纳克一样，跟老祖母住在一起，整个白天睡觉，整个晚上吹萨克斯。

"简直就是卡洛·麦克斯的翻版嘛！"狄恩兴奋地大叫。

台上那个中音萨克斯手长得的确很像卡洛：亮晶晶的眼珠子，小而弯的脚，细细长长的腿。他嘴里含着萨克斯，蹦来蹦去，两只眼睛一直盯着台下的观众（九米见方、天花板低矮的房间大约有十二张桌子）；他一直吹个不停。他的点子很简单，那就是透过对同一个主题的不断变奏来制造惊奇。他可以反复不停地吹"塔——吐——塔达——拉拉……塔——吐——塔达——拉拉"，一边微笑，一边像亲吻似的贴在号口上，然后又一变而为"塔——吐——伊伊——搭——迪——迪拉——卢普！塔——吐——伊伊——搭——迪——迪拉——卢普！"听众爆发出一阵阵热烈的喝彩声。他自己明白，而每一个在听的人也明白，那是一个伟大的笑与沟通的时刻。他的音色清澈、高亢而纯粹。他离我们只有六十厘米远，对着我们的脸直直地吹。狄恩站在他前面，浑然忘了世间的一切，手不停地拍，身体不停地抖，汗不停地流，先是从脖子流到已经皱巴巴的领子上，又从领子流到脚边已经汇成一摊的汗水中。盖拉蒂亚和玛莉亚也在这里，这一点，我们足足五分钟以后才注意到。哇！好一个旧金山的狂欢夜，这里是大陆的尽头，也是一切疑虑的尽头。所有疑虑和无聊，再见啦！兰普沙捧着托盘在人群里穿梭，每一个动作都是合乎节拍的。他喊女侍们让路的话也有腔有调："宝贝宝贝，借过借过，兰普沙要从你旁边，擦身而过。”他把啤酒托在半空中，飞快掠过女侍身旁，穿过活动门进入厨房，和厨师们手舞足蹈一下子后，才又满身大汗地走出来。和我们一道来的那个萨克斯手，此时正一动不动地坐在夜总会的一角，面前摆着一杯没碰过的酒，一双大眼望向虚空。他的两条胳膊无力地垂在两旁，几乎就要触到地板，两条腿懒洋洋地伸着，而他的身体，则在近乎绝对的虚脱与恍惚的忧郁中，微微地颤抖。他是个每天傍晚都要把自己击昏一次，再让别人在深夜帮他解脱的人。至于那个与祖母同住、长得像卡洛的中音萨克斯手，则拿着他那只神奇的萨克斯，像猴子一样不停地在台上舞动，吹奏出两百段蓝调，一段比一段热烈有劲，完全没有精力不继或打算结束的迹象。整个演奏间都为之颤抖。

一小时后，我站在第四街和佛尔萨姆街的拐角，一面和一个名叫艾德·富尔叶的萨克斯手聊天，一面等狄恩从酒吧出来——他正在给罗伊打电话，要他过来充当司机。“我到哪里都会铆足劲去吹奏最好的音乐，但如果听众不喜欢的话，我也没有办法。哎，老兄，你的死党可真够疯的，你看看那边——”本来也没什么，我们站着谈话时，突然看到一个怪异又疯狂的景象。狄恩站在酒吧前面的马路中央，头拼命往上仰，身体向两边移过来又移过去，绑着绷带的那只手竖在半空中，另一只手则插在裤袋里，模样滑稽可笑到了极点。原来他是在找酒吧的门牌，他要罗伊过来接我们，却说不出门牌号码，便叫罗伊等一等，自己冲到街上来看酒吧的门牌。当时街上很黑，要看清楚门牌号码很不容易，这才有他那可笑的举动。他一看清楚门牌号以后，就马上往回冲，这时，刚好有一群人从酒吧出来，狄恩几乎是从其中一个人的两腿之间穿过去的。他跑得极快，以致酒吧里每个人都好奇地转过头来看他一眼。不久，罗伊到了，狄恩以同样惊人的迅捷穿过马路，无声无息地上了车。我们又出发了。

“罗伊，我知道你还在为你老婆的事苦恼，我很遗憾，不过，我和索尔非得在三分钟之内赶到第四十六街和吉利街拐角不可，否则一切就太迟了。（咳嗽了几声）我和索尔明天就要动身前往纽约，所以，今晚肯定是我们在旧金山狂欢的最后一晚。我想你不会介意吧？”

罗伊没有介意，他只不过是每遇红灯都必定闯过去罢了。他像傻瓜一样载着我们东赶西赶，直到黎明才回家去睡觉。在一家酒吧里，我们认识了一个名叫华特的酒友。每次他一点就是好几杯波特酒和威士忌，然后排成一列，每两小杯波特酒之间夹着一小杯威士忌。“喝威士忌前后各喝一杯波特酒，威士忌就不会那么难喝。”他解释说。

他邀我们到他家去喝啤酒。他住在霍华德街的一间廉价公寓里。我们进屋时，他太太正在睡觉。我们要在厨房里喝酒，但屋内唯一的电灯泡位于卧室的天花板，就在床的上方。我们得先把灯泡拿下来。狄恩站到一张椅子上，颤巍巍地伸长一只手，把电灯泡转了下来。我们的举动吵醒了华特太太，但她什么都没说，只是微笑。看起来，她比华特大约小十五岁，是全世界最温柔的一个女人。接着我们要把插头插到她床上方的接线板上。她既没有问华特刚才到哪里去了，也没有问现在几点，什么都没有问。我们坐在厨房里喝酒、聊天到破晓。离开的时候，我们把灯泡装回卧室的天花板。华特太太再一次被吵醒，但她还是什么都没说，只是微笑。

在黎明的街头，狄恩说：“看到没，老哥？这才是你应该找的真女人。从来不会唠叨、抱怨或啰里啰唆；她男人爱什么时候回家就什么时候回家，爱带谁回家就带谁回家，她从不过问。这才是男人该过的生活。”他指指华特的廉价公寓说：“那儿是他的城堡。”我们步履蹒跚地走着，狂欢之夜结束了。一辆巡逻车疑心地尾随了我们几条街。在第三街一家面包店，我们买了些新出炉的甜甜圈，站在灰蒙蒙、脏兮兮的街道上吃。有两个人肩并肩从我们身边走过，一个是戴眼镜、衣履光鲜的白人，一个是戴着卡车司机帽子的黑人。这是个奇怪的组合。这时，一辆大卡车在马路上开过，那个黑人兴奋地指指点点，但那个白人只转头瞄了他一眼，就继续数拿在手上的钞票。“和公牛老李一个德行！”狄恩咯咯笑着说，“别人想跟他谈有趣的事情时，他却只顾着数钞票和担心这个那个。”我们跟在他们后面走了一段路。

空中飘浮着圣洁的花朵，那是爵士美国拂晓时的倦容。

我们得找个地方睡觉。盖拉蒂亚那边根本不用想，那我们又要睡哪儿呢？狄恩想起他的一个旧识恩斯特·柏克。恩斯特·柏克是个火车司闸员，和父亲就住在第三街的一家旅馆里。狄恩过去和柏克父子很有交情，但后来却疏远了。他要我出面说服柏克父子，借他们房间的地板一睡。这是苦差一件，但我别无选择。我打了电话，接电话的人是恩斯特·柏克的父亲。起初老头子的态度很狐疑，不过我报出名字以后，他就改变了态度；他记得他儿子提起过我。老头子甚至亲自下楼，把我们带到他房间去。那是一栋老旧昏暗的旅馆。进到房间以后，老头子竟然要让我们睡他的床。“反正我都已经起床了。”他走到小厨房去煮咖啡，一面煮一面谈他在铁路上工作的往事。他让我想起我父亲。我躺在床上听他说故事，而狄恩则忙东忙西。虽然他没有留心听，但柏克老先生每说一句话，他都会答一句：“对，没错！”最后，我们终于睡着了。恩斯特下班回来的时候，我们已经起床，床就换他来睡。柏克老先生正准备去会他的中年情人。他穿上绿色花呢西装，戴上绿色花呢帽，还在西装翻领上插上朵花。

“这个浪漫的老司闸员，生活得虽然贫穷，却很充实。”我在厕所里对狄恩说，“他愿意把床让给我们睡，真是个大好人。”

“对对对。”狄恩回答说，根本没在听。他匆匆忙忙走出旅馆，到旅行社去找便车。而我则得先到盖拉蒂亚家，拿回我们的行李。她还是坐在地上用扑克牌占卜。

“再见了，盖拉蒂亚，祝你事事顺利。”

"艾德回来后，我会每晚带他到詹逊去，让他的疯劲儿有地方可以宣泄。你觉得这个办法管用吗，索尔？除此以外，我也想不出更好的法子。"

"扑克牌怎么说？"

"黑桃A正在远离他。艾德身边总围绕着红心——红心Q从不会离他太远。看到那张黑桃J没有？那是狄恩，他总在艾德左右。"

"嗯。我们一小时内就要出发到纽约去。"

"总有一天，狄恩这样旅行会一去不返。"

她批准我在她家淋浴和刮胡子。之后，我跟她说过再见，就提着大包小包行李下楼，招了一辆共乘出租车。这种出租车的样子和一般出租车没有两样，不过它走的是固定的路线，只要十五美分，你就可以在路线上的任何地点上下车。就像坐公交车一样，共乘出租车上也会有其他乘客，不过，在这里，你却可以享受到聊天说笑的乐趣。麦迪逊街上一片熙熙攘攘，有重大工程在进行着，有小孩在玩耍，有正在下班回家、一脸雀跃的黑人，到处是尘土飞扬、欢声笑语。旧金山真是全美国最最刺激的一个城市——头顶上是纯净的蓝天，夜晚翻滚而来的欢乐雾海让每个人都更加渴望食物和更大的刺激。我不想离开，我这一趟来旧金山，前前后后才待了六十多小时。可恶的狄恩害我匆匆忙忙跑过全世界，却没机会看上一眼。下午，我们再次朝萨克拉门托和东部进发。

5

搭载我们的人是个男同性恋，人长得高高瘦瘦，戴一副墨镜。他要回堪萨斯的家。狄恩私底下谑称他开的是一辆"普利茅斯男同志"，因为他开车极其小心谨慎，让人感觉车子像是一点马力都没有。"这辆车真娘娘腔！”狄恩凑到我耳边说。车内还有一对男女乘客，是那种去到哪儿都想停下来过夜的观光客。我们第一个歇脚点会是萨克拉门托。不过，对一趟前往丹佛的旅途来说，萨克拉门托连个起点都谈不上。我俩坐在后座，开车交给他们，聊天交给我们。“老兄，昨晚那个吹中音萨克斯的人可真是有一套，一旦发现了那一点就抓住不放，我还从没见过谁可以坚持这么久的。”我想知道什么叫“那一点”。“这个嘛，”狄恩笑道，“这种事无法估量。呃，他一个人要面对那么多的人，对吧？他要把大家的所思所想都表达出来。他开始演奏一个主题，然后把想法、人物组织起来。对啊，对啊，一旦吹到了点子上，就要尽情地发挥。突然间，他找到了那一点，人们抬起头来，他们知道他找到了点子，他们倾听着，他抓住点子，尽情发挥。时间仿佛停止了流动。他用我们生命的内在实质填补了空间，他发自内心的坦诚，那些对过往的回忆，对于旧事的重复。他的曲调循环往复，充斥着丰沛的情感，对灵魂的探究。人们都知道，重要的不是曲调，而是那一点东西——”狄恩无法继续说下去了，此时他已经大汗淋漓。

我开始侃侃而谈；我一辈子从来没说过那么多的话。我告诉狄恩，我小时候坐车的时候，常常幻想自己手上有把大镰刀，把每一根从车窗外掠过的树木或电线杆砍断，甚至把每一个山丘切成一片一片。“对！对！”狄恩喊道，“我也有过同样的幻想，不过用的镰刀不同。我的镰刀长得无法衡量，它可以伸得很远很远，可以弯过山头，把它们一个个削下来，同时把路上每隔一段距离就出现的电线杆削断。说到这个，让我想起一件事情，非跟你说说不可。在经济大萧条那年头的中期，我和老头子，还有一个拉里马街穷得要命的流浪汉，一起去内布拉斯加干卖苍蝇拍的勾当。我们用一些铁丝和正方形的滤网，把它们弄弯，再用小块蓝色、红色的布条把四边缝上，造了几千个苍蝇拍，然后开着一辆老爷车，到内布拉斯加的每一户农家兜售，每个苍蝇拍卖五到十美分。很多农家都向我们购买，主要是出于同情。那段时间，我老头子常常喜欢唱：‘哈利路亚，我是个乞丐，再次成为个乞丐。’老哥，你知道我们在内布拉斯加辛辛苦苦卖了两星期苍蝇拍以后，发生了什么事情吗？我老爸和他死党因为对怎样分配赚来的钱意见不合，在路边大打了一架，然后他们言归于好，用赚来的钱买葡萄酒喝，一喝就是五天五夜，我则只有蜷缩在一边哭泣的份儿。而当他们把最后一分都花光之后，我们就只好回到原点去：拉里马街。后来我老爸犯了事，被送上了法庭。我不得不在法官面前为他求情，因为他毕竟是我爸，更何况我已经没有妈妈了。索尔，我八岁的时候，就已经可以在律师面前声情并茂地演讲……”我们很热，我们往东走，我们很兴奋。

“还有，”我说，“作为你说的话的小插曲，也是倾吐完我最后的想法。小时候，我坐父亲车子的时候，喜欢躺在后座，幻想自己骑着一匹白马，越过沿路出现的一切障碍：躲避电线杆，从房屋旁猛冲过去，有时候来不及了就直接跳过阻挡物，翻过山丘，难以置信地穿过前面突然出现的繁忙的广场……”

“对对对，”狄恩呼吸急促地说，“我也是，我小时候也常常幻想自己跨过沿路的每一个障碍物，但不是骑在马上，而是用我自己的双脚。你是个东部小孩，所以才会对马存有遐想。我们西部人并不认为马有多了不起。当然，咱们都明白，这些都是不存在的。可能我的人格分裂幻想更严重。我幻想自己以一百五十公里的时速奔驰在公路上，赶超一辆又一辆疾驶中的汽车。我跳过一道道矮树丛、一列列篱笆和一栋栋农舍。有时，我一纵身，就可以跳到遥远的山坡上去，然后又立刻跳回来，也就一转眼的工夫……”

我们聊得汗流浃背，浑然忘记前头还坐着别人。他们开始怀疑我们的神志状况。“拜托你们别摇了，再摇，船就要沉了。”司机对我们说。他说的是事实，因为我们一面说话，一面比手画脚、摇摆身体，幅度之大，让车身都为之摇晃。

“唉，老哥！老哥！老哥！”狄恩叹道，“现在我们终于一起到东部去了，这还是我们的第一次呢，想想看会有多少乐子等在前面！到丹佛以后，我们哥俩要好好研究一番，看看每个人都在做些什么——虽然他们在做什么，跟我们没什么关系。你我只要记住一点就可以：每件事情都会顺顺当当，没什么好担心的。”他大汗淋漓地握着我的手臂，放低声音说，“你看看坐在前面的那几个人。他们全都担心这个担心那个，他们在算着里程数，在盘算着今晚要睡哪里，在计算着汽油要花多少钱，担心天气，担心怎么到那儿——反正他们总是会到那儿的。不过他们仍然会为此烦恼，感到焦躁不安，他们的灵魂永远不得安宁，除非他们可以找到已经确认并且被证实的烦恼，而一旦找到，他们的脸上就会出现相应的痛苦表情，你看，这就是所谓的不幸。这一切和他们擦身而过，他们很清楚这一点，并为此无尽地烦恼。听着，‘好吧，’他模仿着说，‘我也不清楚，也许我们不该在那里加油。最近我看到《国家石油报》上有一篇新闻报道，说这汽油里含有大量叫辛烷的精液，甚至还有人跟我说那里面有半正式的频繁出现的阴茎，呃，总之就是感觉不怎么对劲……’老兄，你看他们呀。”狄恩使劲地戳我的肋骨让我明白。我尽全力弄明白。后座一片喧闹。坐在前座的三个人大皱眉头，只愿从没有载过我们。不过，他们的苦难才刚开始。

到达萨克拉门托之后，司机偷偷地开了一间房，并邀我们到他房间喝一杯。那对男女乘客则到亲戚家去投宿。在房间里，狄恩使出浑身解数，想从司机身上骗一点钱，这一幕，只有“荒谬绝伦”四个字可以形容。一开始，司机表示，他很高兴我们接受他的邀请，因为他很喜欢像我们这样的年轻人，接着又不讳言地表示，他不是很喜欢女孩子，而且最近才跟一个男的结束一段关系；在这段关系中，他扮演的是“1”，对方扮演的是“0”。狄恩提出了很多一本正经的问题，又对司机说的话频频点头。司机说他最想知道的，是狄恩对他说的一切有何感想。狄恩首先警告对方自己年轻时是个皮条客，又问司机身上有多少钱。听了狄恩的话以后，司机变得极度沉默（当时我在厕所里），似乎是怀疑狄恩的动机；他并没有拿出钱来，只暧昧地答应到丹佛再讲。之后，司机经常会检查身上的皮包并数里面的钱。最后，狄恩“举手投降”了。“看到没，老哥，这种人，你理他根本是浪费时间，你答应提供他们心里暗暗想要的东西时，他们反而会张皇失措。”但狄恩还是赢得了男同性恋的好感，顺利地从他手中接过驾驶权。真正的旅行开始了。

我们在破晓离开萨克拉门托，中午时分穿过内华达沙漠，不过，到达沙漠区之前的一段山间飞车，却吓得男同性恋和一对男女互相紧抓住对方。现在，坐在前座的换成我和狄恩了。由于重获方向盘的支配权，让狄恩变得快乐无比。只要有一个在手上的轮子和四个在地上的轮子，他就心满意足。他谈起公牛老李的驾驶技术有多差劲，而且要示范给我看。“公牛开车时，如果前头出现一辆大卡车——就像现在我们前面那一辆——他总会很迟很迟才注意到。为什么？因为他根本看不见啊，老哥，他根本看不见。”狄恩一面说一面做揉眼睛状，“如果我跟他说：‘哇，公牛，小心，有辆大卡车！’他就会说：‘嗯？你说的大卡车在哪里？’‘就在前面！就在前面！’在最后一秒钟，他的车子就会像这样——”狄恩把车开得与迎面而来的大卡车无比接近——近得连大卡车司机那张逐渐变绿的脸也可以看得一清二楚——眼看就要撞上，他在最后一秒钟急转方向盘，从大卡车旁边闪过。“就像这样，一模一样，你看公牛的驾驶技术有多差劲！”我一点都不怕，因为我知道狄恩的驾驶术有多高明。坐在后座的三个人没有说话。他们根本就不敢吭声，因为他们不知道，对狄恩这样的疯子抱怨的话，会招来什么不测后果。接下来的一路上，狄恩都是这么个开法。他给我示范各种错误的驾驶方式，示范他父亲怎样开车，示范好司机怎样转弯，而坏司机又怎样转弯，等等。那是个阳光灿烂的炎热下午，雷诺、战争山、埃尔科以及沿线一个接一个的内华达小镇在我们眼前掠过。薄暮时分，我们开抵盐湖平原，盐湖城星星点点的灯火从两百公里之外向我们闪耀；我们看到两个盐湖城，一个是实景，一个是海市蜃楼；一个在地平线下面，一个在地平线上面；一个清晰，一个模糊。我对狄恩说，那些把世界所有人联系在一起的东西都是看不见的。为了证明我所言不假，我指了指车窗外那些连绵到天边的电线杆。他手指上的绷带已经肮脏不堪，松松垮垮地在空中颤动，他却容光焕发。“太对了，老哥，太对了！”他说。突然间，不知道为什么，他把车停了下来。我转过头去看他，发现他已经蜷在驾驶座的一角，睡着了。他的脸枕在没有受伤的一只手上，而扎着绷带的一只手，则自然而然地向上竖着。

后座的三个人这时才松了一口气，我听到他们窃窃私语。“我们不能再让他开车了。他是个彻头彻尾的疯子，准是从疯人院跑出来的。”

我探身到后座去为狄恩辩护。“他不是疯子。不用担心他的驾驶技术，他是全世界最好的司机。”

“但我受不了了。”那女的以既压抑又歇斯底里的声音轻声说。我回过身，一面静静欣赏沙漠的夜色，一面等天真又可怜的狄恩醒过来。我们停在一个山丘上，从这里，可以俯览得到盐湖城井然有序的夜间灯火。那里就是狄恩第一次向这个五光十色的世界睁开眼睛的地方，一片贫穷的土地。

“索尔，索尔，看看，那就是我的出生地！那里的人变了，开始吃肉了，每吃一顿肉就变一点。看看！”狄恩醒来后对我说。他兴奋得让我真想大哭一场。同车的一对男女坚持，接下来的路要由他们驾驶。好吧，我们不在乎。我和狄恩又坐到后座去谈天说地。只不过，到了早上，他们就累得受不了，于是，在科罗拉多东部沙漠的克雷格，狄恩又重掌方向盘。昨天晚上，我们在犹他州的草莓山隘慢爬了几乎一整个晚上，浪费了不少时间，狄恩决定把时间给赶回来。坐在后座的三个人都睡着了。一踩油门，狄恩就把车子送上了一百多公里之上的伯绍德山隘。到达最高点以后，狄恩就放开油门，像在大特哈查比山隘的时候那样，让车子借着地心引力往下滑，超过每一辆车子，拐过每一个弯道，完全没停过一下子，直到广袤炎热的丹佛平原再次出现在我们脚下——狄恩到家了。

当我们在第二十街和联邦街拐角下车时，车上每个人都如释重负。我们的破行李箱再一次一个叠一个地堆在人行道上。要到纽约，还有很长一段路要走，但没有关系，道路就是我们的生活。

6

我们现在在丹佛面对的处境，与一九四七年截然不同。我们既可以选择立刻就找一辆旅行社的车子继续赶路，也可以选择停留几天，找点乐子和寻找狄恩的父亲。

我们两个都又累又脏。在一家餐厅的洗手间里，我正在小便时，狄恩想到水槽去洗手。洗手间的空间很小，我站在便池前面，他过不去。于是，我中途把尿憋住，换到另一个小便池，给狄恩让路。“要不要也来试试这把戏？”我对他说。

“好啊，”正在洗手的狄恩回答说，“把戏是很有趣，但对你的肾却不怎么好。要知道，你的年纪每一刻钟都在增加，如果你继续玩这把戏，那到头来，恐怕你会变成个可怜的糟老头，带着颗可怜的肾，坐在公园的长凳上怔怔发愁。”

我被这话惹毛了。“谁是糟老头？你以为我比你大多少岁！”

“我不是这个意思，老哥。”

“哼，”我说，“你老是拿我的年纪开玩笑。我没有那个同性恋司机老，至于我的肾状况怎样，也不劳驾你来提醒。”回到座位上时，女服务生刚好把烤牛肉三明治送过来。“我不想再听到刚才那种话了。”我的气还没有消。突然，狄恩两眼闪着泪光，站起来，走出了餐厅，把热腾腾的食物留在了桌上；换成是别的时候，他三两口就会把三明治干掉。我怀疑他是不是会一去不回，我也不在乎，因为我气炸了。然而，看到狄恩留下来的食物，我的心情又开始凝重起来。他非常非常喜欢吃……从不会留着食物不吃……也许我方才的话真的是太重了。真见鬼，看来他是真的生气了。

狄恩在餐厅外头足足站了五分钟。之后，他走了回来，坐下。“说说看，”我问，“你站在外头做些什么？紧握双拳诅咒我？还是在想一些关于我的肾的新笑话？”

他默然摇了摇头。“不是，不是，你全猜错了。如果你想知道，好吧——”

“来啊，说啊。”说这些话的时候，我一直低着头吃东西。我的态度像头野兽。

“刚才我在哭。”

“少来了，你从不哭的。”

“拜托，你凭什么知道我从来不哭？”

“你这个人还没有良心发现到会哭。”我说的每一句话，都像一把刀子一样刺痛我自己。因为它们让我一直暗藏着的对我兄弟的不满怨尤，统统原形毕露了；让我看清楚，我骨子里是多么丑陋和何等龌龊的一个人。

“不，老哥，我刚才真的是在哭。”他摇着头说。

“得了吧，我敢打赌，你刚才在生气，考虑要离开。”

“相信我，索尔，求求你，如果你从没有相信过我一件事的话，现在也请你相信我这一次。”我知道他说的是实话，但我现在根本懒得管什么事实不事实。然而，当我抬起头看到他的样子，我就知道我错了。

“狄恩，我对刚才说的话感到抱歉。我以前从没有这样对待过你。不过，你总算认清我这个人了！我跟谁都没有很密切的关系，因为我不懂得处理这种关系，我就像手上捧着一坨屎，不知道要把它往哪里搁。所以，让我们把刚才的事忘了吧！”他开始拿起三明治来吃。“那不是我的错！不是我的错！”我继续说，“这个狗屎世界没有一件事情是我的错，你明白吗？那不是我想要的，我也不会让它再发生。”

“好的，老哥，好的，老哥，不过请你相信我。”

“我相信你，真的相信。”这个就是当天下午所发生的悲哀故事。那天晚上，我们去一个田工家庭借宿，而一大堆麻烦也随之降临在我们身上。

他们是我上一次待在丹佛两星期的邻居。这户人家的女主人是个很能干的女人，她靠着冬天在山区开运煤车，独自扶养四个孩子。她丈夫好几年前离开了她，当时，他们正开着活动车屋在各地旅行。他们从印第安纳一路开到洛杉矶，享受了一段很美好的时光。但有一个星期天，他俩在十字路口的酒馆大喝了一顿以后，她丈夫一个人走过田野，就再没有回来过。她的四个小孩都很棒。最大的是个男孩子，目前没有住在家里，而是住在山区的营地里；老二是个可爱的十三岁女孩，她喜欢写诗，在田野里摘花朵，志愿是当好莱坞的女明星，名字叫珍妮特；老三是小吉米，一天到晚坐在火堆旁，土豆还没烤熟就闹着要吃；最小的小露西，喜欢抓蠕虫、蟾蜍、甲虫或其他会爬的东西当宠物，给它们取名字，给它们找地方住。他们一共有四条狗。这家人过得贫穷，但却快乐。不过，由于法兰姬（女主人的名字，至少大家都是这样叫她的）是个被丈夫遗弃的女人，而且他们的院子常常乱七八糟，所以成为邻居取笑的对象。每到晚上，都可以眺望得到丹佛大车轮状的夜间灯火。他们家的住宅，位于丹佛城西端山峦起伏的地带，大海般的密西西比河冲刷着山峦，形成了像埃文斯、派克和朗洛斯这样孤岛般的圆形山丘。狄恩非常喜欢法兰姬的三个小孩，特别是珍妮特，不过我警告他（也许只是多此一举），不可以碰珍妮特。法兰姬一看到狄恩就很有好感，因为他让她想起她丈夫。“啊，他和我丈夫完全一个样，都是个野家伙。”

结果是伴着嘈杂的巡警队广播声，在杂乱的客厅里喧闹地喝啤酒，一边吃晚饭一边大声喧哗。好几年来，法兰姬一直想买一辆中古车，好不容易最近终于凑够了钱。狄恩知道这件事以后，立刻毛遂自荐，要为法兰姬挑车和讲价钱。他会这样积极不难料到，因为他想把车据为己用，好去钓高中女生。可怜而天真的法兰姬是个很好摆布的人。不过，当狄恩把车子挑好（而且已经准备好跳上车绝尘而去），法兰姬却不肯把钱交给业务员，因为她舍不得她的钱。“拜托，一百美元你还希望买到什么更好的货色？”狄恩坐在阿拉米达大道的人行道上，用拳头捶自己的头，把法兰姬骂了又骂。他气得脸色青紫，发誓不会再跟法兰姬说一句话。“唉，这些猪头田工，永远都蠢得让人难以置信，狗就是改不了吃屎；每当应该有所行动的时候，他们就会吓得歇斯底里、呆若木鸡。他们怕什么？怕自己想要得到的东西——完完全全和我老爸一个德行。”

但到了晚上，狄恩的心情又雀跃了起来，因为他约了表哥山姆·布雷迪在酒吧碰面。狄恩换上一件干净T恤，一副生气勃勃的模样。“听好，索尔，我要介绍一个人给你认识，他名叫山姆，是我的表哥。”

“顺道问你一下，你找到你父亲没有？”

“今天下午，我到他以前常去的吉格酒吧找过，但没找着；我又到温莎旅馆旁边的老理发店去找过，也没找着；一个旧识告诉我，据他所知，我老爸现在很可能是在新英格兰一家铁路边的快餐店工作。你能想象吗？不过我不相信他的话，这些人都喜欢编故事。好吧，现在让我们来谈谈山姆。我小的时候，山姆是我最亲的一个表兄弟，也是我心目中的英雄。他常常会从山区偷运一些私酒下来贩卖。有一次，他在院子里和他兄弟狠狠打了一场两小时的架，把家里的女人吓得大呼小叫。我们常常睡在一块。他是亲戚里唯一真正关心我的人。今天是七年来我第一次和他碰面，他刚从密苏里回来。”

“你找他目的何在？”

“没有目的，老哥，我只是想知道我家族的近况——不要忘了，老兄，我也有一个家族的。最重要的是，我想从他那里知道一些我已经遗忘了的童年往事。我想追忆起来一些往事，我真的想！”我从未见过狄恩如此兴奋和高兴。在酒吧等山姆来的时候，狄恩到处和人攀谈；他还打听玛莉露的消息，因为她最近来了丹佛。“索尔，我年轻时常常会从报摊偷些零钱，然后来这里吃顿炖牛肉。你看到站在墙角那个家伙没有？你知道他过去是个什么人吗？是个狠角色。他打过的架无以数计，他脸上有过的每一道疤痕，我还记得清清楚楚。不过，年复一年站在那个墙角以后，他变了，变得平易近人，变得一点火气都没有。他已经变成那个墙角的一部分了。这种转变，你想象得出来吗？”

山姆来了。他是个精瘦结实的人，约莫三十五岁，有一头鬈发和一双起茧子的手。狄恩立刻恭敬地站起来。当我们要为山姆点酒的时候，他说：“不用，我现在已经不喝酒了。”

“听到没有？”狄恩向我耳语，“他现在不喝酒，以前他可是个大酒桶。他现在有了宗教信仰，那是他在电话里告诉我的。研究他，看看是怎么回事——我的偶像现在变得怪里怪气的。”看到狄恩对我耳语，山姆显得疑心重重。他带我们坐他那辆吱嘎响的老爷车去兜风。上车没多久，山姆就对狄恩表明立场。

“狄恩，听好，我现在已经不再相信你了，也不打算相信你准备告诉我的任何事。我今天晚上会来见你，只因家族有一份文件，需要你签名。亲戚之间已经不会再提你爸爸的名字，也不希望再跟他有任何瓜葛。抱歉的是，我们也打算用同样的态度对你。”我望向狄恩，只见他垂着头，脸色阴沉。

“很好，很好。”他说。山姆继续载着我们到处兜风，甚至还买了冰淇淋苏打请我们喝。虽然有山姆刚才一席话，但狄恩仍然问了他一大堆有关往事的问题，而山姆也一一作答，不一会儿，狄恩兴奋的心情几乎全回来了。唉，他那个失魂落魄的父亲今晚身在何方呢？山姆让我们在阿拉米达大道上的一个游乐场门口下车。他约好狄恩明天下午处理签名的事。我告诉狄恩，我很遗憾世界上没有一个人愿意相信他。

“但不要忘了，我是愿意相信你的人。对于昨天下午对你说的那些蠢话，我感到无限抱歉。”

“没关系，老哥，事情已经过去了。”我们进入游乐场去闲逛。有旋转木马，有摩天轮，有爆玉米花，有轮盘，有填充木屑的玩偶，还有数以百计穿着牛仔裤的年轻男女在荡来荡去。尘埃和着一首首哀伤的音乐一起升向星空。狄恩身穿一条褪色的紧身牛仔裤和一件T恤，让他看起来像极了地道的丹佛人。戴着宽檐帽、留着胡子、穿着夹克衫的小伙子骑着摩托乱窜，同穿着牛仔裤、粉色衬衫的漂亮妞厮混。游乐场里还有不少墨西哥姑娘。其中一个引起我们注意，她是个侏儒，身高只有九十厘米，但却有着一张全世间最漂亮和最柔情的脸蛋。我们听到她转过身对一个女伴说：“哎，我们打电话把戈麦斯找出来吧。”狄恩一看到她，立时呆若木鸡。有一把大刀子从夜色中捅入他的心脏。“老兄，我喜欢她，噢，我爱她……”我们跟在她后面走了好一阵子。最后，她越过高速公路，在一家汽车旅馆的电话亭打了个电话。狄恩假装在翻电话簿，实则全心全意地盯着她。我试着和她的女伴搭讪，但她们却不理睬我。过了一会儿，戈麦斯就来了，他开着一辆吱嘎作响的货车，把几个姑娘载走。狄恩站在马路中央，抓住自己的胸部说：“噢，老哥，我要死了……”

“你干吗不上前跟她说话呢？”

“我做不到……”我们决定买一些啤酒，回法兰姬的房子喝，听听唱片。法兰姬十三岁的女儿珍妮特，是这个世界上最漂亮的少女，即将出落为一个美女。她最出色的是那十根削葱根般的手指，她一面说话一面比手势时，活像个正在跳舞的埃及艳后。狄恩坐在房间最远一角，眯着眼，盯着珍妮特看，嘴巴里念念有词："不赖，不赖。"珍妮特注意到狄恩盯着她，便向我提出抗议。珍妮特和我很要好，夏天的前几个月，我和她相处了一段时间，我们谈书，谈她感兴趣的小话题。

7

那个晚上什么事情都没有发生，我们喝完啤酒就睡觉去了。发生事情的是第二天。第二天下午，我和狄恩到市中心去处理一些杂事，又到旅行社去问了问有没有要到纽约去的便车。回家途中，经过百老汇街的时候，狄恩突然走进一家体育用品商店，拿起一个垒球；谁都没有注意。本来谁也不会注意这样的小事。出来时，他把垒球拿在手上抛上抛下。没有人知道他买垒球干什么。那是个令人昏昏欲睡的炎热下午。我们一面走一面玩传接球的游戏。"明天我们准能搭到一辆旅行社的车子。"

回到家里，我拿出一瓶一夸脱装的波旁威士忌（是一位女性朋友送我的），在乱七八糟的起居室里跟狄恩和法兰姬喝起来。在房子的后方，有一大片玉米田，而在玉米田的对面，住着一个很漂亮的女孩子。自从狄恩住到这里来之后，就一直打她主意。我们喝酒时，每过一阵子，狄恩就会走出后门，穿过玉米田，到那女孩子的住处，朝她房间的窗户扔小石头和吹口哨。他扔太多石头了，把那个女孩子吓到了。珍妮特不时都会跟在狄恩身后，看他搞什么鬼。忽然间，狄恩匆匆忙忙跑回来，脸色苍白地对我说："大事不好了，老哥。那女孩的母亲拿了一把猎枪追杀我，她还找来一大票高中生，要痛扁我一顿。"

"怎么会有这种事？他们现在在哪里？"

“正从玉米田走过来，老哥。”狄恩已经醉了，对这件事显得满不在乎。我和他一道走出厨房，在月色中穿越玉米田。我看到一大堆人站在黑色的土路上。

“他们来啦！”我听到对方说。

“等一等。”我问，“请问究竟是怎么回事？”

那女孩的妈妈站在人群中间，两手拿着一把大猎枪。“你那该死的朋友一直骚扰我们。我不是那种会诉诸法律的人。如果他敢再过来一次，我保证会一枪把他轰上天。”她身旁的高中生个个咬牙切齿，摩拳擦掌。我也醉得可以，所以也满不在乎。不过，我决定还是好汉不吃眼前亏。

“他不会再干这种事了。我会看着他的。他是我弟弟，会听我的。请你把枪带走，不必再为这事烦恼。”

“我再给他一次机会！”她语气坚定而严厉，“等我丈夫回来，我会叫他来找你。”

“不必这样做，我保证他不会再来烦你们。他会安静下来的，你们可以放一百二十个心。”狄恩站在我旁边低声诅咒。珍妮特从她卧室的窗户目视着这一切。我从前就认识这群人，所以听了我的一番话以后，他们的气就消了一点。我抓住狄恩的手臂往回走，再一次穿过一排排照映在月色中的玉米。

“哎呀！”他大声嚷道，“今晚喝得太多了。”回到法兰姬的屋子后，我们继续喝酒。突然间，狄恩发疯似的拿起一张珍妮特正在放的唱片，用膝盖把它掰折了。那是一张乡村民歌唱片，迪齐·吉莱斯皮的《刚果布鲁斯》，是我以前送珍妮特的。她当场哭了起来。我叫她把唱片砸到狄恩头上，砸成两半，她照办了。狄恩默然不语，如梦初醒地意识到自己干了什么。大家全都笑了起来。没事了。这时候，法兰姬建议大家到酒馆去喝啤酒。“走吧！”狄恩喊道，“唉，如果你星期二那天买了我帮你挑的那辆车，现在我们就不需要用走的了。”

“我不喜欢那辆烂车。”法兰姬回敬他一句。这时，孩子哭了起来。陈旧的壁纸，暗红的灯光，紧张的面孔，使空气中的气氛十分凝重，吓坏了小吉米。我把他抱到沙发上睡觉，再把一只狗绑在他旁边。醉醺醺的法兰姬打电话叫了一辆出租车。就在等出租车来的时候，我接到一通电话，是我那个女性朋友打来的。她在话筒中哭哭啼啼，说是永远不想再看到我。这件事全是她那个对我恨之入骨的堂弟搞的鬼。话说昨天下午，我写了一封信给公牛老李（他已经搬到墨西哥城了），告诉他我和狄恩在丹佛的情况，信中我说：“我有一个中年女性朋友，她不但请我喝威士忌、吃大餐，还给我钱花。”

昨晚，我在她家享用过一顿炸鸡晚餐以后，想起有信要寄，竟然蠢到托她堂弟代寄。那家伙擅自把信打开来看，看完后又交给他堂姐，以证明我确实是个骗子。所以，她才会打电话给我，说永远不想再见到我。之后，她堂弟接过电话，骂我是畜生。这时，出租车在门外按喇叭，小孩在哭，狗在吠，而法兰姬和狄恩则在跳舞。我已经醉昏了头，对着话筒骂出所有我想得到的脏话和一些我新发明的脏话，然后砰一声挂上电话，出门喝酒去。

我们三个你推我撞地下了出租车，走进一家酒馆，点了啤酒。酒馆里有个疯家伙对狄恩一见如故，死命抱着他，呻吟喘息。狄恩汗流如注，没多久就又发起疯来。他跑到酒馆外，偷了一辆停在车道上的车子，呼啸着开到丹佛的市中心，然后又偷了另一辆更新、更好的车子开回来。突然间，我看到一辆巡逻车停在了酒吧外头，几个警察和一些人围在狄恩偷来的车子四周。“这是辆赃车。”一个警察说。狄恩就站在他后面，假装惊讶地说：“是吗？是吗？”警察走开后，狄恩走进酒馆，和那个叫东尼的疯家伙再次扭抱在一起，跳起舞来。东尼今天刚结婚，新娘正在某个地方等他，他却跑来这里喝得烂醉。“老哥，这家伙是全世界最棒的！”狄恩高喊道，“索尔、法兰姬，你们等我一下，我去弄一辆真正的好车，然后我们三个，还有东尼，一起到山上去狂飙一番。”说完，就一阵风似的跑出了酒吧。几乎同一时间，一个警察走了进来，说一辆从市中心偷来的汽车现在就停在酒馆的车道上。人们三五成群讨论这件事情。透过窗户，我看到狄恩走到一辆停得离酒吧最近的汽车，两三下就打开了门，坐了进去，一溜烟开走了；竟然没有半个人注意到这件事。几分钟以后，他又回来了，开的是一辆完全不同的车。“这一辆才真的是漂亮宝贝，”他对我耳语道，“刚才那一辆太喘了。快点，老哥，我们一起去兜风吧。”他一生所积聚的苦涩和疯狂，全都在这个晚上爆发了出来。他满脸通红，汗如雨下。

“不，我不想坐着一辆赃车到处逛。”

“不要这样嘛，老哥！东尼，你也会跟我们一道来，对不对？”瘦削黑发的东尼本来正靠在狄恩身上呻吟喘气，但一听到这问话，就仿佛得到天启似的，抽回搭在狄恩身上的手，退后几步，面露惊惶之色，掉头走开。狄恩点了点头，大滴大滴的汗从他额上流下来。见我们不理他，他就一个人走出酒吧，把车开走了。法兰姬和我决定回家，便坐上一辆停在车道上等客人的出租车。出租车沿着阿拉米达大道前行——几个月前的夏天，我曾经在这条大道上失魂落魄地走过无数个夜。忽然间，狄恩的车子出现在我们后头，他猛按喇叭，又大声尖叫，不断向着我们的车子进逼过来。出租车司机吓得脸色发白。

“不用担心，他是我的朋友。”我对出租车司机说。狄恩很气我们。突然间，他猛踩油门，把车子加速到一百四十，箭似的超到我们前面，扬起大片尘埃。之后，他转入通往法兰姬家那条路，开到房子前面停住，不过，一等我们到达，他就急速回转，又往城里开去。我们在黑暗的院子里焦躁地等候着。没多久，他回来了，这次开的又是一部不同的车子，一部破破的双门小汽车。他下车后就摇摇晃晃直接朝卧室走，一到卧室，就倒到床上去。而他偷来的那辆车，则大剌剌地停在门前。

我非把狄恩弄醒不可，因为只有他有办法发动他偷来的这部车子，再把它开到什么地方丢掉。狄恩迷迷糊糊地从床上站了起来，身上只穿着一条三角裤，跟着我一道到车上去。几个小孩站在窗户前咯咯笑。他把车开过路尽头的一片紫花苜蓿，直到车子完全没办法动才停住。车子就停在一棵三角叶杨树的下面，附近有一个老磨坊。“没路了。”狄恩说罢这句话就下车往回走。我们穿过玉米田，在月光下走了大约一公里，才回到法兰姬的房子。丹佛的一切都变得一团糟：我的女性朋友、汽车、小孩、可怜的法兰姬、满地啤酒罐的起居室。一只蟋蟀吵得我好一阵子无法入睡。西部这一带的星星，就像我在怀俄明看到的一样，大得像罗马焰火，又寂寞得像达摩王子——他失去了祖传的果园，所以在北斗的星柄上一站一站寻访，想把果园找回来。这也是为什么星星会在夜空中缓缓轮转的原因，在星星都转完一圈，而太阳又未真正升起以前，会有一道巨大的红光，照向西堪萨斯以西那一片微褐色、萧瑟的土地，届时，鸟啼声就会在丹佛上空响起。

8

一大早，极度的不适笼罩着我们。狄恩起床后第一件事情就是穿过玉米田，去看看车子还在不在；在的话，他打算拿它当我们到东部去的交通工具。我叫他不要去，但他没有听。他回来时脸色苍白。“老哥，我看到附近有一辆侦探车。这些年来，我在丹佛偷过五百辆车子，每一个管区都有我的指纹档案。你知道的，我偷车不过是为了兜兜风！我得赶快溜才行！听好，假如我们不能在第一时间离开这里的话，我们的牢就坐定了。”

“你说得真他妈的太对了！”我说。我们立刻开始用两双手可能有的最快速度收拾行李，并同这可爱的一家人道别。珍妮特哭了，舍不得我们离开（也许只是舍不得我离开）。法兰姬礼貌地和我们道别，我吻了吻她，并对我们带给她的麻烦赔不是。

“他真是个野家伙，”她说，“很难不让我想起我跑掉的老公。他们完全一模一样。我真希望吉米长大后不会是这个样子，但机会很渺茫。”

我也向小露西说再见，她手上拿着一只宠物甲虫；小吉米正在睡觉。这所有的话别，全都在几秒钟内完成。那是个美丽的星期天黎明，我们拿着大件小件的破行李，在街上匆匆而行。我们提心吊胆，因为随时都有可能从哪个路口转出一辆巡逻车，向我们直扑而来。

“如果那个拿猎枪的妈妈发现了这件事，我们就死定了。”狄恩说，“我们必须叫一辆出租车。坐上出租车，我们就安全了。”我们本想敲一户还在睡觉的农家的门，借电话叫出租车，但却被他们的狗赶跑了。每多滞留一分钟，我们的危险就增加一分，因为狄恩偷来的车子随时都有可能被一个早起的农民发现。我们从一位可爱的老妇人那里借到了电话，叫了出租车。但车子却迟迟没有出现。清晨的车流开始了，每一辆往来经过的车子看起来都像一辆巡逻车。蓦地，我看到一辆巡逻车向我们迎面而来，我知道，我的人生要完蛋了，接下来就要过恐怖的铁窗生涯。但那车子原来是我们叫的出租车。我们就此向东逃去。

在旅行社，老天送了我们一份大礼：有车主需要人帮他把他的凯迪拉克开到芝加哥去。车主和一家人刚从墨西哥回来，原来打算一直把车开到芝加哥，但到达丹佛以后便累得受不了，决定跟家人改坐火车回家，车子则委托给别人开。他对司机的要求不多，只要求有身份证明文件和能把车开到芝加哥就行。我出示的证件让他很放心。狄恩兴奋地在车里钻进钻出，我警告他：“不要偷人家车上的东西。”车子要一小时后才能交给我们开。我们躺在教堂附近的一片草地上——一九四七年的时候，我送丽塔·贝登各特回家后，曾在这里和那些行乞的流浪汉待了一段时间，那天我疲倦极了，脸朝着午后的鸟儿睡着了。事实上有人在某处弹奏管风琴。但狄恩却静不下来。他跑到一家小吃店去跟一个女侍搭讪，并跟她约好，下午开凯迪拉克载她兜风。他跑回来告诉我这件事。我的心情现在好多了，不知道新的麻烦才要来。

凯迪拉克抵达时，狄恩马上坐了进去，把车开走，说是要去“加油”。旅行社的老板狐疑地看着我，问：“他什么时候会回来？其他乘客都到齐了。”他指了指两个坐在长凳上的爱尔兰小伙子。他们是东部一家耶稣会学校的学生。

“他只是去加油了吧，立刻就会回来。”我走到街角，看到狄恩把车停在一家旅馆前面，等约好的那个女侍出来。她就住在这家旅馆。事实上，从我站立的位置，可以看得见那女侍的房间。我看见她正站在镜子前面化妆和调整丝袜，唉，我真希望能和他们一道去兜风。那女侍连走带跑地出了旅馆，跳上了凯迪拉克。我漫步回旅行社，安抚略显不耐烦的旅行社老板和乘客。站在旅行社的门口，我可以看见凯迪拉克反射着微光，正开过克利夫兰广场，穿着T恤的狄恩满心欢喜，正在比手画脚、侃侃而谈，而他身边的女伴，则一副志得意满的模样。狄恩把车开到了一个以前他工作过的停车场，停在后头一堵墙边，然后——据狄恩自己说的——很快成其好事。他还说服那女的——她名叫比茉莉——星期五一领到薪水，就立刻到纽约列克星敦大道伊安·麦克阿瑟的住宅来找我们。三十分钟后，狄恩把比茉莉呼啸着送回旅馆，拥吻过，山盟海誓过，道别过后，就火速赶回旅行社。

“哦，总算回来啦！”旅行社老板说，“我还以为你开着凯迪拉克跑了呢。”

“我会负全责的，”我说，马上又补充了一句，“你不必担心。”我会补充这句话，是因为以狄恩那种痴狂的神情，很难让人不认为他是个疯子。但狄恩马上换上一副一本正经的表情，并帮那两个耶稣会的小伙子拿行李。在他们还没有来得及坐稳，而我也没来得及向丹佛挥手作别之前，车子已经像鸟一样飞了起来。出了丹佛还没有三公里，时速表就不管用了，因为狄恩已经把车速飙到了一百八十。

“嗯，没有了时速表，我就无法知道自己开多快啦。不过没关系，等我开到芝加哥，再把全部里程数除以小时数，就知道答案了。”在通向格利里那条笔直的高速公路上，每一辆车子都像死苍蝇一样被我们抛在了后头。狄恩虽然开得快，但凯迪拉克很平稳，让人感觉车速不过在一百二十左右。“索尔，我现在之所以不向东北方向开，是因为我必须到斯特林一趟，去看看我的死党艾德·威尔，他在那儿有个牧场。你也应该会他一会，顺便看看他的牧场。你不必担心，我们这辆车速度这么快，绕一点点路，耽误不了多少我们到达芝加哥的时间。”好吧，我没有异议。天开始下雨，但狄恩并没有减速的意思。我们坐的是一辆漂亮的大轿车——黑色的车身，加长型的车体，白色的轮胎，搞不好就连车窗玻璃都是防弹的。两个耶稣会的学生坐在后座，显得很愉快，他们对车子开得有多快根本没有概念。他们试着和狄恩攀谈，但狄恩没有搭腔。他脱掉T恤，打着赤膊开车。“那个比茉莉真是个漂亮的可人儿。她打算到纽约和我们会合。一旦我和卡米拉办妥离婚手续，就会跟她结婚。现在，每样事情都活了起来，索尔，哟吼！”离开丹佛愈远，我愈感到自在。当我们从一条匝道开出高速公路，开上一条土路时，天色开始暗下来。这条土路可带我们穿过科罗拉多东部的平原区，到达艾德·威尔的牧场。雨还在下，地面泥泞湿滑。狄恩把车速减到了一百一十，但我仍然嫌他减得不够多。我们随时都有打滑的危险。我叫他再开慢一点，他却说：“不必担心，老哥，你知道我有多少能耐的。”

“但不包括这一次，”我说，“你真的开得太快了。”就在这时，前方出现一个大转弯，可由于车身太长，路面又滑，车还是向路边滑去。“小心！”狄恩喊道，仍然满不在乎地猛转方向盘，但结果是，凯迪拉克的车屁股甩到了路边，陷在了一条沟渠之中。霎时间万籁俱寂，只听得见飕飕的风声。我们身处一个荒凉的大草原中央。大约半公里之外，可以看见一栋农宅。我忍不住不停咒骂，我气疯了，对狄恩厌恶透顶。他不发一语，穿上了外套冒着雨，下车前往农宅去求助。

“他是你兄弟吗？”后座的两个学生问我，“是不是他一坐上驾驶座，就会变成恶魔？……听你们谈话，似乎他碰上女人的时候，情形也是如此？”

“对，他是疯子。”我说，顿了一下，又说，“没错，他是我兄弟。”稍后，狄恩坐着一辆牵引车回来，司机是个农人。他们用铁链拴住车子，再把它拉出沟渠。凯迪拉克这时满身泥泞，有一边的车轮护盖撞破了。农夫向我们要了五美元的拖吊费。他的女儿们此时就站在远处的田里，看着这一切，最漂亮、最害羞的那个躲在最后面。那是我和狄恩有生以来看到过最漂亮的女孩子。她年约十六岁，肤色嫣红得像朵野蔷薇，有一双蓝汪汪的眼睛，一头漂亮的秀发，羞怯和敏感得像头野羚羊。狂风把她的头发吹得纷飞散乱，更添几分娇媚。我和狄恩死命地盯着她看，她的脸红了又红。

我们看了大草原天使最后一眼，就继续上路。雨开始变为毛毛雨。天全黑后，狄恩告诉我，艾德·威尔的牧场就在前头。“刚才那个女孩子让我惊艳，”我说，“我愿意抛弃一切，跪倒在她面前。如果她不接受我的爱的话，我就会把自己放逐到天涯海角。”两个耶稣会学生听得咯咯笑。他们豆子大小的脑袋里，装的大概就只有半通不通的托马斯·阿奎纳。我和狄恩根本懒得理睬他们。在行经泥泞的草原区时，狄恩向我忆述他从前在这一带的牛仔生涯。他指给我看他以前常常骑马奔驰一整个早上的那些路段；当我们到达牧场边缘时，他又指给我看他帮忙修补过的围篱，那是一道很庞大的围篱。他又谈到艾德·威尔的爸爸，说老威尔常常奋不顾身，开车到牧草地去追逐逃跑的小乳牛，一面追一面喊：

“别走，妈的，别走，妈的！”“所以，他每六个月就不得不换一辆新车，”狄恩说，“但他根本不在乎。每当有牲口走失，他就会开车去追。车子陷入水坑后，他就爬出车外，继续徒步去追。他把赚来的每一分钱数了又数，然后存在一个广口瓶里。真是个疯到家的老牧场主。待会儿经过工棚的时候，你就可以看到他的一些汽车残骸。我上一次缓刑出狱以后，就待在这个牧场里，这里也是我写信给蔡德·金恩的地方，你都看过的那些。”我们转入了一条小径，两旁尽是冬天的牧草。这时，突然有一大群白脸的乳牛，哞叫着在车头灯光的前方团团转。“就是它们！就是它们！威尔的乳牛！想打它们中间穿过，连门儿都没有。我们必须下车，哄它们走开。呵呵呵！”但我们并没有真的下车去哄牛，而是一寸一寸地前进，遇到有不肯让路的乳牛时，就用车头轻轻地把它顶一顶。牛群像海水一样在车窗外漾过。过了牛群以后，我们就看到了从艾德·威尔的宅子中传出的灯光。在这盏孤灯的四周，延伸着不知多少公里的平原。

对东部人来说，大草原上这种遮天蔽日的黑是很难想象的。没有星星，没有月亮，除了从威尔太太厨房里传出的一灯荧然外，没有任何其他光线。我们敲了威尔家的门，又在黑暗中呼喊他的名字。原来他正在牛厩里挤牛奶。我在黑暗中谨慎地走出了七八米，便不敢再往前走。我感觉自己听到了狼嗥声。但威尔说那大概只是他父亲的一匹野马在远处嘶鸣。威尔的年纪和我们大约相当，他高挑，四肢修长，尖牙，说话简洁。过去，他和狄恩常常一起在柯蒂斯街混，喜欢站在街角，向路过的女孩子吹口哨。他亲切地把我们带到久未使用的阴暗客厅，东找西找才找出几盏昏黄的灯。他问狄恩：“你的大拇指怎么搞的？”

“我要揍玛莉露，没想到反而伤了自己的大拇指，感染了，最后只好切除。”

“你这是搞什么鬼！”看得出来，威尔过去是狄恩的老大哥。他摇了摇头；牛奶桶仍然在他脚边。“你这个人怎么老是疯疯癫癫的。”

这时，威尔的年轻太太为我们端出取材自大牧场厨房的一席盛宴。她为她的桃子冰淇淋向我们道歉：“真不好意思，这其实谈不上什么桃子冰淇淋，只不过是把桃子和冰淇淋冻在一块儿罢了。”不过，那是我平生吃过的最美味的冰淇淋。我们一面吃，一面陆陆续续有新菜上桌，最后异常丰富。威尔太太是个身材姣好、结实丰满的金发美女，但不管是哪个女人，住在这么荒凉乏味的地方，都难免会有一点点抱怨。她打开收音机，调到她每晚这个时候收听的节目。威尔坐在一旁，不发一语，只管看着自己的双手。狄恩狼吞虎咽地吃着。他向威尔撒了个谎，说我是凯迪拉克的车主，是个有钱人，而他则是我的朋友兼司机。但威尔不为所动。每一次有牲口在谷仓里发出声音，他都会抬头竖耳倾听。

“唔，我只盼你们能到得了纽约。”威尔非但不相信狄恩编的一套大话，反而认定凯迪拉克是狄恩偷来的。我们在牧场里待了大约一小时。就像山姆·布雷迪一样，艾德·威尔也不再相信狄恩了；每当他抬眼看狄恩的时候，都流露出戒慎警惕的眼神。是有过一段日子，当干草收割季过后，威尔和狄恩会勾肩搭背，在怀俄明的拉勒米的街上醉步溜达，但那段日子已经过去了、死了。

狄恩在椅子里动来动去，一副坐立不安的样子。“谢了，谢了。我想我们也该走了，因为明天晚上以前，我们得赶到芝加哥去。我们已经浪费了好几个钟头。”两个耶稣会学生谢过威尔以后，我们就上路了。在车上，我转头望着那盏兀自在夜海里亮着的厨房孤灯变远变小。然后我倾身向前。

9

狄恩三两下就把车子开回到高速公路上。那个晚上，一整个内布拉斯加州如滚动条般在我眼前展开。我们以一百八的时速飞驰，沿途一辆车也没看到，只有一个蒸汽火车头被我们远远甩在后头。虽然车速那么快，但我一点都不害怕。在内布拉斯加的高速公路上，开一百八是完全合法的，何况，我们的凯迪拉克是一辆顶呱呱的宝贝，它的贴地性可媲美船的“贴水性”，要绕过渐进式的弯道，易如反掌。“哎，老哥，这是艘梦幻快艇，”狄恩叹了口气说，“想想看，如果我们拥有一辆这样的车，能干些什么？你知道有一条路是可以穿过墨西哥，直通巴拿马的吗？它有可能甚至一直通到南美洲的底部。听说那里的印第安人有两米一高，他们住在山里，吃的是可卡因。索尔，我们两个应该开一辆这样的车，游遍世界一周。有它到不了的地方吗？当然没有！索尔，你可有想过，开着这车子在芝加哥兜风，会是怎样的光景？你知道吗，我长那么大，还没到过芝加哥呢！我们绝不能中途停下来！”

“在芝加哥开着这玩意儿，人们一定会以为我们是帮派分子。”

“就是说！还有马子！我们还可以用它来钓些马子。我已经下定决心，要以超高速开到芝加哥去，这样，在还车以前，我们就还有一整个晚上可以开着它到处狂欢。现在你什么都不用管，只要放轻松就行，一切自有我来搞定。”

“嗯，你现在开多快？”

“大概是一百八上下吧，我猜。你根本感觉不到。有这样的车子，我们只要一个白天，就可以穿过一整个艾奥瓦；而要穿过伊利诺伊，更是只需一眨眼的工夫。”两个学生都睡着了，而我俩则整夜聊天。

“现在我每次到丹佛，都会发生类似这次的事情。看来我不应该再到丹佛去了。”这就是狄恩令人惊异之处——前一秒钟还在发疯，但后一秒钟却可以平静和明智得像什么都没发生过。我想，只要给他一辆快车、一个待奔赴的海岸和一个在道路尽头等着的女人，他就可以做得到这一点。我告诉他，一九四七年的时候，我曾行经一条内布拉斯加的公路。他说他也是。“一九四四年的时候，我在洛杉矶的新世纪洗衣店工作——我靠虚报年龄获得这份工作。有一次，我取道内布拉斯加，想要到印第安纳波利斯去看赛车；我白天拦便车，晚上则开偷来的车争取时间。此行我还有另一个目的。我在洛杉矶买了一辆二十美元的别克——那是我生平第一辆车子——但它却通不过刹车和灯光检查，所以，我想，如果我可以弄到一张外州的驾照的话，就可以在洛杉矶开它了。我把车牌带在身边，就藏在大衣里。不过，行经内布拉斯加这里的一个小镇时，一个好管闲事的警长觉得我可疑，过来盘查我。他在我身上搜出了车牌，便把我关到一间有两个囚室的牢房里去。另一个囚室住着个年纪很大的罪犯，以他的年纪，本来应该可以获释，但他根本照顾不了自己，所以只好把他关在牢里，由警长太太照顾他饮食。警长把我审讯一番后，又出言恐吓，叫我最好说实话，甚至比对了我的笔迹。最后，我凭着平生最动人的一篇演说，才打动了他，把我释放。我向他承认，我是一个有偷车记录的人，不过却骗他，我来内布拉斯加的目的，只是为了找我那个当农场工人的老爸。这番周折让我错过了赛车。第二年秋天，我又干了类似的事情，到印第安纳州的南本德看圣母队对加州队的比赛，而这一次一点麻烦都没碰到。当时，我身上全部的钱只够买一张门票，所以，在回来的路上，除了偶尔碰上有冤大头请客，我什么都没吃。瞧，美国人中愿意费那么大的劲去看场棒球比赛的也就只有我了吧。”

我问他一九四四年在洛杉矶的情形。“去洛杉矶之前，我在亚利桑那坐牢。那是我待过最差劲的一所监牢，所以我非逃狱不可。那真是我一生中最艰难的一次逃亡——当然，我指的是一般意义的逃亡。监狱里的粗活和偶然的死亡威胁让我不得不逃。为了躲过追捕，我必须远离道路，在树林和沼泽区里潜行。另外，我也必须想办法把身上的囚服换掉。我潜入了旗杆市郊外的一个加油站，偷走了一件衬衫和一条裤子。两天后，我穿着加油工的服装抵达洛杉矶，并在路上碰到的第一家加油站找到了工作。这工作提供给我一个自己的房间。我改名换姓（改叫李·布里埃），在洛杉矶过了多姿多彩的一年，认识了一票新朋友和几个很正点的女孩。不过，我的洛杉矶生涯却以一件不怎么愉快的事情告终。有一晚，我们一票人开车到好莱坞大道去寻欢作乐。我一面驾驶，一面和女孩子亲吻。我叫一个死党接我手驾驶，但他却没听到。结果车子撞上了一根电线杆。幸好当时车速只有三十公里。我的鼻子被撞破了。你见过我以前的鼻子长什么样——本来是希腊式的翘鼻子。这件事之后，我离开了洛杉矶，前往丹佛，春天在一家冰果店里认识了玛莉露。她当时才十五岁，穿着一条牛仔裤，正等某个人来接她。我们在爱斯旅馆里缠绵了三天三夜，就是三楼东南角的房间，一个我永志不忘的房间。啊，老天，当时的她，是何等的甜美，何等的年轻啊！哎，看，看那边，有一群老乞丐坐在铁路边烤火呢！看到没有？”他几乎要把车速放慢下来，“说不定我老爸就在里面。”铁路边果然有几个人围坐在一堆柴火四周。“我甚至不知道要到哪儿去打听我老爸的下落，他有可能在任何地方。”我们继续飞驰。狄恩的父亲，现在肯定是醉卧在某处树丛里——下巴上沾着唾沫，裤子上沾着水渍，耳朵上沾着糖蜜，鼻子里结着痂，说不定发缝间还溢着血，沐浴在月光下。

我一只手搭在狄恩的手臂上说：“老哥，我们正在回家路上。”纽约将成为他永久性的家——他第一个永久性的家。狄恩全身上下动个不停，一副迫不及待的样子。

“一到宾州，我们就可以收听到最正点的东部波普了。快划啊，老船，快划啊！”凯迪拉克迎风怒吼，平原像纸一样在我们面前摊开；滚烫的焦油自车上洒下——它是一艘帝国游轮。我睁眼望向即将到来的黎明；我们正奋力向目的地扑去。狄恩坚毅的脸像以往一样，固执地倾向仪表板。

“你在想些什么，流行乐？”

“还不是那回事——马子马子马子。”

我不知不觉睡着了，醒过来时，发现自己被艾奥瓦七月星期天早晨炎热干燥的空气所笼罩。狄恩还在驾驶，而且没有放慢速度。在蜿蜒的山道上，他会把车速减为一百三，但一回到直路，就会马上加速到一百八，除非是双向的车流量都很大，他才会乖乖把车速保持在可怜兮兮的一百公里。不过，只要一给他逮到机会，哪怕是前面有五六辆车，他都会毫不犹豫地超车，掀起漫天尘埃。狄恩开车的拼劲儿引起了一个开新款别克的家伙的注意，他打定主意跟我们赛一赛。当狄恩又准备超越一长串车子的时候，“别克”毫不示警地从我们旁边快速掠过，又按喇叭又闪尾灯的，向我们下战书。狄恩马上像只追逐猎物的大鸟一样奋起直追。“等着瞧，”狄恩笑道，“我要好好逗逗那个浑球。先让他跑个十几里。看着吧！”他故意让别克保持领先，但不时会向它逼近一下。别克的司机被狄恩逗疯了，把车速飙到一百六。他看起来像个刚旅行回来的芝加哥时髦族。车内还坐着一个年纪大得可以做他母亲的老女人(说不定真的是他母亲)，至于这老女人有没有提出抗议，我们就不得而知了。别克司机有一头黑而乱的头发，身穿开领衬衫，是个来自老芝加哥的意大利裔。他会找上我们，也许以为我们是来芝加哥抢地盘的外地帮派(因为凯迪拉克挂的是加州的车牌，所以他搞不好会认为我们是米奇·科恩的手下。）不过，他的最终目的，应该只是找找赛车的乐子。为了保持领先，别克司机不惜冒险在弯道上超车，有一次差点跟对向的一辆大卡车撞上。我们两辆车，就这样在艾奥瓦境内追逐了一百三十公里。这场赛车太过瘾了，让我根本忘记了害怕。最后，别克司机终于放弃了（也许是拗不过车上老女士的抗议），把车子停在了一个加油站。当我们从他面前呼啸而过时，他朝我们愉快地招了招手。我们继续快速前进。狄恩打着赤膊，我两腿搭在仪表板上，两个小伙子在后座。后来，我们在一家快餐店前面停下来用餐，白头发的老板娘很慷慨，给了我们额外大份的马铃薯。这时，传来了附近小镇教堂的钟声。用过餐，我们就继续赶路。

“狄恩，白天不要开那么快。”

“不用担心，老哥，我知道自己在干什么。”我开始感到不安。狄恩超起车来就像个恐怖天使。他从一辆辆车中间穿行而过，一旦看到空隙便毫不犹豫地冲上去，几乎擦到别人的车。他嘲笑保险杠的功用，他减速加速，他甚至还把头伸出去看弯道。有好多次，他超车时都差点撞上对向的来车。我一颗心七上八下。我再也受不了了。艾奥瓦很少有像内布拉斯加那种长而笔直的道路，不过，只要给狄恩碰上一条，他就会马上加速到一百八。窗外闪过的景物让我回想起一九四七年，当时，我和爱迪在同样景色的一段路上被困了两小时。我走过的旧路像倒带一样向我展开，我的生命之杯像是翻了过来，里面的东西全都往外溅。我的眼睛在梦魇般的白日里看得酸痛。

“我要到后座去了，狄恩，你去死吧，我看不下去了。”

我说这话时，狄恩刚好在一条窄桥上超了一辆车。他怪笑了几声。我翻到后座去，蜷起身体睡觉，而其中一个学生则爬到前座，取代我的位置。我满脑子都是即将撞车的恐惧。我躺在座椅上，闭上双眼，试着睡觉。当水手的时候，我睡觉时都会感应得到船身下面的波浪和再下面的海底深渊，而现在的我，也感应得到在我身体下方五十厘米左右的路面，感应得到它正以不可思议的高速向前延展。我虽然闭起双眼，但飞驰的道路仍然出现在我的眼前；如果我睁开眼睛，就会看到在车厢地板上高速闪过的树影。我根本无处可逃。狄恩仍在开车，他压根儿不打算在到达芝加哥前睡觉。下午时，我们再一次开过得梅因。这一带的车流量很大，狄恩不得不乖乖减速，于是我又坐回前座。我万万没想到，我一直担心的车祸，竟然会发生在这里。开在我们前面的是一辆厢型小客车，司机是个肥胖的黑人，车上坐着他的家人，车尾的保险杠上绑了个帆布的沙漠水袋。不晓得为什么，厢型小客车的司机突然刹车，但狄恩因为正跟后座两个学生聊天，所以没注意到。我们以大约八公里的时速往前撞了上去。水袋被撞破了，水花四溅。不过，厢型小客车除了车尾保险杠略被撞弯以外，别无损伤。我和狄恩下车去跟厢型小客车的司机交涉。我们答应了支付保险杠的修理费，又跟对方交换了地址。在跟厢型小客车的司机谈话的过程中，狄恩双眼始终没离开过他老婆漂亮的褐色胸部（她穿的是一件宽松低领的衬衫）。我们给他的地址，是凯迪拉克车主芝加哥的地址。

刚过得梅因，一辆警车就鸣笛向我们靠近，示意我们停车。“搞什么鬼！”狄恩骂道。

一个条子走过来问我们：“刚才你们是不是撞到别的车子？”

“撞车？我们不过是在路口撞破一个家伙的水袋罢了。”

“那司机说他的车被一群偷车贼撞到了。”我们先是一愣，因为很少遇到这般犯蠢的黑人，继而捧腹大笑起来。虽然我们给出了解释，但巡警还是坚持要我们跟他回警察局去。在警察局里，他给芝加哥的凯迪拉克的车主打了电话。车主先生对他说：“对，车是我的，但我可不会为那几个小伙子作保的。”

“他们在得梅因这里与别的车子发生了一点小擦碰。”

“我知道，你刚才说过了；但不管他们做过些什么，我都不会为他们负责的。”

事情厘清后，我们继续上路。警察局的所在地是纽顿，一九四七年的一个黎明，我曾在这里走过一段路。我们在下午越过了达文波特和它旁边的密西西比河，接下来是罗克艾兰。没几分钟工夫，太阳就开始变红，而突然间，伊利诺伊的涓涓小河和苍翠林荫，毫无预警地跃入眼帘。沿途的景色开始变得像柔和的东部感觉，而干旱庞大的西部，则已经落到了后头去。我们在伊利诺伊州境内疾驰了几小时，狄恩始终没有减速。他愈来愈疲倦，但也愈来愈大胆。有一次，在一条狭窄的小桥上，他又冒了一个几乎不可能成功的险。当时的情形是，我们前头有两辆车，而桥的另一头，则有一辆大卡车正在接近。从大卡车的速度来看，它的司机已经算好，一等我们前面两辆慢车过了桥，他就刚好开到桥上。桥的宽度绝对容不下大卡车和另一辆反方向的车辆同时行驶。大卡车后面还跟着其他车子。但狄恩并没有减速，反而一踩油门，把车速飙到一百八，连超前面两辆车，蹿上了桥（几乎撞上桥左面的栏杆），然后从桥的出口右侧闪了出去，与大卡车的左前轮擦身而过，还差点撞上大卡车后面一辆伺机超车的小客车。全部过程不过两秒钟。狄恩的险是冒成功了，但刚才只要他稍有差池，就会是一场连环大车祸。在伊利诺伊州这里，最近才有一个著名的波普单簧管手因车祸丧生，我想，当时的情况，搞不好跟刚刚的很相似。我又爬回后座去。

现在，连两个学生都不敢坐在前座了。狄恩已经铁了心，要在入夜前赶到芝加哥。在一处平交道，我们搭载了两个流浪汉，他们愿意付半美元的油钱。一分钟以前还坐在铁路枕木上干光手上最后一滴酒的他们，大概做梦也没想过，一分钟以后，自己会坐上一辆凯迪拉克，而且是以前所未有的速度向芝加哥狂飙。坐在狄恩旁边的那个流浪汉，一路上两眼都死死盯着路面，我敢打赌，他一定在心里暗暗祷告，求上天保佑他平安到达。“嗯，我们从未坐过这么快的车子到芝加哥。”他们说。经过一个个令人昏昏欲睡的伊利诺伊小镇时，人们都用奇怪的目光打量我们。这里的人见惯衣履光鲜、开高级轿车的芝加哥帮派分子，从未见过像我们这样不修边幅却开高级轿车的人（我们未刮胡子，狄恩还裸着上身）。车上还有两个流浪汉，我则系着安全带，头向后靠着，傲慢地注视着这片田野。他们要么以为我们是来芝加哥打天下的加州帮派分子，不然就是犹他州监狱的一群逃犯。当我们停在一个小镇加油和喝可乐的时候，附近所有人都走出来，不发一语地瞪着我们看。我知道，他们是在心里默记我们的模样长相，以便日后警察问起，回答得出来。为了和加油小姐搭讪，狄恩把他的T恤像领巾一样围在脖子上，不过，才一下子，他就冲回驾驶座，发动引擎。很快，天色就由红变紫，而最后一条迷人的小河，也在我们轮下呼啸而过。芝加哥的烟雾废气在望了。从丹佛到芝加哥，全程是一千九百公里，如果扣掉陷在沟渠里的两小时、绕路到威尔农场去的三小时和滞留在警察局的三小时，那我们从丹佛来到芝加哥，才花了十七小时，换言之平均每小时走一百一十多公里，而且还是由一个人从头开到尾的呢！这不能不算是疯狂的纪录了。

10

大芝加哥的灯火愈来愈近，愈来愈亮。蓦地，我们就置身于麦迪逊大街上了。数以百计的流浪汉在酒馆的门道上和小巷里流连，有些还躺在路边，脚搭在路沿上。“哇！老哥，眼睛放亮点，搞不好我老头子今年凑巧就在芝加哥。”车继续向城中开去，把这些流浪汉抛在背后。电车、报童和女孩子打我们旁边经过，炸薯条与啤酒的香味在空中飘浮，霓虹灯一闪一闪。“好一座大城市，索尔，真不赖！”第一件要做的事是找个够好够暗的地点，把凯迪拉克停好，然后沐浴更衣，以迎接狂欢夜的来临。我们在基督教青年会的对面找到一条红砖巷道，很适合作为藏车之地。我们把凯迪拉克头朝外停好后，就跟着两个耶稣会中学生走进对街的青年会。他们要了一个房间，并允许我们使用房间的盥洗设备；他们对自己能够毫发无伤抵达芝加哥很是高兴。我和狄恩刮过胡子、淋过浴，就和两个高中生挥手作别。在青年会的大堂里，狄恩发现地上有个钱包，便悄悄捡了起来，不过，他随即就意识到那是我掉的，失望到了极点。老芝加哥以棕色为主色调，东部和西部的城市特色在这里融为一体。我们走进一家自助餐厅用餐。狄恩站在大玻璃窗前，手搓着肚子，打量外面的街景。这时，一个中年妇女走进餐厅，狄恩本想上前搭讪。她逢人便问，说她有几个小面包，谁能给她一点黄油。她被拒绝了。她走路的时候，臀部摇动得很厉害。“哇哦，我们快跟上去。把她带到凯迪拉克上，我们就有乐的了！”狄恩说。不过，他随即就忘了这回事，并向北克拉克街进发，在大环商社中心转了一大圈，又去酒吧听了波普音乐。又是一个疯狂之夜。“唉，老哥，”他站在一家酒吧前面对我说，“你看看这条街上的人，看看那些路过的中国人。这真是一个古怪的城市。哇，你看看那个正从窗子往下望的女人！你看到她睡袍下面那双大奶没有？看到她那双又大又野的眼睛没有？嗯，索尔，在没有去到我们要去的地方以前，我们绝不能停下来。”

“我们要去哪里？”

“不知道，反正往前走就是。”没多久，我们就看到一群年轻的波普乐手正从汽车上卸下乐器。他们走进了一家酒馆，我们也跟着进去。他们整顿了一下以后，就开始吹奏起来。老天，我们来对地方了！乐队领班是个次中音萨克斯手，他修长、驼背、鬈发、厚唇、窄肩，眼睛里全是自我陶醉。他拿起他的萨克斯，皱了一下眉头，就开始吹奏起一段酷而复杂的旋律；一面吹，一面优雅地顿脚，捕捉灵感。他低着头，专心吹奏，谁也不看。当别的小伙子在独奏时，他就会轻轻地说：“用力吹。”另一个萨克斯手是个强壮的英俊金发小伙子，样子很像拳击手普兹。他穿着一件鲨鱼皮的格子西装，衬衫领子翻了起来，领结松松的，好让自己看起来显得潇洒不羁。他吹出来的音色，乍听之下和莱斯特·杨一模一样。“看到没，老哥？这个‘普兹’有着职业乐手那种对技术的忧虑，他也是乐队里唯一一个讲究衣着的。他刚才吹错了个音，就一直闷闷不乐。但那个乐队领班，那个酷家伙，却安慰‘普兹’不用担心，只管放开继续吹。他在意的只是他的乐声够不够炫、够不够野，他是个真正的艺术家。他在教‘年轻的普兹怎样打拳击’！”第三个萨克斯手是个中音手，年约十八岁，是个黑人，有着一张又宽又大的嘴，比其他团员都要高，脸色严肃，很像查理·帕克那种沉思型的乐手。他举起了萨克斯，轻轻而深思地吹了起来，吹出的，是一些像鸟啭一样优美、像迈尔斯·戴维斯一样结构严谨的旋律。这几个萨克斯手，都是伟大的波普创新者的儿女。

路易斯·阿姆斯特朗曾在新奥尔良的泥沼里，吹奏出美丽的高音；比他更早的，是那些在官方纪念日游行时，把苏萨式的进行曲打破为拉格泰姆旋律的疯癫音乐家。接着上场的是摇摆乐，元气淋漓的罗伊·埃尔德里奇把他的小喇叭吹得震天价响，吹出一波接一波的力量、逻辑与精微。他带着闪亮的眼睛和可爱的笑容，凑到麦克风前面，透过广播，把乐声传送出去，让整个爵士世界都为之一振。再接下来就是查理·帕克，一个住在堪萨斯市妈妈木屋里的小伙子，就连下雨天，都会拿着一把萨克斯，站在一堆堆的圆木之间练习；他在贝西伯爵和本尼·莫滕的乐队里听过“热唇”佩奇和其他人的演奏；后来，他离家前往纽约，在哈林区认识了疯子塞隆尼斯·蒙克和更疯的迪兹·吉莱斯皮。他比同样来自堪萨斯市的莱斯特·杨要小，是个沉郁不羁的家伙，他的音乐事业，可说是整部爵士乐历史的缩影：当他高举萨克斯或举得和嘴巴成水平角度的年代，他吹奏出来的音乐是最棒的；当他的头发变长了，人变懒了，萨克斯的高度开始“走低”；到后来，当他穿着厚底鞋再也感受不到生命的律动时，他的萨克斯是无力地靠在他的胸膛上的，而他吹出来的旋律，也是冷冷的和虚应故事的。这就是今晚美国波普音乐的儿女。

更奇怪的花朵犹在酒吧里绽放。当别人都在演奏的时候，那个鹤立鸡群的黑人中音手，会带着严肃的表情，兀自沉思，他会把萨克斯挂在嘴上，静静等着，等到其他人都停下来，这个高瘦、修长、黄发、穿着牛仔裤、来自丹佛拉里马街的小伙子，就会开始独奏。他的乐声，会引得你东张西望，寻找这轻柔、甜美、童话般的独奏的来源，最后，你会发现，它来自一个带着天使般的笑容的嘴巴。那是夜里一曲穿喉而出的乐声，寂寞得就像美国。

乐队里的其他成员又是什么样的德行？那贝斯手有一头铁丝似的红发、一双狂野的眼睛，他的臀部和小提琴会随着每一个激烈的节奏而猛力摆动，在最高亢的时刻，他的嘴巴会像中邪一样大张着。“嗨，伙计，那个家伙真会玩他的乐器。”至于那个忧郁的鼓手，则像旧金山街的时髦族一样，一副什么都不在乎的表情，嘴里嚼着口香糖，眼神茫然，脖子随着鼓槌的敲击而激烈扭动，完全沉浸于无限满足的出神狂喜之中。钢琴手是个结实的意大利小伙子，样子像个卡车司机，有一双多肉的手，他的喜悦是坦率而若有所思的。他们演奏了一小时。没有人在听。北克拉克街的老流浪汉在酒吧里懒洋洋地坐着，妓女在角落里尖声聊天。不时会有一两个神秘兮兮的中国人进进出出。但乐队还是继续演奏。一个游魂般的人物从大门处走了进来，是个蓄着山羊胡的十六岁小伙子，他手上提着个装伸缩喇叭的盒子。他想加入乐队的演奏行列。乐队的人认识他，但懒得理他。小伙子悄悄走进酒吧，无声无息地打开盒子，取出伸缩喇叭，凑到嘴唇上。但他没有吹出声。也没有人看他一眼。乐队结束演奏后，就收拾乐器，准备到别家酒吧演奏去。山羊胡小伙子这时噼里啪啦地戴上一副墨镜，然后举起伸缩喇叭，突兀地吹了一声“叭”之后，他就匆匆尾随乐队而去。不过，他再怎么跟，乐队都不会让他加入的，就像谁都不愿和业余足球队一块踢球一样。“所有这些家伙，一定都像汤米 · 史纳克和那个黑人卡尔 · 麦克斯一样，跟他们的祖母住在一起。”狄恩说。我们匆匆跟在他们后面。在安妮塔夜总会，他们重新取出乐器，一直演奏到第二天早上九点。狄恩和我在那儿与啤酒相伴。

每过一阵子，我和狄恩就会离开夜总会一趟，开着车四处兜，想钓些马子。但女孩子都被我们那辆盛气凌人的凯迪拉克吓得裹足不前。狄恩处于极度兴奋状态，把车子乱开一气。有一次，他因为倒车倒得太猛，撞坏了一个消防栓，但他不但不以为意，反而神经质地咯咯笑了起来。到了九点，整辆车子已经体无完肤：刹车变得不灵光，车轮护盖凹了下去，车轴咯咯作响，引擎也变得咳咳喘喘。有好几次，狄恩遇到红灯时根本刹不住车。我们终于为一夜狂欢付出了代价。一辆原本金碧辉煌的帅气大轿车，现已变为一只沾满烂泥的破靴子。小伙子们还在夜总会里吹奏。突然，狄恩瞪着舞台后面的一个暗角，对我说："索尔，上帝来了。"

我顺着他的视线望去。是乔治·谢林。谢林一如往常，用一只手支着他那苍白的瞎脑袋，两只耳朵像象耳，专心致志地捕捉每一个流过的美国音符，存起来供以后丰富他的英国仲夏夜之音。稍后，乐队央请他出来弹奏一曲。他答应了。他弹了无数首带着惊人和弦的合唱曲；他的琴音愈来愈高昂、愈来愈高昂，直至整部钢琴都沾满他的汗水，听得在座每个人又敬又畏。足足一小时后，大家才让他下场。他坐回到原来那个暗角的座位上去。那些年轻乐手议论纷纷："他表演过后，我们没什么好表演的了。"

那体态修长的乐队领班皱起了眉头。不过他随即高声说："不管那么多了，我们先吹再说。"

虽然惊奇看似已被谢林所穷尽，但他们仍极其努力地找寻新的惊奇。他们扭动身子，拼命吹，拼命找。时不时冒出来的一个清晰和谐的声音，使得整首曲子得到升华，有一天势必成为全世界唯一的、带给人灵魂以欢愉的乐曲。他们找到又失去；他们再次拼命寻找，结果失而复得；他们大笑；他们呻吟——狄恩坐在桌子前，汗流浃背，不断喊加油、加油、加油。直到第二天早上九点，每个人才拖着蹒跚的脚步，离开夜总会。他们要回家大睡一觉，养精蓄锐，以迎接另一个狂野波普之夜的来临。

我和狄恩衣衫褴褛，站在街上冷得直发抖。是该把凯迪拉克拿去还人家的时候了。车主住在湖滨街一栋富丽堂皇的大厦里，大厦旁边有一个大车库，由一些黑人负责看管。我们把凯迪拉克一阵风似的开进车库，连带着大堆烂泥。车库管理员看着我们开来的凯迪拉克，一头雾水，因为他压根儿不认得眼前这辆车子。我们把证明文件递给他看，他一面看一面抓头。我们没等他反应过来就溜之大吉，坐巴士回芝加哥市中心。事情至此告一段落。虽然凯迪拉克被我们搞得不像话，而车主又有我们纽约的地址、电话，但我们始终没接到过他打来臭骂的电话。

11

该是继续向前的时候了。我们坐上一辆前往底特律的巴士，身上的钱已所余无几。包在狄恩大拇指上的绷带，现在黑得像炭，而且差不多全散了开来。我们两个都一副落魄相——任何干过我们做过的事的人，不是这副样子才怪。狄恩累瘫了，通过密歇根州的沿路都在酣睡。我则和一个漂亮的乡下姑娘聊天，这姑娘穿着一件低领的棉宽松上衣，让她那漂亮的棕褐色胸口一览无余。她是个生活很枯燥的人。她告诉我，她常常傍晚坐在门廊上做爆米花。这本该是件愉快的事，但她却没有愉快的样子，我知道，她提这个，不过表示她不知道平常该做些什么。“那你平常还有些什么其他娱乐？”我想把话题带到有关她的男朋友和性方面的事情上。她用一双黑色的大眼睛茫然地瞪着我，眼神里还带着一点懊恼——为自己该做而没有做的事情懊恼。“你对生活有些什么期许？”我想帮助她把人生的目标思索出来。她对自己想要些什么一点想法都没有。她谈到了工作，谈到了电影，谈到夏天到祖母家，谈到希望可以到纽约和罗克西电影院观光，谈到她届时希望穿怎样的衣服（她说想穿上次复活节穿的衣服：插上玫瑰的白色有带软帽，玫瑰色帮浦鞋，淡紫色的华达呢外套）。“星期天下午你都做些什么？”我问。她会坐在门廊上看漫画，或无所事事地躺在帆布椅上，有时候，会有些骑脚踏车的小伙子经过，停下来和她聊天。“在温暖的夏夜，你都会做些什么？”她会坐在门廊上，看着路上的车子往来经过，有时会和妈妈做些爆米花。“那你爸爸夏天晚上又会做些什么？”他在工作，他是个夜班工人，在一家生产烧水壶的工厂工作；他为供养太太和两个子女做牛做马一辈子，却没有人给他任何奖赏或恭维。“你兄弟夏天晚上会做些什么？”他会骑着脚踏车四处瞎逛，在冰果店前面探头探脑。“有什么是他向往的吗？有什么是我们所有人都向往的吗？我们要些什么？”她不知道。她打了个哈欠。这问题太难了，没人能回答，也没人愿意回答。就这样吧。她只有十八岁，正值花样年华，却已经迷失。

我和狄恩在底特律下巴士的时候，步履蹒跚、衣衫褴褛，活像两个刚刚逃过蝗灾的人。我们决定在贫民区的一家通宵电影院里过夜，因为以现在的天气，睡在停车场的话太冷了。哈赛以前在底特律的贫民区混过，泡过每一个毒窟、每一家通宵电影院和每一家闹嚷嚷的酒吧。他的游魂仿佛与我们亦步亦趋。我们再没有在时代广场上找到过他。我们还想，搞不好会在这里碰上狄恩的老头子（但没有成为事实）。只要二十五美分，你就可以在这家旧而破的电影院的楼座待一个晚上，直到第二天早上被赶下楼。会来看通宵电影的人，无不是走到了尽头的人，包括从亚拉巴马来底特律找工作却没找着的黑人、白人老流浪汉、留着长发不得志的艺术青年、妓女、情侣，以及无事可做、无处可去、无人可以倾诉的家庭主妇。如果我们把全底特律的人用一个滤网来过滤，那滤出来的糟粕，非这批人莫属。有两部电影轮流放映，一部由牛仔明星爱迪·狄恩和他的白马布洛普主演，另一部由乔治·拉夫特、西德尼·格林斯垂特和彼得·洛主演，故事发生在伊斯坦布尔。那个晚上，我们连看了这两部电影各六遍。我们醒来看见他们，睡去听见他们，做梦感觉到他们。我听见格林斯垂特冷笑了一千遍，听见彼得·洛邪恶的脚步声步步逼近，也感受到了乔治·拉夫特所感受到的巨大恐惧。我和爱迪·狄恩一起骑马唱歌，一起拔枪射击偷牛贼射击了无数次。电影院里的人抱着酒瓶，在黑暗中东张西望，想找些什么事情做或找个人说说话。每个人的脑海都是一片空白，没人说话。当灰蒙蒙的晨曦从窗户透进戏院里的时候，我正在呼呼大睡，头就枕在椅子的木扶手上。六个戏院的工作人员开始进行打扫的工作，把一晚上的垃圾扫成一个大堆，扬起的灰尘让我打了个大喷嚏。如果不是有这个喷嚏，工作人员恐怕就不会注意到我是个人，而把我一并扫到那个混杂着烟蒂、空瓶子和火柴纸板的大垃圾堆之中——这是狄恩告诉我的，他坐在我后面十排。要是我真的被扫到垃圾堆里去的话，那狄恩就不会再看到我了。为了找我，他将要跑遍全美国，从东岸找到西岸，翻遍每一个垃圾桶。届时，身在垃圾堆子宫里的我，又将会向他说些什么呢？我会说："不要来烦我，老哥，我在这里快乐得很。既然你于一九四九年八月在底特律把我搞丢，现在又有什么资格来打扰垃圾桶中的我呢？"还记得一九四二年的时候，我在一出最最恶心的戏剧里充当过主角。当时我是个水手。我跑到波士顿史卡利广场的帝国酒馆喝酒，一口气喝了六十杯啤酒，之后，我跑到厕所去，抱着一个马桶呼呼大睡，弄得全身污秽不堪。当天晚上，有上百个上厕所的人尿在我身上，让我变得又臭又脏，难以辨认。但这又有什么要紧的呢？要知道，凡尘里的一个无名氏，要胜过天堂上的一个名人。再说，什么又是天堂，什么又是凡尘呢？不过都是由心所生罢了。

黎明时分，我们胡言乱语、磕磕绊绊地走出电影院，到旅行社去找便车搭。大半个早上我们都泡在黑人酒吧，追逐姑娘，在自动点唱机上听爵士乐唱片，然后狼狈不堪地拖着行李坐了八公里的巴士，到愿意以每人四美元的代价，载我们到纽约去的车主家。车主是个金发、戴眼镜的中年人，有一个太太、一个小孩和一个美满的家庭。我们在他家的院子里等。他美丽的太太穿着厨装为我们端来咖啡，但我们聊得正起劲，没空去理她。狄恩很疲累，有点神志不清，看到什么都让他兴奋好一阵子。他又陷入了一种虔诚的狂热。他的汗流了又流。车主开的是一辆簇新的克莱斯勒，才上路没多久，这可怜的家伙就意识到他载的是两个神经病。不过他尽量表现得若无其事，而且也慢慢习惯了我们；行经布里格斯棒球场的时候，他甚至跟我们聊起明年度底特律老虎队的阵容来。

我们在雾夜穿过了托莱多，直奔俄亥俄。我感觉自己像个蹩脚的推销员，背着一袋发霉的豆子穿州过省去兜售，却无人问津，现在正打道回府。接近宾夕法尼亚州的时候，车主累了，让狄恩接手剩下开往纽约的路程，收音机里传来锡德交响乐团演奏的最新波普，我们进入了美国最后的大城市。我们抵达纽约的时间是大清早，但时代广场却熙来攘往，这没什么好奇怪的，纽约本来就是个不休息的城市。下了车，我们习惯性地左顾右盼，想寻找哈赛的身影。

一小时后，我们就到了我阿姨位于长岛的新居。我们趁她正在跟油漆工人讨价还价（他们是我们亲戚的朋友）的空当，跌跌撞撞地上了楼。"索尔，"阿姨交代我说，"狄恩可以在这里住几天，但只限几天。几天过后他就得离开。我说得够明白了吗？"旅程结束了。当天晚上，我和狄恩散了很长时间的步，走过一个个汽油桶、一条条铁路桥和一盏盏雾灯。我记得他站在一盏路灯下。

"有关这件事，在我们走到下一盏路灯之后，我会告诉你更多细节，但现在我的脑子里正被另一个问题缠绕，所以，让我们走到下一盏路灯，再回到原来的话题。同意吗？"我说同意。我们太习惯旅行了，所以忍不住要把整个长岛从头到尾走一遍。不过，我们已经走到了尽头，再前面就是大西洋，无法再前进一步。我们紧握双手，许诺要当一生一世的朋友。

不到五天，我们在一个晚上到纽约参加派对。派对上有个女孩名叫伊莉萨，我跟她说，我有个朋友值得她认识认识。当时我有点醉，所以伴称狄恩是个牛仔。“太好了，我一直想认识个牛仔。”

“狄恩，”我越过人群高喊，“过来一下，老兄。”当时参加聚会的包括诗人安格尔·加西亚、瓦尔特·伊文斯、委内瑞拉诗人维多·维兰纽瓦、珍妮·钟斯（我的一个旧爱）、卡洛·麦克斯和吉恩·戴克斯特，以及许多别的人。狄恩带着忸怩的神情向我们走来。一小时后，在派对的醉意与气氛的推波助澜下，狄恩跪在地板上，脸贴在伊莉萨腹部，汗流浃背，指天誓日地做出种种承诺。伊莉萨高大、性感、皮肤浅黑，诚如加西亚所说：“是直接从德加的油画里走出来的。”整体而言，她有风情万种的巴黎女子的味道。不到几天工夫，狄恩就打了长途电话给远在旧金山的卡米拉，要求一纸离婚证明好让他可以再婚。事情还不只这样：几个月后，卡米拉为狄恩生下了第二个小孩（那是年初她和狄恩几晚缠绵的结果），又几个月后，伊莉萨也生下一个小孩。如果把狄恩在西部某处生下的一个私生子算在内，那他现在已经是四个小孩的父亲。不过他一文不名，有的只是一身的麻烦和同以往一样的狂热、冲动。就因为这样，我们没去成意大利。

第四部

1

我凭着出版的小说赚了一点钱，便把一整年的房租预先交给了阿姨。春天来了，每年春到纽约，我都抗拒不了从新泽西以西的土地传来的魅惑与召唤。我决定要出去走走。这是我生平第一次把狄恩一个人留在纽约。现在，他在麦迪逊街和第四十街拐角的一个停车场工作。他一如往常，穿着一双破鞋子、一件T恤和一条低腰裤子，在停车场里忙进忙出。

我找他，通常都是在薄暮时分，因为这个时间他一般都无事可做，一个人坐在票亭里数票，揉肚子。收音机总是开着的。“老哥，你听过疯狂的马丁·格里奇曼怎样播报篮球赛吗？‘越过中场，传球，乖乖，原来是假动作，站稳，射，嗖，两分入网。’他绝对是最棒的篮球赛评述员！”他的要求降低了，改为追逐这种简单的乐趣。他和伊莉萨住在东八十街一间冷水套房。晚上回到家里，他会换上一件及臀的中国丝绸睡衣，坐在摇椅上，吸装在水烟筒里的大麻，把玩一副春宫扑克。这就是他的家居之乐。“最近我都在研究这张方块二。你看得出来它上面这个女人，另一只手放在什么地方吗？我打赌你说不出来。你仔细研究一下。”扑克牌上的图片有一男一女，男的是个阴沉的高个儿，女的是个肉欲、表情忧郁的妓女，她躺在床上，正试着摆出某种姿势。“用心想啊，老哥。这种体位我试过很多次了。”正在厨房里煮东西的伊莉萨把头伸出来，脸上带着个苦笑。她对什么事情都不会发火。“看看伊莉萨，老哥，看看她！她就爱这个样子：头靠在厨房门上苦笑。我们经过商量，得出了一个最美妙的结论：今年夏天，我们要搬到宾夕法尼亚一个农庄去。我们要住到一栋漂亮的大房子里，然后生一打小孩。当然，我们还要买一辆客货两用轿车，供我偶尔到纽约来找找乐子。你说棒不棒？帅毙了，棒呆了！哟吼！”他从椅子上跃起，走到电唱机前面，放上一张威利·杰克逊的唱片《美洲鳄的尾巴》。他站在电唱机前面，随着节奏拍手、摆动身体和碰撞膝盖。“这个浑球，我第一次听他演奏，看他那卖力的样子，还以为他第二天准会死翘翘，没想到却活到现在。”

狄恩对伊莉萨即将要做的事，和他对住在美洲大陆另一头的卡米拉如出一辙。同一个破行李箱已经从床底悄悄往外爬，随时准备好远走高飞。狄恩告诉我，伊莉萨常常打电话给卡米拉谈他，她们甚至会谈论到他的“小弟弟”(至少狄恩是这么说的)。她们也会通信，交换对他的心得。当然，现在狄恩每个月都会寄抚养费给卡米拉(否则就得蹲六个月的牢)。为了填补这笔支出，狄恩会在停车场里玩些把戏，赚些外快。他是个一流障眼法高手。我目睹他靠着移动五个碗，从一个有钱人那里赢来二十美元。(他一次都没让对方猜中过。)我们拿这二十美元跑到鸟园夜总会去听波普演奏。当时莱斯特·杨就站在台上，眼皮浮肿，一副永远睡不醒的模样。

有一天凌晨三点，我和狄恩在麦迪逊大道与第四十七街的拐角聊了很久。“嗯，索尔，我真希望你没有远行的计划，真的。你离开的话，这将是我第一次独自在纽约而没有死党在我身边。”他又说，“我在纽约这里停下了脚步，但说到家，旧金山才是我真正的家。在纽约这段时间，除伊莉萨以外，我完全没有别的女人——这还是破天荒头一遭！只不过，横越美国的念头——该死！——又在我的脑子里冒了出来！索尔，我们已经很久没有单独痛痛快快地聊一场了。”在纽约，我们到哪里疯都是呼朋引伴、联群结队的，而这种方式，似乎并不怎么适合狄恩。他更乐于踽踽踱步在麦迪逊大道的冷雨夜雾中。“伊莉萨爱我，她答应过，我想做什么，她都不会干涉。老哥，你和我年纪一日长于一日，烦心事也是一日多于一日。说不定有朝一日，我们会在日落时分，走到巷子的垃圾堆里，看看还有什么残羹剩菜。”

“什么，你是说我们最后会沦为老乞丐？”

“有何不可？只要我们乐于当老乞丐，就可以当老乞丐。这样的下场又有什么不好？你花了一辈子去摆脱别人——包括有钱人和政客——对你的期望和羁绊，那么，有朝一日，没有人来烦你，你可以我行我素，又有什么不好的？”我表示同意，想不到狄恩会用这么直接简单的方法，臻于“道”的境界。他又说：“老哥，你走的道路，又是一条怎样的道路呢？圣人的道路，疯子的道路，五彩的道路，虹鳉的道路，任何道路。那是一条在任何地方，给任何人走的任何道路。在哪儿？给谁？怎么走？”我们在雨中频频点头。“妈的，你得注意自己的身体。生命在于运动——照医生说的做。索尔，坦白说，不管我住在哪里，我的行李箱都是在床底下随时待命的，我随时都做好被人扫地出门或自行离开的心理准备。我早就决定了，有朝一日，要放下一切。你看到了，我为此曾十分努力，你也知道，这其实没什么大不了的。我们知道怎么消磨时间，我们就是拖延，到处溜达，还有那些老式的刺激。还有什么别的刺激吗？我们都明白。”在雨中，我们叹息着。那个晚上，哈德逊河谷大雨滂沱。那条宽得像海洋的哈德逊河两岸的码头，所有停泊在波基普西的老旧蒸汽船，裂岩湖的源头，整座范德威克山，全都没入了漫天的大雨中。

“所以，”狄恩继续说，“我就这样随遇而安。你知道吗，我最近写了一封信，给我那在西雅图蹲监狱的老头子。结果，我第二天就收到回信。那是我多年来收到他的第一封信。”

“真的？”

“对。他在信中说，他出狱后希望能到旧金山看看我的小孩。我在东四十街找到了一间月租十三块的冷水套房，如果我能寄钱给他，他就可以到纽约来住。虽然我很少提到我妹妹，但你是知道我有个可爱的小妹妹的，对不对？我也要把她接来纽约，和我们同住。”

“她现在在哪里？”

“唔，这个嘛，你问到重点了——我也不知道。我老头子也一直在找她，但你很清楚他最后找出了什么名堂来。”

“他去西雅图是为了找你妹妹？”

“对，不过他人没找到，自己却进了监狱。”

“在这之前他在哪里？”

“得州，得州——老哥，你应该明白我的心境和处境——你注意到我比以前变得安静了。”

“是的，你说得没错。”狄恩在纽约真的变乖了。他还想谈，但我们在雨中已冷得半死。我和他约好，在我离开纽约前，找一天再到我阿姨家聚一聚。

狄恩在接下来的星期天下午来找我。我有一台电视。我们一面收看电视转播的棒球比赛，一面收听收音机里转播的另一场，又不断把台转来转去，想知道其他棒球比赛的情况。总之，我们务求在同一时间知道所有的事。“索尔，道奇队在布鲁克林赛场攻占了二垒，等费城人队派出救援投手，我们就把台转到巨人队的比赛。同时注意迪马乔已经三球入账，而投手则在往手上抹松香粉，我们马上转回鲍比·汤姆森那里，三十秒前已经有人等在三垒。”

下午晚些时候，我们到长岛调车场旁边那块蒙了一层煤烟的空地和一群孩子打棒球，接着又打了会儿篮球。我们打得太拼了，以致年纪小一点的孩子都劝我们：“悠着点，再这样打下去，你们会把自己累死的。”他们打起来轻松自如，我们却汗流浃背。有一次，狄恩还在水泥地面摔了个狗啃泥。我们拼了老命想抢孩子们手上的球，但他们轻轻松松就闪了过去。球在我们头上飞来飞去。我们像疯子一样不断起跳上篮，但孩子们往往纵身一跃，就能从我们汗涔涔的手上把球抢走。我们像是小巷子里的业余萨克斯手，试图跟“大拿”斯坦·盖茨和库尔·查利打篮球。在他们看来，我们是疯了。回家途中，我和狄恩分别走在马路两边的人行道上，玩接传球的游戏。我们试了些特别难的传球，例如把球扔过灌木丛或让球贴着电线杆掠过。当一辆汽车经过时，我跟在汽车旁边向前冲，一等汽车刚刚超过我，就把球扔向狄恩。狄恩一个箭步上前把球接住，在草地上打了个滚，立刻在一辆停在路边的面包车后面把球回传给我。我靠着没戴棒球手套的那只手，才及时把球接住。一秒钟后，我把球回掷给他。为了接我的球，狄恩急转了个身，整个身体都挨到了树篱上去。回到家里后，狄恩掏出皮包，数了十五美元，交给我阿姨，还她以前在华盛顿为他垫的超速罚款。我阿姨又惊又喜，晚餐非常丰盛。“嗯，狄恩，”我阿姨说，“我希望这一次，你能够安安分分做人，在这里落地生根，照顾好你即将出生的小孩。”

“我会，我会。”

“你不能老在美国跑来跑去，到处生小孩。这些小家伙多么孤苦无依啊！你得给他们活命的机会啊。”狄恩望着自己的双脚，我阿姨说一句，他就点一下头。我和狄恩在一条高速公路上方的陆桥上话别。红日西沉。

“我希望我回纽约的时候，你仍然待在这里。”我说，“我最大的愿望，是有朝一日，我们两家人会住在同一条街上，常常有机会聚在一起，回忆往事。”

“没问题，老哥。你知道吗，你阿姨提醒我的那些事情，我也心里有数。我本来想叫伊莉萨把小孩拿掉的，她不肯，我们还因此打了一架。你知道玛莉露嫁了个中古车商，现在也怀孕了吗？”

“我知道。我们现在全都走到这个阶段了。”其实我想说的是，这一切，不过是一个虚空的湖上所掀起的涟漪。世界的底部是黄金，而这个世界现在上下翻转了过来。狄恩掏出一张卡米拉和他小女儿的合照给我看。照片里，一个男人的影子落在阳光灿烂的人行道上，两条悲伤的裤腿的影子横过婴儿。“那是谁？”我问。

“只能是艾德·邓肯，他回盖拉蒂亚身边去了。他们夫妻俩现在已搬回丹佛。走之前，他们去找卡米拉，拍了一天的照。”

艾德这个人有着一副不易察觉的菩萨心肠。狄恩又拿出其他照片给我看。我意识到，将来要是我们的孩子看到这些照片，一定会以为，他们的父亲，一直过着井然有序、和别人没两样的生活，每天都是昂首挺胸地走在生活的道路上。他们做梦也不会想到，我们所走过的，其实是一条疯狂、崎岖而又不知所谓的梦魇之路。那是一条被包裹在无始与无终的“空”之间的道路，是“无明”的各种形象的展现。“再见了，再见了。”说罢，狄恩就转过身，迎着嫣红的落日离开。这时，一个火车头冒着烟，从他上方轰隆隆地开过。一个长长的身影拖在他身后，和他的步伐、思想，乃至整个存有亦步亦趋。狄恩每走出几步，就会回过头来，腼腆地向我挥手。他跳上跳下，喊了些我听不见的话。他跑了一圈，走到火车高架桥水泥柱子边的时候，他对我最后挥了一次手，我也对他挥手，突然他弯下腰，快步走得看不见了。我必须直面自己惨淡的生活，因为我还有很长的路要走。

2

第二天午夜，我哼着这首歌：

米苏拉的家，
特拉基的家，
奥珀卢瑟斯的家，
不是我的家；
老梅多拉的家，
翁迪德尼的家，
奥加拉拉的家，
也不会是我的家。

上了前往华盛顿的巴士。我在华盛顿逛了一圈，又绕道走访了蓝岭山脉，听了谢南多厄国家公园的鸟叫声，参观了托马斯·杰克逊的墓园；黎明时，我站在卡诺瓦河上出神，傍晚，我在西弗吉尼亚的查尔斯顿走了一段很有乡村民歌情调的路。午夜，巴士途经肯塔基州的阿什兰时，我看见一个孤独的女孩站在已打烊的园游会出口的大帐篷下。穿过漆黑神秘的俄亥俄后，巴士在破晓时到达辛辛那提。接下来，印第安纳州的田野又一次在我面前展开，而下午时分的圣路易还是一如往昔，天空中飘着大片的河谷浮云。泥泞的卵石街道，密西西比河上顺流而下的圆木，老旧的蒸汽船，古老的路标，河边的青草及绳索——圣路易真是一首永恒的诗。在密苏里和堪萨斯的大草原开了一个晚上，巴士在第二天黎明抵达阿比林。爬过山坡以后，东堪萨斯的草地就一变而为西堪萨斯的牧场，向丘陵地带延伸。

坐我旁边的人名叫亨利·格拉斯。他是在印第安纳的特雷霍特上车的。他对我说:"你知道我为什么厌恶我身上这套西装吗?因为它很土——但理由还不止于此。"他出示了一些文件给我看。原来他是个囚犯,因为在康涅狄格州偷车和贩卖赃车入狱,刚刚从特雷霍特的联邦监狱释放出来。他是个年约二十的鬈发小伙子。"一到丹佛,我就要把这套西装拿去当掉,买条牛仔裤来穿。你知道他们在监狱里怎样对待我吗?把我单独关押,牢房中除了一本《圣经》以外,什么都没有。我把《圣经》垫在石头地板上当椅子坐。他们发现这件事情后,就把大《圣经》取走,换成一本口袋装的《圣经》。不能拿它来坐,我又无事可做,只好把整本《圣经》翻了一遍。没想到——"他用手上的糖果戳了戳我(他的胃在监狱里弄坏了,现在只能吃糖果),"《圣经》里真的有些很正点的东西耶!"他又告诉我监狱里的"潜台词":"如果有个囚犯快要出狱并且整天提这件事的话,潜台词就是其他人还得继续坐牢。我们就掐着他的脖子说:'别给我玩这套东西!'话中有话要不得,明白吗?"

"我不会这样和你说话的,亨利。"

"谁要是拿这套东西对付我,我就会鼻孔大张。我甚至不惜干掉他。你知道为什么我会坐牢坐这么久吗?因为十三岁那一年,有一个家伙惹毛了我,我差一点就把他给做了。他是我朋友,当时我们在看电影,他骂了我一句——亵渎我母亲的——我立刻拿出折叠刀,在他脖子上划出一道口子。要不是有人把我拉住,他早就一命呜呼了。法官问我:'当你攻击你的朋友时,你知道你在做些什么吗?'我说:'法官大人,我知道。我当时是想把那个狗娘养的干掉,到现在我仍然想。'就因为这番话,我没有获准假释,而是被送进了少年感化院。因为我被单独关押,整天坐着,所以得了痔疮。告诉你,要蹲牢的话千万别蹲联邦监狱,它们是美国监狱中最烂的一种。要谈它们有多烂,一个晚上都谈不完。你不知道出狱的时候我的感觉有多美好。我上车的时候看见你一个人坐着，你当时在想些什么？”

“我就是坐着，没想什么。”

“我上车的时候在唱歌。我挑你旁边坐，是因为怕坐我旁边的如果是个女的，我会忍不住把手抄到她裙底下。我必须再忍一忍。”

“如果你再被送回监狱，就不要指望再有机会出来了。所以，从现在开始，你最好收敛一下自己的脾气。”

“我也打算这样。只不过我的鼻孔大张着，就说不准自己会干出些什么来。”

他计划到科罗拉多与哥哥嫂嫂同住，他们在那儿给他找了份工作。他的车票是联邦政府买的，他目前处于假释期。他和少年时代的狄恩是同样的人，血管里有着超过他所能承受的不安定因子，动辄就会鼻孔大张。不过，他少了狄恩身上那种灵性，这让他无法逃脱铁笼般的命运。

“索尔，到了丹佛以后，你当我的伴好吗，看牢我，别让我闯祸，行吗？也许只有这样，我才能无风无浪到达我哥哥家。”

到了丹佛以后，我带他到拉里马街一家当铺去当西装。他西装才脱到一半，老犹太人掌柜就嗅出那是什么货色。“我们不收这种鬼东西，每天都有人来典当这种玩意儿。”

整条拉里马街都挤满想把他们的监狱西装卖掉的家伙。亨利最后虽然没有当成西装，但还是买了一条新款牛仔裤和一件运动衫换上，把西装放在一个纸袋里，夹在腋下。在我带他到狄恩常去的格伦纳姆酒吧的途中，他把西装扔进了一个垃圾箱。我在酒吧里打电话给提姆·格雷，当时已经是晚上了。

“索尔？”提姆·格雷喜出望外地说，“我马上过来。”

十分钟后，他就快步走进酒吧，后面跟着史丹·谢皮哈德。他们两个先前到法国旅行了一趟，回来后对丹佛的生活大感乏味。他们都很喜欢亨利，点了啤酒请他喝。亨利则开始胡乱花他在监狱里存下来的钱。我再次身处丹佛温柔、漆黑的夜晚以及那些难以置信的巷子和杂乱的房屋。接下来，我们泡了城中的每一家酒吧，还包括西科尔法克斯路旁的小饭馆，以及黑人去的廉价酒吧。

史丹·谢皮哈德对我慕名已久，几年来一直想见见我。我没想到我们才第一次认识，就会结伴远行。“索尔，我从法国回来以后，就一直不晓得自己该干些什么。我听说你打算到墨西哥去，是真的吗？我可以跟你一道去吗？我只要在墨西哥城市学院签下入学同意书，就可以获得一百美元的退伍军人教育津贴。”

我同意了让史丹随行。他四肢修长，有一头浓密乱发，脸上老挂着个骗子般的大笑容，举手投足都是慢条斯理，很像加里·库珀的闲散调调。他常常两根拇指钩在腰带上，一摇一摆地慢慢走到街上。他祖父先前反对他到法国，而现在又反对他到墨西哥的计划。史丹因为和他祖父干了一架，于是像流浪汉一样在丹佛到处游荡。那个晚上，我们喝了无数的酒，并成功地制止了亨利惹乱子，没有让他在科尔法克斯一家店里失控。史丹睡在亨利的旅馆房间。“我不能这么晚回家。我祖父会揍我，然后揍我妈妈。我告诉你，我必须尽快离开丹佛，否则我铁定会发疯。”

就这样，那天晚上，史丹睡在了亨利的房间，而我则睡在提姆的家。第二天，贝贝在她家的地下室清理出一个小房间，让我住宿。接下来一星期，我们每天晚上都在这地下室房间里举行派对。亨利径自上路去找他哥哥去，我们自此没再见过他，至于后来有没有人跟他玩那套“潜台词”，他有没有被关起来，他有没有闯出乱子，我们就不得而知了。

提姆、史丹、贝贝和我足足泡了一星期的午后酒吧。那些酒吧里的女侍，不是那种板起脸孔的女侍，而是那种带着忸怩、柔情蜜意眼神的女侍，她们随时都准备好和客人坠入爱河，发展一段轰轰烈烈的罗曼史。泡过酒吧，我们晚上还会到“五点”夜总会去听爵士乐，到狂野的黑人酒馆去畅饮烈酒，然后回我的地下室房间神聊吹牛到凌晨五点才肯罢休。每天中午，你都可以在贝贝家的后院找到蜷缩着的我们。小孩子在我们身边跑来跑去，玩着牛仔打印第安人的游戏，偶尔，他们会从鲜花盛开的樱桃树上掉到我们身上。我享受了一段无比美妙的时光，整个世界在我面前敞开。史丹和我绞尽脑汁想说服提姆参加我们的墨西哥之旅，但他都不为所动——丹佛这里有他放不下的东西。

就在我准备好要出发去墨西哥的前夕，突然接到“丹佛”·D.多尔打来的电话。“喂，索尔，猜猜谁正在赶往丹佛？”我猜不出来。“是狄恩。他已经出发了，我是从一个匿名渠道获得这消息的。狄恩买了一辆车，正赶来跟你会合。”霎时间，我眼前出现了一个令人簌簌发抖的复仇天使，一个全身火焰的狄恩，像一朵飞云一样向我高速逼近；他就像我梦中那个尸衣人一样，在大草原上死命追逐着我，一心要将我扑倒。我看见他的大脸占满整个大草原的天空，一副偏执狂的表情，两眼放射着青光；我看见他的翅膀，看见他那辆屁股后面喷着一千条火焰的老爷车。凡这车子驶过的道路，都被烧成一片焦炭；到后来，它甚至不受公路的约束，自己辟路前进，把一片片玉米田压坏，一座座城镇捣毁，一道道桥梁碾垮，一条条河流蒸发干。它就像是一股直扑西部而来的天怒。我知道狄恩的脑子又坏掉了。如果他买了一辆中古车的话，那就表示，他把银行里的积蓄全部提了出来，也表示，他没能力继续供养美国东西岸任一边的妻小。我看见，在狄恩身后，被烧焦的废墟仍然冒着烟。他正在马不停蹄又一次横越美洲大陆，用不了多久就会来到丹佛。我们匆匆忙忙为狄恩的驾临做准备。有消息指出，他此行是要开车载我去墨西哥。

“你想他会让我一道去吗？”史丹忧心忡忡地问。

“我会跟他谈的。”我不置可否地说。事实上，没有人知道狄恩会怎样决定。“要安排他睡哪里？要为他准备什么吃的？有可以安排给他的女孩吗？”大家都很惶恐，生怕漏掉了什么。狄恩的来临，在大家的心目中犹如高康大驾临。看来，我们还得把丹佛的水沟加阔，把若干法律条文放宽，否则只怕容纳不下狄恩那受苦的身体与狂喜的灵魂。

3

狄恩抵达时的情景，和老式电影里的情节很相似。那是个阳光灿烂的下午，我人在贝贝的家。让我先来谈谈贝贝家里的情形。她妈妈到欧洲去了，现在，在家里充当监护人角色的，是贝贝的姑妈，名叫夏瑞蒂；她虽然已经七十五岁，但却活跃得像只小鸡。罗林斯家族是个大家族，成员遍布整个西部，夏瑞蒂姑妈喜欢巡回似的一时住住这个成员的家，一时住住那个成员的家。据说她共有十几个儿子，但都先后弃她而去。夏瑞蒂姑妈虽然是个老人家，但对我们所说的每句话、所做的每件事，都兴致勃勃。当她看见我们人手一杯威士忌走进起居室时，会忧愁地摇摇头说："你们几个年轻人最好把酒拿到院子里去喝。"这个夏天，贝贝家的房子简直成了间包吃包住的宿舍，因为除了我和夏瑞蒂姑妈以外，二楼还住着个名叫汤姆的外人。汤姆爱贝贝爱得发疯。他来自佛蒙特一个富有家庭，听说，有一个高薪的职位和几百样美事正在恭候着他，但他却宁愿跑到贝贝家里来窝着。每天黄昏，他都会坐在起居室，表面上是看报，实则是心潮起伏地听着我们说的每一句话。贝贝说的话尤其让他心潮起伏。每当我们逼他放下报纸、一块聊天，他就会一脸不耐烦和受伤害的模样。"呃？哦，好啊，有什么大不了的。"他经常只回这么一句话。

夏瑞蒂姑妈坐在起居室一角，一面打毛线，一面用一双骨碌碌的眼睛盯着我们的一举一动。她既然自诩为监护人，自然觉得有责任防止我们说些不文雅的话。贝贝坐在沙发上，我、提姆和史丹则懒洋洋地围坐在她四周的椅子上，陪她聊笑。贝贝被我们逗得咯咯笑，可怜的汤姆受尽折磨。他站起来，打了个哈欠之后说："唔，又是一天，晚安。"说罢，就上楼去了。他根本就是自作多情，贝贝爱的人是提姆（但提姆却滑溜得像条鳗鱼）。当狄恩开着他的破车来到贝贝家的那个阳光普照的下午，我们正如往常一样围坐在起居室里，等待晚餐时间的来临。

"下车！下车！"从街上传来吆喊声。狄恩穿着一套花呢西装，口袋上垂着条表链。和他一起来的，是罗伊·约翰逊。罗伊和太太多萝西已经从旧金山搬回丹佛。同样搬回丹佛的人还有艾德夫妇和汤米·史纳克。换言之，所有人都回到丹佛来了。"嗨，兄弟，"狄恩对我伸出一只大手，"看来，在这边一切都好。哈啰，哈啰，哈啰！"他对每一个人都说了哈啰。"哦，提姆·格雷、史丹·谢皮哈德，是你们？你们好啊！"我把狄恩介绍给夏瑞蒂姑妈认识。"噢，荣幸，您好。容我向您老人家介绍，这位是我的朋友罗伊·约翰逊。我十二万分感激他能在百忙中抽空陪我同来。"然后他把一只手伸向眼睛睁得大大的汤姆。"好啦，言归正传，索尔，我们什么时候出发去墨西哥？是明天下午吗？很好很好。嗯哼！索尔，现在你给我仔细听好，我必须在十六分钟之内赶到艾德·邓肯的家，取回我寄放在那里的一块铁路手表，然后再到拉里马街，赶在当铺打烊前把手表当掉。与此同时，我也会尽可能利用时间，快速搜索附近每一家酒吧，看看会不会凑巧找到我老头子。之后，我跟理发师多尔有个约会——这么多年来，他一直把我当成他的保护人。索尔，六点整的时候——我说的是六点整，明白吗？——我要你在这里等我，我会过来把你载到罗伊·约翰逊的家轻松一小时，听些吉莱斯皮的唱片。之后，我们再来动脑筋研究晚上要和提姆、史丹、贝贝到哪儿去乐一乐。当然当然，说不定在我开着那辆一九三七年款的福特到达这里之前——只用了四十五分钟——你们对今天晚上的节目就早有安排。说到我的福特，当我开着它来丹佛的途中，曾在堪萨斯市稍作停留，和我表哥会了一面——不是山姆·布雷迪，而是比他小的一个表哥……"狄恩一边连珠炮式说个没完，一边忙着躲到起居室的隐蔽角落，把身上的西装换成T恤，把表从破箱子里拿出来换到穿上的裤子里。

“伊莉萨怎样了？”我问他，“纽约那边发生了什么事情？”

“严格来说，索尔，我会想要去墨西哥，为的就是办跟卡米拉的离婚手续。在墨西哥办离婚，肯定要比全世界任何地方都便宜、快捷。我已经和卡米拉达成协议，一切都搞定了。每件事情都顺顺当当，我们没有什么好担心的，明白吗，索尔？”

好吧好吧，他怎么说我就怎么听，反正我是跟定他了。这个晚上，刚好艾德一个哥哥在家里搞了个派对。他的两个哥哥都是公交车司机。餐桌上摆满了可爱的点心和饮料。艾德看起来快乐而有朝气。“你和盖拉蒂亚成啦？”我问他。

“对，”他说，“我肯定是这样。你知道吗，我打算进丹佛大学念书。罗伊也是。”

“你打算念什么？”

“嗯，社会学之类的吧。哎，听说狄恩一年比一年疯，是真的吗？”

“绝对错不了。”

盖拉蒂亚也在派对上，她想找个熟人聊天，但所有她认识的人全都在狄恩的把持之下。我、史丹、提姆和贝贝，全都坐在一排靠墙的椅子上，听狄恩大发议论，艾德则神经兮兮地在他背后晃来晃去。“注意！注意！”狄恩拉了拉身上的T恤，揉了揉肚子，就开始蹦跳地说起话来。“现在，经过多年的分别以后，我们又重聚在一起了。虽然经过这么久的时间，但在座每个人却一点都没变。这种持续性真是惊人。你们有什么想知道的没有？我这里有一副纸牌，可以为你们精确算出你们想知道的每件事情。”他手上拿着的是那副春宫纸牌。多萝西和罗伊一动不动地坐在角落里。那是个气氛凝重的派对。狄恩看大家没有反应，慢慢安静下来，坐到史丹和我之间的一张椅子上，两眼直直望着前面，没有和任何人说话。不过，他安静下来，只是为了积蓄更多的活力。如果这时你碰他一下，他准会像颗竖立在危崖边的卵石一样摆来摆去。他这一摆，有可能会直直掉到山崖下面，也有可能不会，而只是像个不倒翁一样，在原地晃个不停。过了一会儿，一个笑容从他脸上绽了开来。他像个刚睡醒的人一样，左顾右盼了一下之后说："啊哈，看看坐在我四周这些可爱的人。太美好了！索尔，就和我上次说的一样。"他站了起来，走到大厅的另一头，向一个参加派对的巴士司机伸出一只手："嗨，你好，我名叫狄恩·莫里亚提。我记得你。你一切都好吗？哦，那就太好了。看看这些可爱的小蛋糕。我可以来一个吗？"艾德的姐姐说可以。"啊，太好了，这里的人多么友善。唔，太棒了，太好吃了，万岁！"之后，他走到客厅中央，一面吃蛋糕，一面摇摆身体，一面打量每一个人。他又转过身看后面的一切。似乎每件他看到的东西都引起他莫大的惊讶和兴致。突然，一幅挂在墙上的画引起了他的注意。他先是走上前去，近距离把画仔细打量了一遍，继而退后几步，站定，再把画端详一遍，最后是跳上跳下，务求能从各个高度和角度看这幅画一次。他扯着自己身上的T恤说："他妈的太美了！"他根本不知道自己的举动带给了别人什么观感——当然，他也不在乎别人是什么观感。派对里的人开始以异样的目光打量狄恩。他终于成为一个天使了，我早就料到他会有这么一天。但就像所有天使一样，狄恩的身体里仍然充满着喧嚣与骚动。派对结束后，我们一伙人浩浩荡荡出发去温莎酒吧。狄恩醉得一塌糊涂，既像魔鬼，又像天使。

还记得温莎旅馆吗？这里曾经是狄恩的家。在淘金热的时代，温莎旅馆曾经有过一段辉煌的岁月。至今，在一楼的大酒吧间的墙壁上，仍然可以看到当年留下的弹痕。在温莎酒吧里，狄恩的酒量令人想起他父亲。他像喝白开水一样，一杯杯葡萄酒、啤酒、威士忌往肚子里灌。他脸色泛红，满头大汗，磕磕绊绊地穿过舞池，推开正在跳舞的男男女女，想去弹钢琴。我们一票人围坐在两张拼在一起的大桌子四周：有“丹佛”·D. 多尔、多萝西和提姆、贝贝、我、艾德、汤米·史纳克，还有其他好几个人，加起来一共是十三个人。多尔很兴奋，搬了个花生自动售卖机到桌子前，投了几枚硬币，便吃了起来。后来他又提议我们每个人在一张明信片上写几句话，寄给人在纽约的卡洛。我们写的尽是些疯言疯语。小提琴的乐声回响在拉里马街的夜。“太爽啦！”多尔喊道。在厕所里，我和狄恩用拳头猛击厕所门，想把它打穿，没想到那门竟有三厘米厚。我中指的一根骨头裂开了；不过，这件事情，我要到第二天才知道。我们都已经醉得一塌糊涂。五十杯啤酒会同时端上桌，你说，这个时候，每个人除了站起来去找其他人挨个敬酒以外，还能怎样？刑满出狱的人员和我们一起喝得东倒西歪。在饭店的门厅里，有些拄着拐杖的老探矿者，正坐在古老的大钟下打盹儿，在他们的黄金岁月，应该不会对我们的哗叫喧闹感到陌生。这个晚上，丹佛似乎到处都有派对在举行，我们甚至参加了一个在城堡里举行的派对（狄恩没有去，他自己开车到什么别的地方去了。）城堡外有一座游泳池和一些人工岩洞。我终于找到那条有朝一日会起而蹂躏地球的巨蟒的藏身之所了。

最后，只剩下我、狄恩、史丹、提姆、艾德和汤米·史纳克六个人，同乘一车，继续去疯。我们去了墨西哥人区，又去了“五点”夜总会，反正哪里都去了。史丹乐不可支，不断拍打自己的膝盖和拉高嗓子喊道：“狗娘养的！去你妹的！”狄恩被他惹得大乐。史丹说过的每一句话，狄恩都会学着他的腔调，重复一遍。“索尔，我们带这个疯猫子一道到墨西哥去吧！”这是我们留在神圣丹佛的最后一晚，所以务必狂欢到最高点才甘心。最后，我们回到贝贝家的地下室，就着烛光继续畅饮葡萄酒。这时的夏瑞蒂姑妈，肯定是穿着睡袍，拿着手电筒，在二楼疑心重重地东瞧西瞧。此时我们身边多了一个黑人，他说他叫康明斯。我们是在“五点”夜总会外面碰着他的。当时他在闲荡。汤米·史纳克一看到他，就从背后喊他："喂，你的名字是钱宁吗？"

他转过身，走到车窗边问汤米："可不可以把你的话重复一遍？"

"我是问，你是不是那个叫钱宁的家伙？"

听了这话，他又往前走了几步，再转身回来。

"我现在看起来有没有更像钱宁？我已经尽力让自己看起来像他，只可惜我不知道他什么长相。"

"哇，我们碰到个活宝啦！老兄，跟我们一块去疯吧！"狄恩大喊。就这样，康明斯成为我们中的一员。在地下室里，我们继续亢奋地交谈，不过，为了不致吵到别人睡觉，我们把声音压得很低。第二天早上九点，其他人都离去了，唯独狄恩和史丹留着，仍然像两个神经病一样喋喋不休。屋里的人先后起床，听见地下室不断传来"正点，正点，正点！"的声音，莫不面面相觑。贝贝做了一顿丰盛的早餐。我们出发去墨西哥的时间也到了。

狄恩先把车开到附近的加油站，做好行前所有的保养工作。他开的是一辆一九三七年款的福特，右边车门已经脱落，用绳子绑紧在车体上。前座右边的椅背也是松垮垮的，靠在上面，你身体会微微后仰，看见裹着碎布的车顶。"我们就像明和比尔，"狄恩说，"开着一辆咳喘颠簸的车子到墨西哥去；那将要花上我们无数天又无数天的时间。"我打开地图来看：从丹佛开到边境城市拉雷多的路程超过一千六百公里（沿途大部分都在得州境内）；之后，还要再开一千两百多公里，才到得了位于瓦哈卡高地邻近地峡岔口的墨西哥城。这样的旅程真是不可思议。这一次，我们不再是向西或向东走，而是向南走——如梦似幻的南方！我看到一直到火地岛的整个遍布巉岩的西半球在我面前展开，看到我们沿着地球的弧面，飞进另一个气候带和另一个世界。"老哥，这次我们一定能到！"狄恩自信满满地表示，然后又轻拍我的手臂说，"你等着看好了。哟吼！"

我陪史丹先回家料理些事情，离去时，史丹年迈的祖父站在门边，不断喊着他的名字："史丹——史丹——史丹。"

"什么事，爷爷？"

"别走。"

"不行，事情已经决定了，我非走不可。你为什么老是阻挠我？"他祖父一头白发，一双杏眼睁得大大的，脖子上暴着青筋。

"史丹，"老人说，"别走。别让你的老祖父哭泣。别再次留下我一个人。"此情此景让我为之心碎。

"狄恩，"老人误以为我就是狄恩，"别带走我的史丹。小时候我带他到公园看湖，告诉他何谓天鹅。后来，他妹妹就溺死在那个湖里。别把我的小孙子也带走。"

"不行，"史丹说，"我们现在就要走了。再见。"

老人死命拉着他的手臂不放。"史丹，史丹，别走，别走，别走。"

史丹挣脱老人的手，和我低着头快步离开。我们愈走愈远，但老人依旧站在门边，门上挂着一串串装饰物，客厅里塞得满满当当的。他的脸白得像纸，嘴里反复念着"史丹"和"别走"。老人用焦虑不安的眼神目视我们转过街角。

"老天爷，史丹，我真不知道该说什么。"

"不用理他，"史丹愤愤地说，"他老是那个样子。"

之后，史丹带我去找他在银行工作的妈妈要些钱。史丹妈妈一头白发，但样子还相当年轻。他们母子俩站在铺着大理石地板的银行大堂轻声交谈。史丹穿着牛仔服，十足像个准备好到墨西哥去的人。这是他在丹佛最伤感的场面了，他已做好准备要和活力四射的狄恩出发了。狄恩在约定的时间来到银行门口，和我们会合。史丹妈妈坚持要请我们三个人去喝杯咖啡。

"照顾好我的史丹，"他妈妈交代我们，"墨西哥那种地方，什么事都有可能会发生。”

“我们会彼此照应的。”我说。史丹母子走在前头，我和狄恩跟在后头。一面走，狄恩一面给我分析东西部厕所涂鸦文化的不同。

“它们截然不同。东部人喜欢在厕所墙壁写些粗俗挖苦的笑话，或画些淫秽露骨的图画，但西部人却只写上自己的名字，例如瑞德·奥哈拉某月某日到此一游之类，这是西部人的巨大寂寞感造成的。一过了密西西比州，这种区别就壁垒分明。”唉，说到寂寞，我们前面就有一个寂寞的女人——史丹妈妈。她是个可爱的女人。她万般不愿意儿子去墨西哥，但又知道劝阻不了他，只好顺着他的意。我看得出来，史丹喜欢远行，是在刻意躲开他祖父。狄恩四处找他父亲，我的父亲已经过世，而史丹则刻意要躲开他的老祖父——三个背景这样不同的人，却相约结伴一起潜入黑夜中，真是神奇。史丹妈妈在第十七街和儿子吻别后，就登上一辆出租车，向我们挥手作别。再见了，再见了。

我们回到贝贝家，和她话别后，就登车出发。提姆要坐我们的车回他城外的住所，所以也上了车。贝贝这一天特别美，像个瑞典姑娘似的，一头披肩的金发，一脸在阳光中显露无遗的雀斑，让她看起来和小女孩时代一模一样。她眼眶中隐隐闪着泪光。当时我们想，说不定贝贝稍后会和提姆一起到墨西哥找我们（结果没有）。再见了，再见了。

我们上路了。提姆在他家的院子里下了车。从后挡风玻璃，我看着他的身体，在大平原上逐渐变远变小。他站着目送我们足足有两分钟之久，天晓得他怀着多大的离愁。他愈变愈小，却仍然一动不动地站着，唯有一只手始终不停地挥着。我拼命扭转身体，希望尽可能多看他一眼，不过，提姆最后还是消失在我的视线中，只剩下一片空旷。在空旷的另一头，是往东通向堪萨斯的路，并最终可以通到我位于亚特兰蒂斯的家去。

我们现在车头向南，朝着罗克堡的方向进发。西斜的红日把那些面西的山壁照得像十一月薄暮时分布鲁克林的啤酒厂。在山壁上更高的紫色阴影处，我们看到有个人在走路，但却看不清楚他的长相。也许，他就是多年前我在山峰上遇到过的白发老者，萨卡特卡斯人杰克[①]。虽然他永远都走在我后面，但却一次比一次接近。丹佛在我们背后退去，城市上空的烟雾消散在我们的视线中。

4

现在是五月。车窗外掠过一片片田亩和一条条有大树遮阴的灌溉沟，小孩子就在沟里游泳。这样一个风和景明的科罗拉多五月下午，怎么会冒出一只毒虫子来把史丹螫了一口，谁也说不上来。一路上，史丹都把臂弯搁在车窗上，起劲地说着话。被叮到那一刻，他猛叫了一声，随即一掌把虫子打扁，扫出车外。几分钟以后，他的手臂就开始红肿起来，并感觉疼痛。我和狄恩都想不透那是什么虫。我们无计可施，只能指望史丹的红肿会慢慢消退。没想到我们兴致勃勃地朝南进发，刚开出五公里，就碰上一件心寒的事。

“那是什么虫？”

“不知道，我从不知道这一带有可以把人叮成这样子的虫。”

“可恶！”

这虫子的出现，为我们的南行之旅蒙上一层不祥的阴影。史丹的伤口愈来愈肿。史丹在路上碰到的第一家医院里打了一针盘尼西林。开过罗克堡后，我们在入夜抵达科罗拉多泉。帕克峰的巨大阴影从我们右侧投下。“我在这条路上坐顺风车往返几千万次，”狄恩说，“看到那铁丝网

①萨卡特卡斯（Zacatecas）：墨西哥中北部一州。“萨卡特卡斯人杰克”并非实指。

没有。以前有一晚，我就躲在那铁丝网后面，当时我无缘无故感到恐惧。”

为了打发时间，我们决定轮流讲述自己的往事。史丹第一个。“我们还有很远的路要走，所以，”狄恩提醒他说，“你务必绞尽脑汁，把往事的每一个细节回忆起来，告诉我们。其实，即使那样做还是不够的，所以记得要尽量放轻松。”开始的时候，史丹为我们讲他在法国旅行的见闻，等讲无可讲以后，就把回忆转到他在丹佛的童年时代。他和狄恩互相核对小时候碰过几次面。“你忘了其中一次了，但我却还记得——是在阿拉帕霍车库，想起来了吗？当时我站在屋角，把一个球弹向你，而你则用拳头把它击回来，结果球掉到污水道里。现在记起来了吗？”“没错，没错，请继续。”史丹急着告诉狄恩每一件往事：他把狄恩当作他回忆的仲裁者，当作老伙计、法官、倾听者、知情人、赞同者，热切希望从狄恩那里获得认同。我们驶过了沃尔森堡，蓦地，又过了特立尼达。想必，蔡德·金恩此时就坐在离公路不远的一堆篝火前，和几个人类学家互述生平往事，完全没有意识到，我们正在同一时间打他们身旁疾驰而过，而且也在互述生平往事。多惹人惆怅的美国之夜啊！之后，我们进入了新墨西哥州。途经拉顿的时候，我们停在一家餐车式快餐店前面，买了一些汉堡，狼吞虎咽起来。我们用餐巾纸包起其中一些，留待跨越得州边界的路上吃。“整个垂直的得州就在我们前面，索尔，”狄恩说，“我们之前是横向穿行的。不管是东西方向，还是南北方向，路程长短都一样。几分钟后我们就要进入得州，不到明天这个时候，不会出得来。”

出现在大平原上的第一个得州城镇是达尔哈特；一九四七年的时候，我曾途经此地一次。达尔哈特蹲伏在黑色的地球板块上，闪烁着微光，离我们有八十公里远。四周的土地长满牧豆树，在月色的映照下，显得一片荒凉。月亮在地平线上方照耀着，愈变愈大，愈变愈圆。之后，晨星开始与月亮争辉，而夜露也开始凝结。穿过达尔哈特的时候，我们感觉就像穿过一个空的饼干盒子。继达尔哈特之后的下一个城镇是阿马里洛。我们在清晨驶过阿马里洛。几年以前，这里四周还是大片大片荒凉的牧草地，只有零落的水牛皮帐篷，但如今，已经可以看到一些加油站；加油站里放着些最新款的点唱机，你只要投入个十美分的硬币，就会播出最劲爆的音乐。从阿马里洛到柴尔德里斯沿途，我和狄恩应史丹的要求，把我们看过的每一本小说的情节一一讲给他听。我们在大太阳底下到达柴尔德里斯，之后，行进路线就折而为正南，向着帕迪尤卡、加斯里和阿比林开去，沿路荒凉得有如地狱。狄恩撑不下去了，到了后座去睡觉，改由史丹和我轮流驾驶。风一阵接一阵，不停从阳光闪烁的广漠向我们吹来。史丹一面开车，一面讲他在摩纳哥蒙特卡洛和法国滨海卡涅、芒通旅行的往事，脸色黝黑的人在白墙间穿梭徘徊。

车子在大太阳的烤炙下慢慢开入阿比林，而最地道的得州就在眼前。大家都醒了，兴奋地观望着车窗外。“好一个阿比林，离大城市有两千公里远呢，真是乖乖不得了！这里的人把牛用火车送到码头，再船运出去。他们把牛射杀，卖钱买胶鞋和酒，眼睛喝得红通通的。你们看看他们那个样子！”狄恩对着车窗外大喊，嘴巴噘得就像电视谐星菲尔兹。他可不管这里是得州还是哪里。不过，红脸的得州人没有理他，只管在滚烫的人行道上匆匆来去。我们在城南的高速公路边停下来吃东西。当我们重新启程，向科尔曼和布雷迪开拔时，夜看来就像距离我们百万公里远。布雷迪是得州的心脏，但你在这里能找到的，只是偶然一户靠在干枯小溪旁的房子、八十里长的土路和没完没了的热。“墨西哥离我们还有很远呢，”狄恩半睡半醒地说，“所以，你们务必继续开，继续开。这样，等明天黎明，我们就可以亲得到墨西哥的姑娘了。这辆老福特是能跑的，重点是你懂不懂得怎样哄它。车屁股无疑是有垮下来的可能，不过你们不必担心，我相信我们一定到得了目的地。”说完，就沉沉睡去。

接下来换我驾驶。开到弗雷德里克斯堡的时候，我再次摊开地图来看；一九四九年一个下雪的早上，玛莉露曾在这附近柔情蜜意地轻抚过我——她现在人在哪里呢？“用力吹啊！”狄恩从梦中喊道。我猜，他要不是梦到了旧金山的爵士乐，就是梦到了墨西哥的曼波音乐。史丹还在不停说话（没有狄恩打断他的话，他更加不愿意停下来了）。他现在谈到的是他在英国旅行的往事：他曾在那里的公路上搭车旅行，从伦敦到利物浦。他那时有着一头长发，穿着条破破烂烂的裤子。那些怪异的英国卡车司机在欧洲那空荡荡的、幽暗的路上让他搭车上路。得州干冷的西北风吹得我们两眼发红。我们三个人的肚子里都燃烧着一团火焰，而我们知道，我们一定到得了目的地——尽管会慢一点。车子以七十公里的速度颤动着卖力前进。过弗雷德里克斯堡之后，路就转为下坡，开始有飞蛾扑向车子的挡风玻璃。“我们要进入炎热之乡了，沙漠鼠和龙舌兰在等着我们。这还是我生平头一次来到这么南的得州呢。”醒过来的狄恩语带惊奇地说，“干，没想到我老头子冬天来的地方原来是这个样子的，这个狡猾的老流浪汉。”

我们突然发现自己处于一条八公里长的上坡路前面，燠热难耐，路的尽头，闪耀着圣安东尼奥古老的灯火。四周的景物给你一种感觉：这里以前是墨西哥的领土。路边房屋的样式和我们前面看到过的都不同，加油站要更破，路灯也更少。狄恩重新掌舵，高高兴兴地把我们送上了圣安东尼奥。街道旁的房屋都是没有地窖的墨西哥式房屋，稀稀落落、摇摇晃晃的，门廊上摆着老旧的摇椅。我们停在一个加油站找机油。加油站四周都有墨西哥人在闲逛（有些还是一整个家庭在闲逛），他们站在虫子纷飞的灯泡下面，手伸到饮料箱里，拿出瓶装的冰啤酒，然后把钱扔给加油工。放眼望去，都是木屋和低垂的树木，空气里弥漫着野肉桂树的味道。妙龄的墨西哥女孩挽着她们男朋友的手，在我们面前往来经过。“哇！”狄恩喊道，“好啊！明天！”音乐声从四方八面流出，各式各样的音乐都有。史丹和我喝了好几瓶啤酒，情绪高亢。我们半只脚已经跨出了美国的国境，但肯定还在美国，还是最疯狂的所在。圣安东尼奥，啊哈！

“听好，老哥，我们不妨在这里溜达几小时再走。我们先找家医院给史丹看伤，然后，我和你，索尔，再到处逛逛。看看对街的房子。看到屋里那些躺着的可爱女孩子没有？她们正在看《真爱》杂志呢！来，走吧！”

我们胡乱找了一会儿，并停下来向路人打听，附近哪里有医院。医院位于市中心附近，这一带比较时髦和美国化，矗立着十几栋半摩天大楼，霓虹灯和连锁杂货店都不少。不过，马路上的车子呼啸来去，完全无视红绿灯的存在，让人怀疑，这里是不受交通规则管辖的。我们把车停在医院的车道上，我陪史丹进医院，狄恩则留在车里换衣服。医院的大堂挤满贫穷的墨西哥妇女，有怀孕的，有生病的，有小孩生病的，举目一片愁云惨雾。我想起了可怜的泰妮，不知道她现在怎么样了。史丹等了整整一小时，才有一个实习医生走过来，帮他诊察肿臂。医生说史丹受到了感染，又说出了一个长得我们都懒得去记的学名，之后，他给史丹打了一针盘尼西林。

史丹在医院里等看病的同时，我和狄恩在城里各处晃荡。圣安东尼奥芬芳、轻柔（有我呼吸过最轻柔的空气）、幽暗、神秘而人声嗡嗡。突然间，我们面前出现了几个戴印花头巾的女孩。狄恩不发一语地跟在她们后面走了一段路。“这里太美妙了，美妙得不宜做任何事情！”他轻轻地说，“让我们慢慢走，把一切都看一看。你瞧，你瞧，前面有间撞球室哪！”我们走进撞球室，看见有十几个小伙子分别围在三张桌子前打球，全都是墨西哥人。狄恩和我买了可乐，又投币到点唱机，点了温诺尼·“蓝调”哈里斯、莱奥纳尔·汉普顿和“幸运儿”米林德的唱片。狄恩叫我注意。

“哎，老哥，就在我们听着温诺尼的演奏和呼吸着你所说的最轻柔的空气的同时，我建议你用眼角瞄瞄在第一张撞球桌打球的那个瘸腿小伙子。他一辈子都是别人戏弄的对象。不过，他的同伙虽然喜欢整他，但他们却是爱他的。”

那瘸腿的小伙子矮得像个侏儒，有一张略显大但却很漂亮的脸蛋，一双棕色的大眼睛水汪汪的。“看到没，索尔，看到没？他真的是圣安东尼奥—墨西哥版的汤米·史纳克。同样的事情全世界都在上演。看，他们整他整得有多狠，用球杆打他的屁股，看到没？哈哈哈。听听他们的笑声。看，他想打赢这场球呢。注意看！注意看！”狄恩说这话时，瘸腿小伙子正要打一记反弹球。他落空了。他的同伴群起欢呼。“哎，老哥，”狄恩说，“现在注意看。”大伙开玩笑地追着小伙子打，小伙子一边尖叫一边一拐一拐地往撞球室外跑，临出门前回头露出了一个腼腆的笑容。“哎，我真想知道有关这个可爱家伙的一切——他都在想些什么，他女朋友是个怎么样的人。老天，这里的空气让我兴奋到最高点！”我们走出撞球室，在黑暗、神秘的夜色中踱了几条街。数不胜数的房子掩映在一个个翠绿的像丛林般的广场后面。到处都可以看到女孩子，有出现在窗户前面的，坐在门廊前面的，也有跟男朋友坐在树丛中谈情说爱的。“我从没想过圣安东尼奥这里会这么棒！天晓得墨西哥会棒到什么程度！走吧，我们赶快出发！”我们赶回医院去接史丹，他说他觉得好多了。我和狄恩在两边搀扶着他上车，并告诉他刚才看到的每一件事情。

离梦幻般的边界只剩二百四十公里的路了。我们跳上了车，呼啸而去。我累坏了，从迪利到恩西纳尔再到拉雷多的一路上，我都在酣睡。凌晨两点，狄恩把车停在一家快餐店的前面。“唉，”他叹了口气说，“得州的尽头到了，美国的尽头到了，再往前走就不是美国了。”天气热得吓死人，我们全都像个汗桶。没有一滴夜露，没有一丝风，有的只是亿兆计在各处扑火的灯蛾。阵阵恶臭从附近热腾腾的格兰德河传来。格兰德河发源于凉爽的落基山脉，但流过千山万谷以后，它却夹带着热，连同密西西比河的千万吨淤泥，汇入墨西哥湾。

凌晨的拉雷多是个罪恶之城。从出租车司机到扒手，各式各样的人都在团团转，寻找发财机会；不过夜已深，他们能找到的机会并不多。拉雷多是美国的底部，汇集了所有想伺机偷渡到墨西哥的重罪犯。各种违禁品被掩护在糖浆一样浓稠的空气中。这里的警察个个都红脸、沉默而大汗淋漓，没有一个人是神气活现的。餐厅女侍肮脏得让人恶心。站在拉雷多，你可以具体感觉得到一整个墨西哥就摊开在你前面，甚至可以闻得着上兆个正在煎的墨式卷饼的味道。对于墨西哥会是个什么样的地方，我们一点概念都没有。从拉雷多到墨西哥边境的路都位于海平面的高度。我们拿出一些点心来吃，却食不下咽。我把它包在餐巾纸中，以备稍后肚子饿了再吃。我们觉得战战兢兢、心情沉重。不过，一等车子开过美墨边境那条梦幻之桥，一等车轮接触到官方认定的墨西哥土地上的时候，我们的心情就完全改观了。我们到达边界检查站了。再一条街开外，就是活生生的墨西哥。出乎我们意料的是，活生生的墨西哥竟然和我们想象中的墨西哥完全一个样。当时是凌晨三点，但在很多店面前面，仍然聚着一堆堆人；他们清一色都是头戴草帽，身穿白裤。

“看看那些疯猫子！”狄恩叹息着说，“噢，你们千万要等等我，我马上就过来！”几个挂着笑容的墨西哥边界警察走上前来，请我们把行李拿出来检查。我们照做了。但我们的眼睛都无法从对街挪开。我们巴不得立刻冲上前去，让自己迷失在那些西班牙情调的街道中。眼前的小镇是新拉雷多，但给我们的感觉，却像是圣城拉萨。“老哥，这里的人都不睡觉的耶。”狄恩轻声对我说。我们急忙把证明文件掏出来。边界警察叮嘱我们，过了边界，千万不要饮水龙头的生水。他们检查行李的态度很散漫，一点都不像是警察。狄恩忍不住一直瞪着他们看。他转过头对我说：“看看这国家的条子是什么模样的。我简直难以置信。”他揉了揉眼睛后又说，“我一定是在做梦。”是该把身上的钱兑换成比索的时候了。我们看见一张桌子上堆着一摞一摞的比索，并从兑换员的口中得知，一美元兑八比索。我们把身上大部分的钱换成比索，高高兴兴地把大卷大卷钞票塞入口袋中。

5

之后，我们就把脸转到小镇的方向，与此同时，几十个墨西哥疯猫子也从他们的帽檐下面悄悄打量我们。在他们身后，是不打烊的餐厅，从门洞处，倾泻出音乐和烟雾。“哇噢。”狄恩非常轻柔地叹了一声。

“行了！”一个警官笑着说，“你们可以通过了。欢迎进入墨西哥。小心你们的钱。小心驾驶。这是我私人的叮嘱。我叫瑞德，人人都这样叫我。你们可以问问别人。不必担心什么，尽情享受就是。在墨西哥这里，要找乐子一点都不难。”

“出发啦！”狄恩震动了一下身体以后，就把车开到那些西班牙情调的街道去。街上灯光昏黄，一些老人坐在门廊的椅子上，样子就像是东方的瘾君子和圣贤。没有人正眼望我们，但我们知道，我们的一举一动，全都被他们看在眼里。下车后，我们直接左转，进了一家烟雾弥漫的小吃店。店里坐着一个个穿短袖衬衫的计程车司机和戴草帽的夜猫子，正在大吃墨西哥式卷饼、豆子、炸玉米粉卷和其他难以名状的东西。我们在一部三十年代的点唱机上点了南美洲草原的吉他音乐，又买了三瓶冰啤酒（当地人管啤酒叫 Cerveza）和好几包墨西哥香烟。每瓶啤酒的价钱是三十墨分（相当于十美分），烟则每包六美分。对于身上的比索去得那么快，我们都有点惊讶。我们把比索拿在手上把玩，又东张西望，对每一个人微笑。在我们身后，躺卧着一整个美国，所有我们以前对生活的认知，现在统统都不管用了。我们终于在旅途的尽头找到了神奇之地，而它的神奇程度，是我们想都没有想过的。“想想看这些不睡觉的人，”狄恩轻声说，“再想想看横在我们面前的一整个大陆，电影里看到的那座庞然的马德雷山脉，就坐落在那上面呢！还有无数个大丛林和一个像美国的沙漠高地一样大的沙漠高地，可以直通到危地马拉和不知道哪里去！老天，你叫我该怎么办呢？你叫我该怎么办呢？我等不及了，我们马上出发吧！”我们连走带跑地回到车上，看过格兰德桥及更远处的美国最后一眼，就义无反顾，再次向前迈进。

一下子，我们就进入了沙漠地带，沿途要每隔大约八十公里，才会出现一盏灯或一辆车子。没多久，晨曦就在墨西哥湾上空展开，迷蒙的曙光让我们逐渐看清四周鬼魅般的丝兰仙人掌和烛台掌。“好荒凉的国家！”我不禁脱口而出。我和狄恩这时候已经完全清醒了（在拉雷多的时候，我们只能算是半醒）。史丹则仍然躺在后座酣睡；他到过的国家太多了，进入一个新国家已引不起他太大的激动。一整个墨西哥摆在我和狄恩的前面，等着我们去一探究竟。

“索尔，现在我们已经把一切抛在了后头，进入了一个全新的、未知的国度。多少年来的烦恼和快乐，全都被我们抛诸脑后了！我们现在什么都不要想，只一心一意往前开就好。这趟旅程，将会让我们明白，什么叫世界。在我们之前，从没有其他美国人做过这样的事。当然，墨西哥战争的时候除外。当时美国佬靠大炮把这里打通。”

“这条路，”我告诉他，“也是过去美国罪犯越境逃亡，前往蒙特雷的路线。如果时光倒流，你往车外灰色的沙漠看去，就会看见一个来自老汤姆斯通的恶徒，在孤零零地策马疾驰；如果你再往前看，则可以看见……”

“就可以看见世界。”他说，接着猛击了一下方向盘，喊道，“老天，世界就在我们前面哪！想想看，我们甚至可以沿着这条路——如果路通的话——一直开到南美洲去。真他妈的帅呆了！”天一下子就全亮了，让我们看得到白茫茫的沙漠和偶然出现在远方的一两间茅屋。狄恩把车速放慢，以便把它们看个仔细。“好破的茅屋，老哥。在美国，这么破的茅屋，只有死亡谷才找得到。不过，这里的茅屋比死亡谷的还不像样。这里的人根本不在意外表！”根据地图标示，接下来第一个出现的城镇是萨维纳斯伊达尔戈，我们迫不及待地想赶到那里。“这里的路看起来和美国没什么两样，”狄恩说，“唯一不同的是——不知道你有没有注意到——路标都使用公制，而且标示的里程数都是依它与墨西哥城的距离计算，就好像整个国家就只有这么一座城市，而所有的路都指向它。”用英制来算，我们距墨西哥城只剩下七百六十七英里；但换成公制，则超过一千公里。“该死，我得出发了！”狄恩喊道。我因为太累，合上了眼睛好一会儿，但不时都会听到狄恩用拳头捶打方向盘和发出“正点！”“过瘾！”“帅呆了！”之类的声音。驶出沙漠、到达萨维纳斯伊达尔戈的时间大约是早上七点。我们把后座的史丹喊起来，一起东张西望。大街上坑坑洼洼、处处泥泞。街道两边是一栋栋肮脏破旧的土砖房子。驮着大包小包货物的骡子在街上踱步。赤脚的妇女站在阴暗的门道上观察我们。街上人来人往，正开始墨西哥乡村地区新的一天。一些蓄八字胡的老人瞪着我们看。他们见惯衣履光鲜的美国人，而现在来的却是三个胡须不整、邋里邋遢的美国人，自然会让他们觉得新鲜。我们把车速降到十六公里，想把一切尽收眼底。一群女孩走在我们的前方。当车子打她们身边一颠一颠经过时，其中一个问我们：“你们要到哪里去，老兄？”

我吃惊地转过头去问狄恩：“你听到她说什么吗？”狄恩的震惊不亚于我。“当然听到了，我他妈的听得一清二楚。天啊，我受不了了，我不知道要怎么办才好。一大早我就如此兴奋和甜蜜。我们终于到达了天堂。酷到极致，炫到极致，无与伦比。”

“那好，我们掉头去把她们吧！”

“好。”狄恩虽然答好，但却仍然以八公里的时速继续往前开。他已经昏头了，以至于忘了他在美国时的自发行为。“前面的路上会有三百万个这样的女孩呢！”他辩解说。不过，他最后还是掉转车头，开回到那群女孩身边。女孩都是要到田里去工作的，她们对着我们微笑。狄恩眼睛一眨不眨地望着她们。“干，”他喘着气说，“这不可能是真的，天底下不可能有这种美事。女孩啊，女孩啊。索尔，刚才开过每一栋房子的时候，我都往里面瞧了瞧。你知道我瞧见什么吗？一些在睡觉的小孩，用铁锅做早餐的妈妈，还有一些毫不避讳，正朝着我看的老头子。这里根本没有疑心病这回事。这里每个人都很酷，每个人都用一双棕色的眼睛直勾勾地看着你。他们不发一语，就只是看。就这一眼，人性的所有素质全都沉淀其中。他们跟故事里描写的那些遮遮掩掩的墨西哥人完全不一样。他们都慈祥而直接，让我感到震撼。”经过这一路的颠簸，狄恩颇有感悟。他把身体弓向方向盘，眼睛不停向两边打量。我们穿过小镇，停在镇的另一头加油。一大群戴草帽、蓄八字胡的牧场主站在老式的油泵前大声谈笑。田野的彼端，一个老人正赶着一头驴，缓缓而行。纯净的太阳照耀着，就照耀在纯净而远古的人类活动上。

加完油我们就朝蒙特雷驰去。一列峰顶积雪的山脉耸立在我们前面。没两三下工夫，我们就开出了沙漠，攀爬在一条清凉的山路上。山路悬空的一边筑有石墙，另一边的山壁上，则是一个接一个用白漆漆成的斗大名字：阿莱曼！（现任墨西哥总统的大名。）在这条山路上，我们没有碰着半个人。路在云间蜿蜒盘缠，最后把我们带到一个台地的顶端。过台地之后，就是工业城市蒙特雷。举目都是一缕缕往上飘的工厂废气，而蓝天上则卷着一片片羊毛状的巨大白云。蒙特雷给人的感觉和底特律很相似，到处都是围墙高筑的工厂。不过，这里也有底特律所没有的东西，例如在工厂前面草地上晒太阳的驴子、厚厚的土砖房子和数以千计在门道上闲晃的人，透过窗户向外张望的妓女。街上有一些外观古怪的店铺，看来里面再千奇百怪的东西都可以买得到，而狭窄的人行道上，满是摆地摊的人们。“哗，”狄恩喊道，“看看这照耀在太阳中的一切！你们研究过墨西哥的太阳吗？它让我的情绪亢奋到最高点。”我真想就这么一直开下去，我总感觉是这条路在鞭策着我。我和史丹主张在蒙特雷停留一会儿，找些乐子，但狄恩却希望快马加鞭赶到墨西哥城。他认为，前头的东西会更加有趣——事实上，“前头”本身对他来说就是一个快乐的源泉。他像个染了开车毒瘾的瘾君子，开起车来从不愿意休息。我和史丹因为疲倦不堪，并没有坚持。我望向蒙特雷的远方，看到有一对巨大而形状奇怪的双子峰，再后面就是不法之徒逃奔的地方。

下一个城镇是蒙特莫雷洛斯，我们再一次往下走，温度变得极高，四周的景色也愈来愈怪异。狄恩把我叫醒。“索尔，醒醒，快来看看，你绝对不能错过。”我看了。我们正行经一片沼泽区。每隔若干距离，就会出现几个衣衫褴褛的墨西哥人，每个人的绳索腰带上，都挂着把弯刀。他们其中一些正用弯刀砍伐灌木丛。我们经过时，他们全都停下来，面无表情地看着我们。经过盘缠纠结的灌木丛林时，不时会出现一些用竹子搭成的茅屋。一些样貌怪异、黝黑得像月亮的年轻女孩站在神秘翠绿的门边望我们。“唉，我真巴不得把车停下来，用手抚摩抚摩这些小可爱，”狄恩喊道，“不过，如果你仔细瞧瞧，就会发现，她们的老头子或老妈子就在附近，一般都是在她们背后，不然就是在几百米开外，收集柴火或照顾牲口。她们总不会是单独一个人。这一带没有一个人是落单的。你睡觉的时候，我一路都在观察这一带，但愿我能把我看到想到的全告诉你，老哥！”他激动得汗流如注，目光凌乱，显得既疯狂又安详——他发现了和他一样的人，“索尔，我相信，在很长一段时间内，这一带都不会有所改变。我要去睡了，换你来开车吧。”

我接过方向盘，一面胡思乱想，一面把车开过利纳雷斯，开过炎热平坦的沼泽地，开过伊达尔戈附近的热气腾腾的索托拉马里纳河，等等。

一个巨大翠绿的河谷在我面前敞开，狭长的土地种着绿色的庄稼。行经一条老式的窄桥时，桥上一群群的人都驻足望我。热腾腾的河水在桥下流淌。接着，我们的高度不断上升，直到一个沙漠地带重新出现。格雷戈利亚就在前方。狄恩和史丹还在酣睡，路笔直得像支箭。我一面开车，一面神游太虚。在这里开车，感觉和在加州、得州、亚利桑那或伊利诺伊开车都不同。在这里开车，你会觉得自己正在横穿世界，正在开往费勒印第安人的聚居处，从他们那里，你将认识到自己是谁。从马来亚（那是中国的手指甲）到印度次大陆到阿拉伯到摩洛哥到墨西哥到波利尼西亚再到暹罗，就这样转啊转，绕啊绕，以至于你听到了西班牙加的斯那破败的墙发出了哀伤的悲号，听到了世界之都瓦拉纳西深处方圆一万九千多千米的声音。他们毫无疑问都是印第安人，但他们跟美国民间传说中那种愚蠢的印第安人完全不一样。他们高颧、斜眼，既非傻瓜也非小丑，而是伟大、庄严的印第安人，是人类的源头和父祖。海浪是中国人的东西，而土地则是印第安人的东西。他们对“历史”的重要性，有如岩石对沙漠的重要性。当我们这些自以为是的美国人开车经过他们身边的时候，他们深深了解到这一点。他们知道谁是父谁是子，不过他们并没有说什么。总有一天，世界的“历史”会被摧毁，而费勒人的创世纪又会再一次卷土重来（就像以前的许多次一样），届时，人们将会从墨西哥的山洞以至巴厘岛的山洞里，探眼外望，就像开天辟地的时候一样。以上这些，就是我在开进热得像烤炉一样的格雷戈利亚的时候，脑中所孕育的思绪。

早先，还在圣安东尼奥的时候，我半开玩笑地答应过狄恩，会为他弄到一个马子。没想到我在格雷戈利亚竟获得兑现诺言的机会。我才把车在加油站停好，一个小伙子就马上走上前来，向我兜售一块很大的挡风玻璃遮阳板。“要不要？六十比索。Habla Español? Sesenta peso.（您会讲西班牙语吗？六十比索。）我的名字是维克托。”

“不要，”我开玩笑地说，“我要买小姐。”

“没问题，没问题！”他激动地说，“我可以帮你找到女孩子，什么时间都可以。”不过立刻又补充一句，“只不过现在太热。太热的时候不会有棒女孩。要等到晚上。你需要遮阳板吗？”

我不想要遮阳板，但我想要女孩子。我唤醒狄恩。“哎，老兄，记得我在得州的时候说过，要帮你弄到一个马子的吗？好啦，现在伸伸手脚起来吧，有马子在等着我们哪。”

“什么？你说什么？”狄恩大喊着跳起来，一脸没睡醒的样子，“在哪里？在哪里？”

“这个叫维克托的小伙子会带我们去找马子。”

“那还等什么，立刻出发！快点！”他跃出车外，一把抓住维克托的手。加油站内还有其他小伙子在闲荡，每个人都戴着草帽，其中一半人光着脚。他们全都兴冲冲地看着我们。“老哥，”狄恩对我说，“这真是个消磨下午时光的好方法，比泡丹佛的撞球室还要棒。维克托，你可以帮我们找到马子吗？在哪里？ A donde?”（在哪里？）他用西班牙语问，“看到没，索尔，我也会说西班牙语了。”

“我们再问问他有没有办法弄到大麻。哎，小兄弟，你弄得到 ma-ree-wa-na 吗？”

维克托严肃地点了点头。“当然，随时随地，老兄。跟我来。”

“万岁！万万岁！”狄恩一声欢呼，“快走，快走！”他现在已经完全清醒了，在沉寂的街道上蹦蹦跳跳。我递给在场的小伙子每人一根“好彩”牌香烟。他们转过身，互相用一只手掌掩在嘴边，窃窃私语，对我们这几个美国疯子评头论足。他们对我们（特别是狄恩）感到莫大的兴趣。“索尔，看看他们，他们在研究我们哪！他们好可爱！”维克托坐进车子，为我们带路。原来呼呼大睡的史丹这时也被吵醒了。

我们驱车驶向城镇另一边的沙漠，上了一条满布车辙的土路，把我们颠得七荤八素。土路的尽头就是维克托的家。房子坐落在仙人掌平原，宛如一个用土砖造的饼干盒子，有几棵大树遮在屋顶上头。院子里有几个男的在闲晃。

“那些人是谁？”狄恩兴奋地问。

“是我的兄弟。我妈妈也在。我姐妹也在。他们是我家人。我结婚了，住在市区。”

“你妈妈会不会说什么？”狄恩语带担心地问，“她对大麻有什么意见？”

“哦，我抽的大麻就是她给的。”我们在车里等，维克托则小跑到屋前，和一个老妇人讲了几句话。老妇人跟着就转过身，到屋后的园子去摘了一些大麻回来，放在地上晒。维克托的兄弟们站在树下向我们微笑，都想过来和我们打个招呼。维克托回来的时候，笑容很灿烂。

“老哥，”狄恩说，“维克托是我碰到过的最可爱、最了不起、最疯狂的小伙子。你们注意看他那又酷又缓慢的步伐。在这里，人们做什么都是不慌不忙的。”一阵又一阵的沙漠微风往车子里吹。是非常热的风。

“你们看到有多热没有？”维克托坐到前座，指指被烤得滚烫的车顶说，“不过，抽了 ma-ree-wa-na 之后就不热了。等一等吧。”

“好，”狄恩一面说，一面调整他的太阳镜，“我当然会等，你放心，好孩子。”

这时，维克托的一个高个子哥哥走了过来，手上拿着一把用报纸卷着的大麻叶子。他把报纸卷抛到维克托的大腿上以后，就漫不经心地把头探到车窗前，微笑着对狄恩说：“你好！”狄恩点头微笑回礼。没有人说话，但感觉很美好。维克托正在卷一根大得前所未见的大麻烟。他用棕色牛皮纸卷出来的这根大麻烟，足足有哈瓦那的花冠雪茄那么大。狄恩两眼瞪得大大的。维克托一下子就把烟点燃，再传给我们每个人一人抽一口。抽这样一根大东西，感觉上就像在吸一根烟囱，一阵爆炸似的热气会直灌喉咙。我们全都屏住呼吸，等每个人都抽过一口以后，才同时吐气，把烟喷出来。霎时间，每个人都亢奋到了最高点。我们仿佛一刹那就到了阿卡普尔科海滩，额上的汗一下子全干了。我望向后挡风玻璃，只见维克托的另一个兄弟，也是最奇特的一个——斜佩着肩带的秘鲁印第安人似的高个儿——靠在远处一根电线杆上向我们挥手——他太腼腆了，所以不敢走过来跟我们握手。整辆车子似乎都被维克托的兄弟所包围，因为又有另一个维克托的兄弟出现在狄恩那边的车窗。接着发生了一件最最奇特的事。每个人的情绪是如此高昂，以致一切的拘泥都被抛到了九霄云外。我们把一切注意力都集中在感兴趣的事情上。奇怪的是，现在美国人和墨西哥人一起在沙漠里交谈，更加奇怪的是他们如此亲近，以至于看到了另一个世界的人们脸上的毛孔、手指上的茧子，以及那充满不安的颧骨。我和狄恩、史丹用英语谈论他们的时候，维克托的兄弟也开始低声谈论我们，你可以看到他们在观察、打量我们，互相交换对我们的印象，或者加以纠正、修改："嗯嗯，是的没错。"

"你注意到维克托那个站在我们车子后方的兄弟没有？他死都不肯离开电线杆走过来，可是，脸上的腼腆笑容却始终没停过。至于我左手边这一个，年纪较大，也比较有自信，不过他的表情有点忧郁，看来正为什么事情苦恼。在城里，他可能会被当成乞丐，不像维克托，是个已婚和受尊敬的人。维克托的样子就像个埃及国王。这些家伙都是疯猫子。我从没有看过像他们这样子的人。他们也在那里谈论我们呢，看到没有？不过，他们对我们感兴趣的，却和我们对他们感兴趣的地方有所不同。他们谈的，可能是我们的衣着、我们车里的奇怪物品、我们的笑声，甚至可能是我们的味道闻起来跟他们有什么不同。唉，我真希望知道他们在谈些什么，我愿意用万贯家财去交换这个情报。"狄恩试着问维克托："喂，维克托，你兄弟刚才在说些什么？"

维克托那双忧郁的棕色眼睛望向狄恩。"对，对。"

“不是啦，你没有听懂我的问题。我是问你兄弟谈些什么。”

维克托听不懂狄恩的问题，很困扰地回答说：“你不喜欢这大麻烟？”

“不会啊，怎么会。你们到底在谈些什么？”

“谈？哦，对，我们是在谈。你喜欢墨西哥吗？”没有共同的语言，要深入了解彼此是很困难的。大家渐渐安静了下来，各自享受着沙漠的风，分别思考着国家、种族和人与永恒。

是该去找女人的时候了。维克托的兄弟各自回到树下的位置。他母亲站在门边，目送我们慢慢远去。

车子再一次在土路颠上颠下，只不过，现在的颠簸，不但不让人厌烦，反而变成世界上最高的享受。我们像荡漾在蓝色海洋上。狄恩一直说我们不懂得他的老爷车的弹跳之妙，这妙，我们现在终于领略得到了。这时，我看到狄恩的脸上放射出一种超自然的金光。随着车子的颠簸，甚至连维克托也若有所悟，大笑起来。他向左指点找姑娘的路，狄恩带着难以形容的喜悦随着他的指点看去，往左打了一把方向盘，平稳地朝目标前进，同时听着维克托的高谈阔论。“对！当然！我毫无疑问也是这样想！就这么说定了，老兄！确实确实！漂亮！”维克托以滔滔不绝的西班牙口才一一答复。有那么一刻，我还真的以为，狄恩单凭一种不可思议的天启，就听懂了维克托所说的一切。在一刹那，我觉得狄恩的样子，变得像极了富兰克林·罗斯福。我努力要从狄恩脸上放射出的千万道光芒中看清他的脸——他看起来像上帝。我太亢奋了，以致非把头紧紧抵在椅背上，否则不足以承受这种亢奋；阵阵狂喜随着车子的每一下颠簸通过我全身。我很想探头看看外面的墨西哥（此时墨西哥对我的意义已完全不同于往昔），不过又有所顾忌，就像一个珠宝箱太金光璀璨，反而让人不敢直视一样。我大口吸气。我看见一条黄金瀑布从天而下，贯穿车顶，流入了我的瞳孔中。我望出窗外，看见一个妇人站在门边，不断自顾自地点头。我感觉，她听得见我们所说的每一句话、每一个字。黄金瀑布还在流泻。有一段时间，我完全失去了意识，不知道外头发生着什么事。当我再次回过神来，他们告诉我，我们停在维克托家的门外。此时的维克托，手抱着一个小婴儿，站在车门外。

“来看看我的小宝宝。他叫佩雷斯，六个月大。”

“哇，这是我看过最漂亮的小宝宝。”狄恩说。这时，他的脸仍然散发着极乐和至福的光芒。“索尔、史丹，你们来看看他的眼睛，”他转过身，用严肃而温柔的语气对我们说，“我要你们仔仔细细地看，看看这个墨西哥小男孩的眼睛——我的好朋友维克托的儿子的双眼。透过这双不一样的眼睛，你们将可窥探到一个不一样的灵魂，预见他将会长成不一样的人。有这样一双可爱眼睛的人，自然也会拥有一个可爱的灵魂。”这是一篇漂亮的讲词，而维克托的小孩，也确实是个漂亮的小宝宝。维克托深情地看着他的小天使。我们全都希望，自己有一个这样的儿子。不知道是不是因为我们探索小婴儿的灵魂探索得太过用力了，让他感到了异样，开始哭了起来。他哭得很厉害，这哭，仿佛来自某种不知名的忧伤，它的源头，可远溯至无限远的远古，非我们能力所能抚平。我们用尽各种方法去哄他——维克托吻他的脖子和摇他，狄恩装鸟叫逗他笑，我抚摩他的小手臂——但都不管用。小婴儿的哭声有增无减。“唉，”狄恩说，“我把你儿子弄得那么难过，维克托，真是十二万分抱歉。”

“他不是难过，只是在哭罢了。”维克托娇小、赤脚的太太就站在大门后面。她因为腼腆，不敢走出来，只能万分焦急地等着丈夫把小婴儿送回她那细嫩的棕褐色臂弯中。向我们夸示过他的小宝宝以后，维克托就坐回车内，一脸自豪的表情，指示狄恩把车向右转。

车子在一条条狭窄的街道七弯八拐了好一会儿以后，我们在一家妓院的门前停下。那是一栋灰泥建筑，在金黄色阳光的照晒下，格外堂皇。街上有两个穿着松垮裤子的警察，趴在妓院的窗台上，一副昏昏欲睡、百无聊赖的样子。我们走进妓院的时候，他们对我们投以好奇的一瞥。

我们在妓院足足待了三小时，日薄西山才离开，而他们趴在窗台上看我们狂欢，也足足看了三小时。出妓院大门的时候，我们在维克托的示意下，给了两个警察各相当于二十四美分的小费。

我们在妓院大厅里找到一票女孩，她们有些蜷曲在舞池左边的沙发上，有些在舞池右边的长吧台喝酒。大厅中央有一个拱门，可以通到一些看起来就像海水浴场更衣室的小单间。庭院的阳光照耀着这些单间。妓院老板是个年轻的家伙，就站在长吧台的后面，他听说我们想听曼波音乐，就马上跑出大厅，搬回来一大堆唱片，大部分都是佩雷斯·普拉多的唱片。他把唱片放到连接了扩音器的电唱机上，音量开到最大。霎时间，音乐声震天撼地，肯定整个格雷戈利亚都听得见。狄恩、史丹和我先是愣了愣，继而立刻意识到，妓院老板做了一件我们一直想做而不敢做的事情。音乐本来就应该开这么大声才够听头的嘛！没几分钟工夫，全城就有一半的人挤在妓院窗外，跟两个警察一道，趴在窗台上观看我们几个老美和女孩子们翩翩起舞。《曼波·简波续编》《曼波的查塔努加》《第九号曼波》——一首又一首曼波乐曲在金黄色的午后闪烁着回响着，和你在世界末日和世界再临的时候会听到的一模一样。小号的声音嘹亮得远在城外的沙漠都听得见。(沙漠正是小号的发源地啊！)鼓敲得很凶。曼波的节拍就是来自刚果河——非洲之河暨世界之河——的康茄节拍；那是世界的节拍。欧姆——塔，塔——普——嘭——欧姆—塔，塔——普——嘭。钢琴的伦巴舞曲像雨水一样，从扩音器里向我们源源不绝地洒下。乐队领班的叫喊声听起来就像在大口喘气。当《曼波的查塔努加》的最后一段小号主奏伴着急劲的康茄鼓声和邦戈鼓声响起时，狄恩整个人突然像被钉在地上一样，一动不动，继而发抖、流汗；而当小号颤抖的回声——很像岩洞和地穴的回响——划破令人昏昏欲睡的空气时，狄恩仿佛见到鬼似的，嘴巴慢慢变大变圆，双眼紧闭。而我自己，也像个被音乐声摆布的布偶，摇摆得不能自已。

接下来，在快节奏的《曼波·简波》音乐声中，我们与女孩们激烈起舞。她们都是很棒的姑娘。最野的一个是混血儿，一半印第安人血统，一半白人血统，来自委内瑞拉，年方十八。她看起来出身于一个好家庭。为什么这样好看又年轻的女孩子会跑到墨西哥来卖淫，只有天晓得。似乎有某种巨大的忧伤驱使她走上这条路。她豪饮得漫无节制。每当你以为她饮的是最后一杯，她马上又会续上另一杯。也许，她这样的豪饮，只是为了让我们花尽量多的钱罢了。她穿着一件轻薄的家常便服，抱着狄恩的脖子狂热地跳舞，不断向狄恩要求这个要求那个。狄恩烂醉如泥，不知道该先享受曼波还是先享受女孩。最后，他带着委内瑞拉女孩，走进拱门后面的一个单间去。至于我，则被一个无趣的肥女孩缠住。她带着一只小狗。小狗老是想咬我，让我很反感，而肥女孩则因为我不喜欢她的狗而不快。最后她妥协了，同意先把小狗带到后头去，不过，当她回来时，我已经被另一个女孩缠住。这个女孩要比肥女孩好看，但还不是大厅里最好看的一个。她像只水蛭一样钩住我的脖子不放。大厅里我最中意的，是一个十六岁的深肤色女孩，她穿一件露出肚脐的短衬衫，神情忧郁地坐在那里。我尝试摆脱水蛭小姐，但却没有成功。史丹相中的是个十五岁女孩，有一身杏色皮肤，上衣的纽扣几乎有一半没扣上。我们在妓院大厅里可说疯到了极点，而这一切，全看在趴在窗外的二十多个人的眼里。

不知道什么时候，那深肤色女孩的妈妈走了进来——她们只是皮肤黝黑，并非黑种人——脸有忧色地和她女儿做了简短的交谈。看到这一幕时，我突然为自己对那女孩的邪念而感到内疚。我让水蛭小姐把我带到大厅后头的单间去。我们在床上翻覆了半小时。那是一个正方形的房间，没有天花板，一个角落放了尊圣像，另一个角落装有水槽。只听见漆黑的门厅里到处都有女孩子在喊："Agua, agua caliente!"我知道，那是"热水"的意思。狄恩和史丹这时显然也是在某个单间里。完事以后，女孩向我收三十比索，相当于三点五美元，又说了一番理由，求我额外多给她十比索。我根本搞不清楚墨西哥币的币值，而且老是以为自己身上有一百万比索，所以二话不说把钱给了她。之后，我们双双回舞池去跳舞。聚在窗外的人更多了，两个警察还是和先前一样，百无聊赖地趴在窗台上。狄恩那个漂亮的委内瑞拉妞儿这时拉住我的手，带我穿过一道门，到了另一家奇怪的酒吧去（这酒吧很显然也是附属于妓院的）。这里有一个年轻的酒保，站在吧台后面，边说话边擦玻璃杯；吧台前坐着个蓄八字胡的老头，一本正经地和酒保聊着些什么。这里还有一个扩音器，播放着一样震耳欲聋的曼波音乐。似乎，全世界的扩音器都是开着的。委内瑞拉妞儿抱住我的脖子，要我请她喝酒。但酒保不答应让她再喝下去，她求了又求，酒保终于又递给她一杯。不过，她一接过杯子，酒便洒落一地。但我知道她不是故意的，因为从她茫然若失的眼神中，我看到了一丝苦恼。“慢慢来，宝贝。”我对她说。我得一直扶着她，因为她老是从高脚凳上往下滑。我没有看过比她喝得更醉的女人，而她才十八岁。因为她用力拉我的裤子、苦苦求我，我只好再给她买一杯酒。她一口就把酒干光。但我没有心情上她。刚才和我相好的女孩年约三十，要比她懂得照顾自己。最后，委内瑞拉妞儿委顿在我怀中。我有一种渴望：带她到后头去，脱光她的衣服，但什么都不做，只是聊天——我这样告诉自己。我要她，还有那个深肤色女孩，几乎到了发狂的程度。

可怜的维克托，从头到尾都背靠吧台站着。他看到三个美国朋友这么尽兴，自己也很开心。我们买酒请他喝。他的眼睛不停跟着大厅里的一个个女孩转，但却没有采取任何行动，因为他不想对太太不忠。狄恩不时塞钱给他。狄恩已经乐昏了头，以致我在盯着他看时，他根本不认得我是谁，只会说“是啊，是啊”。感觉上这场狂欢不会有尽头。我们就像身在另一个世界的下午的阿拉伯长梦中——阿里巴巴、花园小径、高级妓女。我带着我的女孩，再一次跑到后头的单间去，狄恩和史丹也一样，只不过这一次他们交换了女伴。换言之，我们都暂时离开了大厅，而人行道上的观众，也只好耐心等一等，等下一轮的好戏上演。这个下午漫长而清凉。

格雷戈利亚神秘的傍晚即将降临。曼波音乐一刻都没有停止过，疯狂得仿如一趟没有尽头的丛林之旅。我无法把眼睛从那个深肤色的女孩身上挪开。她踱来踱去的神情就像个女王，不过，酒保却打发她做各种打杂的事情，例如给我们端酒和打扫后头的单间。妓院的女孩子当中，她无疑是最需要用钱的一个；她妈妈来，也许为的就是想问她要些钱，给襁褓中的妹妹或弟弟买食物。墨西哥人都是很贫穷的。尽管如此，我自始至终没有兴起过走向她，直接把钱给她的念头。我有一种感觉，如果我那样做，将会受到她某种程度的鄙夷；一想到会被像她这样的女孩子鄙夷，我就畏缩不前。说实话，在这短短的几小时里，我已经爱上了她，毫无疑问地体验到了爱的痛苦、悲哀，对接近她也产生了一种畏惧和迟疑的心理。奇怪的是，狄恩和史丹似乎也不敢接近她；她那种尊贵的神态，正是让她在这家妓院里吃不开的原因。狄恩一度也想接近她，但走到她前面时，一看到她冷傲的眼神，就打消了念头，呆立在那儿动弹不得，只能习惯性地摩挲着肚皮，随后低下头来。他也不敢造次，因为她是个女王。

维克托突然抓住我的手臂，激动地向我比手画脚。

"怎么回事？"我问。维克托用尽各种方法，都无法让我们明白他的意思。最后，他跑到吧台去，从嗤之以鼻的酒保手上把账单抢过来给我们看。账单上的数字超过三百比索，也就是超过三十六美元。不管你逛的是家什么妓院，这都不能不算是笔大数目。尽管如此，我们还是舍不得离开这间我们在一段艰苦旅途尽头所找到的阿拉伯宫殿。但夜即将降临，我们必须上路了。狄恩明白这一点，他皱起眉头，内心苦苦挣扎。最后，我想出了一个可以让我们心甘情愿离开的理由。"还有很多好东西在前头等着我们呢，老兄。现在走没什么大不了的。”

“有道理！”狄恩喊道，然后转过身去找他的委内瑞拉妞儿。她终于醉倒了，躺在一张木凳上，两条白皙的大腿从丝袍向外露了出来。站在窗户外面的观众可谓饱足了眼福。在他们身后，红色的阴影正慢慢拉长。这时，不知从哪个地方传来了婴孩的哭声，我这才意识到，我人是在墨西哥，而不是在由大麻引起的色情白日梦里。

我们跌跌撞撞地走出妓院，走到一半才想起把史丹落在了里面。回头找到他的时候，他正向一个刚上班的妓女风度翩翩地鞠躬为礼。他没有要走的打算。喝醉了的史丹步履蹒跚，笨得就像个三米多的大块头，是死也不愿意离开女人的。而那个女的，也像根藤蔓一样蜷在他身上。史丹死都不肯离开，狄恩和我只得在他背上揍了几下，硬把他拉走。他对每一个人——妓女、警察、观众和街上的小孩——都挥手说再见，又在热烈的鼓掌声中向四面八方抛飞吻。走过人群的时候，他试着跟他们说话，他很想告诉别人，这个美妙的下午，他过得有多开心。每个人都笑了，有人还拍拍他的背。狄恩把史丹弄上车后，马上跑回去，给了两个警察四比索，又跟他们握手、微笑和鞠躬。他跳入车子以后，所有我们刚才认识的女孩全都围了上来，跟我们话别和亲吻。那位委内瑞拉姑娘甚至还哭了起来。我们虽然深知，她这哭，不完全是因我们而起，但也够我们感动的了。而我钟情的那位女王，这时则消失在妓院里的阴影中。一切都过去了。一踩油门，我们就把狂欢极乐和好几百比索留在了后头，这一天过得不赖。震天的曼波乐声尾随了我们几条街才告消失。一切都过去了。“再见啦，格雷戈利亚！”狄恩高喊，并抛出了一个飞吻。

维克托既为我们三个骄傲，也为自己骄傲。“你们想洗澡吗？”他问。对，我们全都想洗个美妙的澡。

于是，他带我们到了这世界最奇怪的地方：一个典型的美国式公共浴池，位于市外两公里，高速公路的旁边。这里有一个游泳池，挤满了戏水的小孩；还有一个石头造的淋浴间，只要付几分钱，就可以进去洗个痛快，还会有侍者为你递上肥皂和浴巾。除此以外，这里还有一个儿童公园，里面除了秋千，还有一台废弃的旋转木马。在夕阳的照耀下，旋转木马显得既怪异，又漂亮。我和史丹接过毛巾后，就走进淋浴间去淋浴，出来时感到焕然一新。狄恩则懒得洗澡，他拉着维克托的手，到儿童公园散步聊天，一面走，一面兴奋地比手画脚。狄恩是因为我们即将要离开，所以想把握这最后的时间，单独和维克托谈一谈，好好研究研究他。

道别的时候，维克托非常忧伤。“你们会回格雷戈利亚，回来看我吗？”

“当然，老兄！”狄恩说。他甚至答应维克托，要是他喜欢，回程时可以把他一道带到美国去。维克托说他会好好考虑这个建议。

“我有太太小孩，但没有钱。”当我们从车内向他挥手作别时，他红润的脸上绽放出一个甜美、礼貌的笑容。在他身后，是那个凄凉的公园和孩子们。

6

一出格雷戈利亚，路就变为下坡，两旁都是大树。天色渐渐黑下来，亿万只昆虫在树上聒噪不止，有如连绵不绝的高声尖叫。狄恩想打开车头灯，却发现车头灯坏了。“搞什么鬼？干！”他猛捶仪表板骂道，“没辙了，看来我们得摸黑前进了。在这样一个森林里摸黑开车，想想看有多恐怖，除非有一辆车从后面开过，否则我们看不到半点光。但这种时候这种地方又哪会有另一辆车？我们要怎么办呢？干！”

“只有继续往前。也许我们应该往回开？”

“不，不！我要继续向前开，我勉强可以看得到路。放心，我办得到的。”于是我们在一片昆虫的尖叫声中摸黑前进。一种浓烈难闻、近乎腐臭的味道从树上飘下来，传入我们的鼻腔。我突然记起，据地图显示，一出格雷戈利亚，就是北回归线。“我们进入了一个新的气候带，怪不得会有这味道！闻闻这味道！”我把头伸出车窗，飞虫不断往我脸上扑。突然间，车头灯恢复了作用，射出两道光柱，照亮路两旁的大树。它们蜿蜒盘缠，密凑得像墙，足有三十米高。

“狗娘养的！”史丹在后座吆喝，“干他妹的！”他的情绪仍然处于亢奋状态。显然，这座阴森的森林并没有把他快乐的灵魂给吓倒。想到这个，我们不禁大笑起来。

“管他娘的，大不了我们今晚就睡在这座鬼森林里，”狄恩扯着嗓子说，“老小子史丹是对的。老小子史丹根本不在乎！那些娘儿们、大麻烟和震天价响的曼波仍然让他血脉偾张。说到那些曼波，我的耳鼓还在痛着呢。史丹知道自己在干什么！”我们脱下T恤，光着上身在森林里飞驰。沿途没有半个城镇，一公里又一公里过去，全是森林。气温愈来愈热，昆虫的叫声愈来愈大，两旁的植物愈来愈高，空气中的腐臭味也愈来愈甚。不过，我们已慢慢习惯了这个味道，甚至喜欢上它。“我很向往能在森林里裸奔，”狄恩说，“只要找到个好地点，我就会付诸实践。”蓦地，利蒙出现在我们眼前。利蒙是个丛林小镇；昏黄色的灯光，黑色的阴影，巨大的天空，杂乱无章的木屋，聚在木屋前的一群群男人——典型的十字路口小镇。

我们到的是一个轻柔得难以想象的地方。天气热得像六月天新奥尔良面包师傅的烤箱。街头巷尾都是一个个围坐在屋前聊天的家庭。偶尔会有一些女孩走过，好奇地打量我们；她们都极为年轻，赤足，邋里邋遢。我们靠在一家破杂货店门廊的木栏杆上，旁边有一袋一袋的面粉；这家店的柜台上摆着些新鲜的菠萝，苍蝇在上面飞来飞去。街道上有一盏油灯，再过去是更多棕色的灯光，之后，便是无边无际的黑暗。我们把车沿着土路开到小镇背后停好。我们累得不成人形，一心只巴望着大睡一场，但天气热得根本让人睡不着。狄恩从车上拿出一张毯子，铺在柔软、灼热的沙子上，然后躺了下来。史丹则躺在福特的前座，敞着两扇车门通风——但压根儿没有一丝风。我躺在后座，犹如泡在汗里，根本无法入睡。我干脆下车，在黑暗中晃了晃。整个小镇似乎都在一瞬间就寝了，剩下的唯一声音只有狗吠声。唉，我今晚有望可以睡一觉吗？数以千计的蚊子早已叮遍我的胸、臂和脚踝。我突然想出一个好主意：何不睡在车顶？我爬上车顶，伸开四肢躺着。虽然仍然没有一丝风，不过，车顶清凉的金属触感却让我身上的汗得以凝干，汗干了以后，数以百计的死虫子沾在了我的皮肤上，我体会到了融入丛林的美妙感觉。我躺在车顶，脸对着漆黑的夜空，感觉就像夏夜躺在一个密封的货车车厢内。这是平生第一次，空气不是轻拂我、烤炙我或是冰冷我，而是与我合而为一。大气与我浑然成了一体。无以数计的小虫子像小雨点一样洒落在我的脸上，让我感到愉悦，昏昏欲睡。天空没有一颗星，显得漆黑而沉重。我不在乎就这样躺一个晚上，因为夜空就像一幅天鹅绒的帷幕覆盖着我。死虫子融入了我的血液中，而蚊子则继续叮咬我，没多久，我开始感到全身刺痛，从头发到脸到脚再到脚趾（我的脚当然是光着的）。为了吸去身上的汗湿，我穿回我那件沾满虫血的T恤。路边有一团蜷缩的黑影，那是正在睡觉的狄恩，我可以听见他的鼾声。史丹也在打呼。

镇上不时会划过一缕微光，我知道那是警长的手电筒发出的微弱光线，他正在巡逻。没多久，我就看到灯光向我们这边慢慢接近，我听得见踩在沙子上的轻柔脚步声。走近以后，警长停下了脚步，用手电筒照了照我们的车子。我坐了起来，看着他。他指指地上的狄恩，用一种极轻柔的声音问我："Dormiendo?"我知道他问的是狄恩是不是在睡觉。

"Si, dormiendo."（是，睡觉。）

“Bueno, bueno.”（好，好。）说完，就带着很不愿意把我们丢下不管的忧郁神情，掉头到别的地方巡逻去了。哈，这样可爱的警察，在美国要往哪里找？他不疑心你些什么，不唠叨你些什么，也不为难你些什么，只一心一意做个沉睡小镇的守护者。

我躺回车顶上去了。太黑了，我甚至不能确定，天空是直接在我上方呢，还是中间还隔着些树枝，不过这对我没有什么分别。我张大嘴巴，深呼吸了几口丛林的气息。我吸的不是空气，绝对不是空气，而是从树和沼泽里发散出来的一些活的和可触的放射物。我一直醒着。树丛某处有鸡在啼叫，但天空却完全没有破晓的迹象。没有一丝风，没有一滴露，只有北回归线酷热丛林和我们融为一体的那种凝重。突然间，一阵激烈的狗吠声自远而近，继而是微弱的马蹄踢踏声。声音愈来愈接近。这么晚了，还有哪个疯子在骑马？接着，我看到了一个奇景：一匹白得像鬼魅的野马沿着土路飞奔而来，直直往狄恩的位置冲过去。白马后面追着一群嗥叫的狗。我看不到狗的样子，因为它们都是脏兮兮的老土狗，但那只野马却白得像雪（几乎会发出荧光），而且硕大无朋，一眼就看得见。不晓得为什么，我一点都不为狄恩担心。当白马看见躺在地上的狄恩以后，就放慢了脚步，小跑着从他头上跳过，又一跃和福特车擦身而过，没入了另一边的丛林里。马蹄声在丛林里渐渐远去。几只狗停止了追赶，坐了下来，互相舔舐。那白马是什么来路？它来自什么样的神话，是何种鬼魅、何种精灵？狄恩醒过来以后，我把这件事告诉了他。起先，他认为我一定是在做梦，但继而，他模模糊糊忆起，曾梦见一匹白马。我肯定地表示，我不是在做梦。史丹也慢慢醒了过来。天色仍然黑得像沥青，我们再次汗如雨下。“赶快开车，弄些风来吹吹吧，”我高声说，“我快热死了。”

“对极了！”于是，我们坐上车，呼啸着出了镇，任凭头发在高速公路上随风飞扬。没多久，天就亮了。灰蒙蒙的晨曦照进了我们两旁低洼的沼泽地，路的两旁，零落地竖立着些高大、藤蔓盘缠的树木。沿着一条与铁路平行的道路行驶了一阵子以后，曼特城电台那奇形怪状的天线就出现在我们前方，样子和我们在内布拉斯加见到的电台天线很像。我们在一个加油站停下来加油。这时，最后一只飞虫正扑向灯泡，然后掉落在我们脚边大群奄奄一息的飞虫之间。它们之中，有些翅膀足足有十厘米长；有些吓人的蜻蜓，大得可以吞下小鸟；另外，还有数以千计的蚊子和各式各样不知名的蜘蛛状昆虫。为了不踩到地上的虫尸，我用单脚在人行道上跳着走。最后，我坐在车内，两手抱膝，满怀惶恐地探身去看堆积在车轮四周的虫尸。“我们快离开这里吧！”我喊道。但史丹和狄恩却对满地的死虫子一点都不以为意；他们平心静气地喝了几瓶密星橙汁，一面喝一面把四周的虫尸往外踢。他们的T恤和裤子——就像我的一样——都沾满虫尸和虫血，显得斑斑驳驳。我们用力闻了闻身上的衣服。

“你们晓得吗，我开始喜欢上这种味道了，”史丹说，“它让我闻不到自己原来的味道。”

“这种味道又怪又好闻。”狄恩说，“我决定了，到达墨西哥城之前，我不会把它换下来。我还要把它保存起来，留作纪念。”我们又发动汽车上了路，行驶中产生的气流竟然也热得烫人。

群山在我们前方隐约在望，全都苍翠青绿。爬过这些山以后，就是中部高原，届时，墨西哥城就不远了。没两三下工夫，我们就已经开到近两千米高的山道上，往下望去，可以俯瞰得到一条黄褐色的河流。那是莫克特苏马河。沿路所见的印第安人，五官都极端怪异。他们是自成一个民族的山地印第安人，要是没有泛美高速公路的话，他们就完全与世隔绝。他们矮胖黝黑，牙齿也是黑黑的；每个人背上都背着些庞然大物。越过沟谷，我们看到在对面的山坡上，辟着一片片补丁样子的梯田。人们在斜坡上走上走下，从事农作。狄恩把车速降到八公里，以便把一切看个仔细。“哇，老天爷，我做梦也没想到过这种地方会有这些玩意儿！”对，谁又会想得到，在像落基山一样高的山上，竟会看见有人种香蕉？狄恩下了车，一边搓揉肚子，一边指指点点。我们停车的地点是一片岩脊，而在这岩脊的边缘上，孤零零地屹立着一间茅屋。太阳射出的金光，照得我们看不清莫克特苏马河，现在，它位于我们下方已经超过两公里。

在茅屋前方的院子里，有一个三岁大的印第安女孩，吮着一根手指，瞪着褐色大眼看我们。“她大概一辈子也没有看过一辆汽车停在她家门前！”狄恩呼吸急速地说，“嗨，小女孩，你好吗？你喜欢我们吗？”小女孩害羞地把头转开，噘着嘴。当我们开始谈起话来的时候，她又转过头来打量我们，一根指头仍然吮在嘴巴里。“唉，我真希望能送她些什么。想想看，她一生下来就住在这片岩脊上，换言之，这片岩脊就是她的全世界。她的父亲，说不定有时会用一根绳子，把自己垂到沟谷下面，从某个山洞里为小女孩摘一个菠萝上来，或者在悬崖上砍些柴火。她永远永远不会离开这里，也永远永远不会知道外面的世界是什么样子。这里的人自成一国，想想看他们的酋长会是个多悍多野的家伙！住在离这条公路几公里开外的人，一定更野更奇怪，因为，住在泛美公路边边上的人，最少还部分接触过文明世界。你们注意到这小女孩额上的汗没有？”狄恩表情痛苦地指了指，“那和你我有过的汗都不同。它是油油的，而且打她出生以来就在她额上，因为这里一年到头都很炎热。她从不知道何谓没有汗。她是与汗一起生、一起死的。”

小女孩额上的汗很厚，凝滞不动，像一层橄榄油一样泛着光。“想想看这会对他们的灵魂带来什么样的影响，想想看这会造成他们的价值观、期盼和向往多么不同于我们！”接下来的路途，狄恩以十公里的时速驾驶。他嘴巴张得大大的，渴望打量路上看得到的每一个人。

愈往上爬，空气变得愈凉快。有一群头上肩上都披着围巾的印第安女孩拼命向我们挥手。我们把车子停下以后，才知道原来她们想向我们兜售小块的水晶。她们瞪着褐色大眼看我们的神情是那么无邪，以致我们当中，没有一个人会把她们和性方面的事情联想在一起。再说，她们还非常小，有些只有十一岁（但看起来却像三十岁）。“注意看她们的眼睛！”狄恩激动地说。她们的眼睛，就像还是小女孩时候的圣母马利亚的眼睛，从中，你可以看见耶稣那种温柔宽恕的目光。她们毫不胆怯地瞪着我们看。我们难以置信地揉了揉自己的蓝眼睛，再看过去时，发现那些带着些许失望的眼睛，似乎闪烁着催眠的光芒，要将我们穿透。不过，一旦开始说起话来，她们的样子就变得有点痴狂，甚至有点蠢。她们只有在无言的时候才是她们自己。“她们会兜售这些水晶，应该还是前不久的事，因为这条高速公路十年前才开通。在这之前，这一带的人一定都是不说话的！”

女孩们围着车子兴奋地叽叽喳喳。其中一个眼神特别深情的小女孩抓住狄恩汗淋淋的手臂，用印第安话对他不知咕噜些什么。“好好好，亲爱的。”狄恩以轻柔、近乎忧伤的声调回答说。他下了车，打开后备箱，从破行李箱里找出一个腕表来。他把表拿到那女孩面前。她高兴得啜泣了起来。其他女孩都惊讶地围上前来。之后，狄恩伸手到那女孩手中，挑了一颗不比草莓大的水晶。（他说“这颗最美、最清、最小的水晶，是她特别为我从山里捡来的”。）然后，他把手上的腕表递给了她。女孩们的嘴巴都张大得像唱诗班的小孩。她们纷纷抚摩狄恩，向他千恩万谢。幸运的小女孩则把手表紧紧地贴在褴褛衣衫的前襟。狄恩站在这群女孩中间，翘首仰望着下一个山隘（也是最高的和最后一个山隘），样子就像是个为她们而降临的先知。我们回到车上，重新出发。但她们却不舍得让我们离开，我们一面开，她们一面在后面追赶和挥手，直到我们转过一个弯后，才不见她们的身影，不过我们知道，她们一定还在后面追赶着。“真令人心碎啊！”狄恩捶胸说，“她们能保持这种忠诚和神奇多久呢？什么事将会发生在她们身上？如果我们放慢车速，她们会跟我们一路到墨西哥城去吗？”

“一定会。”我说。我很肯定。

我们开到了东马德雷山令人眩晕的高度。香蕉树在阳光中闪耀着金光。大片大片的雾从筑在悬崖边的石墙后面升起。往下看，蜿蜒在丛林间的莫克特苏马河就像一根绣在绿色草席上的金丝线。在这世界的屋顶上，我们驶过一个又一个十字路口小镇，披着大披巾的印第安人纷纷从帽檐下面打量我们。这里的生活沉重、黯黑而古老。他们用鹰隼般的眼睛，看着驾驶座上又严肃又疯癫的狄恩。我仿佛看到他们全都向我们伸出双手。他们是从更偏远和更高的山上移居到这里来的，以为可以从这些文明人那里讨到些什么，而做梦都没有想到过，文明生活是如何破碎、可悲和虚幻。有朝一日，炸弹将会把我们所有的桥梁和道路炸成瓦砾，届时，我们将会像他们一样贫穷，像他们一样要伸出乞讨的双手。我们的破福特、三十年代的老爷福特，咯咯响地在人群之间穿过，只留下一片灰尘。

我们快要进入最后一个高原了。太阳是金色的，天空湛蓝，偶尔会有一阵风沙吹过。狄恩在睡觉，开车的人是史丹。前头出现了一些牧羊人，每个人都身穿皱褶长袍，女的人手一卷金色亚麻布，男的都拄着木杖。沙漠上阳光闪烁，牧羊人全聚在大树下乘凉，羊群则在太阳下面跑来跑去，扬起阵阵灰尘。“老兄，醒醒，”我喊狄恩，“快起来看看牧羊人，看看耶稣来自的那个金色世界！”

狄恩抬起头，望了车窗外被落日余晖所笼罩的世界一眼，就又倒下来睡觉。睡醒后他把刚才看到的细节向我描述了一遍，又说：“老哥，刚才多亏你把我叫醒。主耶稣啊，那样感人的景色，你叫我要怎么办！”他揉着肚子，用一双布满血丝的眼睛望向天空，一副几乎要掉泪的样子。

旅程的终点站愈来愈近。大片大片的田野在我们两边展开，凉爽的风不时吹过巨大的树丛和旧时传教团活动地区，夕阳下都被染成鲑鱼肉的粉红色。天空上玫瑰色的云朵密集攀升。“看看墨西哥城的薄暮！”我们做到了。我们在一个下午从丹佛的一个院子出发，走了三千公里的路，来到这个仿佛是《圣经》中的地方。终点在望了。

“我们该把身上的虫血T恤换掉了吗？”

“不，我们把T恤穿到城里去。管他娘的。”我们向墨西哥城驶去。

通过一条短山隘后，我们就到了一个可以俯瞰墨西哥城的所在。整座墨西哥城，连同它的火山口，连同它喷出的城市烟雾，全都尽收眼底。我们火速驱车而下，取道起义者大道，直奔位于改革大道的市中心。小孩子在一些面积广大的荒地上踢足球，扬起阵阵尘埃。出租车司机把车靠过来和我们搭讪，看看我们是不是想找女人。不，我们现在不想找女人。一些长条形的、房屋参差的贫民区在平原上延伸，在贫民区幽暗的小巷子里，可以看到一些寂寞的人影。没多久，夜幕就降临了。整个城市一片喧闹，我们穿行于咖啡馆、剧院与五光十色的灯光中。报童向我们叫卖。一些赤脚、拿着扳手和碎布的修理工无精打采地从我们身边走过。墨西哥的汽车都是不装消声器的，喇叭声此起彼落，吵闹的程度简直难以想象。“嘿！”狄恩嚷道，“留神！”这里的人开起车来毫无交通规则可言，车子从我们四面八方出现，开车的都是些赤脚的印第安司机。不过，狄恩很快就习惯了这里的交通，开起车来和印第安人没两样。“横开竖开都可以，这真是我梦寐以求的交通！”这时，一辆救护车奔驰而过。美国的救护车赶路时都会鸣笛示警，但这里的救护车却不兴这一套，只管以一百二十公里的时速向前冲，不会为任何人、任何情况慢下来；每个人都得快速往两边闪，自求多福。尽管墨西哥城中心区的交通拥挤不堪，但我们眼前的救护车却如入无人之境，一下子就绝尘而去。开救护车的，当然也是印第安人。这里的公交车几乎是不停站的，就算你是老妇人，不跑休想搭得上公交车。我们眼看着一个个年轻的生意人，先是小跑追赶公交车，继而像运动选手一样，一跃而上。公交车司机全都赤脚，穿着T恤，面露怪笑，一副神经质的样子。驾驶座的位置很低矮，方向盘则很巨大。车厢内的灯光是褐色和淡绿色的，长凳上是一张张阴沉的脸。

市中心成百上千的时髦族，戴着大草帽，穿着长翻领的夹克，露着胸脯，在大街上逛来逛去。有些人在巷子里卖耶稣受难像，有些人在棚屋里看墨西哥的滑稽歌舞杂剧，还有些人则在破落的神龛里跪地祷告。有些巷子碎石满布，穿过一个小门，你就可以进到一家依附在土砖建筑墙上、只有储藏室大小的酒吧。要进去的话，你得先跳过一条水沟。出来的时候，你背贴着墙移动，就可以回到大街上。在这些小酒馆里，你可以买到掺了兰姆酒与肉豆蔻的咖啡。到处都是曼波音乐的轰鸣声。数以百计的妓女像列队一样，沿着昏暗狭窄的街道站立，我们经过的时候，她们都用一双愁苦的眼睛打量我们。我们有如游荡在一个梦里。只花了四十八墨分，我们就在一家名字古怪的墨西哥餐馆里吃到上好的牛排。餐馆里有老中青三代木琴师，站在一个巨大的木琴前面，为我们演奏；除此以外，还有一些弹唱的吉他手和一个站在角落吹小号的老头儿。在一些传出酸臭味的龙舌兰酒馆里，你可以用两墨分，买到一杯仙人掌汁。街道上的热闹一整晚都没有停歇过。乞丐裹着从篱笆上撕下的广告海报，躺在地上睡觉。一个个家庭坐在人行道上，吹奏小横笛，咯咯笑。整个墨西哥城就是一个巨大的波希米亚营地。在很多街角，都有卖墨西哥式卷饼的老妇人，她们从煮熟的牛头上切下肉块，包在墨西哥式卷饼里，浇上热酱汁，然后用报纸包裹，交给顾客。这是最后一个无拘无束的费勒人之城，最后一个孩提般的城市，而我们早就料到，在旅途的尽头，会找到一个像这样的地方。狄恩两手垂在身旁，嘴巴大张，两眼闪着光芒。我们一直逛一直逛。黎明时，我们在一处田亩遇到一个戴草帽的小孩，他和我们聊天谈笑，又想找我们玩躲猫猫的游戏。在墨西哥城这里，乐趣是无穷的。

到墨西哥城不久，我就病倒了，是痢疾。我发着高烧，神志不清，呓语连连。病榻上的我，只感到一片漆黑，天旋地转。但我仍知道，我躺在一张离海平面两千五百米高的床上，躺在地球的屋顶上；也知道，我在我身上这副由原子所构成的臭皮囊里，不只活了这一辈子，也活了好几辈子。我做着各式各样的怪梦。当狄恩从桌子边探头看我，告诉我他正准备离开墨西哥城的时候，是我生病好几天之后的事。“什么事，老哥？”我呻吟着问。

“可怜的索尔，你病了。史丹会照顾好你的。现在你仔细听我说——假使你听得见的话。我已经办妥跟卡米拉的离婚手续，所以必须马上回纽约找伊莉萨去。但愿我的破福特撑得到纽约。”

“什么，你又要重来一遍？”我惊呼。

“对，我又要重来一遍，老友。我要回到原来的生活中去。但愿我能够留在这里陪你，也祈求上苍保佑我能再回来。”我抱着绞痛的肚子哀号。当狄恩再一次出现在我上方的时候，手里已提着他那破行李箱。我已经不认得他是谁了，他也意识到这一点，带着同情的眼神帮我把被子拉到肩膀上。“嗯，我得走了，再见了，可怜的索尔。”说罢就走了。我在高烧中折腾了十二小时后，才彻底明白狄恩已经离开的事实。当时的他，正再一次途经长满香蕉的山脉间，不过这一次是在夜晚。

等我病好一点，意识慢慢恢复以后，我开始认清狄恩这个人有多薄情寡义；他竟然在我辗转病榻，在我最需要他的时候，弃我而去，返回一众老婆身边。不过，我随即想起他那复杂得无可救药的身世背景。“好吧，老狄恩，我不怪你。”

第五部

回程途中，狄恩又到格雷戈利亚找了维克托一趟。破福特一直撑到路易斯安那州的查尔斯湖才寿终正寝，整个后备箱垮了下来——这件事原属狄恩意料之中。他发电报向伊莉萨要了机票钱，一回到纽约，就立刻办理结婚手续；不过就在同一晚，他大汗淋漓地对伊莉萨说了一堆莫名其妙的理由以后，就跳上一辆巴士，再一次横越美国大地，到旧金山去找卡米拉与两个小女娃。换言之，狄恩现在离过两次婚、结过三次婚，正在跟第二任太太同居。

我在秋天只身离开墨西哥城。途经得州迪利的那个晚上（一过拉雷多就是迪利），我站在一盏扑满夏天飞蛾的弧形路灯下面拦车，却听见黑暗中传来沉重的脚步声。一个背着大袋子、白发蓬乱的老头，慢慢向我走来。经过我身边时，他说："去为人们哀悼吧！"说完，就又没入黑暗中。这是不是表示，我应该从此徒步走遍全美国的黑暗街道，进行一场朝圣之旅呢？几经艰苦，我终于回到了纽约。有一个晚上，我站在曼哈顿一条黑暗的街道上，举头向一个窗户呼喊。这里住了我一些朋友，我想，今晚这里搞不好会有个派对。不过，探头出来的却是一个我不认识的漂亮女孩。她问："哎，你是谁？"

“索尔·帕拉代斯。”我说。我听到我的名字回荡在凄凉的街上。

“上来吧，”她喊道，“我正在煮热巧克力呢。”于是我就上楼去。出现在我眼前的这个女孩，有着一双最纯净无邪的美目，而那正是我寻寻觅觅了许久许久的。我们迅速坠入爱河，并发誓相爱不渝。到了冬天，我们计划移居旧金山，并计划存钱买一辆中古小货车，好把所有破家具和旧家当载到旧金山去。我写信告诉狄恩这件事。他回了我一封洋洋洒洒一万八千字的长信，信中巨细靡遗地述说了他年轻时在丹佛的种种，又说他会前来纽约帮我挑车，并充当司机。我们计划用六星期来存钱买车，于是就开始工作，并省吃俭用，尽可能省下一分一毫。不过，狄恩却一阵风似的来到了纽约——比我们预期的早了足足五星期半。

那天晚上，我在午夜的街头散完步后，一心想把散步时得到的一些想法告诉罗拉。她站在昏暗的屋子里，面露古怪的笑容。我才说上没两三句话，就意识到屋里安静得有点不寻常。我左顾右盼，赫然看到收音机上放着一本被翻得破破烂烂的书。我一望便知那是狄恩每天下午的精神食粮普鲁斯特。就像是身在梦境中似的，我看见狄恩从昏暗的客厅缓缓现身，脚上只穿着袜子。他又跳又笑，话也说不清楚，一面拍手一面结结巴巴地说：“啊——啊——我说的话你们务必仔细听好。”我们全神贯注，准备洗耳恭听。但他却忘了自己想说什么，犹豫了一下以后才说：“注意听——嗯——瞧，亲爱的索尔——可爱的罗拉——我来了——我走了——等一下——哦，好吧。”他悲戚地凝视着双手，“说不出来了——你知道这是什么吗——或者可能是什么——你们听！”我们都竖起耳朵听。他在倾听夜的声音。“好呀！”狄恩轻声说，“看到没——我们根本没有说话的必要。”

“但你为什么要这么快来呢？”

“呃，”他像看着陌生人一样看着我，“是啊，这么快就来了。理由很简单，理由是……我不知道。我是用我的铁路通行证来的——货车守车[1]——硬座火车——得州—— 一路吹横笛和小鹅笛吹到这里。”他拿出一根新的木制横笛来，吹了几个高音，一双穿着袜子的脚则随着音符上下蹦跳了几下。“看到没？”他说，“索尔，我有太多的话要跟你说了，我的小脑袋里装了太多的事情。横越美国的一路上，我不但在读可爱的普鲁斯特，而且还研究了一大堆人、事、物。单谈这些，三天三夜都不够，何况，我们还有墨西哥的往事要谈呢——不过，我们根本没有说话的必要。这个时候，无声胜有声，你说对不对？”

“好吧，我们不要说话就是。”但接下来，狄恩又开始谈起他在洛杉矶的种种，他怎么拜访一个人家，并在那里用餐，同那家的父亲、儿子、女儿交谈——这家人长相如何，吃些什么，家具陈设如何，他们的思想、兴趣、灵魂，巨细靡遗，足足谈了三小时。最后他下结论说：“其实这还不是我最最想告诉你们的事。我最想说的，是发生在那以后的事情——坐火车横穿阿肯色州——吹长笛——和小伙子玩我那副春宫扑克——赢了钱，为水手们吹小鹅笛。索尔，你知道吗，我坐了五天五夜的火车，为的就是来看你。”

“卡米拉怎么样了？”

“当然同意——等我。我们会厮守一辈子……”

“伊莉萨呢？”

“我——我——我希望她和我一起回旧金山，住在城市的另一头。你不觉得这是个好主意吗？我为什么要来，我自己也说不上来。”顿了一下之后，他又如梦初醒地说，“我来，当然是为了看你和可爱的罗拉，不然还为了什么？我爱你一如往昔。”狄恩在纽约停留了三晚，之后，就再一次靠着他的铁路通行证，坐了五天五夜的行李车厢和硬座，返回西部去。我们还没存够钱买小货车，自然无法跟他一道走。他在纽约期

---

①货运火车上供列车员工作起居用的一节车厢，通常挂在列车的末端。

间见过伊莉萨。尽管他指天誓日，百般解释，但还是被轰了出来。卡米拉寄来一封给狄恩的信，里面提到了我：“看着你提着包包走过铁轨时，我心如刀割。我祷告又祷告，祈求老天让你平安回来……我衷心欢迎索尔和他女朋友来旧金山，和我们住在同一条街上……我知道你一定能平安回来，但我仍忍不住要担心。我们母女三人已做出了决定……亲爱的狄恩，这个世纪已过去了一半，我们带着爱与吻欢迎你回来，和我们共度另一半。我们全都盼着你回来。（签名）卡米拉、艾咪和小珍妮。”看来，狄恩最终会选择的，还是他最忠诚、最痛苦和最了解他的太太卡米拉。我为他向主献上感谢。

我与狄恩话别，是在一个忧伤而奇怪的情境。雷米来了纽约，之前他随一艘货轮出海，周游了世界好几圈。我介绍他与狄恩认识，但狄恩的态度很冷淡，雷米掉头就走。雷米弄到了几张艾灵顿公爵在大都会剧院举行的演奏会的入场券，坚持邀我和罗拉跟他和他女友一道前往。他变得肥胖而忧郁，但仍然是个热情而讲究礼数的绅士，所以，举行演奏会的那个晚上，他特地拜托他常下注的那家地下投注站的组头，开一辆凯迪拉克来接我们。那是个凛冽的冬夜。我们上了凯迪拉克，准备好要出发。狄恩手提着包包，站在车窗外，和我话别。他正准备到宾夕法尼亚火车站去，做横跨全国的旅行。

“再见，狄恩，”我说，“我真希望不用去听演奏会，可以陪你到火车站。”

“你看我能不能坐你们的车子到第四街？”他轻声对我说，“我希望能尽量和你多相处一点时间，况且，纽约的街头现在又冷得要命……”我征求雷米的同意。但雷米不愿意，他喜欢我，但不喜欢我的白痴朋友。我不想勉强他。我一九四七年在旧金山的阿尔弗雷德餐厅已经伤过他一次，不想历史重演。

“绝对没商量。”雷米讲得斩钉截铁。为了今晚的盛会，他打了一条特制的领带，上面画着演奏会入场券的图案，写着我、罗拉、他和维姬（他的妞儿）四个人的名字，还写满各种刻薄的笑话和他最爱讲的一些警句名言（当然少不了那句“你甭想教老乐师新曲子”）。

为我们开车的那个组头也不愿意和狄恩发生任何瓜葛。所以，狄恩只好一个人步行。我唯一可做的，是透过后玻璃窗，不停向他挥手道别。狄恩穿着一件破旧的大衣，踽踽而行。走到转入第七大道的十字路口时，他停了一下，就消失不见了。罗拉看着孤零零远去的狄恩，心有不忍，几乎要哭出来（我告诉过她所有关于狄恩的事）。

“怎么可以就这样丢下他不管？”

老狄恩走了，现在说什么都无济于事。我强作镇定地大声说：“他照顾得了自己，不用为他担心。”整场演奏会我都心不在焉，一心只想着狄恩，想着他风尘仆仆地坐上火车再一次横越美国大地的样子，想着是什么动机——除了看我以外——驱使他往纽约跑。

当美国的太阳下山的时候，我坐在一个破旧的木码头上，仰望远处新泽西一望无际的天空。在那后面，有一片巨大无朋的土地，正滚滚向遥远的西海岸敞开。我感觉得到每一条通向那里的道路，感觉得到每一个在那庞然土地上逐梦的人。艾奥瓦的小孩此时想必正在屋外哭泣，不过，等晚上星星统统出来，他们的哭声就会停止。你不知道上帝就是布布熊吗？昏星正慢慢沉落，把它最后的微光洒遍整个大草原，继而，黑夜就会完全拥抱大地，将所有河流、丘陵、山峰，最后是海滨，隐入它的黑毯子之中。届时，没人会知道彼此经历着些什么，唯一知道的，是彼此又老了一些。我想起了狄恩，甚至想起了他那个我素未谋面的老头子。我真想念狄恩·莫里亚提。

图书在版编目（CIP）数据

在路上 /（美）杰克·凯鲁亚克（Jack Kerouac）著；
梁永安译. — 南京：江苏凤凰文艺出版社，2020.5
ISBN 978-7-5594-4449-3

Ⅰ.①在… Ⅱ.①杰…②梁… Ⅲ.①长篇小说－美
国－现代 Ⅳ.① I712.45

中国版本图书馆 CIP 数据核字（2019）第 300809 号

在路上

[美] 杰克·凯鲁亚克（Jack Kerouac） 著　梁永安 译

出 版 人　张在健
责任编辑　李龙姣　张　倩
特约编辑　程　斌　王　鹏
装帧设计　tantian.me
出版发行　江苏凤凰文艺出版社
　　　　　南京市中央路 165 号，邮编：210009
网　　址　http://www.jswenyi.com
印　　刷　河北鹏润印刷有限公司
开　　本　840 毫米 ×1194 毫米 1/32
印　　张　9.75
字　　数　240 千字
版　　次　2020 年 5 月第 1 版　2020 年 5 月第 1 次印刷
书　　号　ISBN 978-7-5594-4449-3
定　　价　58.00 元